COSTA MALDITA

PRESTON & CHILD

COSTA MALDITA

Traducción de
Joan Trejo

Título original: *Crimson Shore*
Primera edición: abril de 2017

Printed in Spain – Impreso en España

ISBN: 978-84-01-01706-3
Depósito legal: B-4.892-2017

Compuesto en La Nueva Edimac, S. L.

Impreso en Liberdúplex
Sant Llorenç d'Hortons (Barcelona)

L 0 1 7 0 6 3

Penguin
Random House
Grupo Editorial

Lincoln Child dedica este libro
a su hija, Veronica

Douglas Preston dedica este libro
a Ed y Daria White

1

Cuando sonó el timbre de la puerta, Constance Greene dejó de tocar el clavicémbalo flamenco y la biblioteca quedó sumida en un tenso silencio. Miró en dirección al agente especial A. X. L. Pendergast, que estaba sentado junto a la chimenea, en la que el fuego agonizaba, ataviado con unos finos guantes blancos con los que iba pasando las páginas ilustradas de un incunable. En la mesita que tenía al lado había una copa de amontillado casi vacía. Constance recordó la última vez que alguien había llamado al timbre del 891 de Riverside Drive, un hecho de lo más insólito en la mansión Pendergast. El recuerdo de aquel terrible momento ahora flotaba en la estancia como una amenaza.

Proctor, chófer, guardaespaldas y factótum de Pendergast, apareció al instante.

—¿Atiendo al timbre, señor Pendergast?

—Por favor, sí. Pero no lo dejes entrar. Pregúntale su nombre y qué desea y me lo dices.

Tres minutos después, Proctor estaba de vuelta.

—Se llama Percival Lake, y desea contratarlo para una investigación privada.

Pendergast alzó la mano con la intención de indicarle que se librase de él. Pero se detuvo.

—¿Comentó algo sobre la naturaleza del asunto?

—Se negó a entrar en detalles.

Pendergast permaneció ensimismado durante unos segundos,

tamborileando con sus finos dedos en el lomo dorado del incunable.

—Percival Lake... Ese nombre me resulta familiar. Constance, ¿serías tan amable de buscar en...? ¿Cómo se llama esa página web? Tiene el mismo nombre que ese larguísimo número matemático.

—¿Google?

—Sí, ese. Búscame a Percival Lake en Google, hazme el favor.

Constance retiró los dedos de las envejecidas y amarillentas teclas de marfil, se apartó del instrumento, abrió un pequeño aparador y sacó el ordenador portátil tirando de la mesita retráctil. Tecleó el nombre.

—Hay un escultor que se llama así. Esculpe obras gigantescas en granito.

—Por eso me sonaba. —Pendergast se quitó los guantes y los dejó a un lado—. Permitámosle entrar.

En cuanto Proctor se fue, Constance se volvió hacia Pendergast con el ceño fruncido.

—¿Tan triste es el estado de nuestras finanzas que has de recurrir al pluriempleo?

—En absoluto. Pero la obra de ese hombre, si bien un poco pasada de moda, resulta estimulante. Si mal no recuerdo, sus figuras emergen de la piedra al igual que el *Esclavo que despierta* de Miguel Ángel. Lo menos que puedo hacer es recibirlo.

Proctor regresó acompañado por un hombre de aspecto llamativo. Debía de rondar los sesenta y cinco años y lucía una buena mata de cabello gris. Su pelo era lo único que delataba en él el paso del tiempo. Medía casi dos metros, su bello rostro, de facciones muy marcadas, estaba bronceado; era esbelto, de porte atlético, y vestía una americana azul sobre una inmaculada camisa blanca de algodón y unos elegantes pantalones de color beis. Irradiaba vigor y buena salud. Tenía unas manos enormes.

—Inspector Pendergast —dijo acercándose con un par de zancadas y extendiendo el brazo. Envolvió la pálida mano de Pendergast con su gigantesco puño y la sacudió con tal fuerza que casi tiró al suelo la copa de jerez de Pendergast.

«¿Inspector?» Constance hizo una mueca. Por lo visto, su protector ya contaba con el estímulo necesario.

—Siéntese, se lo ruego, señor Lake —dijo Pendergast.

—Gracias. —Lake tomó asiento, cruzó las piernas y se reclinó hacia atrás.

—¿Puedo ofrecerle algo de beber? ¿Un jerez?

—No voy a decirle que no.

Proctor no tardó en servirle una pequeña copa, que depositó junto a su codo. El escultor lo probó.

—Un caldo excelente, gracias. Y gracias también por haber aceptado verme.

Pendergast asintió ligeramente.

—Antes de que me cuente nada, le diré que no puedo atribuirme el título de inspector. Eso es más bien británico. Yo no soy más que un agente especial del FBI.

—Supongo que he leído demasiadas novelas de misterio. —El hombre se recolocó en la silla—. Permítame ir al grano. Vivo en una pequeña localidad costera llamada Exmouth, al norte de Massachusetts. Es un lugar tranquilo, apartado de las rutas turísticas, poco conocido incluso entre las hordas de veraneantes. Hace unos treinta años, mi esposa y yo compramos el faro y la casa del farero de Walden Point, donde he vivido desde entonces. Allí he podido trabajar de maravilla. Siempre he sabido apreciar el buen vino, el tinto, porque el blanco no me interesa. El sótano de nuestra vieja casa es el lugar perfecto para mi considerable colección de vinos, pues al estar bajo tierra y tener las paredes y el suelo de piedra, la temperatura es de trece grados constantes tanto en invierno como en verano. La cuestión es que hace pocas semanas fui a Boston para pasar el fin de semana. Cuando regresé, vi que una de las ventanas traseras estaba rota. No se habían llevado nada de la casa, pero habían vaciado el sótano. ¡Mi bodega había desaparecido!

—Qué terrible contrariedad para usted.

Constance estaba convencida de que podía detectar incluso la más nimia nota de ironía o desdén en la voz de Pendergast.

—Dígame, señor Lake, ¿sigue usted casado?

—Mi esposa murió hace unos cuantos años. Ahora tengo, bueno, una amiga que vive conmigo.

—¿Y estaba con usted el fin de semana que robaron su bodega?

—Sí.

—Hábleme un poco más de sus vinos.

—¿Por dónde empiezo? Dispongo de una colección de Château Léoville Poyferré de 1955, junto con excelentes colecciones de todas las añadas notables de Château Latour, Pichon-Longueville, Petrus, Dufort-Viviens, Lascombes, Malescot-Saint-Exupéry, Château Palmer, Talbot...

Pendergast alzó una mano para frenar aquella retahíla de nombres.

—Lo siento —dijo Lake con una avergonzada sonrisa—. Tiendo a dejarme llevar cuando se trata de vinos.

—¿Solo vinos de Burdeos?

—No. Recientemente había adquirido también algunos vinos italianos maravillosos: Brunello, Amarone y Barolo, en su mayoría. Se los llevaron todos.

—¿Acudió usted a la policía?

—El jefe de policía de Exmouth es un inútil. Un imbécil, mejor dicho. Vino de Boston y lo que se dice cumplir cumple, pero para mí es obvio que no se lo está tomando en serio. Supongo que si se tratase de una colección de cervezas Bud Light estaría más preocupado. Y yo necesito a alguien que encuentre esos vinos antes de que se dispersen o, Dios no lo permita, alguien se los beba.

Pendergast asintió despacio.

—De acuerdo. Pero ¿por qué acudió a mí?

—He leído varios libros sobre su trabajo. Los que escribió Smithback. William Smithback, creo recordar.

Pendergast tardó unos segundos en responder.

—Me temo que esos libros distorsionaron los hechos de un

modo burdo. En cualquier caso, respecto a lo que de cierto hay en ellos, se habrá percatado de que centro mi atención en aberraciones de carácter humano, no en robos de botellas de vino. Por lo que lamento decirle que no puedo serle de gran ayuda.

—Bueno, yo creo que sí, porque gracias a esos libros he sabido que usted es algo así como un experto en vinos. —Lake se inclinó hacia delante—. Agente Pendergast, estoy desesperado. Mi esposa y yo pasamos una inconfesable cantidad de horas reuniendo esa colección. Cada una de esas botellas atesora un recuerdo, una historia; sobre todo de los maravillosos años que pasé con ella. En cierto sentido, me siento como si ella hubiese muerto de nuevo. Le aseguro que seré muy generoso con sus honorarios.

—Lamento mucho no poder ayudarlo en este asunto. El señor Proctor lo acompañará hasta la salida.

El escultor se puso en pie.

—Está bien. Sabía que tenía pocas posibilidades. Le agradezco que me haya recibido. —Su expresión adusta se relajó un poco—. Lo único que puedo agradecer a Dios ahora es que los ladrones no se llevaran el Haut-Braquilanges.

La estancia quedó sumida en el silencio.

—¿Château Haut-Braquilanges? —preguntó Pendergast con un hilo de voz.

—Así es. Una caja entera, cosecha de 1904. Una de mis posesiones más preciadas. La había dejado a un lado, en un rincón de la bodega. Las botellas estaban en la caja original de madera. Esos malditos idiotas la pasaron por alto.

Proctor abrió la puerta de la biblioteca, y permaneció a la espera.

—¿Cómo logró adquirir una caja de la cosecha de 1904? Estaba convencido de que ya no quedaba ni una.

—Todo el mundo lo creía. Siempre ando a la búsqueda de colecciones que salen a la venta, sobre todo cuando el dueño muere y sus herederos quieren sacar algo de dinero. Mi esposa y yo encontramos esa caja entre una vieja colección de vinos en Nueva Orleans.

Pendergast alzó una ceja.

—¿En Nueva Orleans?

—Se trataba de una antigua familia francesa con posibles que estaba pasando por momentos difíciles.

Constance observó a Pendergast. Un mohín de irritación cruzó el rostro del agente especial, ¿o era humillación?

Lake caminaba ya hacia la puerta abierta cuando Pendergast se levantó de su silla.

—Lo he pensado mejor: me haré cargo de su pequeño problema.

—¿En serio? —Lake se dio la vuelta. Una gran sonrisa se dibujaba en su cara—. ¡Eso es genial! Como le he dicho, seré muy generoso con sus honorarios, sean los que...

—Mis honorarios son muy sencillos: una botella de Haut-Braquilanges.

Lake pareció dudar.

—Yo tenía en mente algo más parecido a un acuerdo económico.

—La botella cubrirá mis honorarios.

—Pero tendré que abrir la caja... —Su voz se apagó y reinó el silencio. Hasta que Lake sonrió—. De acuerdo. ¿Por qué no? Realmente no parece usted muy necesitado de dinero. Y estoy encantado de que me ayude. De hecho, ¡le permitiré escoger la que quiera! —Sonrojado a causa de esa efusión de generosidad, Lake le tendió la mano de nuevo.

Pendergast correspondió a su gesto.

—Señor Lake, facilítele a Proctor su dirección y los números de contacto. Me reuniré con usted en Exmouth mañana.

—Lo estaré esperando. No he tocado nada del sótano; lo he dejado todo tal como quedó. La policía pasó por allí, pero no hicieron más que tomar un par de fotos con un teléfono móvil. ¿Puede creerlo?

—Sería de gran utilidad que encontrase una excusa para quitarse de encima a la policía, si es que vuelven.

—¿Volver? Dudo mucho que lo hagan.

Segundos después, Lake salió de la estancia acompañado por Proctor. Constance se volvió hacia Pendergast. Él le devolvió la mirada; sus ojos plateados destellaron divertidos.

—¿Puedo saber qué acabas de hacer? —preguntó Constance.

—He aceptado un caso.

—¿Un robo de botellas de vino?

—Querida Constance, Nueva York se ha librado de asesinos en serie durante estos últimos meses hasta tal punto que resulta deprimente. Mi plato, como suele decirse, está vacío. Es la ocasión perfecta para unas vacaciones: una semana o dos en un encantador pueblo costero, fuera de temporada, con un caso entre manos de lo más entretenido para pasar el rato. Por no hablar del agradable carácter de mi cliente.

—Yo hablaría más bien de un carácter impulsivo y autocomplaciente.

—Eres mucho más misántropa que yo. Me vendrá bien el vigorizante y otoñal aire del mar para recuperarme de los últimos acontecimientos.

Constance le dirigió una elocuente mirada. Pendergast tenía razón: tras el amargo trago por el que había tenido que pasar en verano, cualquier clase de diversión sería bienvenida.

—Pero lo de una botella de vino como pago... Pronto estarás ofreciendo tus servicios a cambio de una hamburguesa del Foster's Hollywood.

—Lo dudo. Ese vino es la razón para aceptar el caso, la única razón. En el siglo XIX, las bodegas Château Haut-Braquilanges produjeron el mejor vino de Francia. Su famoso burdeos provenía de un único viñedo, de apenas una hectárea, con cepas de cabernet sauvignon, cabernet franc y merlot. Estaba situado en una colina cerca de Fronsac. Por desgracia, esa colina se convirtió en campo de batalla durante la Primera Guerra Mundial; barrida por el gas mostaza y envenenada para siempre, las bodegas perdieron su prestigio. Se tiene constancia de la existencia de unas dos docenas de botellas añejas provenientes de ese *chateau*. Pero de ninguna que perteneciera a la mejor cosecha de todas, la de 1904. Se creía que todas las botellas habían desaparecido. Resulta extraordinario que nuestro hombre sea propietario de toda una caja. Ya has visto lo reticente que se ha mostrado a deshacerse de una sola de esas botellas.

Constance se encogió de hombros.

—Espero que disfrutes de las vacaciones.

—Sin la menor duda, serán unos días de asueto estupendos para nosotros.

—¿Para nosotros? ¿Quieres que vaya contigo? —Constance notó que se le encendían las mejillas.

—Así es. Creo que estás preparada para unas vacaciones de este tipo, lejos de un entorno que te resulte familiar. Es más, te diré que necesitas estas vacaciones tanto como yo. Y así, de paso, tendré la posibilidad de evitar esas cartas de la administración del Jardín Botánico, ¿no te parece?

2

Constance Greene empezó a notar el aire del mar en cuanto el Porsche descapotable conducido por Pendergast enfiló el puente Metacomet, apenas un puñado de pilares oxidados y soportes deteriorados que se extendían sobre la amplia marisma. El sol de mediados de octubre centelleó momentáneamente en el agua cuando lo cruzaron a toda velocidad. Al otro lado de la marisma, la carretera se adentraba en un oscuro bosque de pinos, que no tardaron en atravesar. Justo en la curva donde la marisma se encontraba con el océano estaba el pueblo de Exmouth, Massachusetts. Para Constance era la viva estampa del típico pueblecito de Nueva Inglaterra que se había imaginado, con su conjunto de casas con tejados de teja a lo largo de la calle principal, varios campanarios y el ayuntamiento de ladrillo rojo de rigor. Mientras recorrían la calle principal, Constance examinó los alrededores con verdadero interés.

El pueblo desprendía un sutil aire de benigna dejadez que no hacía sino añadirle encanto: una población costera con edificios construidos con tablas pintadas de blanco, gaviotas sobrevolando el lugar, irregulares aceras de ladrillo y negocios de carácter local. Dejaron atrás una gasolinera, unos cuantos escaparates con grandes vidrieras, una cafetería, una funeraria, un cine que se había convertido en una librería y la mansión de un capitán mercante del siglo XVIII, con su correspondiente mirador en lo alto. En la fachada, la mansión lucía la placa del Museo de la Sociedad Histórica de Exmouth.

Las pocas personas que paseaban por la calle se detuvieron a echarles un vistazo al pasar por su lado. A Constance le sorprendió su propia curiosidad. Aunque nunca lo habría admitido, sabía que a pesar de sus muchas lecturas había visto tan poco mundo que se sentía como Marco Polo en su propia tierra.

—¿Has visto a algún posible ladrón de vinos? —preguntó Pendergast.

—Ese elegante anciano con chaqueta de madrás y pajarita morada parecía sospechoso.

Pendergast aminoró la velocidad y se acercó con cuidado al bordillo.

—¿Nos detenemos?

—Tenemos algo de tiempo. Quiero que probemos lo que tengo entendido que es la mayor exquisitez local: sándwich de langosta.

Cuando bajaron del coche, el caballero de la chaqueta de madrás pasó por su lado y los saludó con una inclinación de cabeza antes de seguir su camino.

—Sospechoso, sin duda —murmuró Constance.

—Solo por la pajarita, ya merecería que lo detuviesen.

Caminaron por la acera y giraron por una calle que llevaba al puerto. Había toda una serie de casetas de pescadores intercaladas con tiendas y unos cuantos restaurantes, y una hilera de embarcaderos que se adentraban en la bahía, en la frontera con las marismas. Más allá, por encima de las algas mecidas por las olas, Constance distinguió la brillante línea del océano. ¿Podría ella vivir en un pueblo como este? De ninguna manera. Pero era un lugar interesante para estar de visita.

Junto a las tiendas del puerto había un chiringuito de marisco, con un dibujo hecho a mano de una langosta y una almeja bailando frente a una fila de mejillones que tocaban instrumentos.

—Dos sándwiches de langosta, por favor —dijo Pendergast al entrar en el chiringuito.

Recibieron la comanda en un abrir y cerrar de ojos: unos enormes pedazos de langosta con salsa cremosa sobre una rebanada de pan de perrito caliente, que estaba bañado en mantequilla y no dejaba de chorrear sobre la bandeja de cartón.

—¿Cómo se come esto? —le preguntó Constance mirándolo fijamente.

—No tengo ni la más remota idea.

Un coche patrulla de dos colores entró en el aparcamiento que tenían al lado y dio una vuelta de reconocimiento. El auto ralentizó la marcha y el agente que estaba al volante, un hombre corpulento con galones de capitán en el hombro, los observó unos segundos, sonrió amablemente y siguió adelante.

—Ese es el jefe de policía del pueblo —dijo Pendergast al tiempo que tiraba su sándwich de langosta a un cubo de basura.

—Al parecer algo le hacía gracia.

—Sí, y creo que en breve vamos a descubrir de qué se trata.

Cuando regresaron a la calle principal, Constance vio que había una multa en el parabrisas del Porsche. Pendergast la examinó.

—Por lo visto he ocupado dos plazas al aparcar. Qué negligente por mi parte.

Constance se fijó en que Pendergast, efectivamente, había estacionado el coche en línea en una zona de aparcamiento en batería.

—Pero apenas hay coches aparcados en la calle.

—La ley es la ley.

Pendergast se guardó la multa en el bolsillo y subieron al coche. Puso en marcha el motor y arrancó. No tardaron en dejar atrás el pueblo. Las tiendas dieron paso a sencillas casas con tejado. La carretera ascendía a través de un prado de hierba flanqueado por robles gigantescos hasta alcanzar un altozano con vistas al Atlántico. Más adelante, hacia los acantilados, Constance divisó el faro de Exmouth, su destino. Estaba pintado en un tono blanco roto, con la punta de color negro, y se recortaba nítidamente contra el cielo azul. Junto a él se encontraba la casa del farero, de un aire tan austero como el de un cuadro de Andrew Wyeth.

Al aproximarse, Constance también pudo ver varias esculturas dispersas por el prado que bordeaba el acantilado, rudas estructuras graníticas con formas pulidas y hasta cierto punto siniestras que parecían emerger de la piedra: rostros, partes del cuerpo, míticas criaturas marinas. Sin duda se trataba de una impresionante ubicación para un jardín de esculturas.

Pendergast dejó el descapotable en un lateral del camino de grava junto a la casa. En cuanto bajaron del coche, Percival Lake apareció por la puerta y se dirigió al porche.

—¡Bienvenidos! ¡Dios del cielo, a eso lo llamo yo viajar con estilo! Si no me equivoco, ese es un Spyder 550 del cincuenta y cinco —dijo mientras bajaba los escalones.

—Del cincuenta y cuatro, para ser exactos —puntualizó Pendergast—. Es el coche de mi última esposa. Yo prefiero vehículos más cómodos, pero mi socia, la señorita Greene, insistió en que viniésemos en este.

—No es cierto —replicó ella.

—Su socia. —El hombre la miró alzando las cejas, un gesto irónico que a Constance no le gustó nada—. Encantado de volver a verla.

Ella le dio la mano con obvia frialdad.

—Vayamos al lugar de los hechos —dijo Pendergast.

—No pierde usted el tiempo.

—Cuando se trata de la investigación de un delito, existe una relación inversamente proporcional entre la calidad de las pruebas y el tiempo transcurrido hasta que se examinan dichas pruebas.

—Cierto. —Lake los condujo al interior de la casa.

Pasaron por el vestíbulo y por el salón, que ofrecía unas amplias vistas del océano. Aquella vieja casa se mantenía en buen estado, estaba ventilada y fresca, y la brisa marina mecía los visillos. En la cocina, una atractiva rubia platino de unos treinta años, delgada y esbelta, cortaba zanahorias.

—Esta es mi socia, Carole Hinterwasser —les dijo Lake—. Te presento al agente Pendergast y a Constance Greene. Están aquí para encontrar mi colección de vinos.

La mujer los recibió con una gran sonrisa que dejaba a la vista unos dientes blancos. Se secó las manos con un trapo para devolverles el saludo.

—Discúlpenme, estaba preparando una menestra de verduras. ¡Cuánto me alegra que hayan venido! Perce está destrozado. Esos vinos significan mucho para él; y no precisamente por su valor económico.

—Por eso estamos aquí —repuso Pendergast.

Constance advirtió la mirada penetrante con que la observaron los ojos plateados del agente del FBI.

—Síganme —dijo Lake.

Había una puerta estrecha al fondo de la cocina. Lake la abrió y le dio al interruptor de la luz, que les permitió ver unas maltrechas escaleras que descendían hacia la oscuridad. Les llegó un intenso y fresco olor a tierra húmeda y a piedra.

—Tengan cuidado —les advirtió Lake—. Los escalones son muy pronunciados.

Se adentraron en un espacio laberíntico, con las paredes de piedra cubiertas de un polvo blanco: nitrato de potasio. El suelo también era de piedra. En una de las estancias había una caldera y un calentador de agua, otra era una especie de taller repleto de herramientas de aire comprimido, bolsas de tierra, trajes protectores y material para pulir piedra.

Bordearon una esquina y fueron a parar a la mayor de las salas del sótano. Una de las paredes estaba cubierta, desde el techo hasta el suelo, con botelleros de madera. Había etiquetas amarillas enganchadas en la madera y también tiradas por el suelo, así como restos de botellas rotas. Se notaba en el aire un fuerte olor a vino.

Pendergast cogió un fragmento de botella y leyó la etiqueta.

—Château Latour del sesenta y uno. Esos ladrones han sido de lo más descuidados.

—Menudo estropicio causaron, los muy cretinos.

Pendergast se arrodilló frente al bastidor más cercano y lo examinó con una potente linterna de bolsillo.

—Cuénteme algo del fin de semana del robo.

—Carole y yo nos fuimos a Boston. Lo hacemos con cierta frecuencia. Vamos a cenar o a escuchar a la sinfónica o a visitar algún museo; para recargar baterías. Nos marchamos el viernes a primera hora de la tarde y regresamos el domingo al anochecer.

Pendergast iba enfocando con la linterna aquí y allá.

—¿Quiénes estaban al corriente de que habían salido?

—La gente de por aquí casi toda, supongo. Hay que cruzar el pueblo para salir. Ya han podido comprobar que Exmouth es una aldea pequeña. Todo el mundo sabe que vamos a Boston habitualmente.

—Me dijo que rompieron una ventana. Doy por supuesto que la casa estaba cerrada con llave.

—Así es.

—¿Tiene sistema de alarma?

—No. Imagino que ahora parece una estupidez. Pero por estos pagos apenas se cometen delitos. Ya ni me acuerdo de la última vez que hubo un robo en Exmouth.

Pendergast sacó del bolsillo de su traje un tubo de ensayo y unas pinzas, que utilizó para arrancar algo de uno de los estantes de madera e introducirlo en el tubo.

—¿Cuál es la historia de esta casa? —preguntó Pendergast.

—Es una de las más antiguas al norte de Salem. Como ya le dije, era la casa del farero. Fue construida en 1704, aunque se le han ido añadiendo elementos en fechas posteriores. La compramos mi esposa y yo, y las reformas nos llevaron bastante tiempo. En tanto que escultor, puedo trabajar en cualquier parte, pero consideramos que este era un lugar idílico: tranquilo, apartado de las rutas más transitadas y aun así al lado de Boston. Encantador y desconocido. Y el granito local es espléndido. Hay una cantera justo al otro lado de las marismas. Parte del granito rosa que se utilizó para construir el Museo de Historia Natural de Nueva York salió de esa cantera. Un material estupendo.

—Me gustaría visitar alguna vez su jardín de esculturas.

—¡Por supuesto! Se alojan en el hotel, ¿no es cierto? Les prepararé una visita guiada.

Mientras Lake alababa el granito local, Constance observaba cómo Pendergast se ponía perdidos los pantalones del traje caminando de rodillas para escudriñar el suelo de la bodega.

—¿Y las botellas de Braquilanges? Supongo que están en esa caja del rincón.

—Sí. ¡Gracias a Dios las pasaron por alto!

Pendergast se puso en pie. Su pálido rostro reflejaba preocupación. Se acercó a aquella caja con el sello del *chateau* estampado en un lateral. La tapa estaba suelta, así que Pendergast la levantó para echar un vistazo en su interior. Sacó una de las botellas con sumo cuidado, acunándola como si se tratase de un bebé.

—Quién lo habría imaginado... —murmuró.

Devolvió la botella a su sitio.

Pendergast regresó junto a los botelleros vacíos haciendo crujir los trozos de cristal esparcidos por el suelo. En esta ocasión, examinó la parte alta. Tomó algunas muestras más, enfocó la luz hacia el techo y después hacia el suelo, donde los botelleros estaban fijados. Sin previo aviso, agarró uno de los listones de madera de la parte central y tiró con fuerza. Con un quejumbroso crujido, el botellero se separó dejando a la vista la pared de piedra que tenía detrás.

—¿Qué demonios...? —empezó a decir Lake.

Pero Pendergast no le hizo caso. Agarró otros listones y los fue apartando hasta dejar expuesta la parte central de la pared. Luego sacó un cortaplumas, lo introdujo entre dos piedras y empezó a raspar y escarbar hasta aflojar una de ellas y extraerla. La dejó en el suelo con cuidado y apuntó la luz de la linterna hacia el hueco que había quedado. Constance descubrió sorprendida que al otro lado se abría un espacio.

—Que me parta un rayo... —exclamó Lake acercándose para echar un vistazo.

—Apártese —dijo Pendergast cortante.

El agente del FBI sacó entonces unos guantes de látex de su bolsillo y se los colocó. Se quitó la americana, la extendió sobre el mugriento suelo y colocó encima la piedra que había sacado de la pared. Con rapidez, pero no por ello con menos destreza, Pendergast extrajo otro bloque de piedra y otro más y otro más, y los fue disponiendo bocarriba sobre la americana. Constance parpadeó varias veces: el traje inglés hecho a medida sin duda iba a quedar para el arrastre.

En la pared fue formándose poco a poco un estrecho nicho. Estaba vacío, de no ser por unas cadenas que estaban ancladas a la piedra en la pared del fondo, de las que colgaban grilletes de hierro para pies y manos. Constance observaba con total indiferencia; tiempo atrás había descubierto unos artilugios similares en el sótano de la mansión Pendergast en Riverside Drive. El agente del FBI, sin embargo, estaba más pálido de lo habitual.

—Estoy abrumado —dijo Lake—. No tenía ni idea de...

—Silencio, por favor —lo interrumpió Constance—. Mi mentor, es decir, el señor Pendergast, está ocupado.

Pendergast continuó extrayendo piedras hasta que el nicho entero quedó a la vista. Tenía unos dos metros de altura, uno de anchura y uno de profundidad. Era tan antiguo como la propia casa, y sin lugar a dudas había sido construido para que en él cupiese una persona. Los grilletes para pies y manos estaban oxidados y habían quedado cerrados, pero no había huesos. El nicho estaba inexplicablemente limpio, advirtió Constance; no se apreciaba ni una mota de polvo.

Pendergast se arrodilló ante el nicho e inspeccionó cada una de las pequeñas grietas y fisuras equipado con una lupa de aumento, las pinzas y varios tubos de ensayo. Constance lo estuvo observando durante diez minutos, hasta que Pendergast, habida cuenta de que no encontraba nada de interés, centró su atención en el suelo, justo delante del nicho. En ello pasó otro rato. Lake tenía la vista clavada en él, y resultaban evidentes sus esfuerzos por mantenerse callado.

—¡Ah! —exclamó Pendergast de repente.

Se puso en pie sujetando con las pinzas lo que parecía ser un hueso diminuto. Acercó la lupa a sus ojos y estudió el hueso manteniéndolo a cierta distancia. Después se arrodilló de nuevo y haciendo prácticamente una genuflexión por encima de las piedras que había extraído, examinó la parte trasera de las mismas con la linterna y la lupa.

Al rato alzó la vista y sus ojos plateados se clavaron en los de Constance.

—¿Qué ocurre? —preguntó ella.

—Se acabaron las vacaciones.

—¿A qué te refieres?

—Esto no es un simple robo de botellas de vino. Es un caso de mucha mayor envergadura, y sin duda mucho más peligroso. No puedes quedarte aquí. Debes regresar a Riverside Drive.

3

Constance miró fijamente a Pendergast. Tenía la cara cubierta de polvo. Tras unos segundos, le dijo:

—¿Demasiado peligroso? ¿Para mí? Aloysius, creo que no tienes en cuenta con quién estás hablando.

—Claro que sí.

—Entonces será mejor que te expliques.

—Desde luego. —Introdujo el pequeño hueso en uno de los tubos de ensayo, le puso un tapón y se lo pasó a Constance—. Sujeta esto.

Ella tomó el tubo y también la lupa.

—Se trata de la falange distal del índice de la mano izquierda de un ser humano. Puedes comprobar que la punta del hueso está astillada, raspada y fracturada. La rotura tuvo lugar *perimortem*, es decir: poco antes de la muerte.

Constance le devolvió el tubo.

—Ya lo veo.

—Ahora pasemos a las piedras. —Pivotó sobre sus talones con la linterna en la mano—. Las he dispuesto sobre mi americana según el orden en que estaban colocadas en la pared, con la cara interior hacia nosotros. Fíjate en las profundas incisiones, en los arañazos, y en las salpicaduras de esa oscura sustancia. —Constance se fijó en lo que le estaba señalando con la linterna—. ¿Qué te dicen esas marcas?

Se esperaba esa pregunta.

—Pues que alguien, hace muchos años, fue encadenado y emparedado vivo en ese nicho, y que intentó salir de ahí valiéndose de sus uñas.

Una triste sonrisa se dibujó en el rostro de Pendergast.

—Excelente.

—Eso es terrible —interrumpió Lake con el gesto descompuesto—. Terrible. ¡No tenía ni idea! Pero... ¿cómo supo que ahí había un nicho?

—Los ladrones no se llevaron el Braquilanges. Esa fue para mí la primera pista. Cualquiera que se líe a robar toda una bodega tiene que saber algo de esos vinos legendarios. En un caso de estas características, uno no puede ser tan chapucero como para romper una botella de Château Latour del sesenta y uno. —Pendergast apuntó con el dedo hacia cristales rotos en el suelo—. Una de esas botellas vale por lo menos quince mil dólares. Por eso pensé desde el principio que estábamos lidiando con ladrones, pero no con ladrones especializados en vino. No. Vinieron aquí a por algo mucho más valioso. Como mínimo más valioso para ellos. Eso fue lo que me indujo a mirar detrás de los botelleros del vino, donde aprecié pruebas de actividad reciente, lo que a su vez me llevó al nicho.

Lake observó con cautela en el interior del nicho.

—¿Realmente cree que encerraron a alguien ahí dentro?

—Sí.

—¿Y piensa que organizaron el robo... para sacar de ahí los huesos?

—Sin duda. —Pendergast golpeteó con el dedo el tubo de ensayo que contenía el hueso.

—Dios mío.

—Lo del emparedamiento es cosa del pasado, eso está claro. Aun así, quienes se llevaron los restos debían de estar al corriente de ese crimen. Y o bien pretendían encubrirlo o bien recuperar algo que estaba en el nicho. O ambas cosas. Se tomaron muchas molestias para ocultar sus intenciones. Lástima que olvidasen este hueso. Resulta de lo más elocuente.

—¿Y lo del peligro? —preguntó Constance.

—¡Mi querida Constance! Esto es obra de delincuentes locales, o como mínimo de alguien que se conoce al dedillo la historia de este pueblo. Estoy convencido de que también sabían que había algo más, junto al esqueleto emparedado. Posiblemente, algo de gran valor. Y como tuvieron que mover los botelleros del vino y no fueron capaces de evitar este estropicio, fingieron un robo para despistar.

—Habla en plural... —dijo Lake—. ¿Fueron varias personas?

—Cabe suponerlo. Lo digo por el esfuerzo que requirió hacerlo.

—Sigues sin señalar el elemento peligroso del asunto —repuso Constance.

—El peligro viene dado por el hecho de que ahora voy a investigar. A los autores no les hará gracia. Darán los pasos necesarios para protegerse.

—¿Y crees que yo soy vulnerable?

El silencio se prolongó hasta que Constance comprendió que Pendergast no iba a contestar a la pregunta.

—Aquí, el único peligro real es lo que les ocurrirá a esos delincuentes si cometen el error de cruzarse contigo —dijo ella con un hilo de voz—. Porque entonces tendrán que responder ante mí.

Pendergast negó con la cabeza.

—Eso, a decir verdad, es lo que más miedo me da. —Se calló y reflexionó unos segundos—. Si te permito que te quedes, tendrás que... controlarte.

Constance ignoró el significado implícito en aquellas palabras.

—Confío en que me considerarás de gran ayuda, en particular en lo relativo a los aspectos históricos; porque es obvio que tiene algo que ver con la historia.

—Un enfoque acertado. Sin duda podré beneficiarme de tu ayuda. Pero, por favor, nada de ir por tu cuenta. Ya tuve bastante con lo de Corrie.

—Por suerte, yo no soy Corrie Swanson.

El silencio se adueñó de la estancia.

—Bien —dijo Lake al fin—. Salgamos de este sótano frío y húmedo, tomemos una copa, veamos la puesta de sol y hablemos de cuáles van a ser los pasos siguientes. Tengo que confesar que estoy totalmente conmocionado por este descubrimiento. Más bien macabro, pero no por ello menos fascinante.

—Fascinante, sí —convino Pendergast—. Y también peligroso. No lo olvide, señor Lake.

Se sentaron en el porche mirando al océano, mientras el sol se ponía a sus espaldas vertiendo destellos anaranjados, rojizos y morados sobre las nubes que se apilaban en la parte más oriental del horizonte. Lake había descorchado una botella de Veuve Clicquot.

Pendergast aceptó una copa.

—Señor Lake, si no le importa, me gustaría hacerle unas cuantas preguntas.

—No me importan las preguntas, pero ese «señor Lake» sí. Llámeme Perce.

—Soy del sur. Le agradecería, si me lo permite, que empleáramos un trato formal.

Lake alzó la vista al cielo.

—Bien, si eso es lo que usted desea...

—Se lo agradezco. Ha comentado en varias ocasiones el escaso servicio prestado por la policía. ¿Qué han hecho hasta ahora en relación con el caso?

—¡Nada en absoluto! Solo tenemos dos agentes en el pueblo, el jefe y un sargento joven. Pasaron por aquí, estuvieron husmeando durante unos quince minutos, tomaron varias fotografías y punto. Ni buscaron huellas ni nada de nada.

—Hábleme de los agentes.

—El jefe, Mourdock, es un bravucón, y más cazurro que las piedras. Da la impresión de que está de vacaciones desde que llegó de Boston. Es un maldito gandul, y más ahora que le quedan solo seis meses para jubilarse.

—¿Y qué tal su ayudante, el sargento?

—¿Gavin? No es ni de lejos tan tonto como su jefe. Parece un buen tipo... aunque está completamente dominado por su superior —respondió Lake en tono vacilante.

Constance detectó el matiz de duda.

—El jefe sabe que estamos aquí, ¿no es cierto?

—El otro día... me temo que metí la pata. Me calenté un poco estando con Mourdock. Le dije que iba a contratar a un detective privado.

—¿Cuál fue su reacción? —preguntó Pendergast.

—Fanfarronadas. Amenazas.

—¿Qué clase de amenazas?

—Dijo que si algún detective privado ponía un solo pie en su pueblo, lo arrestaría de inmediato. Dudo mucho que hiciese algo así, obviamente. Pero le va eso de causar problemas. Lo siento. Debí mantener la boca cerrada.

—A partir de ahora, hágalo. Sobre todo respecto a lo que hemos descubierto hoy.

—Se lo prometo.

Pendergast tomó un sorbo de champán.

—Prosigamos. ¿Qué sabe usted de la historia de esta casa y de las personas que vivieron en ella?

—No mucho, a decir verdad. Fue la casa del farero hasta 1930, cuando automatizaron el faro. Entonces quedó abandonada. Cuando la compré, prácticamente se caía a pedazos.

—¿Y el faro? ¿Todavía funciona?

—Sí, claro. Se pone en marcha en cuanto anochece. Ya no resulta necesario, por supuesto, pero todos los faros de la costa de Nueva Inglaterra siguen funcionando, por pura nostalgia. De hecho, el faro ya no es mío; es propiedad del Servicio de la Guardia Costera y está catalogado dentro de la Fundación Americana de Faros, que es quien se ocupa del mantenimiento. Tiene unas lentes Fresnel de cuarta categoría que lanzan destellos blancos cada nueve segundos. La Sociedad Histórica debe de disponer de una lista de todos los fareros.

Pendergast miró a Constance.

—Ahí tienes tu primera tarea: descubrir quién era el farero cuando tuvo lugar la atrocidad que hemos descubierto en el sótano. Enviaré el hueso para que lo analicen y te pasaré la fecha.

Constance asintió.

Pendergast volvió a dirigirse a Lake.

—¿Y la historia del pueblo? ¿Algún detalle que pueda arrojar un poco de luz sobre nuestra cripta?

Lake negó con la cabeza y se pasó una de sus grandes y nudosas manos por el cabello gris. Constance se fijó en sus poderosos brazos, probablemente debido a su trabajo como escultor.

—Exmouth es un antiguo pueblo pesquero y ballenero, fundado a principios del siglo XVIII. No sé a qué genio se le ocurrió ubicarlo junto a una marisma, pero no fue una idea muy brillante. Toda la zona está plagada de chupasangres. Aunque la pesca fue un negocio lucrativo durante décadas, nunca se convirtió en lugar de veraneo, como Rockport o Marblehead.

—¿Chupasangres? —preguntó Pendergast—. ¿Se refiere a un tipo de mosquito?

—Al peor de todos. *Tabanus nigrovittatus*. La hembra de la especie es la que pica y chupa sangre, como es natural.

—Claro —intervino Constance secamente—. Las hembras suelen hacer el trabajo sucio.

Lake dejó escapar una risotada.

—*Touché*.

—¿Alguna leyenda negra relacionada con el pueblo? ¿Rumores, intrigas, algún asesinato...?

Lake hizo un gesto con la mano.

—Rumores.

—Cuénteme.

—Puede imaginárselo. Salem está a unos cuantos kilómetros al sur. Se cuentan historias sobre un grupo de brujas que se asentaron en los alrededores a finales del siglo XVII huyendo de los juicios. Sandeces, por supuesto. En esencia, somos lo que queda de un viejo pueblo pesquero de Nueva Inglaterra. Si bien la parte oeste del pueblo, a la que todavía llaman Dill Town aunque pertenece a Exmouth desde los años cuarenta, ha tenido su pequeña cuota de delitos sin importancia. Es la que está al otro lado de las vías, por decirlo de algún modo. —Tomó un buen trago de champán—. Debo decirle que el hecho de encontrar una cámara de torturas en mi sótano me ha alterado bastante. Me cuesta creerlo. Me recuerda esa terrorífica historia de Poe, «El barril de amontillado». —Guardó silencio y miró a Pendergast—. Ha dicho usted que había algo de valor ahí dentro, ¿verdad? ¿Un tesoro pirata o algo así? ¿El esqueleto que protegía el cofre con el oro?

—Es demasiado pronto para especular.

Lake se volvió hacia Constance y le guiñó un ojo.

—¿Usted qué opina? ¿Se le ocurre algo?

Constance le mantuvo la mirada.

—No. Pero me ha venido una frase a la mente.

—¿Cuál?

—«¡Por el amor de Dios, Montresor!»

Pendergast dirigió a Constance una mirada severa, después se volvió hacia Lake, cuya cara había empalidecido de repente.

—Tendrá que excusar a mi socia —dijo Pendergast—. A veces hace gala de un sentido del humor más bien cáustico.

Constance se alisó el vestido con un gesto remilgado.

4

Pendergast dejó el Porsche descapotable, que tenía la capota bajada para disfrutar del sol de última hora de la mañana, en una de las plazas de aparcamiento de Main Street.

—Los automóviles siguen siendo una novedad para mí —dijo Constance al salir del coche—. Aun así, puedo decirte que has aparcado incorrectamente. Estás pisando la raya otra vez.

Pendergast se limitó a esbozar una sonrisa.

—Nos vamos de compras.

—No lo dirás en serio.

—Constance, una de las cosas que tienes que aprender si trabajas conmigo en un caso es a no cuestionármelo todo. Verás... He visto unas camisas hawaianas preciosas en ese escaparate. ¡Y creo que están de oferta!

Constance lo siguió hasta el interior de la tienda y fingió interesarse por unos pantalones blancos para jugar a tenis mientras Pendergast seleccionaba varias camisas hawaianas aparentemente al azar. Lo oyó hablar con la dependienta y preguntarle si alguna vez habían sufrido hurtos y si la cámara de seguridad, que estaba a la vista frente al escaparate, era de hecho necesaria. Constance frunció el ceño al oír a la dependienta teclear el importe de las camisas en la caja registradora. Daba por hecho que Pendergast estaba sondeando cómo iban las cosas en el pueblo, pero le parecía un método demasiado indirecto, demasiado aleatorio, teniendo en cuenta la cantidad de temas que urgía investigar. La lista de los fareros, por ejemplo, que les estaba esperando en los archivos de la Sociedad Histórica. O la prueba del carbono 14 para datar el hueso del dedo.

No tardaron en salir de nuevo a la calle. Pendergast llevaba en la mano la bolsa con sus compras. Deambuló un rato frente la puerta de la tienda y le echó un vistazo a su reloj.

—¿Cuántos metros de mal gusto has sido capaz de comprar? —preguntó Constance con la vista clavada en la bolsa.

—No sabría decirte. Vamos a quedarnos aquí un ratito.

Constance lo miró con atención. Tal vez eran imaginaciones suyas, pero le dio la impresión de que el rostro de Pendergast denotaba expectación. Al poco vio aparecer por Main Street el coche patrulla bicolor.

Pendergast volvió a comprobar la hora.

—La gente de Nueva Inglaterra es de una puntualidad asombrosa.

El coche ralentizó la marcha y se detuvo junto al bordillo. De él salió un agente: era el jefe, a quien ya habían visto el día anterior. Constance carecía de criterio suficiente para juzgar los patrones de masculinidad propios del siglo XX, pero ese tipo parecía una estrella de fútbol universitario de los años cincuenta de pies a cabeza: corte de pelo estilo militar, cuello ancho, mandíbula cuadrada y un cuerpo grande, tosco y fuerte. El hombre se llevó la mano a su tintineante cinturón, sacó de él un grueso talonario y se dispuso a poner una multa al descapotable.

Pendergast se le acercó.

—¿Puedo preguntarle cuál es el problema?

El agente se volvió hacia él componiendo una enorme sonrisa con sus carnosos labios.

—¿Tiene problemas de aprendizaje?

—¿A qué se refiere?

—Ha aparcado otra vez a caballo entre dos plazas. Supongo que una multa no fue suficiente.

Pendergast sacó de un bolsillo la multa anterior.

—¿Se refiere a esta?

—Exacto.

Pendergast la rasgó por la mitad y se la metió de nuevo en el bolsillo.

El jefe de policía frunció el ceño.

—Muy bonito.

A Constance le llamó la atención el marcado acento del sur de Boston de aquel hombre. Era un inglés de lo más cerrado. Pendergast estaba intentando provocar al agente, y Constance comprendió entonces el porqué de su rostro expectante. A lo mejor incluso podrían divertirse. En el momento oportuno, Pendergast sacaría su placa del FBI y pondría en su lugar a ese policía engreído.

El agente acabó de escribir la multa y la colocó bajo el limpiaparabrisas.

—Ahí la tiene —dijo con una sonrisa—. Esta también la puede romper.

—No se moleste si lo hago. —Pendergast agarró la notificación, la rasgó por la mitad, se guardó los dos trozos en un bolsillo y le dio unas palmaditas.

—Puede romper todas las que quiera, pero eso no hará que desaparezcan. —El jefe de policía se inclinó hacia delante—. Déjeme darle un consejito gratis. No nos hace ninguna gracia que un jodido investigador privado aparezca por el pueblo para entorpecer nuestro trabajo. Así que ándese con cuidado.

—Estoy aquí como investigador privado, es cierto —dijo Pendergast—. Sin embargo, no le consiento que emplee la palabra «jodido».

—Mi más sinceras disculpas por lo de «jodido».

—Han robado unas botellas de vino que cuestan unos cuantos miles de dólares —dijo Pendergast con un tono un tanto pomposo—. Estamos hablando de un robo al más alto nivel. Dado que la policía no puede, o no quiere, resolver este caso, pues me han llamado a mí.

El jefe de policía frunció el ceño. A pesar de que la temperatura era otoñal, aparecieron unas gotas de sudor en su frente grasienta.

—De acuerdo. Pues le diré algo. Voy a vigilarlo en todo momento. Pise la línea con un pie, con un dedo, y lo echaré de este pueblo tan rápido que ni se dará cuenta. ¿Le ha quedado claro?

—Muy claro. Entonces, mientras yo investigo un robo importante, usted puede seguir protegiendo a la gente del pueblo de la escoria que aparca sobre la raya.

—Es usted muy chistoso.

—Me lo tomo como una observación, no como un cumplido.

—Bien, se lo diré de otro modo: la próxima vez que aparque sobre la raya me llevaré su vehículo. —Pasó dos de sus gruesos dedos a lo largo del coche—. Y ahora, apárquelo correctamente.

—¿Ahora mismo?

El policía respiraba con dificultad.

—Ahora mismo —respondió.

Pendergast se montó en el coche, arrancó el motor y dio marcha atrás, pero se detuvo antes de tiempo y el parachoques trasero quedó encima de la raya. Bajó del descapotable.

—Ya está.

El agente fijó en él su mirada.

—Todavía pisa la raya.

Pendergast observó el Porsche haciendo aspavientos mientras examinaba a conciencia el parachoques trasero y la raya pintada. Frunció el ceño.

—Está sobre la raya, no pisando la raya. Además, mire todas esas plazas de aparcamiento vacías. ¿A quién iba a importarle?

La respiración del jefe de policía se convirtió en resuello.

—Maldito capullo, ¿se cree gracioso?

—Primero me llama «jodido», ahora «capullo». Aprecio su vena poética. Pero al parecer no ha tenido en cuenta que hay una dama presente. Tal vez su madre debería haber lavado con jabón esa sucia lengua suya con mayor frecuencia.

Constance había sido testigo anteriormente de las provocaciones de Pendergast, pero nunca con semejante violencia. Se preguntó por qué lo primero que había querido hacer en aquella investigación era poner en su contra al jefe de la policía.

El agente dio un paso hacia Pendergast.

—De acuerdo. Se acabó. Le quiero fuera del pueblo. Ahora. Súbase a su cochecito de marica con su novia y saquen sus culos de aquí.

—¿Y si no lo hago?

—Si no lo hace lo detendré por merodear y alterar el orden.

Para sorpresa de todos, Pendergast soltó una carcajada.

—No, gracias. Voy a quedarme aquí cuanto me plazca. De hecho, esta noche espero poder ver el partido de béisbol en el hotel. Estoy seguro de que los Yankees de Nueva York van a devolver a los Red Sox de Boston al basurero del que han estado intentando salir durante la liga.

Se produjo entonces un largo y cargante silencio. El jefe de policía, con movimientos lentos y contenidos, extrajo de su cinturón unas esposas.

—Coloque las manos a su espalda, señor, y dese la vuelta.

Pendergast no se hizo de rogar. El agente le puso las esposas.

—Por aquí, señor —ordenó dándole un ligero empujoncito hacia el coche patrulla.

Constance esperaba que Pendergast dijese algo, que usara su comodín. Pero no hizo nada.

—Espere un minuto —le dijo Constance en voz baja al policía.

El hombre se detuvo y se volvió hacia ella. Constance lo miró a los ojos.

—Si hace eso no tardará en convertirse en el hombre más afligido del estado de Massachusetts.

El jefe de policía abrió los ojos como platos fingiendo cara de pánico.

—¿Me está amenazando?

—Constance —intervino Pendergast. Su tono de voz quería ser amable y alertarla al mismo tiempo.

Constance centró su atención en el jefe de policía.

—No lo estoy amenazando —repuso—. Me limito a predecirle un triste y humillante futuro.

—¿Y quién se va a encargar de eso exactamente? ¿Usted?

—Constance —insistió Pendergast, ahora algo más enérgico.

Constance hizo un gran esfuerzo para morderse la lengua, para controlar la rabia que le corría por las venas y le zumbaba en los oídos.

—Zorra. —El jefe de policía se dio la vuelta y condujo a Pendergast hacia el coche patrulla. El agente del FBI no se resistió. El jefe abrió la puerta trasera y colocó su mano en la cabeza de Pendergast para obligarlo a sentarse.

—Trae el talonario a la comisaría —le dijo Pendergast a Constance. Rebuscó con dificultad en sus bolsillos y le entregó las llaves del coche—. Así podrás pagar la fianza.

Constance observó cómo el coche patrulla se apartaba del bordillo y aceleraba por Main Street con un chirrido de neumáticos. Poco a poco su respiración se fue acompasando, la ira fue remitiendo. El coche patrulla desapareció de su vista, y en ese momento fue consciente de que no había nadie para conducir el descapotable.

5

La comisaría de Exmouth estaba ubicada en un pintoresco edificio de ladrillo en la otra punta del pueblo.

—Por favor, tenga cuidado y aparque sin pisar las rayas —le dijo Constance al joven que había reclutado para que condujese el coche hasta la comisaría.

El muchacho había estado observando embobado el coche mientras ella estaba allí preguntándose qué hacer, así que le había pedido si quería conducirlo. Él saltó de alegría ante aquella oportunidad. Cuando estaban ya dentro del coche, Constance notó que olía a pescado.

El joven dejó el coche en la plaza de aparcamiento y tiró del freno de mano.

—Vaya —dijo—. Increíble. Menudo viaje. —Miró a Constance—. ¿Dónde consiguió este coche?

—No es mío. Muchas gracias, ha sido todo un caballero. Puede irse.

Él dudó y ella tuvo la impresión de que se fijaba en ella por primera vez. De hecho, la miró de arriba abajo. Era un hombre fornido, el típico pueblerino honrado, y lucía una alianza en su mano izquierda.

—Oye, si tienes un rato luego…

—Pues no. Y usted tampoco —repuso Constance dirigiendo la mirada hacia su mano. Bajó del coche y echó a andar hacia la comisaría dejando al hombre en el aparcamiento, mirándola.

Constance entró en una sorprendentemente inmaculada sala de espera, presidida por los retratos del gobernador del estado y el vicegobernador, con una bandera estadounidense ribeteada en oro en una esquina y una pared con paneles de madera cubierta de placas conmemorativas y menciones. Una mujer delgada, sentada tras un mostrador, atendía las llamadas telefónicas intentando aparentar que estaba muy ocupada. A través de una puerta abierta que tenía a su espalda, a Constance le llegó el sonido de un televisor, sintonizado en algún canal deportivo.

—¿Puedo ayudarla en algo? —le preguntó la mujer.

—Estoy aquí para... ¿Cuál es el término adecuado? ¿Pagar la fianza del señor Pendergast?

La mujer la miró con curiosidad.

—Está siendo fichado. Siéntese por favor. ¿Podría decirme su nombre?

—Constance Greene —dijo sentándose y arreglándose el vestido.

Un joven agente de policía apareció desde la parte de atrás, se detuvo y observó a Constance. Ella le devolvió la mirada. ¿Había algo raro en el comportamiento de la gente de ese pueblo o la rara era ella? El agente era moreno, tenía pinta de italiano y su expresión era más bien taciturna. Dio la impresión de que se ruborizaba ante la mirada de Constance, pero al instante se volvió, entregó a la recepcionista un papel, le comentó algo brevemente y de nuevo miró a Constance.

—¿Está aquí por Pendergast?

—Sí.

El agente vaciló.

—Es posible que el asunto se alargue varias horas.

«¿Por qué demonios no se habrá identificado todavía?», pensó Constance.

—Esperaré.

El agente se fue. Constance advirtió que la señora del mostrador también la miraba con curiosidad. Al parecer estaba deseando entablar una conversación, pero Constance, que por lo general le habría cerrado el pico como quien cierra una puerta, recordó que estaba inmersa en una investigación y que se trataba de una oportunidad. Le dirigió lo que esperaba que fuese una sonrisa de bienvenida.

—¿De dónde son ustedes? —preguntó la mujer.

—De Nueva York.

—No sabía que había amish en Nueva York.

Constance se la quedó mirando.

—No somos amish.

—Oh, lo siento. Di por hecho… Un hombre con traje negro y usted con ese vestido… —Su voz se fue apagando—. Espero no haberla ofendido.

—En absoluto.

Constance estudió a la mujer con atención. Rondaba los cincuenta. La avidez que expresaba su cara hablaba de rutinas aburridas y de un auténtico afán por los chismorreos. Sin duda debía de estar al corriente de todo lo que pasaba en el pueblo.

—Tal vez estemos un poco pasados de moda —dijo Constance acompañando sus palabras con otra sonrisa forzada.

—¿Están aquí de vacaciones?

—No. Hemos venido a investigar el robo de la bodega de Percival Lake.

Silencio.

—¿El hombre del traje negro es investigador privado?

—Digamos que sí. Yo soy su ayudante.

La mujer se mostró inquieta.

—Vaya, vaya —dijo mientras empezaba a remover papeles sobre el mostrador, repentinamente atareada.

Tal vez no debería de haber sido tan rápida a la hora de revelar el propósito que les había llevado hasta el pueblo. Así que probaría una táctica nueva.

—¿Hace mucho que trabaja aquí? —preguntó Constance.

—Veintiséis años.

—¿Le gusta el pueblo?

—Es bonito. Y la gente es amable.

—¿Mucha criminalidad por aquí?

—Oh, no. Apenas nada. El último asesinato fue en 1978.

—¿Y otra clase de delitos?

—Lo habitual. Cosas de jóvenes. Vandalismo, hurtos en tiendas, menores que consumen alcohol… Ya sabe.

—Así pues, ¿esto no es habitual? Me refiero a lo de arrestar a alguien por alteración del orden.

La mujer se retocó el peinado con gesto nervioso.

—No sabría decirle. Lo siento pero tengo trabajo —dijo concentrándose en los papeles.

Constance se sintió desilusionada. ¿Por qué se le habría ocurrido a Pendergast hacer algo así? A partir de ahora tendría que prestar más atención a sus métodos.

Era ya última hora de la tarde cuando el joven agente regresó y entregó varios papeles a la mujer del mostrador.

—¿Señorita Greene? —preguntó esta.

Constance se puso en pie.

—Ha sido fijada la fianza. Cinco mil dólares.

Mientras Constance rellenaba el cheque, la empleada le explicó los términos y le pasó unos papeles. Constance los firmó.

—No durará mucho rato —le prometió la mujer.

Y así fue: cinco minutos más tarde, Pendergast apareció por la puerta con sorprendente buen humor. La bolsa con las camisas hawaianas había desaparecido.

—Excelente. Mejor que excelente —dijo—. Vámonos.

Constance no dijo una sola palabra de camino al coche.

—¿Cómo has traído el coche hasta aquí? —preguntó Pendergast al ver el descapotable.

Ella se lo explicó.

Pendergast frunció el ceño.

—Me gustaría que tuvieras en cuenta que hay gente peligrosa entre los habitantes de este pueblo.

—Pues créeme, ese hombre no lo era.

Entraron en el coche y Constance sintió que su irritación iba en aumento. Pendergast le tendió la mano para que le entregase las llaves, pero ella no hizo ni el ademán.

—Aloysius.

—Dime.

—Por el amor de Dios, ¿qué crees que estás haciendo?

—¿A qué te refieres?

—Provocaste de manera deliberada al jefe de policía y te arrestaron. Hace unas cuantas horas. Y doy por hecho que no le has dicho que eres agente del FBI.

—No, no se lo he dicho.

—¿Y cómo se supone exactamente que va a ayudar eso a nuestra investigación?

Pendergast apoyó una de sus manos en el hombro de Constance.

—Por cierto, quiero felicitarte por tu autodominio ante el jefe de policía. Es un hombre de lo más desagradable. Y contestando a tu pregunta te diré que eso ayudará de manera directa a nuestra investigación.

—¿Te importaría explicarme cómo?

—No voy a explicártelo. Todo te quedará claro más adelante, te lo prometo.

—Tu hermetismo va a volverme loca.

—¡Ten paciencia! Y ahora volvamos al hotel. He quedado con Percival Lake. ¿Querrás cenar con nosotros? Debes de estar hambrienta.

—Cenaré en mi habitación, gracias.

—Muy bien. Espero que a ambos nos resulte menos decepcionante que el desayuno de esta mañana.

Recorrían la típica carretera estrecha de Nueva Inglaterra flanqueada por muros de piedra. Llegados a un punto, los árboles fueron abriéndose para dejar a la vista el hotel Capitán Hull: una enorme y compleja casa victoriana costera con tejas grises y molduras blancas que se alzaba en mitad de un extenso prado, rodeada por espesos parterres con rosas carolina. El porche que daba la vuelta a la vivienda, de considerables dimensiones, tenía columnas blancas y una docena de hamacas que miraban hacia el mar, con vistas al faro de Exmouth, a medio kilómetro de distancia siguiendo la línea de la costa. Había un montón de coches en el pequeño aparcamiento con forma de concha. La habitación que le habían asignado a Constance cuando se registró en el hotel la noche anterior le había parecido anticuada y eso le encantaba.

—¿Cuándo será el juicio? —preguntó Constance—. Es de suponer que en pueblos como este están a favor de una rápida administración de la justicia.

—No habrá juicio. —Pendergast estudió su reacción—. Constance, no pretendo parecer perverso. Lo que pasa es que de cara a que te acostumbres a mis métodos, es preferible que te limites a observar cómo se desarrollan los acontecimientos de un modo natural. ¿Bajamos del coche? —Dicho esto, apoyó la mano en la puerta, salió del descapotable y abrió la de Constance.

6

Percival se detuvo en la puerta del restaurante Chart Room y distinguió de inmediato a Pendergast entre los comensales. El agente del FBI, vestido de negro y blanco, destacaba entre todos aquellos hombres ataviados al estilo de Nueva Inglaterra, con chaquetas de madrás y pantalones de algodón. Por experiencia, Lake sabía que incluso las personas más excéntricas y menos convencionales cuidaban encarecidamente su imagen pública. De hecho, a muy pocos les importaba un pimiento la opinión de los demás. Pendergast era uno de ellos.

Y a Lake eso le gustaba.

Pendergast estaba estudiando el menú de la pizarra con el ceño fruncido, pues en el restaurante Chart Room del hotel Capitán Hull no había cartas. Cuando Lake empezó a abrirse paso entre las mesas, Pendergast levantó la vista y se puso en pie. Se dieron la mano.

—Me encanta este restaurante —dijo Lake antes de sentarse—. El suelo de tarima de pino, los instrumentos de navegación, la chimenea de piedra. Resulta de lo más acogedor, sobre todo ahora, en otoño. Cuando empieza a hacer frío encienden la chimenea.

—Yo más bien me siento como en un ataúd —repuso Pendergast.

Lake soltó una carcajada y echó un vistazo a la pizarra.

—El vino aquí es poco menos que matarratas, pero en el

hotel tienen una interesante selección de cervezas artesanales. Hay una que preparan en esta zona que siempre recomiendo...

—No bebo cerveza.

La camarera, una joven con el pelo muy corto y casi tan rubio como el de Pendergast, se acercó para tomar nota de su comanda.

—¿Qué puedo servirles, caballeros? —preguntó con desparpajo.

Silencio. Pendergast observaba las botellas expuestas tras la barra del bar. Alzó las cejas sorprendido.

—Veo que tienen absenta.

—Creo que se trata de una especie de experimento.

—Tomaré una, por favor. Asegúrese de que el agua para la absenta sea mineral, nada de agua del grifo, helada pero sin cubitos. Y traiga también unos cuantos azucarillos. Y si pudiese conseguir una cuchara de rejilla y una copa de cristal para la absenta, no sabe cuánto se lo agradecería.

—Una copa de cristal para la absenta. —La camarera lo anotó todo—. Haré lo que pueda.

—¿Pedimos también la cena? —preguntó Lake—. La especialidad de aquí son las almejas fritas.

Pendergast volvió a mirar la pizarra.

—Tal vez después.

—Una pinta de Riptide IPA para mí, por favor.

La camarera se alejó y Lake miró a Pendergast.

—Llamativa muchacha. Es nueva.

Lake comprendió que a Pendergast le interesaba bien poco su comentario pues al parecer ni le había escuchado.

Lake se aclaró la garganta.

—He oído que lo han arrestado. Por supuesto, el pueblo entero está al corriente. Ha causado un gran revuelo.

—Eso parece.

—Supongo que tenía sus motivos.

—Naturalmente.

La camarera regresó con las bebidas y lo dejó todo frente a

Pendergast: vaso, cuchara aunque no de rejilla, platito con azucarillos, jarrita de agua y la absenta en una copa alargada.

—Espero que todo esté a su gusto.

—Un increíble esfuerzo —admitió Pendergast—. Gracias.

—Se diría que va a realizar un experimento químico —dijo Lake cuando Pendergast se dispuso a prepararlo todo.

—La verdad es que algo tiene que ver con la química —convino Pendergast colocando un azucarillo en la cuchara y manteniéndola en equilibrio sobre la copa de absenta mientras vertía el agua con extremo cuidado.

Lake vio cómo el líquido verde se enturbiaba. El aroma de anís se esparció por la mesa y sintió un escalofrío.

—En la absenta hay ciertos extractos de hierbas a base de aceites que se disuelven en el alcohol pero tienen una baja solubilidad en el agua —explicó Pendergast—. Cuando se añade agua se separan de la solución creando esta opalescencia, o *louche*.

—Lo probaría si no odiase los licores. ¿No se supone que el ajenjo causa daño cerebral?

—Vivir causa daños cerebrales.

Lake soltó una carcajada y alzó su vaso.

—En ese caso: por Exmouth y el misterio del esqueleto emparedado.

Entrechocaron sus copas. Pendergast le dio un sorbo a la suya y la dejó en la mesa.

—Me he fijado en que su actitud es de lo más despreocupada —dijo el agente del FBI.

—¿A qué se refiere?

—Ha perdido usted una colección de vinos muy valiosa. Habitualmente, la gente que ha sufrido un robo se siente perturbada, como si la hubiesen violado. Sin embargo a usted se le ve de buen humor.

—Con usted al cargo del caso, ¿cómo no iba a estarlo? —Lake le dio un trago a su cerveza—. Me tomo la vida con calma, supongo. Lo aprendí al crecer.

—¿Y dónde creció usted?

—En Outpost, Minnesota. Menudo nombrecito, ¿eh? A treinta kilómetros al sur de International Falls. Población: ciento veinte habitantes. Los inviernos eran como los de un cuento de Kafka. Para soportarlo tenías tres opciones: beber, volverte loco o aprender a aceptar la vida como te viene. —Lake se echó a reír—. La mayoría escogimos la tercera opción. —Le dio otro trago a su cerveza—. Había una cantera a las afueras del pueblo. Así es como empecé a trabajar la piedra. Tenía mucho tiempo libre entre noviembre y abril.

—¿Y después?

—Bueno, ahí estaba yo, un joven granjero del Medio Oeste emigrado a Nueva York y dispuesto a hacerse un hueco en el mundo del arte. Eso fue a principios de los ochenta y mi trabajo de algún modo dio un vuelco. Lo viejo volvió a ser nuevo, ese sería el resumen. Un lugar muy loco Nueva York. Cuando adquirí cierto reconocimiento, la fama se me subió a la cabeza: el dinero, las fiestas... Todo ese mundo pretencioso y esquizofrénico propio de las galerías del centro de la ciudad. —Negó con la cabeza—. Como solía pasar a todos, me enredé con la cocaína. Al final desperté. Me di cuenta de que si no hacía algo, si no me apartaba de ese entorno, mi musa se largaría para siempre.

—¿Y cómo fue a parar aquí?

—Conocí a una mujer estupenda que estaba tan harta de Nueva York como yo. Cuando era niña pasaba los veranos en Newburyport. Compramos el faro, lo restauramos. Y el resto es historia. Los años que Elise y yo pasamos juntos fueron maravillosos. Dios, cuánto la amaba. La echo de menos cada día.

—¿Cómo murió?

A Lake le sorprendió un poco que se lo preguntara de un modo tan directo, que utilizara la palabra «murió», pues la mayoría de la gente solía emplear eufemismos.

—Cáncer de páncreas. Falleció tres meses después de que se lo diagnosticaran.

—¿Nunca se aburre aquí?

—Si uno se toma en serio lo de ser artista, es imprescindible disponer de un lugar tranquilo en el que trabajar. Tienes que apartarte del mundo, dejar atrás las chorradas, los comisarios, los críticos, las tendencias. Y a nivel práctico, también necesitaba espacio. Mis piezas son de gran tamaño. Y ya le hablé del maravilloso yacimiento de granito rosa que hay cerca de aquí. Puedo ir a la cantera y elegir mis piedras, y ellos me las cortan a medida y me las traen. Como anillo al dedo.

—En cierto modo estoy familiarizado con su obra —dijo Pendergast—. A usted no le da reparo mantenerse a distancia de las modas, de lo pasajero. Y tiene muy buena mano con las piedras.

Lake se ruborizó. Había oído decir que ese hombre rara vez, por no decir nunca, le dedicaba a alguien un halago.

—¿Y qué me dice de su nueva amiga, la señorita Hinterwasser? ¿Cómo la conoció?

Esa pregunta era incluso demasiado directa.

—Cuando Elise murió me embarqué en un crucero. La conocí allí. Acababa de divorciarse.

—¿Fue ella la que decidió venirse a vivir aquí con usted?

—La invité yo. No me gusta estar solo. Y lo del celibato no va conmigo. En absoluto.

—¿Comparte ella su entusiasmo por el vino?

—A ella le van más los daiquiris y los margaritas.

—Nadie es perfecto —dijo Pendergast—. ¿Y qué opina del pueblo? ¿Cómo lo definiría?

—Tranquilo. Aquí a nadie le importa demasiado si soy o no un escultor famoso. Puedo encargarme de mis asuntos sin que nadie me moleste.

—¿Pero...?

—Pero supongo que todos los pueblos tienen su cara oculta. Los líos de faldas y las peleas, las estafas inmobiliarias, los concejales incompetentes, ya sabe: los amos del pueblo en versión Nueva Inglaterra. Y por supuesto, un jefe de policía que pasa la mayor parte del tiempo poniendo multas de aparcamiento para aumentar su salario.

—Ya me habló en otra ocasión de la historia del jefe de policía.

—Los rumores cuentan que se metió en problemas en Boston. No lo suficientemente importantes para ser despedido, pero sí para arruinar su carrera. Es un palurdo, ya lo ha visto, aunque se ha ido puliendo con el paso de los años.

—¿Qué clase de problemas?

—Dicen que empleó demasiada fuerza con un sospechoso, que lo coaccionó o lo amenazó hasta que confesó algo que no había hecho. Más tarde lo exculparon gracias a una prueba de ADN y tuvieron que soltarlo. Ganó una importante demanda contra la ciudad.

—¿Y su ayudante?

—¿Gavin? —Lake se calló un instante—. Es un buen tipo. Tranquilo. Nacido en Exmouth. Su padre fue jefe de policía. Cursó una carrera en la Universidad de Massachusetts, en Boston, creo. Le fue bastante bien, porque se graduó en criminalística. Todo el mundo estaba convencido de que haría grandes cosas. Y en lugar de eso volvió para desempeñar el mismo trabajo que su padre. Pero hay que decir que la gente está encantada con él. Como es natural, le tiene echado el ojo al puesto de Mourdock. —Guardó silencio unos segundos—. ¿Le parece bien que comamos algo?

Pendergast volvió a estudiar la pizarra.

—¿Hay algún restaurante que esté bien en el pueblo?

Lake rio con ganas.

—Está sentado en el mejor de todos. La comida no está a la altura de un local medio de Nueva Inglaterra: bacalao a la plancha, hamburguesas y almejas fritas. Pero tienen un cocinero nuevo; dicen que es un militar de la Marina retirado. Tal vez con él las cosas mejoren.

—Ya lo veremos.

Lake lo observó con atención.

—Siento curiosidad por usted, señor Pendergast. He estado intentando ubicar su acento. Sé que es del sur, pero no sabría decir exactamente de dónde.

—Mi acento es de Nueva Orleans, concretamente del barrio francés.

—Claro. ¿Y qué le llevó a Nueva York? Si no le importa que se lo pregunte.

A juzgar por la expresión de su cara, Lake vio que sí le importaba.

—Fui a Nueva York debido a una investigación. De eso hace ya unos cuantos años. La delegación del FBI me pidió que me quedase.

Con la intención de regresar a un terreno más seguro, Lake le preguntó:

—¿Está casado? ¿Tiene hijos?

Lake se dio cuenta entonces de que había ido demasiado lejos. La expresión amable de Pendergast se había esfumado. De hecho, tardó unos segundos en hablar.

—No —dijo al fin en un tono que habría congelado el agua.

Lake le dio otro trago a su cerveza para disimular su bochorno.

—Pues mejor hablemos del caso. Siento curiosidad por saber si tiene alguna teoría sobre quién pudo hacerlo.

—No tengo ninguna teoría que vaya más allá de la mera especulación. —Pendergast echó un vistazo a su alrededor. La mirada vacía fue esfumándose de su rostro—. Tal vez sería más útil que me hablase usted de la gente que hay en este salón.

La petición desconcertó un poco a Lake.

—¿Se refiere a sus nombres?

—Nombres, historias, peculiaridades.

Lake pidió una segunda cerveza, en esta ocasión una Thunderhead IPA. Estaba muerto de hambre, debería comer algo pronto. Se inclinó hacia delante.

—Hay algo que ni siquiera en este restaurante puede resultar molesto: ostras.

Pendergast se espabiló de golpe.

—Excelente sugerencia. Pidamos dos docenas.

Lake llamó a la camarera y le pidió las ostras.

—Veamos —dijo—. Empezaré por la camarera nueva...

—Podemos saltarnos a la camarera. ¿Siguiente?

—Mmm... —Lake hizo un barrido visual del salón. Había solo otras dos mesas ocupadas, aparte de un camarero y un barman.

—El hombre que está tras la barra es Joe Dunwoody. Los Dunwoody son una vieja familia de Exmouth que se remonta a tiempos coloniales. Su hermano Dana es uno de los concejales del pueblo, un astuto abogado litigante. Mejor no tenerlo como enemigo.

—¿Por qué?

—Puedes quedarte sin el permiso necesario para construir un garaje. O bien el inspector de fosas sépticas podría aparecer de repente y ponerte una multa. Cosas sin importancia aunque molestas.

—El siguiente.

Lake miró alrededor.

—¿Ve a esa mujer pechugona de la esquina que está dando buena cuenta de un whisky? Es Dolores Claybrook. La chafardera oficial del pueblo. Una mujer horrible, de esas que disfrutan con las desgracias ajenas. Su familia es una de las más adineradas del pueblo. Hicieron su fortuna en Gloucester, construyendo barcos. Una de las ramas de la familia se trasladó aquí y se dedicó a la pesca del bacalao. Fueron a menos a medida que lo hacía el bacalao. Es la última de su estirpe. Ha enterrado a tres maridos. Si le guiña el ojo y le pellizca el culo posiblemente pueda charlar con ella un rato.

—Tal vez en otra ocasión. ¿Siguiente?

—La pareja que está en la mesa junto a la ventana: Mark y Sarah Lillie. Llevan la agencia de seguros local. También andan metidos en inversiones en el pueblo. Por otra parte, son los dueños de un negocio de asesoramiento financiero. Los Lillie también se remontan en el tiempo, aunque me temo que en Exmouth todos responden al mismo patrón. Son originarios de Oldham.

—¿Oldham?

—Un pueblecito de Crow Island, al sur de aquí. Quedó destruido tras el huracán de 1938. La mayoría de los residentes se instalaron en Dill Town, que había sido abandonado con anterioridad. Desde entonces, la familia Lillie pasó a formar parte de la sangre azul de Exmouth, o lo que aquí pasa por serlo.

Pendergast señaló a un hombre vestido de tweed que cenaba sentado en la barra.

—¿Y ese personaje tan curioso, el que tiene coderas de cuero en la americana?

—No es de por aquí, obviamente. Es inglés. Nos visitó hace unas semanas con la intención de investigar sobre un misterioso naufragio bastante famoso en la zona. Por lo visto ha vuelto; no sé por qué.

—¿Qué misterioso naufragio?

—La desaparición, en 1884, del SS *Pembroke Castle*, que partió de Londres rumbo a Boston. Se esfumó en mitad de la noche, en dirección noreste, en algún punto de la costa entre el cabo Elizabeth y el cabo Ann. No quedó ni rastro, ni siquiera un tablón. De tanto en tanto aparece alguien que intenta descubrir qué pasó. Algo parecido a lo del *Flying Dutchman* o el *Marie Celeste*.

—Qué curioso. ¿Y cómo se llama el caballero?

—Morris McCool.

—¿Llegó a hablar con él?

—No. Pero debo decir que hay algo sospechoso en su actitud. De no ser «de fuera», habría sido mi principal sospechoso del robo de mi bodega. Morris McCool... salta a la vista que es un nombre falso.

—Al contrario. Nadie inventaría un nombre como ese.

Lake se detuvo cuando la camarera dejó la enorme bandeja con las ostras sobre un fondo de hielo picado, salsa de cóctel, rábano picante rallado y rodajas de limón.

—¿Cómo prefiere comerlas? —preguntó Lake.

—Limón y nada más.

—Así se habla. —Lake roció de limón las carnosas ostras

observando cómo se contraían al contacto con el ácido—. Después de usted.

Pendergast cogió una y con un rápido gesto se llevó la concha a los labios, sorbió sonoramente, dejó la valva vacía con felina delicadeza y se limpió los labios.

Lake cogió otra y guardaron silencio mientras procedían a succionar una ostra tras otra sin parar hasta que no quedaron más que las brillantes conchas vacías.

Pendergast se limpió los labios por última vez, dejó la servilleta a un lado y echó un vistazo a su reloj.

—Ahora debo retirarme. Ha sido un gran placer. Gracias por la sugerencia.

—El placer ha sido mío.

Había algo en ese hombre que Lake encontraba curiosamente atractivo: su expresión marmórea, el traje negro, el aspecto austero... Por no hablar de su avidez por las ostras.

7

Morris McCool salió del Capitán Hull de bastante buen talante a pesar de notar el pastel de carne todavía en la garganta. Si bien la comida en ese lugar era poco más que una parodia de la comida auténtica, le sorprendió la calidad de las cervezas que había en la actualidad en Estados Unidos; en su anterior visita al país, veinte años atrás, le costó Dios y ayuda encontrar algo que no fuera una Coors.

McCool era un entusiasta de los paseos. En su pueblo, en Penrith, Cumbria, salía siempre a pasear después de cenar para ayudar a la digestión. Creía a pies juntillas en los beneficios del aire fresco y el ejercicio, y había sido precisamente durante esas caminatas después de la cena cuando se le habían ocurrido muchas de sus ideas sobre cuestiones históricas.

Pero ahora se disponía a pasear con un propósito concreto. Sacó un mapa dibujado a mano del bolsillo, lo estudió con atención, se orientó respecto a la dirección que debía tomar y echó a andar hacia la escalinata de madera plateada que descendía por los riscos hasta llegar a la playa.

Las olas seguían una cadencia regular, atronadoras y silbantes cuando ascendían por la arena de la playa, dejando un destello brillante cuando se retiraban para volver a empezar. McCool se mantuvo en la zona donde la arena todavía estaba firme a causa de la humedad que había dejado la marea y recorrió la playa en dirección a la amplia marisma que formaba el río Exmouth al adentrarse en la bahía. Los infames «chupasangres» que reinaban allí con el calor del día se habían retirado durante el fresco anochecer de octubre.

McCool aspiró el aire salado con satisfacción. Ahora ya estaba cerca..., muy cerca. A pesar de que todavía quedaban algunos cabos sueltos —a decir verdad, bastante inexplicables—, estaba convencido de que había resuelto la clave del misterio.

Salvo por la presencia de una pequeña figura a su espalda que seguramente disfrutaba de un paseo crepuscular similar, la playa estaba desierta. La figura parecía haber surgido de la marisma de forma repentina. A McCool no le hacía gracia que alguien supiese adónde iba, así que aceleró el paso para dejar atrás al tipo que paseaba. La luz del distante faro empezó entonces a parpadear, sin duda activada por un mecanismo que se ponía en marcha coincidiendo con la puesta de sol. En aquel instante, el anaranjado globo solar se ocultaba ya tras los pelados pinos que bordeaban la marisma.

La playa parecía combarse hacia dentro allí donde una franja del río Exmouth se adentraba en el océano. La corriente fluía más allá del ancho estuario con el reflujo de la marea, acentuando la gris oscuridad de la marisma. Desde allí llegaba un fuerte olor a limo no del todo desagradable. McCool se dio la vuelta y al echar la vista atrás le sorprendió comprobar que la figura estaba mucho más cerca. Ese tipo tenía que haber acelerado de lo lindo, tal vez incluso corrido, para ganarle tanto terreno. ¿Acaso quería alcanzarlo? A pesar de la distancia, a McCool no le gustó el aspecto del hombre.

Un sendero apenas visible corría junto a la línea que dibujaban los árboles en el extremo de la marisma. McCool aceleró el ritmo. El hombre debía de estar ya a unos cien metros de distancia. Vestía ropa tosca y más bien oscura. O al menos eso fue lo que creyó apreciar McCool con una mirada fugaz.

McCool recorrió el sendero al tiempo que consultaba el rudimentario mapa. El muelle de pesca del siglo XIX, abandonado hacía decenios, se encontraba al otro lado del siguiente recodo del estuario. Cuando McCool tomó la curva, apareció ante su vista una serie de viejos pilares de madera que se adentraban en la bahía formando líneas paralelas. El viejo embarcadero. A lo largo de la orilla podían verse, y se verían hasta el final de los tiempos, enormes pilones de granito toscamente cortados. Eran la base de los muelles de carga y de las ruinas de una planta para procesar el pescado. McCool había elaborado un cuidadoso mapa de la zona sirviéndose de documentos históricos y fotografías para recrear el frente marítimo de allá por 1880. Ahí era donde pescadores y mercantes habían hecho sus negocios, sobreponiéndose al largo declive económico tras el apogeo de la caza de la ballena en el siglo XVIII y principios del XIX. El moribundo frente marítimo al final había sucumbido al perverso huracán Yankee Clipper de 1938. El puerto nuevo había sido construido por encima del estuario, en un emplazamiento más protegido. Pero a decir verdad, el pueblo nunca se recuperó de la catástrofe.

Cuando los podridos pilones estaban ya a la vista, McCool oyó un ruido a su espalda y se volvió: el hombre se aproximaba a un ritmo muy rápido. Y entonces reparó en lo aterradora que resultaba su presencia: el rostro deformado de un modo extraño, cabello pelirrojo encrespado cortado al cepillo, unos labios húmedos más gruesos por un lado que por el otro, un montón de pecas de mal aspecto, barba de tres días y frente prominente surcada por una sola ceja. McCool creía conocer a todos los habitantes del pueblo, pero nunca había visto a ese tipo. Parecía salido de una pesadilla.

Portaba una bayoneta en una mano, que desenfundó haciendo destellar el acero al aproximarse a McCool con rápidas zancadas y los ojos brillantes.

Sin querer, McCool dejó escapar un grito de miedo y confusión, se volvió y echó a correr hacia el viejo muelle. Su perseguidor también empezó a correr, siguiéndole a cierta distancia, como si fuesen en coche.

McCool gritó pidiendo ayuda varias veces, pero estaba lejos

del pueblo y su voz la engulló la vasta marisma, más allá de los pilones podridos.

Con la intención de escapar de su perseguidor, McCool abandonó el sendero, trepó por un dique más arriba del primer embarcadero, saltó por encima de una base de piedra y se abrió camino entre unos espesos zarzales. Podía oír a su perseguidor detrás.

—¿Qué es lo que quiere? —gritó McCool, pero no hubo respuesta.

Los arbustos rasgaban sus pantalones y su camisa, arañaban su rostro y sus manos. Atravesó los matorrales y bordeó corriendo el embarcadero, sobrepasó a trompicones una caseta de pescador derruida por completo y saltó por encima de un revoltijo de cuerdas y cadenas oxidadas.

Era una locura. Estaba huyendo de un lunático.

El pánico apenas le dejaba respirar. El terror le hizo tropezar con otro pilar roto y rodó por el suelo del embarcadero. Se puso en pie y esprintó hacia una zona amplia con juncos marinos. Tal vez podría burlar al hombre en la hierba. Intentó abrirse paso con los brazos. Echó la vista atrás: el lunático pelirrojo seguía persiguiéndole con unos ojos como ascuas, desplazándose sin esfuerzo bayoneta en mano.

—¡Socorro! —gritó McCool—. ¡Que alguien me ayude!

Una bandada de mirlos negros salió volando de entre las espadañas con un sonoro batir de alas. No había modo de dejar atrás a ese hombre; parecía un perro de presa. Y le estaba obligando a adentrarse más y más en la marisma.

El agua. Si pudiese alcanzar el agua. Era un buen nadador. Tal vez su perseguidor no nadase tan bien.

Giró bruscamente a la izquierda, hacia el corazón de la marisma. Los juncos eran tan altos en ese punto que McCool no podía ver nada más adelante, de modo que fue apartando los puntiagudos juncos con los brazos sin notar apenas los pinchazos y los cortes. Avanzaba sin descanso, escuchando los ruidos que hacía su perseguidor. Estaría a unos tres o cuatro metros de distancia. La bahía o el canal de la marisma debía de estar ahí delante, en algún lado. Algo, por amor de Dios, algo...

Y de repente se acabaron los juncos y McCool irrumpió en una zona fangosa que se extendía unos cincuenta metros hasta una corriente de agua.

No había escapatoria. Se adentró en la zona fangosa y las piernas se le hundieron hasta las rodillas. Lanzó un grito de terror. Luchó con todas sus fuerzas para avanzar por el légamo. Se dio la vuelta y vio al tarado pelirrojo de pie en el límite que marcaban los juncos, bayoneta en mano; en su cara desfigurada, una grotesca sonrisa.

—¿Quién eres? —gritó McCool.

El hombre regresó sobre sus pasos y desapareció entre los juncos.

Durante unos segundos, McCool permaneció en el fango intentando recuperar el aliento, tosiendo, como si se le fuesen a salir los pulmones, con las manos en las rodillas. ¿Y ahora qué? Miró a su alrededor. La corriente de agua estaba a unos quince metros de distancia; el lodo se iba con la marea. Más allá, la interminable marisma de nuevo.

No volvería atrás, a la pesadilla de los juncos, no con ese maníaco acechándole. Jamás. Sin embargo, la única salida consistía en volver atrás, o bien en dejarse llevar por la corriente y verse arrastrado por la marea.

Así que permaneció quieto, sintiendo los latidos de su corazón. Estaba oscureciendo. El agua corría y los mirlos daban vueltas en lo alto chillando. El fango estaba frío y sin duda el agua estaría todavía más fría. Pero no tenía opción.

Se adentró en el agua. Estaba helada. Se dejó ir, permitiendo que la corriente lo arrastrase, y empezó a nadar. La chaqueta mojada era una carga, así como los pantalones llenos de barro y los pesados zapatos de cuero. Pero era un experimentado nadador y se mantuvo a flote a base de grandes brazadas, avanzando con rapidez. El cauce se estrechó y la velocidad de la corriente aumentó; los juncos se cernían a ambos lados. McCool avanzaba en dirección al mar. Toda su atención estaba centrada en ese aspecto. Gracias a Dios, pronto habría alcanzado la playa, donde podría salir del agua y regresar a la seguridad del hotel.

Al girar en uno de los recodos nadando frenéticamente, vio que en uno de los muros de juncos se perfilaba una figura: pelo rojo, rostro desfigurado, ojos ardientes y centelleante bayoneta.

—Dios, no. ¡No! —gritó al tiempo que intentaba alcanzar con desesperación la orilla opuesta.

Sin embargo la corriente lo arrastraba hacia el dique donde se encontraba aquella figura; hasta que la figura se lanzó al agua como un depredador; hasta que sintió el acero, frío como un carámbano, atravesando sus tripas.

8

Indira Ganesh había recibido aquel pequeño hueso a última hora de la tarde anterior y había estado trabajando en él toda la noche y todo el día siguiente. Ahora eran ya las diez de la noche. Casi treinta horas seguidas sin parar, pero apenas notaba el cansancio. Le gustaba trabajar por la noche, cuando su laboratorio, ubicado en el Museo Peabody de la avenida Divinity, en Cambridge, estaba sumido en el silencio como si de un templo se tratase. En semejante atmósfera trabajar se parecía mucho a meditar o incluso a rezar. Cuando estaba rodeada de gente nunca era tan productiva.

Además, ese pequeño hueso era el tipo de reto que más le gustaba. No contaba con información adicional de ningún tipo, ni siquiera la certeza de que fuese humano. No tenía ni idea de quién necesitaba analizarlo ni por qué. Solo sabía que Howard Kress, presidente del Departamento de Biología Evolutiva de Harvard y jefe suyo, le había traído el hueso en persona y le había dicho, no sin cierto toque de misterio, que si podía disponer de un análisis completo en un par de días lo consideraría un gran favor personal.

Como tenía a su disposición toda la maquinaria y el material necesario, Ganesh se puso manos a la obra. Identificar el hueso en tanto que falange distal de la mano izquierda de un ser humano resultó sencillo. A partir de ahí las preguntas resultaban más difíciles de contestar. Ella siempre tenía la impresión de que los huesos que estudiaba le susurraban cosas, como si estuviesen ansiosos por contar su historia. Ahora disponía de la historia de aquel pequeño hueso, o al menos de todo lo que había podido descubrir en treinta horas de trabajo.

Ganesh estaba inclinada sobre el ordenador, dispuesta a redactar el informe preliminar, cuando notó una presencia a su espalda; la presión inmaterial de una mirada. Se dio la vuelta y dejó escapar un grito ahogado. En la puerta del laboratorio había un hombre alto y pálido, con un rostro de lo más llamativo.

—¿Doctora Ganesh? Siento molestarla. Mi nombre es Pendergast. Soy la persona interesada en ese hueso.

Ella se llevó la mano al pecho.

—Menudo susto me ha dado.

—¿Le importa si me siento?

Al ver que Ganesh dudaba, Pendergast se llevó la mano al bolsillo y sacó la placa de agente especial con el sello del FBI.

—Por favor —dijo ella señalándole una silla—. ¿Cómo ha logrado entrar? El museo está cerrado.

—Alguien debió de dejarse una puerta abierta. Si no le importa, ¿podríamos hablar del hueso?

—Ahora iba a redactar mis resultados.

Pendergast hizo un gesto con la mano.

—Prefiero que me lo explique directamente. Tengo un poco de prisa.

—De acuerdo. —Tomó aliento con la intención de recuperarse del sobresalto, recapacitó durante unos segundos y empezó a hablar—. En primer lugar, el tamaño y la dureza sugieren que era de un hombre. Alguien con manos grandes y fuertes. La musculatura asociada sin duda era tan pronunciada que puedo asegurar que esa persona desempeñaba todos los días alguna clase de trabajo manual, algo que le obligaba a agarrar y estirar.

—Interesante.

—El extremo del hueso presentaba una erosión severa en el momento de la muerte. Da la impresión de que el hombre en cuestión rascaba o excavaba con sus manos hasta llegar literalmente al hueso. Nunca había visto algo así, por lo que no puedo explicarlo mejor.

El hombre de rostro pálido permaneció en silencio durante un instante. Después habló.

—Ese caballero fue emparedado vivo.

Ganesh se inclinó hacia delante.

—¿En serio?

Pendergast asintió.

—¿O sea que es la investigación de un asesinato?

—Digamos que de un antiguo asesinato.

—Entiendo. —Ganesh se aclaró la garganta—. El hueso se ha conservado bien y tiene un montón de colágeno. He determinado la edad con radiocarbono. Podría decirse que es bastante reciente. No es fácil datar con total precisión con este método, pero da la impresión de que podría ser de hace ciento cuarenta años, con un margen de unos veinte años arriba o abajo.

—Doy por hecho que no hay modo de limitar el margen de error.

—Así es. El radiocarbono es más preciso con objetos que tengan entre cinco y cincuenta mil años de antigüedad. El índice de error se amplía en ambos extremos.

—¿Ha utilizado un contador beta o un espectrómetro de masas?

La pregunta sorprendió a Ganesh. Aquel hombre quería demostrar que sabía del asunto, pero sus conocimientos le alcanzaban únicamente para hacer preguntas ingenuas.

—Tratándose de fechas tan recientes, solo el espectrómetro de masas podría proporcionarnos un resultado útil.

—Ya veo.

Ganesh se preguntó ahora si en lugar de ser ingenuo aquel hombre estaría tanteándola. Sin duda era un hombre extraño pero convincente.

—Gracias a la abundancia de colágeno y a la nula contaminación, he conseguido buenos resultados con el ADN. El individuo es definitivamente hombre, con un setenta y cinco por ciento de ascendencia africana y un veinticinco de Europa occidental.

—Curioso.

—Es la típica mezcla de los afroamericanos, pues casi todos tienen un porcentaje de sangre europea. Su piel debía de ser oscura, pero no negra.

—¿Y su edad?

—El estudio histológico indica que debía de tener unos cuarenta. Muestra también que gozaba de una excelente salud, más allá de algún episodio aislado de enfermedad cuando era joven. Las secciones que he examinado señalan que la enfermedad podría haber sido escorbuto, una deficiencia severa de vitamina C.

—Entonces el tipo era marinero, ¿no es cierto?

—Las pruebas apuntan en esa dirección. El mismo isótopo marca una dieta alta en pescado, marisco, trigo y cebada.

—¿Cómo se puede llegar a saber algo así?

—La comida que ingerimos y el agua que bebemos se descompone y el carbono, el oxígeno y el nitrógeno se incorporan a nuestros huesos. Esos tres elementos tienen una proporción estable de isótopos que difieren de una comida a otra, y también de una fuente a otra. Basándonos en esas proporciones de isótopos podemos saber qué ha estado comiendo y bebiendo una persona durante, digamos, los últimos veinte años de su vida.

—¿Bebiendo?

—Sí. A medida que ascendemos en latitud, la proporción de isótopos de oxígeno en el agua corriente va variando.

—Interesante. ¿Y de qué latitud era el agua que bebía este hombre?

—De entre cuarenta y cincuenta y cinco grados. En Norteamérica eso corresponde a una zona entre Nueva Jersey y Newfoundland. El examen no es muy preciso.

—¿Y su dieta?

—El trigo viene del pan y la cebada sin duda de la cerveza.

Añádale el pescado y el marisco y tendrá la clásica dieta costera del siglo XIX. He buscado anticuerpos en el hueso. Las pruebas de la malaria dan positivo.

—La malaria era propia de marineros, ¿no es cierto?

—Por supuesto. También dieron positivo las de la tuberculosis.

—¿Se refiere a que sufrió tuberculosis?

—No. Estaba demasiado sano. Podríamos decir que cualquier habitante de una población portuaria habría dado positivo en la prueba de la tuberculosis en aquel tiempo. Todo el mundo estaba expuesto.

—Entiendo. ¿Algo más?

—Resumiendo, yo diría que lo que tenemos aquí es un varón afroamericano alto, fuerte y sano de cuarenta años. Un marinero de profesión que trabajaba con sus manos, tal vez como timonel o como encargado del trinquete. Seguramente provenía de una familia bastante acomodada, dado que no muestra signos de malnutrición aparte del escorbuto. Debió de nacer sobre 1840 y murió alrededor de 1880. Cuando no estaba en el mar vivía en una ciudad o pueblo portuario. Y en alguna ocasión pasó una temporada en el trópico.

El agente del FBI asintió despacio.

—Extraordinario, doctora Ganesh. Sin duda extraordinario.

—Los huesos me hablan, señor Pendergast. Me cuentan su historia.

El hombre del rostro pálido se puso en pie.

—Gracias. Ha sido usted de gran ayuda. Ahora, si no le importa, me gustaría recuperar la muestra.

Ganesh sonrió.

—Ojalá pudiera complacerle. Pero como ve, cada pregunta consume un pedacito de hueso. A medida que cuenta su historia va desapareciendo. Me temo que este hueso se extinguió cuando acabó de contar su historia —dijo extendiendo los brazos.

Pendergast aprovechó el gesto para tomarle la mano, que era suave y fresca.

—Me inclino ante su habilidad para hablar con los muertos, doctora Ganesh.

Le besó la mano.

Ya hacía un buen rato que se había marchado cuando Ganesh notó que se había puesto colorada.

9

Constance cruzó la puerta, se detuvo y frunció el ceño con un instintivo gesto de rechazo. Aquel lugar parecía una chatarrería más que una sociedad histórica. Había un montón de cosas colgadas aleatoriamente de las paredes: mapas descoloridos, viejas redes, boyas, arpones, garfios, colmillos de narval, agujas para coser velas, un gigantesco caparazón de langosta en una placa, otra placa de madera cubierta de nudos marineros y antiguas imágenes de Exmouth. En el centro del «museo» había expuesto un viejo bote de pesca de unos seis metros de eslora, con varios remos entre clavijas de madera.

Constance había hecho sonar una campanilla al abrir la puerta, por lo que no tardó en presentarse un entusiasta señor de pelo gris con unas orejas enormes pegadas a una cara estrecha y huesuda. Una placa lo identificaba como trabajador voluntario. Su nombre era Ken Worley.

—Buenos días —dijo cruzándose en su ángulo de visión y tendiéndole un folleto—. ¡Bienvenida al Museo de la Sociedad Histórica de Exmouth!

—Gracias —musitó ella con la intención de mostrarse amable.

Empezó a examinar con atención el bote, con la esperanza de que el hombre desapareciera.

—Un hermoso bote, ¿no le parece? «Vejez ignorada echada a un rincón». Ese es el lema de nuestro pequeño museo.

Constance analizó mentalmente la incorrecta cita de Shakespeare y sin pensarlo siquiera lo corrigió:

—«Vejez desatendida».

Se produjo un repentino silencio.

—¿Estad usted segura? Tendré que comprobarlo.

—No es necesario que lo compruebe —dijo Constance—. Está usted equivocado.

El señor se retiró temporalmente, volvió a su pila de folletos y se concentró en un enorme libro de registros; lo abrió y fue pasando las páginas. Constance, que estudiaba unos antiguos mapas enmarcados de Exmouth y sus alrededores, se dijo que le había ganado una batalla pero no lo había vencido.

—¿Quiere dejar su nombre y su correo electrónico para que le enviemos información y notificaciones? —le preguntó el hombre señalando el libro de registros.

—No, gracias. Me estaba preguntando dónde guardan ustedes sus archivos.

—No tenemos archivos —respondió Worley perplejo.

—¿No tienen información sobre el pueblo? ¿Mapas de las propiedades? ¿Antiguos registros matrimoniales?

—Me temo que todo lo relacionado con el pueblo se perdió con el gran huracán de 1938. Lo llamaron el Yankee Clipper. Se llevó por delante el viejo muelle de Exmouth y arrasó medio pueblo. Todavía pueden verse las ruinas en la bahía de Exmouth. En cierto modo, resulta pintoresco.

—Entonces ¿esto es todo lo que tienen?

—Tal vez le parezca poca cosa, pero cada objeto aquí tiene su historia. El bote de Newburyport que antes estaba mirando, por ejemplo, se usaba para cazar enormes ballenas azules. Cuando avistaban ballenas cerca de Crow Island, los hombres bajaban corriendo a la playa y se montaban en esos botes, perseguían las ballenas, las arponeaban, las arrastraban hasta la playa y ahí mismo las despiezaban. Imagine el valor, las agallas que tenían. «Despreciando el destino, su bruñida espada, todavía humeante por la sangrienta ejecución.»

—«Blandiendo su espada».

Se hizo el silencio.

—Estoy bastante seguro de que es «bruñida» —repuso Worley engolado—. Fui actor en mis años mozos, y director teatral durante veinte años en el viejo teatro de Exmouth.

Constance, perdiendo la paciencia ante la insistencia del hombre, decidió ignorarlo y siguió echando un vistazo por el museo, observando los cuadros de barcos, los artículos periodísticos sobre tormentas y naufragios y leyendas de tesoros piratas enterrados. Por el rabillo del ojo vio que Worley se sentaba en una silla tras un escritorio y escribía direcciones a mano en sobres de papel. Esperaba que esa actividad lo mantuviese ocupado hasta que ella saliese del museo.

De repente, le vino a la mente un pensamiento: «¿Cómo actuaría Pendengarst en esta situación?». ¿Sería capaz de extraer algo de esos raídos objetos y de las viejas historias de los periódicos? ¿Había pasado ella algo por alto, quizá? Al mirar a su alrededor, cayó en la cuenta de cómo, de hecho, se aprovecharía Pendergast de la situación. Constance enrojeció de rabia al pensarlo. Miró a Worley, todavía atareado con los sobres.

—Señor Worley.

Él alzó la vista.

—¿Qué desea?

Pero el método Pendergast no era sencillo. A ella no le saldría con naturalidad.

—No dejo de pensar en ello y creo que tiene razón —le dijo—. Es «bruñida».

La cara del hombre se iluminó.

—He interpretado a Macbeth unas cuantas veces.

—¿En el teatro de Exmouth?

—Sí, y una vez en Boston, en el teatro Market Square. Estaba hasta los topes.

—¿En Boston? —Constance hizo una breve pausa—. Siempre quise subirme a un escenario, pero nunca tuve oportunidad. Me pregunto cómo recuerda uno todas esas líneas de diálogo.

Para Constance la intención oculta tras aquel comentario bobalicón resultaba obvia, pero aun así el hombre asintió.

—Hay varias maneras. Trucos del oficio. En realidad, no es tan difícil.

Hacer la rosca a alguien a Constance le resultaba un martirio, pero notaba que el martirio en cierto modo quedaba mitigado al ver cómo aquel hombre se mostraba cada vez menos rígido u ofendido.

—Seguro que usted conoce a todo el mundo aquí —dijo Constance.

—¡No lo dude! No hay nada como un teatro para mantener unido a un pueblo.

—Qué suerte. Lo cierto es que estoy muy interesada en los faros y me estaba preguntando si sabe usted algo relacionado con el de aquí.

—El faro de Exmouth es uno de los más antiguos de Nueva Inglaterra —dijo Worley—. La propia reina Ana ordenó su construcción en 1704. Era un tramo de costa muy peligroso. Naufragaron muchos barcos.

—Tenía la esperanza de encontrar una lista de los fareros y del tiempo que ocuparon el cargo.

—No creo que nadie haya realizado una lista oficial.

Constance pensó en lo que Pendergast le había dicho durante el desayuno.

—¿Quién era el farero alrededor de 1880?

Worley guardó silencio.

—¿Por qué 1880?

Estaba yendo demasiado rápido. Sin duda, el método Pendergast no era sencillo.

—Por nada en particular —respondió con una forzada sonrisa.

—Veamos. La familia Slocum fue la encargada del faro durante la guerra de Secesión; de hecho, hasta 1886, diría yo. Fue entonces cuando Meade Slocum se cayó por las escaleras del faro y se rompió el cuello. Después se ocuparon los McHardie. Jonathan McHardie. Se hicieron cargo hasta que el faro se automatizó en 1934.

—¿Queda algún descendiente de Meade Slocum en el pueblo?

—Por lo que yo sé, no queda ninguno en ninguna parte. Viuda y sin hijos. Su marido era alcohólico. Uno de los riesgos de ese trabajo. Tantas horas solos, aislados, especialmente en invierno. Dicen que al final de su vida se volvió loco, que afirmaba que el faro estaba encantado.

—¿Encantado? ¿Por qué?

—Oía el llanto de bebés por la noche, o algo parecido.

—Entiendo. —Constance calló un segundo—. ¿Dónde puedo encontrar más información sobre él?

Worley la miró con perspicacia por debajo de aquellas tupidas cejas suyas.

—¿Por casualidad no estará trabajando con ese historiador?

Además de la edad y la raza del propietario del hueso, durante el desayuno Pendergast había mencionado a McCool. Constance debía aprender a plantear las preguntas de un modo más despreocupado.

—No. Es simple curiosidad.

—Pues ese tipo va por ahí haciendo la misma clase de preguntas. —Se acercó a Constance. Su rostro denotaba suspicacia—. ¿Con quién está usted?

Constance sintió en su interior una mezcla de confusión y enfado que crecía por momentos. Estaba siendo muy torpe. Pero no podía arriesgarse a mentir, no en un pueblo tan pequeño.

—Estoy aquí con el señor Pendergast, el investigador privado. Se está encargando del robo de los vinos.

—¡Ah! ¿El tipo del coche rojo al que arrestaron ayer?

—Sí.

—Un buen tipo, sin duda. El jefe Mourdock es un tonto del culo. —Al parecer, desde el punto de vista de Worley el hecho de haber sido arrestado por el jefe de policía era un punto a favor de Pendergast—. Si es usted un poco más concreta respecto a lo que anda buscando, tal vez pueda ayudarla.

—Ojalá pudiese ser más concreta. Estoy intentando saber algo de la historia del pueblo.

—Es muy triste que alguien haya robado los vinos de Lake. Es buena gente. Pero no creo que la historia del pueblo tenga nada que ver con eso.

—Queremos ser rigurosos. Una de las cosas que me interesan es la historia de la población afroamericana del pueblo.

—Una historia de lo más interesante.

—Cuénteme, haga el favor.

—Cerca del viejo muelle estaba lo que llamaban Dill Town. Era el barrio negro del pueblo.

—¿Por qué ese nombre, Dill Town?

—Se le puso ese nombre en honor del primer esclavo liberado que se asentó aquí. John Dill. En aquellos tiempos, la mayoría de los residentes eran marineros. Durante un tiempo, ese barrio fue más próspero que la parte blanca del pueblo.

—¿Por qué motivo?

—Pasaban más tiempo en el mar, trabajaban en balleneros y en cargueros de cereales. En el mar, a nadie le importa el color de la piel. Así funciona. Y la tripulación de esos barcos era políglota.

—Pero en tierra, en Exmouth, ¿había tensiones raciales?

—Al principio, cuando había trabajo de sobra para todo el mundo, no. Pero después sí. Había recelos a causa de la prosperidad de Dill Town. Verá, los blancos de Exmouth eran mayoritariamente pescadores locales. No se embarcaban durante años para cazar ballenas como hacían los negros. Y entonces, gracias al Krakatoa, las cosas se pusieron feas para todos.

—¿El Krakatoa?

—Así es. El Krakatoa entró en erupción a finales de 1883. El año siguiente no hubo verano en Exmouth. Por lo que cuentan, durante 1884 hubo heladas todos los meses. Las cosechas se fueron al traste y la industria pesquera quebró. En aquellos tiempos la caza de ballenas ya andaba de capa caída, por lo que el dinero fácil de antaño dejó de llegar. Las cosas fueron de mal en peor hasta que acusaron a un joven negro de violar a una mujer blanca. A aquel hombre lo lincharon.

—¿Un linchamiento? ¿En Massachusetts?

—Sí, señora. Acabaron ahorcándolo y tiraron su cuerpo a la bahía. Eso fue en 1902. Para los negros, significó el principio del fin de Dill Town. El barrio estaba prácticamente desierto cuando llegó el Yankee Clipper en 1938 y arrasó Oldham.

—¿Oldham?

—Una vieja comunidad muy atrasada que estaba más al sur, en Crow Island. Ahora forma parte de la reserva de vida salvaje, ya sabe.

—Volvamos al linchamiento. ¿Se sabe quiénes fueron los responsables?

—Los típicos justicieros borrachos. Ahora es un tema que avergüenza a la gente de aquí. No encontrará a nadie que quiera hablar de eso.

—Pero usted sí está hablando de eso.

—Mi familia es «de fuera», como suelen decir en el pueblo. Mis padres vinieron de Duxbury. He visto más mundo que la mayoría de la gente de Exmouth. Recuerde que yo interpreté a Macbeth en Boston.

Constance le tendió la mano.

—No me he presentado. Soy Constance Greene. Gracias por la información.

Él correspondió al saludo.

—Encantado de conocerla, Constance. Ken Worley, a su servicio.

—¿Puedo volver a hablar con usted si tengo más preguntas?

—Será un placer. Y espero que tanto usted como el señor Pendergast disfruten de su estancia en nuestro pequeño pueblo.

Retiró la mano y se despidió con una declamación:

Hermosa situación la del castillo; la brisa
se presenta suave y con dulzura
ante nuestros delicados sentidos.

Constance sabía que podía necesitar a aquel hombre más adelante. Sin embargo, su paciencia tenía un límite.

—«Aire» —dijo.

Worley parpadeó varias veces.

—¿A qué se refiere?

—Es «aire», no «brisa». Gracias otra vez por su ayuda, señor Worley.

Y tras realizar una sutilísima reverencia, Constance abandonó el edificio.

10

Bradley Gavin salió de su oficina con la bolsa del almuerzo en la mano. Se detuvo al ver a alguien rondando por la puerta de la sala de espera de la comisaría. Era ese extraño investigador privado, el tal Pendergast. Gavin sentía curiosidad por el hombre que había sacado de sus casillas al jefe. Aunque eso no resultaba difícil: cuanto necesitaba para alterarse era, precisamente, que le diesen trabajo. Durante los dos últimos años, Gavin se había ocupado de la labor policial del pueblo; al jefe tan solo le preocupaba poner multas. Debía tener paciencia seis meses más. Después Mourdock se jubilaría de una vez y podría ocupar su puesto. O al menos eso era lo que esperaba Gavin, pues dependía, obviamente, de que saliese elegido. Pero como era un agente entregado, su familia era de Exmouth de toda la vida, formaba parte del grupo más selecto del pueblo y su padre había sido jefe de policía antes que él, creía que tenía posibilidades.

Dejó su almuerzo a un lado y observó a Pendergast. No pudo evitar preguntarse si aquel hombre no estaría tentando en exceso a su suerte al aparecer por allí poco después de haber sido arrestado.

—¿Puedo ayudarle en algo? —preguntó el agente con amabilidad.

El hombre se puso tieso, dio un paso hacia delante y extendió su mano.

—No nos han presentado formalmente. Soy Pendergast.

Gavin correspondió al saludo.

—Sargento Gavin.

En ese instante irrumpió otra persona en la sala de espera: la secretaria de Pendergast, o su ayudante, o lo que fuese aquella menuda mujer llamada Constance. Miró a Gavin en silencio con sus extraños ojos violeta. Lucía una media melena color caoba, y aunque su ropa era más bien sobria, no conseguía ocultar las curvas de su anatomía. No sin esfuerzo, Gavin volvió a mirar a Pendergast.

—¿Estoy en lo cierto al dar por hecho que usted y el jefe son los únicos miembros del cuerpo policial en la jurisdicción de Exmouth?

¡Vaya manera de hablar! Gavin comprendió por qué aquel hombre le había tocado las narices al jefe.

—Somos un departamento pequeño —respondió Gavin.

—Necesito acceder a ciertos archivos para mi investigación. ¿Puede ayudarme?

—Mmm, no. Eso tendrá que pedírselo al jefe.

—¡Excelente! ¿Podría ir a buscarlo?

Gavin fijó en él la mirada durante unos segundos.

—¿Realmente quiere hacer las cosas de ese modo?

—¿De qué modo? No las estoy haciendo de ningún modo.

Gavin no estaba seguro de si aquel hombre era un listillo o un tonto del bote. Se dio la vuelta.

—Sally, ¿te importa avisar al jefe de que el señor... Pendergast está aquí y quiere verle?

La recepcionista parecía nerviosa.

—¿Seguro que...?

—Sí, por favor.

Sally apretó a regañadientes el botón del comunicador y murmuró algo al micrófono.

Gavin sabía que Murdock acudiría. A pesar de haber detenido a Pendergast el día anterior, el jefe no se sentía mejor, pues desde entonces había estado gruñendo y maldiciendo a aquel hombre y su presencia en el pueblo.

El encuentro iba a ser divertido.

Instantes después, el jefe Mourdock apareció por la puerta de atrás. Se movía despacio y con seriedad, como si se estuviese preparando para pelear. Se detuvo en la entrada de la sala de espera, mirando a Pendergast y a Constance Greene alternativamente.

—¿Qué pasa?

—Gracias por acceder a recibirme, jefe. —Pendergast dio un paso adelante al tiempo que sacaba un trozo de papel del bolsillo—. Esta es una lista de archivos que necesito para mi investigación sobre el robo del vino. Se trata de informes sobre allanamientos y robos en casas durante los últimos doce meses. También me gustaría saber si algún residente del pueblo es exconvicto. Y agradecería mucho tomar prestado al sargento Gavin para que me ayudase a revisar esos archivos y a despejar las dudas que vayan surgiendo.

Pendergast calló. El jefe Murdock se lo quedó mirando. Se impuso un largo y tenso silencio, hasta que el policía empezó a reír, lanzando unas carcajadas guturales, amargas.

—No puedo creerlo. ¿Viene usted aquí a exigirme algo a mí?

—No he finalizado mi investigación.

—Fuera. Ahora. No quiero volver a ver su culo escuálido hasta que se celebre el juicio.

—¿O qué?

—O volveré a esposarle y pasará la noche aquí como mi invitado especial.

—¿Me está amenazando con arrestarme otra vez?

El jefe de policía enrojeció de ira y apretó con fuerza sus carnosos puños. Gavin nunca lo había visto tan cabreado. Mourdock avanzó hacia Pendergast.

—Es su última oportunidad, gilipollas.

Pendergast no se movió.

—Me he limitado a pedirle colaboración con unos archivos. Un simple «no» habría sido suficiente.

—Se acabó. Gavin, ponle las esposas.

Gavin se sobresaltó, pues no esperaba verse involucrado en el asunto.

—Mmm. ¿De qué se le acusa, jefe?

Murdock lo miró con furia.

—¡No me cuestiones! Violación de la propiedad. Espósalo.

—¿Violación de la propiedad? —dijo Constance Greene en voz baja pero con un inesperado tono de amenaza—. ¿En un lugar público?

Por lo visto, el encuentro no estaba resultando tan divertido como Gavin había creído. El jefe lo estaba mirando fijamente a los ojos. A desgana, Gavin se volvió hacia Pendergast.

—Dese la vuelta, por favor.

Mientras Gavin extraía las esposas de su cinturón, Constance Green aprovechó para acercársele.

Sin perder un segundo, Pendergast le hizo un gesto a su ayudante para que se detuviese. Colocó las manos tras la espalda y se dio la vuelta. Gavin estaba a punto de esposarlo cuando Pendergast dijo:

—Por favor, ¿le importaría sacar mi placa del bolsillo de atrás?

«¿Placa?» El tono de Pendergast había sido cortante, helado, y Gavin tuvo la desagradable impresión de que algo terrible estaba apunto de suceder. Sacó la cartera de cuero del bolsillo.

—Métala en el bolsillo de mi americana, si no le importa.

El jefe le arrancó la cartera de las manos, la abrió y pudo apreciarse un destello azul y dorado.

Hubo un silencio.

—¿Qué demonios es esto? —preguntó el jefe de policía observando la placa como si nunca hubiese visto nada igual.

Pendergast no dijo una palabra.

Mourdock leyó lo que había escrito en la placa.

—¿Es usted... agente del FBI?

—A pesar de todo veo que es usted capaz de leer —dijo Constance Greene.

El jefe de policía empalideció de golpe, tanto que casi parecía Pendergast.

—¿Por qué no dijo nada?

—Era irrelevante. No estoy de servicio.

—Pero... ¡Por todos los santos! Debería haber mostrado sus credenciales. Usted me hizo creer que...

—¿Creer qué?

—Creer... que era simplemente... —Se quedó sin habla.

—¿Un simple ciudadano particular al que podía maltratar y amedrentar? —añadió Constance Greene con su sedosa y radiofónica voz—. Se lo advertí.

Bajo la atenta mirada de Gavin, Pendergast se acercó al jefe de policía.

—Jefe Mourdock, en todos mis años como agente especial, nunca había visto un abuso de poder del calibre que he experimentado en su pueblo. Ayer, debido a una infracción menor de tráfico, me insultó de mala manera, me amenazó con hacer uso de la violencia física, me arrestó y me metió en el calabozo sin causa alguna. Por otra parte, usó términos altamente ofensivos hacia el colectivo LGBT.

—LGBT... ¿Cómo?... ¡Yo no hice eso!

—Y para acabar, no me leyó mis derechos.

—Mentira. ¡Todo mentiras! Sí que le leí sus derechos. No puede probar nada de lo que dice.

—Por fortuna, el momento fue grabado íntegramente en vídeo por la cámara de seguridad de la tienda de ropa que está al otro lado de la calle. Ahora dispongo de una copia de esa cinta gracias al agente especial al cargo, Randolph Bulto, de la oficina de Boston, quien me hizo el favor esta mañana de conseguir la orden judicial necesaria.

—Yo... Yo... —El jefe apenas pudo pronunciar palabra.

Pendergast volvió la cabeza hacia Gavin y apuntó con el mentón hacia las esposas.

—¿Podría quitarme esto, por favor?

Gavin las guardó a toda prisa en su cinturón.

—Gracias. —Pendergast dio un paso atrás—. Jefe Mourdock, parafraseando a aquel famoso poeta, le diré que dos caminos se presentan ahora ante nosotros. ¿Le gustaría saber cuáles son?

—¿Dos caminos? —Mourdock estaba tan conmocionado que difícilmente habría podido entender nada.

—Sí, dos caminos. El primero es el más transitado, es aquel en el que yo redacto una denuncia contra usted por abuso de autoridad, con la cinta de vídeo como prueba para atestiguar mi larga lista de acusaciones. Eso pondría fin a su carrera justo cuando está a punto de jubilarse. Destrozaría su reputación, pondría en peligro su pensión y con toda probabilidad le obligaría a pasar por la vergüenza de tener que llevar a cabo trabajo comunitario o incluso cumplir una condena de cárcel menor. No obstante, existe otro camino. —Se cruzó de brazos esperando la reacción del jefe.

—¿Qué otro camino? —graznó al fin Mourdock.

—Usted es de Nueva Inglaterra... El camino menos transitado, ¡por supuesto! Se trata de ese en el que usted pone sus cinco sentidos en ayudarme con mi investigación. En todos y cada uno de los aspectos de mi investigación. En este camino, mi colega, el agente especial Bulto, se olvida de las cintas de vídeo y nunca volvemos a hablar del tema. Ah, y por descontado desaparecen todos los cargos contra mí. —Se detuvo de nuevo—. ¿Qué camino vamos a tomar?

—Ese camino —dijo el jefe sin pensárselo dos veces—. Tomaré el... camino menos transitado.

—Ese camino hará que todo sea diferente. Ah, sí, casi lo olvido. Esto. —Pendergast blandió el papel con la lista de los archivos que necesitaba bajo la nariz del jefe.

Mourdock casi se lo arrancó de las manos.

—Tendrá estos archivos a su disposición mañana por la mañana.

El agente del FBI intercambió una breve mirada con su joven ayudante. Constance observó al jefe de policía con una expresión de desdeñosa satisfacción, se dio la vuelta y salió de la comisaría sin añadir una sola palabra.

—Muy agradecido. —Pendergast le tendió la mano—. Veo que usted y yo vamos a trabar amistad con una celeridad sin igual.

Gavin observó cómo ambos se iban y pensó: «Él es sin duda excepcional, pero esa tal Constance Greene… Ella da miedo… Un miedo extraño e intrigante».

11

Walt Adderly, propietario del hotel Capitán Hull, salió de su oficina y recorrió el estrecho pasillo que llevaba hasta el restaurante Chart Room. Echó un vistazo al salón. Era la una y media de la tarde, y si bien la mayoría de los comensales se habían ido ya, pues la gente almorzaba temprano en Exmouth, Adderly supo, tras comprobar los recibos de cobro, que la clientela había sido abundante.

Posó su mirada en el hombre que estaba sentado junto a la mesa ocho. Era ese tipo que estaba investigando el robo en la bodega de Lake. Percival le había contado que era agente del FBI, algo que Adderly, obviamente, no había creído. A Lake le gustaba gastar bromas. El escultor también le había dicho que aquel hombre —llamado Pendergast según el registro de entradas, recordó Adderly— era más bien excéntrico. Eso no le resultaba difícil de creer, pues el tipo vestía un traje de riguroso negro, como si estuviese de luto, y a pesar de que el restaurante estaba a media luz su pálido rostro destacaba como una luna llena en verano.

Margie, la camarera más veterana, apareció con la comanda de aquel hombre. Adderly lo observaba todo desde la prudencial distancia que ofrecía el pasillo.

—Aquí lo tiene —le dijo la camarera a Pendergast—. Pez gato frito. ¡Que lo disfrute!

—Eso espero —le oyó responder en voz baja Adderly.

Pendergast observó el plato durante un rato. Tomó el tenedor, pinchó un par de trozos de pescado y lo probó. Acto seguido dejó el tenedor sobre la mesa. Echó un vistazo a su alrededor. El restaurante estaba vacío; solo quedaba el viejo Willard Stevens, que apuraba su tercera y última taza de café. Le hizo un gesto a la camarera para que se acercase.

—¿Qué desea? —preguntó Margie.

—¿Es posible saber quién ha preparado esto?

—¿Quién? —A Margie le sorprendió la pregunta—. Nuestro cocinero, Reggie.

—¿Es el cocinero habitual?

—Ahora sí.

—Entiendo. —Tras decir esto, el hombre tomó el plato, se puso en pie, recorrió el salón entre las mesas, rodeó la barra y atravesó la puerta doble que llevaba a la cocina.

Aquella reacción resultaba tan inusual que Adderly se quedó ahí quieto, perplejo. A sus clientes solía gustarles tanto la comida que hacían llamar al cocinero para felicitarlo. Solo unos pocos devolvían los platos por diferentes razones. Sin embargo, nunca había visto a un comensal que se levantara y fuese a la cocina con el plato en la mano.

Adderly supuso que sería mejor ir a ver qué ocurría.

Atravesó el restaurante y entró en la cocina. Habitualmente había mucha actividad allí, pero en ese momento todo estaba tranquilo. Tanto el lavaplatos como las dos camareras, el ayudante del cocinero y Reggie estaban de pie formando un corro y observando cómo Pendergast iba de un lado a otro abriendo cajones, cogiendo diferentes utensilios y examinándolos para a continuación cambiarlos de sitio. Hasta que Pendergast se detuvo y se fijó en Reggie.

—Supongo que es usted el cocinero. —Reggie asintió—. Dígame, haga el favor, cuál ha sido su formación.

Reggie lo miró tan sorprendido como los demás.

—Pasé cuatro años como cocinero en la Marina.

—Claro. En fin, tal vez no se haya perdido toda esperanza.

—Pendergast le tendió el plato a Reggie—. Para empezar, es imposible conseguir buen pez gato tan al norte. Deduzco que era pescado congelado, ¿no es cierto?

La expresión de Reggie denotó que se ponía a la defensiva.

—¿Y qué?

—Por amor de Dios, ¡estamos en la costa! Aquí se puede adquirir pescado fresco: carbonero, lenguado, pez de roca...

—Compro lo que Wait pesca la noche anterior —dijo Reggie tras una larga pausa.

Eso ya era demasiado. Adderly dio un paso al frente para intervenir. No quería perder a su mejor cocinero.

—Señor Pendergast, ¿hay algún problema?

—Voy a cocinar yo mismo el plato. Reggie, le invito a colaborar como ayudante de chef.

Adderly se preguntó si Pendergast era tan solo un tipo excéntrico o más bien estaba un poco loco.

—Lo siento —replicó Adderly—, pero no permitimos que los clientes entren en la cocina y alteren el orden...

—El único orden que ha resultado alterado es el de mi tracto gastrointestinal. Aunque tal vez esto le tranquilice... —dijo Pendergast mientras rebuscaba en el bolsillo de su americana. Sacó la placa con la insignia dorada y azul y se la mostró a Adderly. Podía leerse: FEDERAL BUREAU OF INVESTIGATION.

«O sea que Lake, después de todo, no mentía.» Adderly dio un paso atrás y Pendergast prosiguió:

—Cuénteme, ¿qué es lo que suele pescar ese tal Wait?

Reggie intercambió una mirada con Adderly. El dueño del hotel asintió. «Síguele la corriente», le indicó moviendo los labios. Reggie volvió a asentir, caminó hacia la nevera y abrió la puerta. Se detuvo de golpe.

—¿Qué sucede? —preguntó Pendergast.

—Juraría que le compré a Wait una docena de lenguados. Pero aquí solo hay diez.

—Quería hablarte de eso —dijo Adderly todavía intentando sobreponerse a la sorpresa—. He estado notando que falta pescado en los pedidos de manera regular. Creo que tenemos con nosotros a un ladrón. Será mejor que sepáis que eso no me hace la más mínima gracia.

Mientras Adderly hablaba, el agente del FBI entró en la nevera y por un instante desapareció de la vista.

—¡Ajá! —exclamó Pendergast al tiempo que salía con un lenguado grande y limpio en la mano—. No es un lenguado de Dover, obviamente, pero servirá. Y ahora, si alguien pudiese pasarme una sartén... De hierro colado, de profesional...

Reggie le tendió una.

—Excelente. Por cierto, Reggie, ¿cuál es su apellido?

—Sheraton.

—Gracias. Señor Sheraton, ¿qué haría usted con esto?

—En primer lugar, lo filetearía.

—Hágame los honores. —Colocó el pescado sobre una tabla de madera y observó con satisfacción cómo Reggie lo fileteaba con mano experta—. Maravilloso —comentó Pendergast—. Esto es la mar de esperanzador. Ahora dígame, ¿cómo lo cocinaría?

—Con manteca, claro.

Pendergast se estremeció.

—¿No lo prepararía con mantequilla clarificada?

—¿Clarificada?

Se produjo un momento de silencio.

—Muy bien. Nos limitaremos a la preparación más sencilla. ¿Le importaría colocar la sartén en el fogón? Fuego alto.

Reggie fue hacia los fogones, encendió uno y colocó la sartén encima.

—Añada un poco de mantequilla, por favor. No demasiada, la justa para cubrir la base de la sartén... Vale, vale, ¡eso es más que suficiente!

Reggie retrocedió ante lo que le parecía una minúscula pella de mantequilla. Los demás seguían observando sorprendidos, sin decir palabra.

Pendergast sostenía el pescado.

—Ahora, señor Sheraton, si no le importa, dispongamos el

resto de la *mise en place*: champiñones, ajo, vino blanco, harina, sal, pimienta, perejil, medio limón y crema de leche.

Mientras Reggie se desplazaba por la cocina reuniendo los ingredientes, sumido en un silencio que evidenciaba un creciente resentimiento, Pendergast no le quitaba ojo a la sartén. Adderly prestaba atención a la lección de cocina con manifiesta curiosidad.

Pendergast saló el pescado por ambos lados y lo reservó aparte.

—¿Cuchillo de cocina?

Stu, el ayudante del cocinero, se lo pasó.

Pendergast lo examinó.

—¡No está lo suficientemente afilado! ¿No sabéis que un cuchillo que no corta es más peligroso que uno afilado? ¿Dónde está vuestro afilador?

Le tendieron el afilador y Pendergast pasó la cuchilla por él varias veces con mano experta. Después se centró en los champiñones y los cuarteó con rápidos y diestros movimientos. Cedió el cuchillo a Reggie, quien cortó el resto de champiñones y picó un diente de ajo y algo de perejil bajo la atenta mirada de Pendergast.

—Se apaña usted bastante bien con el cuchillo —dijo—. Eso tranquiliza. Ahora, prestemos atención al pescado. Si vamos a preparar este lenguado *à la minute*, la sartén tiene que estar muy caliente y hay que cocinar el pescado con rapidez. Ahora está a la temperatura adecuada.

Agarró el pescado y al disponerlo sobre la sartén caliente crepitó. Esperó, como si contara los segundos, y entonces dijo:

—¿Lo ve? Ya se le puede dar la vuelta. Y mire el jugo del fondo. —Pasó la espátula por debajo del lenguado y le dio la vuelta. Volvió a chisporrotear.

—Pero en la Marina… —empezó a decir Reggie.

—Usted ya no está friendo palitos de pescado para un regimiento. Ahora cocina para un único y refinado cliente. ¡Listo! —Pendergast dejó el pescado en un plato limpio—. Fíjese en que lo estoy presentando bocarriba. Y ahora observe, señor Sheraton.

—El agente del FBI vertió un chorro de vino blanco en la sartén. Cuando empezó a evaporarse añadió harina y un poco más de mantequilla, y lo batió con el jugo que había quedado en la sartén para mezclar bien todos los ingredientes—. Estoy preparando una rudimentaria *beurre manié* con la que preparar la salsa —explicó. Un minuto más tarde, agregó los champiñones y a continuación el ajo. Agarró el mango de la sartén con un trapo de cocina y salteó los ingredientes. Después añadió una generosa cantidad de crema de leche sin dejar de remover. Al cabo de un minuto apagó el fuego. Con una cuchara probó la salsa, corrigió la condimentación, volvió a introducir la cuchara y se la mostró a Reggie—. Fíjese, señor Sheraton, la salsa apenas mancha la cuchara. Los franceses llaman a eso *nappe*. En el futuro, le pediría que se asegurase de que su salsa queda reducida justo hasta adquirir esta consistencia antes de servírmela.

Vertió una generosa cantidad de salsa sobre el pescado, lo aderezó con perejil y lo roció con zumo de limón.

—*Filets de Poisson Bercy aux Champignons* —declaró Pendergast con una pequeña floritura—. O, para ser más precisos, filetes de lenguado estilo Pendergast, habida cuenta de que las circunstancias me han obligado a tomar ciertos atajos tanto en lo que se refiere a ingredientes como a técnica. Señor Sheraton, ¿cree usted que podrá reproducir esta preparación con la mayor exactitud, en mis futuras cenas en este establecimiento?

—Es bastante sencillo —se limitó a contestar Reggie.

—En eso consiste su belleza.

—Pero... ¿en todas las cenas?

—En todas. —Pendergast rebuscó en su bolsillo, extrajo un billete de cien dólares y se lo entregó al cocinero—. Esto por las molestias de hoy.

Reggie lo miró fijamente. Su expresión pasó del resentimiento a la sorpresa.

—¿Suele preparar tanto las cenas como las comidas? —preguntó Pendergast esperanzado.

—Solo dos veces a la semana —respondió Reggie.

—Ah, bueno. Contentémonos entonces con la cena, de aquí en adelante. Filetes de lenguado estilo Pendergast, si le parece bien. Tendrá todo mi agradecimiento. —Dicho esto, Pendergast agarró el plato y salió de la cocina.

Adderly miró a Reggie, se echó a reír y le palmeó la espalda.

—Vaya, vaya, Reggie, creo que tenemos un plato nuevo en nuestro menú. ¿Qué te parece?

—Me parece bien.

—Lo añadiré a la pizarra.

Adderly salió de la cocina riéndose entre dientes, dejando a Reggie y a sus compañeros mirándose boquiabiertos unos a otros durante un buen rato, hasta mucho después de que las puertas que daban al restaurante hubiesen dejado de batir.

12

Benjamin Franklin Boyle clavó la azada y levantó una buena cantidad de barro. Echó el fango chorreante en el capazo, avanzó varios pasos y escuchó: el chapoteo de sus botas de goma altas hasta la cintura parecía un quejido. Volvió a hundir la azada y sacó otra buena cantidad de tierra fangosa, dejando a la luz varias almejas. Unos cuantos pasos más, otro golpe de azada, unas cuantas almejas más a la cesta y se detuvo. Dejó la azada a un lado y observó la marisma hasta alcanzar la desembocadura del río y, más allá, el océano. La marea estaba baja y el sol quedaba a su espalda, tiñendo de rojo las nubes que cubrían el horizonte. Era una hermosa puesta de sol otoñal. Boyle aspiró el aroma salado del aire, notó también el fuerte olor a fango, un olor que le encantaba, y escuchó los chillidos de las gaviotas mientras sobrevolaban las marismas de Exmouth trazando círculos.

Cinco años atrás, cuando tenía sesenta y cinco, Boyle dejó la pesca y vendió su barco; se había convertido en un trabajo demasiado duro. Tenía la impresión de que las vieiras eran cada día más pequeñas y más difíciles de encontrar, y en los últimos años la mayor parte de lo que había pescado eran estrellas de mar que le rompían las redes. Se alegraba de haberse librado del barco, pues obtuvo un buen dinero por él, y había conseguido ahorrar lo suficiente para poder jubilarse e ir tirando. Lo de buscar almejas le permitía mantenerse ocupado, ganarse un dinerillo extra y estar cerca del mar, ese mar que él tanto amaba.

Recuperó el aliento y observó la brillante llanura. Podía ver los agujeros que dejaban las almejas en todas partes. Era un buen lugar para coger almejas, una actividad abandonada desde hacía tiempo porque era muy dura, pues había que atravesar unos juncos de mar tan tupidos que apenas permitían caminar y cruzar otro fangal que estaba cerca del pueblo donde ya no quedaban pechinas. Coger las almejas no costaba tanto, pero volver cargado con un capazo con quince kilos de almejas era otra cosa.

Clavó la azada en la brillante y temblorosa superficie del fango, tiró de ella y dejó a la vista más almejas. Mantuvo el ritmo, desplazándose cada vez unos pasos, golpeando con fuerza, removiendo, tirando y volviendo a repetir el proceso. Fue acercándose al límite que marcaban los juncos, y cuando lo alcanzó se detuvo para ver por dónde seguir. Hundió el pie en el trémulo barro y vio que unos cuantos chorritos de agua salían disparados a su derecha. Ese sería un buen lugar para cavar. Sin embargo, cuando se disponía a clavar la azada, vio algo raro a la luz del crepúsculo: parecía una bola de billar con pelo que sobresalía del barro.

Dejó la pesada cesta en el suelo y fue a investigar. Sus botas de goma hacían un desagradable ruido a cada paso. Boyle no tardó demasiado en darse cuenta de que se trataba de un cadáver enterrado en el fango. Unos pocos pasos más y llegó hasta donde estaba. Era un hombre. Estaba desnudo, bocabajo, con las piernas abiertas, medio hundido en el barro. La cabeza estaba parcialmente pelada, y tenía una mancha brillante en la coronilla, rodeada de pelo y sal. Al notar movimiento, un diminuto cangrejo de color verde pasó de una zona cubierta de pelo a otra, para acabar escondiéndose bajo un mechón.

Boyle había visto un montón de cuerpos ahogados y arrastrados por la corriente, y ese parecía uno más, a pesar de las heridas que perforaban la carne aquí y allá, por las que la voraz fauna marina —cangrejos, peces, langostas— había empezado a darse un festín.

Boyle permaneció allí un rato preguntándose si conocía a aquel hombre. No conseguía identificar la calva porque había muchos calvos en el pueblo, y como no llevaba ropa las posibilidades de acierto se reducían. Debería llamar a la policía, de eso no cabía duda, pero su curiosidad fue más poderosa. Todavía llevaba la azada en la mano, así que la pasó por encima del cadáver y tiró de él a la altura del vientre. El cuerpo quedó liberado del barro y al darse la vuelta emitió un horroroso sonido de succión y el brazo rígido golpeó con fuerza en el fango.

Boyle no podía ver nada: la cara y el torso estaban completamente cubiertos de barro negro. ¿Y ahora qué? Tenía que limpiar la cara. Rodeó el cuerpo y fue hasta la corriente de agua, formó un cuenco con sus manos y empezó a verter agua sobre el cadáver. El barro fue desapareciendo, primero formando regueros y después dejando a la vista amplias franjas de piel.

Boyle se quedó helado. El rostro había sido devorado por los animales, tanto los ojos como los labios y la nariz, algo bastante frecuente, según su experiencia, cuando el cuerpo había quedado inmerso en agua salada. Sin embargo, lo que lo dejó perplejo no fue la cara sino el torso. Lo observó intentando encontrar sentido a lo que estaba viendo. Lo que a primera vista le habían parecido unos burdos tatuajes resultaron ser algo muy diferente.

Benjamin Franklin Boyle dejó en el suelo la azada, rebuscó en el bolsillo bajo las botas altas y sacó su teléfono móvil. Marcó el número de la comisaría de policía de Exmouth.

—¿Doris? —preguntó cuando descolgaron—. Soy Ben Boyle. Estoy en la marisma. He encontrado un cadáver. Nadie del pueblo. Parece como si lo hubiesen arrastrado hasta aquí. Se encargó de él un verdadero artista. No, no puedo describirlo, tendréis que verlo con vuestros propios ojos. —Indicó su localización con detalle y después colgó y volvió a guardar el teléfono en el bolsillo.

Frunció el ceño. Boyle estaba pensando qué hacer. Aunque

la policía saliese de inmediato, tardaría unos veinte minutos en llegar. Todavía disponía de tiempo para llenar su capazo.

Pisó con fuerza con su bota en el fango, vio cómo saltaban chorritos de agua y empezó a cavar en línea siguiendo un ritmo constante: dos pasos, clavar, remover, extraer y volver a empezar.

13

Bradley Gavin, metido en el barro hasta los muslos, ajustó la lámpara y la enchufó al generador. No sin esfuerzo, sacó sus altas botas del fango y dio un paso atrás hasta la pasarela temporal que rodeaba el lugar.

Se había pasado la hora anterior acarreando tablones de madera, colocándolos junto al escenario del crimen, desempolvando el generador, instalando las luces, acordonando el perímetro con una cinta y siguiendo las instrucciones del agente especializado en escenas de crimen, un hombre de gran tamaño llamado Malaga, que había llegado desde Lawrence junto a un agente de la policía científica y un fotógrafo. Los tres caballeros esperaban ahora en el límite de la marisma a que todo estuviese preparado para poder acercarse de puntillas y hacer su trabajo sin mancharse.

—Comprueba el nivel de combustible del generador —dijo el jefe Mourdock desde las tablas de madera, ataviado con unas botas nuevas que no habían visto el barro ni en pintura y con los brazos cruzados sobre el pecho.

El jefe había estado de un humor de perros desde la visita de Pendergast a la hora del almuerzo, y su humor no hizo sino empeorar cuando supo del hallazgo del cadáver. A ojos de Gavin, la razón estaba clara: todo aquello entrañaba trabajo, retrasaba su jubilación y tal vez comprometía el bajo índice de delincuencia del que había disfrutado durante su ejercicio como jefe de policía. Obviamente, la última de sus preocupaciones sería resolver ese crimen.

Gavin se encogió de hombros. Estaba acostumbrado. Seis meses más y todo habría acabado, y con un poco de suerte, se convertiría en el nuevo jefe de policía.

Gavin comprobó el nivel de combustible.

—Casi lleno.

Intentó no mirar hacia el cadáver, que yacía bocarriba. Lo había dejado así el tipo de las almejas. El muy hijo de puta había seguido recogiendo almejas alrededor del cuerpo, cargándose cualquier prueba que hubiese podido quedar allí.

A Malaga le iba a dar un pasmo cuando lo viese.

—De acuerdo —dijo Mourdock interrumpiendo las elucubraciones de Gavin—. Parece que ya lo hemos preparado todo. —Agarró su radio y habló—: Estamos listos para recibir a los muchachos de la científica.

Respirando con fuerza, Gavin intentaba librarse del exceso de barro de sus botas con un palo.

—Oye, Gavin, no eches barro en la pasarela.

Gavin se hizo a un lado y siguió rascando, sacudiendo el barro hacia la oscuridad. El frío del anochecer se había instalado en la marisma y una pegajosa niebla baja añadía un manto blanco a la escena. Más que el escenario de un crimen real parecía el decorado de una película de terror.

Gavin oyó voces y vio haces de luz entre la niebla. Segundos después apareció un hombre alto de aspecto severo: Malaga. Llevaba la cabeza pulcramente rapada y tenía el cuello ancho y cubierto de pelos negros, lo que le daba el aspecto de un toro. Le seguía un joven asiático, el miembro de la policía científica, y tras él, resoplando y arrastrando los pies, un hombre grueso que portaba el equipo fotográfico.

Malaga se detuvo en un extremo del escenario del crimen y habló con voz profunda y melodiosa:

—Gracias, jefe Mourdock —dijo, y le hizo un gesto al fotógrafo para que se acercase.

No había duda de que el fotógrafo era un profesional, pues sacó instantáneas desde todos los ángulos, estirándose, arrodillándose. El flash se disparaba cada pocos segundos a medida que iba desplazándose por el lugar con sorprendente destreza. Gavin intentó no mostrar su asombro y compuso un gesto de desinterés. Nunca antes había estado presente en el escenario de un crimen. Por lo que al observar de nuevo el cadáver vuelto de espaldas, con todos esos símbolos grabados brutalmente en el pecho, sintió una oleada de horror y desconcierto. Se preguntaba quién habría sido capaz de hacer algo así, y por qué. No tenía ningún sentido. ¿Cuál sería el motivo para cometer semejante atrocidad? También sentía rabia, rabia por que un crimen de esas características hubiese sido cometido en su comunidad.

A medida que se desplazaba por el escenario del crimen, Malaga iba sugiriéndole posibilidades al fotógrafo, que su vez tomaba más fotos. Al final montó un trípode y lo colocó sobre el cadáver para sacar unas instantáneas cenitales.

—Ya está —dijo el fotógrafo dando un paso atrás.

Fue entonces cuando entró en acción el joven de la policía científica, con sus guantes de látex, su sobretodo blanco y sus fundas para los pies. Abrió su cartera y sacó unos cuantos estuches con cremallera que contenían diferentes objetos: tubos de ensayo, pinzas, bolsas para pruebas, alfileres, etiquetas adhesivas, banderitas de señalización, bastoncillos de algodón y botes de espray con toda una variedad de productos químicos. Se inclinó sobre el cadáver para hacerse con restos de pelo y fibras, rociando aquí y tomando muestras allá. Rebuscó entre las uñas y colocó bolsas de plástico bajo las manos. Con una pequeña linterna examinó los símbolos grabados en la piel retirando diversos objetos y haciendo un frotis en diferentes puntos con los bastoncillos, que después guardó en tubos de ensayo.

Imperaba el silencio. Ni siquiera Malaga tenía nada que decir; ningún consejo que ofrecer. Lo último que hizo el policía científico fue tomar las huellas dactilares del muerto con una tableta.

Ahí acabó su trabajo. Volvió a meterlo todo en su cartera y se retiró con el sigilo de un gato, tal como había llegado.

Malaga se volvió hacia el jefe Mourdock.

—Todo suyo —le dijo tendiéndole la mano y dándole un buen apretón. Parecía ansioso por salir de aquella pestilente marisma. Se dieron la vuelta con la intención de regresar por la pasarela.

Gavin detectó un pánico extremo en el rostro de Mourdock. «¿Ahora qué?», parecía preguntarse. Pensó que el jefe nunca había tenido que hacerse cargo de un caso de homicidio en el pueblo. Nunca. Cabía suponer que en Boston sí había tenido que hacerlo, aunque quizá no, dado que en Boston disponían de su propio departamento de homicidios.

Gavin frunció el ceño. ¿Deberían poner al corriente a Pendergast? Estaba claro que aquel asunto superaba las capacidades del jefe de policía, pero Pendergast parecía capaz de lidiar con él, a pesar de lo raro que era.

—Mmm. Jefe —dijo Gavin—. ¿Cree que deberíamos avisar al agente del FBI? Me refiero a que probablemente le gustaría saberlo y tal vez incluso pudiese echarnos una mano...

El jefe lo miró con gesto enfurruñado.

—No creo que sea necesario molestarlo. Después de todo, ya está trabajando en un caso de lo más importante. —Apenas disimuló el sarcasmo.

Como surgida de la noche, oyeron una voz aterciopelada.

—Mi querido jefe de policía, le agradezco su consideración respecto a mis otros compromisos, pero no es molestia. No es molestia en absoluto.

El agente del FBI, vestido de negro riguroso, emergió de la oscuridad. Su pálido rostro parecía flotar como un fantasma en mitad de la niebla.

Por un instante, la expresión del jefe de policía fue de auténtico pasmo. Tragó saliva.

—Esto... Agente Pendergast, nos alegraría mucho conocer su opinión, desde luego. —Dudó un segundo—. ¿Está aquí de un modo... oficial?

Pendergast negó con la mano.

—En absoluto, mi única pretensión es aportar mi humilde ayuda. El caso es todo suyo. Y, por supuesto, del excelente sargento Gavin.

El jefe se aclaró la garganta. Era evidente que no tenía ni idea de qué hacer a continuación.

—¿Le importa? —dijo Pendergast acercándose.

Una segunda figura apareció de entre la negrura. Era Constance Greene. Gavin no podía apartar la vista de ella. Llevaba puesto un viejo mono de lona Farmer Brown y botas altas. Se había recogido el pelo con un pañuelo. Estaba sin duda hermosa con ese aire pasado de moda. Además, bajo la luz artificial del escenario del crimen se la veía incluso más exótica que a la luz del día. Constance no dijo nada, pero sus ojos erráticos lo captaban todo.

—¿Quién es esa señorita? —preguntó Malaga. Se había detenido cuando vio llegar a Pendergast—. Nada de mirones.

—Es mi ayudante —saltó Pendergast—. Por favor, sean con ella tan amables como puedan serlo conmigo.

—Faltaría más —dijo Malaga dedicando a los recién llegados una reverencia un tanto ofensiva. Dio media vuelta, echó a andar por la pasarela y desapareció en la oscuridad.

Pendergast pasó por debajo de la cinta de la policía y se aproximó al cadáver. Constance Green se quedó atrás. Gavin no dejaba de preguntarse en qué estaría pensando Constance. Observar el cadáver resultaba desagradable: había perdido buena parte de la cara, no tenía ni lengua ni labios, la boca estaba abierta y tan solo había una hilera de dientes amarillentos. Sin embargo, a Constance se la veía tranquila e imperturbable.

Pendergast se acuclilló.

—Veo que es el historiador. Morris McCool.

Gavin se sintió abrumado al oír aquello. «¿El historiador?»

—¿Cómo lo sabe? —preguntó el jefe—. Su cara... ha desaparecido y no hemos identificado el cuerpo.

—Los lóbulos de las orejas. ¿Ve que están pegados? Es un

rasgo poco habitual. Los lóbulos de las orejas son casi tan reveladores como las huellas digitales. Por lo demás, la altura y el peso parecen coincidir.

—¿Conocía a ese hombre? —preguntó Mourdock.

—Me fijé en él en el hotel.

Pendergast ajustó las luces y se acuclilló tal como lo había hecho el policía científico. Arqueó su delgado y esbelto cuerpo sobre el cadáver y empezó a tomar muestras con sus pinzas y a depositarlas en tubos y bolsas que daban la impresión de aparecer y desaparecer de su chaqueta por arte de magia. El policía científico lo había hecho bien, pero observar a Pendergast era como contemplar a un bailarín de ballet: cada movimiento era perfecto, sus finos dedos se desplazaban aquí y allá. Pasó un buen rato estudiando con detenimiento los cortes en el pecho, examinándolos con metódica atención; incluso se sirvió de una lupa de joyero en un momento dado. Removió cuanto creyó conveniente la poca carne desgarrada que quedaba de la cara del hombre. Hasta que se puso en pie y retrocedió.

Gavin miró de nuevo a Constance Greene y le sorprendió el perspicaz gesto de su rostro, no muy diferente al de un aficionado al arte que se deleita ante un cuadro en un museo. Era obvio que estaba menos conmocionada que él. ¿Acaso sería una de esas personas a las que les chiflan los crímenes violentos? No. No encajaba con ese patrón. Para ella se trataba de un rompecabezas intelectual; un detalle que definitivamente iba a su favor, pensó Gavin.

—Interesante —murmuró Pendergast—. Además de lo que sin duda son inscripciones, parte de los cortes parecen formar letras. —Apuntó la linterna hacia el pecho del cadáver, enfocando las marcas una a una—. Yo diría que pone T-Y-B-A-N-E.

Se produjo un repentino silencio. Gavin bajó la vista, todavía más asombrado que antes. Pendergast tenía razón: desde cierto ángulo podía leerse una serie de toscas letras. TYBANE. Observó al jefe de policía y vio que su rostro permanecía impertérrito.

Pendergast, sin embargo, miraba con curiosidad a Gavin.

—Sargento, ¿ha visto algo?

—Nada —dijo tartamudeando—. Es que la palabra... me suena remotamente.

—Interesante. —Pendergast miró de nuevo el cadáver—. Más curioso todavía es el hecho de que las incisiones se realizaran con un cuchillo de piedra.

—¿Un cuchillo de piedra? ¿Quiere decir con un antiguo cuchillo indio?

—Sí, pero tallado hace poco y muy afilado. Eso implica ciertas habilidades. Los cortes fueron realizados *pre mortem*, cuando todavía sangraba y la sangre se empezaba a coagular. Sin embargo, la precisión del trabajo indica que la víctima ya había perdido la consciencia cuando se lo hicieron; de lo contrario, se habría resistido. Pero la herida mortal, la primera, la infligieron, diría yo, con un cuchillo largo que le atravesó con toda claridad las tripas, quizá una bayoneta. —Echó un vistazo a su alrededor—. El homicidio tuvo lugar más arriba y arrastraron el cuerpo hasta aquí aprovechando que la marea se retiraba. Un estudio de las corrientes quizá nos ayudaría a establecer la localización y la hora de la muerte. El cadáver debe de haber permanecido cierto tiempo en el agua si los peces se han comido los labios, los ojos, la nariz y la lengua. —Miró a Gavin—. El hombre que estaba aquí recogiendo almejas y lo encontró ¿es una persona especialmente avariciosa?

—¿Boyle? —preguntó Gavin—. Oh, sí, es conocido por eso. Ese cabrón es de la Virgen del puño. ¿Cómo lo ha sabido?

—Por el hecho de que continuara buscando almejas alrededor del cadáver. ¿Dónde vende sus almejas?

—En el hotel. Sus cestas para almejas fritas son famosas.

Pendergast se encogió de hombros.

—Si consideramos las almejas un filtro alimentario, un plato de almejas fritas en el hotel durante los próximos días sería poco menos que canibalismo. Por fortuna, no existe el riesgo de que ingiera esas almejas fritas, ya sean famosas o no. —Llevó a cabo una inspección final del cadáver, sacó una pequeña cámara de fotos digital y tomó varias instantáneas de las inscripciones en el pecho de la víctima.

—Por lo visto, lo que tenemos aquí es obra de un auténtico psicópata asesino —dijo Mourdock.

Pendergast se puso en pie y se quitó los guantes de látex.

—Más allá de los cortes, el escenario del crimen resulta muy poco esclarecedor, dado que desnudaron el cuerpo, el agua lo trajo hasta aquí y lo arrastró la marea. Estos cortes, sin embargo, fueron realizados con cuidado y habilidad por un experto en rajar la carne. Parece haber un propósito tras esos símbolos, y obviamente tras la palabra TYBANE. Jefe Mourdock, me temo que discrepo de sus conclusiones sobre la psicopatía del asesino. La persona que hizo esto es organizada, resuelta y reflexiva.

14

Constance Greene estaba inspeccionando la habitación de Pendergast en la primera planta del hotel. Había movido la cama y había colocado en su lugar una gran mesa de pino. Sobre la misma había instalado un tosco magnetófono, más bien antiguo, con dos bobinas y un ridículo micrófono. También había dejado allí una vieja máquina de escribir eléctrica IBM y un dictáfono.

A Constance le sorprendía la actitud colaboradora del jefe de policía; al menos cuando se le pedía ayuda directamente. Esa misma mañana, había permitido a Pendergast rebuscar en el almacén del departamento de policía de Exmouth, donde guardaban el material obsoleto, y llevarse lo que quisiese.

—Ah, Constance. Veo que estás admirando mi sala de interrogatorios.

Pendergast estaba junto a la puerta, con un viejo ordenador IBM en los brazos.

—¿Se trata de eso? ¿Es una sala de interrogatorios?

Pendergast dejó la computadora sobre la mesa.

—Así es. ¿Qué tal lo ves?

—Más bien parece un museo de tecnología arcaica.

Pendergast enchufó el ordenador, conectó el teclado y lo encendió. A un lado colocó una antigua caja de discos flexibles todavía precintada.

—¿Aún funciona ese trasto?

—No.

—¿Y se puede saber qué tiene de malo tu MacBook?

—Esto es mucho más intimidatorio.

Constance miró de nuevo a su alrededor.

—¿Así que se trata de una representación?

—Podrás comprobar tú misma, querida Constance, que todo este equipamiento, aun siendo una antigualla, causa un efecto de lo más ventajoso en un testigo potencial. El magnetófono sí que funciona, pero para mayor precaución he instalado un micrófono debajo y lo he conectado a una grabadora digital.

Pendergast ordenó con cuidado todo lo que estaba sobre la mesa. Constance tenía que admitir que el conjunto resultaba bastante sobrecogedor, y servía para separar y aislar al interrogador del interrogado.

—Por favor, cierra la puerta y toma asiento.

Constance cerró la puerta, se echó hacia atrás el vestido y se sentó.

—¿A quién vas a interrogar?

Pendergast le pasó una lista. Ella la estudió y la dejó sobre la mesa.

—Hay un montón de nombres.

—Tal vez no tengamos que hablar con todos. Como suele decirse por aquí, me voy de pesca.

—En otras palabras, crees que el asesinato del historiador está relacionado con el esqueleto emparedado.

—Por lo general no suelo fiarme de mi instinto. Pero en esta situación, mi instinto lo ha visto tan claro que haré una excepción. Sí, con toda probabilidad ambos casos están relacionados.

—¿Cómo?

Pendergast juntó las puntas de los dedos y se reclinó en su asiento.

—Antes me gustaría conocer tus reflexiones, Constance. Has estado haciendo campaña para investigar por tu cuenta y siento curiosidad por escuchar tu análisis de lo que hemos encontrado hasta el momento.

Constance se inclinó hacia delante, plenamente consciente de la presión que ejercía sobre ella la mirada inalterable y expectante de Pendergast.

—Varias cosas llaman la atención —empezó a decir—. Sabemos que el historiador estaba investigando la desaparición de un barco que tuvo lugar en estas costas en 1884. Ese mismo año, debido a la erupción del Krakatoa, se echaron a perder las cosechas de la región, incluido Exmouth. Entre 1870 y 1890, según la datación del carbono, un hombre, un marinero afroamericano, fue torturado y emparedado en el sótano de la casa del farero. En 1886, el farero se cayó por las escaleras durante una borrachera y murió.

Pendergast asintió despacio.

—Si unimos esas piezas, me da la impresión de que el hombre fue emparedado con toda probabilidad en 1884 y existe cierta conexión con la desaparición del barco. No me sorprendería que la muerte del farero, que tuvo lugar dos años después, también estuviera relacionada con eso. Después de todo, el marinero fue emparedado en el sótano de su casa. Hay un oscuro secreto en este pueblo, algo que ocurrió en aquella época. El historiador descubrió algún detalle crucial que amenazó con sacar a la luz el secreto y fue asesinado para que no hablase.

—¿Y las marcas en el cadáver?

—No tengo respuesta para eso.

—¿Y qué hay del robo del vino?

—Como ya dijiste, se creó una cortina de humo para recuperar el esqueleto del marinero. Lo cual refuerza, por si fuera necesario, la idea de que en Exmouth persiste el oscuro secreto del que he hablado.

—¿Y qué pasos recomendarías dar? Por orden de prioridad, por supuesto.

Constance se tomó unos segundos.

—Primero, averiguar qué descubrió el historiador para provocar que lo matasen. Segundo, encontrar más información sobre el barco que desapareció aquí, el *Pembroke Castle*. Tercero, descubrir algo más sobre el farero que murió; si es que eso es posible. Y cuarto, identificar esas marcas del cadáver.

—Hay unas cuantas lagunas en tu línea de razonamiento, y demasiada especulación, pero en conjunto no me decepcionas, Constance.

Ella frunció el ceño.

—Los halagos piadosos me sientan como un tiro. ¿A qué lagunas te refieres?

—No te tomes a mal mi pequeña broma. Tu análisis y tus recomendaciones son encomiables. De hecho, como recompensa voy a confiarte una tarea relevante.

Constance se acomodó en su silla intentando disimular el placer que acababa de sentir.

—¿Cuáles son tus conclusiones hasta el momento?

—Coincido contigo en todo lo que has dicho, a la espera de pruebas más concretas. Pero debo añadir que las dos cosas que más han llamado mi atención son la palabra TYBANE grabada en el cuerpo del historiador, así como los curiosos símbolos, y esa... historia de fantasmas.

—¿Qué historia de fantasmas?

—La que me contaste acerca del faro encantado y el llanto de unos niños.

—¿De verdad crees que es tan importante?

—Muy importante.

Pendergast se volvió al oír que llamaban a la puerta.

—¡Ah, ahí tenemos a nuestro primer interrogado!

Abrió la puerta y se topó con un hombre que esperaba en el pasillo. Debía de rondar los cuarenta, estaba en buena forma, tenía el cabello castaño, más bien escaso, y una prominente nuez de Adán. Constance recordó haberlo visto en un par de ocasiones en el pueblo: la primera vez en la calle, observando desde la distancia cómo detenían a Pendergast, y la siguiente en el hotel, durante el desayuno del día anterior. En ambas ocasiones vestía chaquetas un tanto conservadoras, aburridas, que resultaban cómicas en contraste con sus jerséis de lana de cuello de pico de llamativos colores; de ahí que lo recordase. Hoy también llevaba uno, de color melocotón y muy peludo. «*Chacun à son goût*», pensó con desagrado; o, en este caso, sin *goût*.

—Ah —dijo Pendergast—. El señor Dana Dunwoody, engalanado con su habitual esplendor.

—Me gustan los colores brillantes —respondió el hombre estrechándole la mano—. A usted, por lo que veo, le gusta precisamente lo contrario.

—¡Muy perspicaz, sí señor! Tome asiento, por favor. —Pendergast esperó hasta que el hombre se acomodó—. Esta es mi ayudante, la señorita Greene; estará presente durante la entrevista. Constance, te presento a Dana Dunwoody, el abogado de Exmouth.

Constance asintió a modo de saludo.

—¿En qué puedo ayudarle, agente Pendergast? —preguntó Dunwoody.

—Solo serán unas pocas preguntas, si no le importa.

Dunwoody negó con un gesto. Constance se fijó en que el abogado tenía un sencillo y descolorido tatuaje en la parte interior de su muñeca: un ancla.

Pendergast consultó su libreta.

—Usted vive en la casa que mira hacia las marismas, si no estoy mal informado.

Dunwoody asintió.

—¿Estaba en casa anteanoche?

Dunwoody volvió a asentir.

—¿Oyó o vio algo fuera de lo normal esa tarde?

—Nada que yo recuerde.

Pendergast anotó algo en su libreta.

—¿Cómo es eso de ejercer de abogado en Exmouth?

—Está bien.

—¿Qué clase de trabajo desempeña?

—Transacciones inmobiliarias. Demandas ocasionales. Algunos asuntos rutinarios de orden legal propios del pueblo.

—¿Qué clase de demandas?

—De varios tipos. Reclamaciones de propiedades. Disputas sobre derechos de paso. Solicitudes de recalificación.

—Entiendo. Y el hecho de que sea usted concejal resulta útil en esos casos.

Dunwoody tiró de un hilo suelto de su jersey.

—Señor Pendergast, jamás permito que mis deberes civiles y mis deberes profesionales se solapen.

—Por supuesto que no.

Dunwoody esbozó una leve sonrisa. Constance advirtió que era un tipo listo, difícil de intimidar.

—¿Está usted casado, señor Dunwoody?

—Ya no.

Constance entrecerró los ojos para observar a aquel hombre. Sin duda tenía esa habilidad propia de los abogados de contestar preguntas sin aportar información real.

—Entiendo. Pero tiene familia en el pueblo.

Dunwoody asintió.

—Desde tiempos inmemoriales.

—¿Desde cuándo?

—No sabría decirle. Por lo visto, los Dunwoody siempre hemos estado aquí.

—Volvamos a su familia actual. Su hermano, Joe, es barman en el hotel, ¿no es cierto?

Al oír esas palabras, la expresión de orgullo que lucía la cara de Dunwoody al hablar de la historia familiar fue reemplazada por un fugaz enfurruñamiento que enseguida se convirtió en cara de póquer.

—Lo es.

—¿Ha tenido que encargarse de algún caso delictivo, señor Dunwoody? —preguntó Pendergast.

—Se cometen muy pocos delitos en Exmouth.

—Sin embargo, en un pueblo siempre hay problemas. El robo en la casa de Percival Lake, por ejemplo. Y deduzco de las declaraciones de uno de los cocineros del hotel que desaparece comida de la despensa con regularidad.

—Dudo que eso constituya un delito.

—¿Ha leído usted por casualidad *El sabueso de los Baskerville*? —le preguntó Pendergast.

Dunwoody vaciló unos segundos, sin duda sorprendido por la pregunta.

—No creo que eso sea relevante.

—Sígame la corriente. ¿Lo ha leído?

—Sí.

—Entonces se acordará de que se da toda una serie de circunstancias similares. A la comida que desaparece, me refiero. De la mansión Baskerville.

A ojos de Constance, el rostro de Dunwoody fue volviéndose cada vez más inexpresivo. Estudiadamente inexpresivo. No respondió.

Pendergast cerró con fuerza su libreta y la dejó junto a la máquina de escribir.

—No tengo más preguntas. Gracias por su tiempo.

El abogado se levantó, saludó a los dos con sendas inclinaciones de cabeza, salió y cerró la puerta tras él.

Constance se volvió hacia Pendergast.

—¿*El sabueso de los Baskerville*? Espero que no me estés tomando el pelo, Aloysius.

—Todo lo contrario. ¿No te fijaste en su reacción, o mejor dicho en su nula reacción? De lo más concluyente.

—La verdad es que no sé qué pretendías. Pero lo cierto es que tiene pinta de ser culpable.

—Así es, Constance. Todos los abogados son culpables. Pero diría que este es más culpable que la mayoría. —Consultó su reloj—. Vamos. Creo que disponemos del tiempo justo para tomar una taza de té antes de que llegue nuestro siguiente invitado.

15

Regresaron de tomar el té y encontraron a un tipo esperando frente a la puerta cerrada. Llevaba puesta una gorra de béisbol. Pendergast le hizo entrar. El hombre miró a un lado y a otro con ojos llorosos, claramente intimidado por el decorado. Constance no había visto antes a ese hombre. Cuando pasó por su lado notó un ligero olorcillo a bourbon y a humo de puro.

—Póngase cómodo, señor LaRue —le dijo Pendergast.

El tipo se sentó en una silla.

Con gran precisión y formalidad, Pendergast preparó el magnetófono, fingió que se peleaba con los controles y tras los ajustes finales lo puso en marcha. Las bobinas empezaron a girar. Resultaba interesante que Pendergast no se hubiese tomado esas molestias con el abogado, pensó Constance.

—Por favor, hable con claridad hacia el micrófono —le dijo.

El hombre asintió.

—Sí, señor.

—Diga su nombre y su dirección para que quede grabado.

Dijo que se llamaba Gordon LaRue y que vivía en Dill Town, que había vivido allí toda su vida y que se dedicaba a cortar el césped para ganarse la vida.

—¿Desde cuándo le corta el césped al señor Lake?

—Desde hace doce años.

—El fin de semana que el señor Lake estuvo fuera, cuando entraron a robar, ¿estuvo usted cortándole el césped?

—Estuve, sí. Le gusta que vaya a cortar el césped cuando él no está, porque el ruido le molesta.

—¿Y a qué hora fue usted ese fin de semana?

—Fui el sábado, a eso de las once.

—¿Vio usted algo fuera de lo normal?

—No. No hacía falta cortar mucho la hierba. El otoño... Además... al señor Lake le gusta que esté alta por las esculturas.

—¿A qué hora se fue?

—A las doce y media.

—Eso es todo, señor LaRue.

Cuando el hombre se puso en pie, Pendergast dijo como por casualidad:

—Dill Town, el pueblo de las afueras que fundaron los balleneros negros, ¿no es cierto?

—Sí.

—Interesante. Gracias.

Pendergast acompañó a LaRue hasta la salida y después cerró la puerta. Se volvió hacia Constance y le dedicó una breve sonrisa.

—¿Pescando? —dijo Constance, aunque en realidad se preguntaba por qué estaban perdiendo el tiempo de un modo tan evidente.

—Así es. Lancemos otro cebo al agua. Haz pasar al siguiente invitado, si no te importa.

Constance salió al pasillo y vio a otro hombre sentado en una silla, con la cara roja y unos pelillos blancos asomando por el cuello, crispados. Se levantó.

—Espero que esto no me tome mucho tiempo —dijo mirando a Constance de arriba abajo con sus cansados pero atentos ojos azules. Debía de rondar los setenta años, llevaba una camisa de leñador, tirantes y unos pantalones azules de faena. Desprendía un ligero hedor a marisma.

—Pase —contestó ella.

Cruzó la puerta con evidente irritación y se negó a sentarse. Pendergast, de nuevo, se dedicó a toquetear el equipo.

—¿Y bien? —preguntó el tipo con impaciencia—. No voy a contestar a ninguna pregunta, si se trata de eso.

—Espere un momento, por favor, estoy intentando ajustar el equipo. Usted es George Washington Boyle, ¿no es así?

—Soy Benjamin Franklin Boyle —dijo el hombre—. Empezamos bien, señor detective.

—Lo lamento muchísimo. —Un poco más de teatro—. Ha venido usted, señor Boyle, de manera totalmente voluntaria. ¿Y ahora se va a negar a responder preguntas?

—¿Y qué pasa si me niego? ¿Conseguirá una citación, me obligará a volver?

—No, no. Estoy llevando a cabo una investigación privada. No tengo autoridad para citarlo. Es usted libre para marcharse. Sin resentimientos.

Soltó un gruñido.

—Bueno, ya que estoy aquí... —Se sentó.

Constance vio que Boyle era más inteligente de lo que parecía a simple vista y que Pendergast, al fingirse incompetente y darle la oportunidad a Boyle de sentirse superior, había logrado predisponerlo para responder a sus preguntas. Un truco muy inteligente, y en obvio contraste con sus tristes y poco desarrolladas habilidades sociales. Recordó entonces la larga lista de gente a la que había que interrogar y se preguntó si no sería mejor que ella regresara a Riverside Drive.

—Señor Boyle, el fin de semana que robaron el vino, ¿puedo suponer que estaba usted en la marisma de Exmouth recogiendo almejas?

—Estuve allí unas pocas horas, el sábado por la tarde.

—¿En qué zona exactamente?

—En la que llaman los Fangales del Canal.

—¿Podría señalarla en el mapa? —Pendergast desenrolló un mapa de la zona y lo puso frente a Boyle.

—Justo aquí. —Colocó un sucio dedo sobre la localización.

—Ah. Entiendo que desde aquí no podía ver el faro.

—Cierto. Hay tres kilómetros y medio desde el faro y los

acantilados de Exmouth. Además, es imposible ver por encima de los juncos de mar y las espadañas, porque alcanzan una altura de más de metro ochenta en muchos lugares.

—Tenía la esperanza de que hubiese visto algo, tal vez algún movimiento...

—Solo vi fango y almejas.

Pendergast empezó a enrollar el mapa.

—Debe de conocer esa marisma a la perfección.

—Mejor que nadie.

—Supongo que posee una belleza particular.

—Pues sí —dijo Boyle con convicción, aunque su tono de voz indicaba que no le interesaba nada ahondar más en esa cuestión.

—Y también una historia propia.

—Sí, claro.

—Pero supongo que no le interesará mucho la historia, dado que es usted un buscador de almejas.

El hombre se enfureció.

—Fui capitán de un barco pesquero, señor Pendergast; durante cuarenta años. Soy marinero, y a los marineros siempre nos ha interesado la historia.

Pendergast alzó las cejas.

—Entiendo. Pero ¿qué clase de historia puede tener una marisma deshabitada?

—Más de las que cree. —Boyle se echó a reír. Disfrutaba teniendo público, sobre todo tratándose de alguien tan bobo como ese tal Pendergast—. Toda clase de historias. Y de cuentos también. Sobre brujas. Y el Segador Gris.

—¿El Segador Gris?

—A veces, por la noche, se ve una luz en la marisma, una luz que se mueve de aquí para allá. Es el Segador Gris. Cuentan que hace doscientos años había un hombre llamado Jack, el más perverso hijo de puta entre Casco Bay y Gloucester. Cuando murió, el diablo vino a buscarlo y se lo llevó al infierno. Pero Jack era tan desagradable que el diablo no pudo soportarlo mucho tiempo. Lanzó a Jack una brasa encendida y le dijo: «Eres demasiado perverso para mi infierno, ¡así que llévate esa brasa y crea tu propio infierno!». —Boyle dejó escapar una carcajada—. Está allí, en la marisma, cubierto de barro gris. De ahí su nombre. Se oculta, por eso no es posible verlo. Pero el carbón sí, claro. Cuando se ve esa luz desplazándose por ahí, es el Segador Gris que deambula con el carbón en la mano buscando almas que segar para montar su propio infierno.

A Pendergast no parecía hacerle ninguna gracia la broma.

—¿Y las brujas?

Boyle hizo un gesto con la mano.

—Hay un cuento que se remonta a los tiempos de Salem. Cuando las cosas se pusieron feas y empezaron a colgar a las brujas, unas cuantas salieron pitando de Salem en mitad de la noche y se vinieron al norte. Se establecieron en las islas de la marisma, lejos de la civilización. Eran hombres y mujeres, no sé si me entiende.

—¿Me está diciendo que eran brujas de verdad?

—Yo no he dicho eso. Cuenta la leyenda que aquellos viejos puritanos colgaron a un montón de inocentes y que las auténticas brujas huyeron.

—¿En qué lugar de la marisma se instalaron?

—Nadie lo sabe. En algún lugar hacia el interior, según se cuenta. Pero las cosas no fueron bien. Un invierno malo, hambruna, y los ataques de los indios acabaron con ellos. Más adelante, según dicen, de vez en cuando se perdía por la marisma algún viajero y se topaba con las ruinas del asentamiento, casas derruidas de madera podrida. Cuentan que en medio de ese estrafalario asentamiento había un círculo hecho con rocas planas con inscripciones, y que en el centro había un trozo de pizarra con una palabra escrita.

—¿Qué palabra?

— T-Y-B-A-N-E.

Pendergast y Constance se observaron.

—¿Qué significa?

—Nadie lo ha descifrado nunca. —Boyle les dedicó una mirada maliciosa—. Hasta ahora, tal vez.

—Así que ha oído que el asesino del historiador, McCool, grabó esa palabra en su cuerpo.

Boyle se encogió de hombros.

—Es imposible mantener secretos en un pueblo tan pequeño como Exmouth.

—¿Alguna idea de por qué alguien haría algo así?

—Seguramente habrá sido cosa de críos, chorizos de Dill Town haciendo de las suyas, jugando a invocar al diablo. Habrán robado al tipo para comprar drogas y habrán sido lo bastante estúpidos para pensar que podían engañar a la policía con cosas de brujas.

—¿Por qué de Dill Town?

—Dill Town tiene un largo historial de problemas. Muertes. Alcoholismo. Esa clase de cosas.

—¿Ha encontrado alguna señal de que haya gente en la marisma?

—De hecho, sí. Creo que hay un indigente viviendo por ahí. He visto huellas en el fango, rastros entre los juncos. Nunca lo he llegado a ver, pero en alguna ocasión me ha llegado el olor de una hoguera. —Rio—. Tal vez es el tipo que robó los vinos de Lake. Sería el sueño de cualquier borrachín. Tal vez es el propio Segador Gris. A lo mejor desea investigar sobre eso, señor detective.

—Lo haré —respondió Pendergast poniéndose en pie—. Gracias por su tiempo, señor Boyle. —Miró a Constance—. En cualquier caso, creo que podemos dar por acabados los interrogatorios, de momento.

Boyle se levantó. Acto seguido se inclinó hacia delante y preguntó en tono confidencial:

—¿Cuánto le paga ese hombre por su investigación?

16

Iba a ser interesante. Más que interesante. Bradley Gavin pasó por debajo de la cinta policial amarilla que impedía el paso a la segunda planta del hotel. Se volvió y alzó la cinta para que pasara Constance Greene, que lo siguió hasta la puerta cerrada de la habitación de Morris McCool. Gavin la abrió al máximo.

El agente Pendergast había dicho con total claridad que había que hacer extensiva a Constance cualquier clase de cortesía profesional, lo que explicaba por qué se le permitía de nuevo el acceso al escenario del crimen. Gavin sentía mayor curiosidad por Constance que por lo que pudiesen encontrar en la habitación; por otra parte, suponía que tampoco sería gran cosa. La palabra «curiosidad» apenas describía lo que sentía por aquella extraña y hermosa mujer. Y aquella iba a ser su primera oportunidad para hablar a solas.

Gavin se volvió y extendió una mano.

—Después de usted, señora Greene —dijo.

—Señorita Green, si no le importa.

—Vaya. Lo siento.

Gavin la observó por el rabillo del ojo mientras entraba en la habitación, una etérea figura ataviada con un vestido largo. Esa mujer era tan fría como un glaciar. Tal vez esa característica era parte de su atractivo; esa y un misterioso dominio de sí misma. Y a Gavin le gustaba el toque clásico de esa «señorita». Estaba empezando a ver a la señorita Greene como una especie de reto.

Sabía que él resultaba atractivo a las mujeres, y sospechaba que si ella llegaba a conocerlo mejor, tal vez podría demostrarle que era su tipo.

La siguió al interior de la habitación del historiador. Estaba decorada con muebles de época, como el resto del hotel, y Gavin se fijó en los detalles que aportaban encanto, aunque estaban un tanto gastados: la gran cama de madera oscura, las cortinas de encaje, las alfombras trenzadas, más bien raídas, y el baño, al que echó un vistazo a través de la puerta abierta, tan obsoleto que sus anticuados muebles habían vuelto a estar de moda y de nuevo habían dejado de estarlo.

—El acuerdo consiste en solo mirar, señorita Greene —le dijo—. Pero si quiere tocar algo no hay problema, siempre y cuando me pregunte antes.

—Gracias.

El equipo de la policía científica ya había peinado la habitación con extrema precisión y podían verse las etiquetas y marcas que habían dejado por todas partes. Habían estado buscando pruebas forenses: cabellos, fibras, ADN, sangre. Él y la señorita estaban allí en busca de papeles, en concreto pruebas de aquello en lo que estaba trabajando el historiador. No es que Gavin esperara que eso les llevase a ninguna parte; más o menos él ya se daba por satisfecho con que el asesinato se considerara la consecuencia de un más que posible robo, a pesar de ciertos aspectos un tanto inquietantes.

Gavin llevó a cabo un rápido inventario mental. Una pequeña pila de libros y papeles sobre un escritorio. No había ordenador. La doncella había limpiado la habitación cuando el historiador bajó a cenar, unas horas antes de su asesinato. Eso era pésimo: todo estaba impecable, pero resultaba imposible saber si era obra de la doncella o del propio historiador.

Rodeó el pequeño escritorio en el que McCool había dejado los libros y los papeles. Tomó una libreta y miró a Constance por encima de las páginas. Ella recorría lentamente la habitación: sus ojos violeta no perdían detalle.

Gavin examinó los libros: *Tormentas y naufragios en Nueva Inglaterra*, de Edward Rowe Snow; un documento fotocopiado titulado «Registro de barcos perdidos 1850–1900», de los archivos Lloyd. Había diversas marcas de lectura en cada una de las publicaciones. Mientras anotaba los títulos, Gavin percibió un suave crujido y Green se materializó a su espalda.

—¿Puedo echarle un vistazo al registro, sargento?

—Por supuesto. Adelante.

Constance lo abrió por el punto de libro dándose la vuelta y desapareciendo del campo de visión de Gavin. Por su parte, el sargento empezó a buscar una cartera, un reloj o dinero, puesto que no los habían encontrado junto al cadáver. Después estudió con mayor atención el libro de Snow deteniéndose en un capítulo titulado «La misteriosa desaparición del SS *Pembroke Castle*».

—Fíjese en esto —dijo Constance pasándole el registro. También tenía una página marcada que hablaba del *Pembroke Castle*. Gavin estaba familiarizado con esa historia, pero de todos modos leyó la entrada con interés.

> S. S. Pembroke Castle, *1884. En febrero de 1884, camino de Boston, habiendo partido de Londres, se perdió en una tormenta en la costa de Nueva Inglaterra, entre Cape Elizabeth (Maine) y Cape Ann (Massachusetts).*

> El *S. S. Pembroke Castle* era un barco con el casco de roble, de 100 metros de eslora, construido por Barclay Curle & Co. en Whiteinch, Glasgow, Escocia, para el transporte de pasajeros y mercancías. Fue botado el 12 de septiembre de 1876. En enero de 1884 el *Pembroke Castle* inició su último viaje desde Londres, Inglaterra, con 140 pasajeros, fletado por lady Elizabeth Hurwell, de Hurwell Ossory, Warwickshire. El 18 de enero el barco se encontró con el crucero *Wessex* y quedó anotado en el cuaderno de bitácora del navío. El 2 de febrero de 1884, el *Pembroke Castle* fue avistado durante la puesta de sol por el pesquero *Monck-*

ton, de Portland, Maine, que estaba faenando, a pesar de la marejada, cerca de Halfway Rock, no muy lejos de Casco Bay. Intercambiaron señales luminosas. Esa es la última localización conocida del barco. Una tormenta del noreste azotó la costa durante tres días. Al ver que el barco no llegaba a Boston según lo previsto, es decir, el 5 de febrero, los guardacostas de Estados Unidos enviaron varias embarcaciones, a las que se unieron dos barcos de la Marina, en una infructuosa búsqueda de supervivientes o restos. Presumiblemente, el barco se perdió en la tormenta en algún punto de la costa entre Cape Elizabeth y Cape Ann; si hubiese doblado este último cabo, habría sido avistado por el farero de Eastern Point y podría haberse refugiado en el puerto de Gloucester. Nunca se encontró rastro alguno de la tripulación o del barco, y tampoco se identificó ningún resto del naufragio. De la cantidad que el seguro tenía que pagar se hizo cargo Lloyd, un total de 16.500 libras, que fueron entregadas el 23 de marzo de 1885 a la Bristol Steamship Company de Londres, propietaria del *Pembroke Castle*, a la que se añadió la suma de 9.500 libras, que se le pagaron a lady Hurwell el 6 de abril de 1886, por haber perdido su cargamento.

—Esto debe de ser en lo que andaba metido nuestro historiador —concluyó Gavin cerrando el documento y dejándolo de nuevo sobre el escritorio.

—Sí —dijo Constance. Había permanecido junto a Gavin leyendo la entrada por encima de su hombro. Había algo curiosamente emocionante en su proximidad.

Constance dio un paso atrás.

—¿No le parece extraño que no se pagase una suma por la muerte de los pasajeros?

—No había reparado en ello.

—Y ese «cargamento»... Me pregunto qué sería, por qué le pagaron tanto por él, y por qué tardaron más de dos años en dárselo.

Gavin se encogió de hombros.

—En primer lugar, ¿para qué querría una noble inglesa fletar un barco? ¿Y por qué no viajaba en él?

Gavin la miró a los ojos. Era realmente joven, no debía de tener más de veintidós o veintitrés años. Pero en aquella mirada violeta había una inusual profundidad. Gavin sintió una emoción en absoluto profesional.

—Bien —dijo—, unas preguntas interesantes, pero dudo que resulten relevantes.

—¿Por qué?

Gavin tragó saliva, aguijoneado por el agudo tono de su voz.

—Porque estoy bastante seguro de que fueron unos colgados de Dill Town los que mataron a nuestro hombre por dinero.

—¿Colgados? ¿A qué se refiere?

Constance Greene parecía pertenecer a otro mundo; o como mínimo, a un mundo muy alejado de Exmouth. Y eso, curiosamente, también resultaba atractivo.

—Adictos a las metanfetaminas. ¿Sabe qué son las metanfetaminas? ¿Ha visto la serie *Breaking Bad*?

Silencio.

—¿Hay muchos adictos en Dill Town?

—Hace unos años encontramos allí un laboratorio, y creemos que puede haber otro operativo, tal vez incluso en la marisma.

—¿Por qué hay problemas de adicción allí?

—«Problemas de adicción» es mucho decir. Se trata..., ya sabe, pobreza, poca educación, falta de oportunidades... La pesca está de capa caída desde hace décadas. Y los pescadores..., en fin, suelen ser tipos muy duros. —Se detuvo—. Por decirlo de alguna manera.

—Entiendo. Gracias por ese apunte, sargento. ¿Qué encontraron con el cuerpo?

El cambio de tema fue tan inesperado que Gavin necesitó un momento para situarse.

—Mmm, nada. Bueno, un reloj de pulsera. Por lo demás, el cuerpo estaba desnudo. —Ella había estado allí. ¿Por qué le había hecho esa pregunta?

—Si el móvil de los «colgados» era el dinero, ¿por qué no se llevaron el reloj?

Gavin se encogió de hombros.

—Serían torpes. —Dudó un segundo—. ¿Qué opina Pendergast?

—¿Sobre qué?

—Sobre las marcas. ¿Son pistas falsas o es otra cosa?

—No me lo ha dicho.

—¿Y usted qué cree?

—No lo sé.

Se miraron en silencio. Al fin, Gavin habló:

—Soy policía desde hace mucho tiempo, y he llegado a una conclusión esencial sobre los asesinatos.

—¿Cuál es?

—La mayoría de los asesinatos son banales. Estúpidos. La explicación más obvia suele ser la correcta. Y en este caso, el robo es la explicación más sencilla, y estoy convencido de que esas marcas absurdas las hicieron drogadictos.

—Si la mayoría de los asesinatos son banales y estúpidos es porque la mayoría de la gente es así.

A Gavin le sorprendió la respuesta.

—¿Esa es su opinión sobre la naturaleza humana? ¿Cree que la gente es básicamente estúpida?

—Sí. Pero hay excepciones que confirman la regla. Hay gente que desconfía de las explicaciones sencillas. Y también ocurre con algunos asesinatos. Y este es uno de ellos.

—«Hay gente que desconfía de las explicaciones sencillas» —repitió Gavin—. ¿Qué quiere decir con eso?

—Quiero decir que hay personas excepcionales que destacan del vulgo. Para esas personas las reglas son diferentes. Sus asesinatos también son diferentes. Este crimen no tiene nada de banal ni de estúpido, y el asesino que lo cometió tampoco.

Gavin no había conocido nunca a una mujer como ella. La observó con curiosidad y entonces, cosa rara en él, decidió dar un paso hacia lo desconocido.

—Estoy seguro de que usted, señorita Greene, es una de esas personas excepcionales.

Esperó a que ella lo negara, tal vez con un arranque de rabia, pero no hubo ninguno. Envalentonado, quiso ir un poco más lejos y bajó un poco la voz.

—Por ese motivo me gustaría conocerla mejor.

Constance no había dejado de mirarlo a los ojos, con expresión impasible. Entonces dijo:

—¿Ya hemos acabado?

—Sí, ya hemos acabado.

Gavin observó cómo sus elegantes labios se curvaban esbozando una leve sonrisa que parecía responder a cierta clase de íntimo deleite.

—Después de usted, sargento.

17

La suave luz del atardecer se filtraba a través de las cortinas de encaje de la falsa sala de interrogatorios. Las motas de polvo flotaban en el aire. Constance observaba al agente del FBI, que paseaba de un lado a otro; vestido por completo de negro, entraba y salía de la franja de luz. Se desplazaba con tanta ligereza que daba la impresión de ser un espectro en lugar de una persona. Estaba en esa tesitura desde que ella había vuelto de la habitación de McCool y le había informado de lo que había descubierto. Pendergast parecía una esfinge inescrutable. Hasta tal punto era impredecible que acababa resultando intrigante.

—No tiene sentido —murmuró.

Constance esperó; sabía que no le estaba hablando a ella. Él siguió caminando.

—El barco —dijo—. Había sido avistado en plena tormenta cerca de Way Rock, en Casco Bay, al anochecer, que por la fecha, un 2 de febrero de 1884, debían de ser aproximadamente las cuatro y cuarto de la tarde. Se desplazaba a diez nudos de velocidad, según el diario de bitácora del pesquero *Monckton*. Debería haber bordeado Cape Elizabeth sobre las cinco y media de la tarde. La marea subía a las once y veinticinco de la noche, y debido al viento de noreste se había levantando una tormenta. Si el barco se hundió antes de las once y veinticinco de la noche, los restos y los cadáveres habrían sido arrastrados hacia la playa por la tormenta y los habrían encontrado. Pero no encontraron nada.

Así pues, el barco se hundió cuando la marea se retiraba, llevándose hacia el océano a las víctimas y los restos. Suponiendo que mantuviera una velocidad estable de diez nudos, algo bastante probable teniendo en cuenta que era un barco de vapor y que habría viajado a esa velocidad buscando estabilidad, el *Pembroke Castle* debería haber superado Cape Ann a las once y veinticinco y habría alcanzado el puerto de Gloucester poco después, donde se habría refugiado. —Cuatro pasos, media vuelta, cuatro pasos, media vuelta—. Pero no lo vieron bordear el cabo y jamás llegó a puerto. Por lo tanto, el barco encontró su fin en el intervalo de veinte minutos entre las once y veinticinco y las once cuarenta y cinco de la noche. Eso lo sitúa justo frente a la costa de Exmouth. —Sacudió la cabeza—. No tiene sentido.

—Para mí tiene todo el sentido del mundo —replicó Constance.

Pendergast la miró.

—¿Cómo es posible que tenga sentido para ti? Explícate, te lo ruego.

—Tú crees que el barco se hundió frente a la costa de Exmouth. Eso explicaría por qué el historiador volvió aquí: dedujo lo que tú acabas de deducir. *Quod erat demonstrandum.*

—*Cum hoc, ergo propter hoc* —añadió él negando con la cabeza con impaciencia—. Eso tal vez explique por qué el historiador se centró en esta zona. Sin embargo, no tienes en cuenta un fenómeno conocido como «estoa de corriente».

—¿Y qué es eso de «estoa de corriente»? Explícate, te lo ruego.

—Es el lapso de una media hora, tras la pleamar, en el que cesan todas las corrientes. La estoa de corriente provocaría que los restos de un naufragio próximo a la costa de Exmouth fueran arrastrados hacia los acantilados y las playas de Exmouth.

—¿Por qué?

—Por el viento. Era de noreste. La línea de la costa de Exmouth dibuja un garfio que vence hacia Cape Ann. Ese garfio es como una red: cualquier resto de ese naufragio, empujado hacia el suroeste por el viento, habría quedado atrapado en ella. Los cuerpos y los restos se habrían escampado por la costa. Pero ¿y si el barco bordeó Cape Ann sin ser visto? ¿Y si estaba tan destrozado que no pudo llegar al puerto de Gloucester y finalmente lo arrastró la resaca de la marea? —Pendergast se detuvo y reflexionó unos instantes—. Esa sería una posibilidad viable, y creo que la operación de rescate debería haberla tenido en cuenta, y haber centrado la atención en las zonas hacia las que el maltrecho barco pudo haber sido empujado. El registro dice que se trataba de un barco con casco de roble. Incluso si se hubiese hundido habrían quedado un montón de tablas flotando, por no hablar de los cadáveres. Sin embargo, a pesar de que buscaron a conciencia no encontraron nada. De modo que es posible que estuviese hecho polvo antes de llegar a la costa de Exmouth, al pairo en la tormenta hasta que la marea retrocedió y lo arrastró mar adentro. —Pendergast echó a andar otra vez—. La marea cambia cada seis horas. Un barco al pairo no habría llegado muy lejos. Aun así, tendrían que haber llegado a la costa unos cuantos restos. —Movió la mano de un lado a otro—. Estamos dando vueltas sobre lo mismo. Y recuerda que este no es el único misterio que nos ocupa, hay otro: la vinculación con la brujería.

—¿No me digas que te creíste la historia de Boyle sobre las brujas de Salem que se refugiaron aquí?

—Mi querida Constance, yo no «creo» en nada. Y espero que tú también sepas resistir ese impulso en el futuro. Veamos adónde nos conducen los hechos. Y los hechos apuntan hacia la marisma de Exmouth y hacia esa colonia despoblada. Iré a investigar esta noche.

—¿Esta noche?

—Por supuesto. Se trata de un reconocimiento furtivo.

—Iré contigo.

—Ni hablar. Puedo moverme mucho mejor por la oscuridad si voy solo. Es posible que tenga que cruzar corrientes de agua y tú, por desgracia, no sabes nadar. Recuerda los sinsabores de nuestro último... trabajo de campo.

—¿Con lo de «trabajo de campo» te refieres al Jardín Botánico? Si no recuerdo mal, esa excursión en particular te salvó la vida. Como diría tu amigo el sargento Gavin: «Por decirlo de alguna manera».

Los labios de Pendergast se contrajeron esbozando una mueca que bien podría haber sido una media sonrisa o un gesto de aprobación.

—Lo que me gustaría que hicieras, Constance, es ir a Salem mañana por la mañana. Me consta que allí hay muchas atracciones, incluidas la Casa de la Bruja y el Museo de las Mazmorras de la Bruja, así como el famoso Monumento al Juicio de las Brujas. Por no hablar del «Tour en *segway* por la Ciudad de las Brujas».

—¿Tour en *segway*? Estás de broma.

—Y lo que es más interesante: Salem es además la sede de la Alianza por la Integración Wiccana. —Le entregó una tarjeta—. Una tal Tiffani Brooks, también conocida como Cuervo de Sombra, es la líder de la asociación y del círculo de brujas local.

Constance tomó la tarjeta.

—¿Wicca? ¿Magia blanca? ¿Y qué se supone que debo encontrar allí?

Pendergast le pasó entonces un pedazo de papel con un dibujo. Al observarlo, Constance reconoció las marcas que habían grabado en el cuerpo del historiador, así como la palabra TYBANE.

—Lo he encontrado en internet —dijo Pendergast—. ¿Te acuerdas de lo que nos contó Boyle? ¿Lo de la inscripción que, según la leyenda, hallaron en el centro de la colonia perdida que había en una de las islas de la marisma? —Apuntó con el mentón hacia el papel—. Esa es la inscripción y esas son las marcas. Al menos eso dice un arqueólogo de cuestionable reputación que murió hace años.

Constance estudió el papel.

—Pero tú no piensas que quienquiera que matase al historiador y grabase esos signos sea...

—Yo no pienso en nada. Lo único que quiero es que descubras si esas son marcas de brujería auténticas, y si lo son, quiero saber qué significan. Esa palabra misteriosa, de hecho, es el motivo principal de mi salida nocturna. Mi querida Constance, no podemos proceder hasta que sepamos si esas marcas son genuinas o bien un intento del asesino de desviar la investigación. —Se puso en pie—. Y ahora, *adieu*. Tengo que hablar un momento con el sargento Gavin. Recuerdo haberle oído decir que creció en Exmouth.

—¿Sobre qué quieres hablar con él?

—Solo serán un par de preguntas sobre el pasado de nuestro apreciado abogado, el señor Dunwoody. Y después le pediré al señor Lake una visita guiada por su jardín de esculturas.

Constance dobló con cuidado el papel.

—Pensaba que ibas a llevar a cabo un reconocimiento furtivo.

—Y lo haré. Pero para eso necesito oscuridad.

—Entiendo. ¿Y qué voy a hacer yo?

—Por la tarde me gustaría que..., que te dejases caer por el bar del hotel, entablaras conversación con los lugareños, te tomases un par de cervezas y recopilases unos cuantos cotilleos.

Constance lo miró a los ojos.

—Yo no me «dejo caer» por los bares.

—Tendrás que adaptar tus reglas de conducta personal, como hago yo, mientras dure la investigación. Siempre puedes tomar absenta, porque, debido a un curioso milagro, tienen absenta. —Se inclinó hacia delante y bajó la voz para adoptar un tono confidencial—. Pero hagas lo que hagas, evita las almejas.

18

—Esta —dijo Percival Lake contemplando la escultura con evidente afecto— fue la primera pieza que tallé cuando me instalé aquí con mi esposa, hace treinta años. —Palmeó el pulido granito gris con cariño antes de volver a rodear a Carole Hinterwasser por la cintura con el brazo. La escultura representaba la figura abstracta de un arponero que emergía de la piedra apuntando con su arma—. Me la quedé por motivos sentimentales, porque podría haberla vendido en un centenar de ocasiones. Se titula *Queequeg*.

Se levantó una ráfaga de viento procedente del mar, que agitó la hierba del jardín de las esculturas a lo largo del acantilado. Del mar llegaron también unas opresivas nubes bajas de color zinc que traían consigo el aroma del invierno. Lake había dispuesto las enormes esculturas de cara al océano, como si se tratase de un homenaje a los moais de la isla de Pascua, que por lo visto había visitado años atrás junto a su difunta esposa.

Pendergast, vestido de negro riguroso, alzó el cuello de su abrigo. La tarde era bastante fría y era obvio que el agente del FBI no era una de esas personas que disfrutan de los climas vigorizantes.

Lake continuó caminando entre las esculturas, cogido del brazo de Carole, comentando cada una de las piezas. Pendergast los seguía en silencio. Al final de la hilera de estatuas, Lake se detuvo y se volvió.

—Siento mucha curiosidad por saber cómo va la investigación —dijo.

—No muy bien —respondió Pendergast.

—Entiendo. ¿Por falta de pruebas?

—Justo lo contrario.

—Bueno, lo cierto es que ha causado bastante revuelo en el pueblo. La gente solo habla de usted y del asesinato de ese historiador. —Calló un segundo para escoger las palabras adecuadas—. Debo admitir que me siento un poco contrariado.

—¿Por qué?

—Lleva tres días aquí. Esperaba informes regulares sobre sus progresos. He oído, por ejemplo, que ha estado ayudando a la policía en la investigación del asesinato. Me habría gustado saberlo de usted.

—Lo lamento mucho.

Pendergast se mostraba opaco hasta la exasperación.

—¿Significa eso que cree que el asesinato del historiador y este caso están relacionados? —preguntó Carole.

—Desde luego.

Silencio. Lake esperaba una explicación, pero como no llegaba, preguntó:

—¿Sería tan amable de ponernos al corriente?

—De ningún modo.

Lake se sentía cada vez más furioso.

—No pretendo ser descortés, pero ¿acaso no trabaja usted para mí? ¿No debería informarme con regularidad?

—No suelo hablar de las investigaciones en curso con nadie, a menos que sea absolutamente necesario.

—Entonces... si usted no está aquí para contarme cómo van las cosas, ¿por qué ha venido? Seguro que no es solo para ver mis esculturas.

Pendergast le dio la espalda al viento.

—Tengo unas cuantas preguntas.

Lake se encogió de hombros.

—Claro. Adelante. Aunque creo que ya se lo he dicho todo.

—¿Hay alguna razón para que no me contase la historia de la señorita Hinterwasser?

Lake miró a Carole a los ojos.

—¿Su historia?

—Sus antecedentes. La pillaron robando en una tienda de antigüedades muy cara de Cambridge.

Solo el viento alteró el profundo silencio que se había instalado entre ellos.

—No sé adónde quiere ir a parar, Pendergast —dijo al fin Lake—, pero estoy seguro de que no me va a gustar.

—¿Por qué debería habérselo contado? —preguntó Carole—. Eso fue hace quince años. Devolví la pieza, y les indemnicé. En cualquier caso, no era más que una figurilla religiosa horrible. No sé qué vi en ella. Además, es agua pasada. No tiene nada que ver con el robo en nuestra..., en casa de Perce.

—Tal vez no. —Pendergast centró su atención en Lake—. Fue usted marino mercante, ¿no es cierto?

Lake esperó un poco antes de contestar.

—Pasé cuatro años en la Marina y después tres más en un petrolero.

—Supongo que ahí es donde se hizo el tatuaje.

—¿Tatuaje? —preguntó Lake sorprendido—. ¿Se refiere a la ballena de mi hombro derecho? ¿Cómo sabe eso?

—En el pueblo es usted muy admirado, entre otras cosas por sus extrañas apariciones en la playa.

—Claro. Bueno, siempre he amado el mar y *Moby Dick* es mi libro favorito; lo releo cada año desde que cumplí dieciséis. «Llamadme Ismael» es la mejor frase inicial jamás escrita de una novela.

—Yo no soy muy aficionado a las historias sobre animales.

Lake puso los ojos en blanco. Pendergast era sin duda un bicho raro.

—Es la primera vez que oigo calificar *Moby Dick* de mera historia de animales.

—Volvamos al tema que nos ocupa, señor Lake. Me ha resultado muy complicado saber de su pasado como marino mercante. Es curioso que en una localidad costera como Exmouth muy pocos conozcan esa parte de su vida.

—Soy un hombre reservado.

—Tampoco lo mencionó cuando estuvo hablando conmigo de su pasado. Cuando nos vimos en el restaurante del hotel.

Lake se encogió de hombros.

—No suelo hablar de ello. No encaja con el hecho de ser artista, supongo.

—Entiendo. He descubierto que Dana Dunwoody, antes de estudiar Derecho, también trabajó en un petrolero.

—No lo sabía.

—¿Coincidieron alguna vez en el mismo barco, por casualidad?

—No.

—¿Hasta qué punto conoce al señor Dunwoody?

—No demasiado. No es santo de mi devoción. Es un abogado de pacotilla de un pueblo de mala muerte y de dudosa ética profesional.

—¿Sabía que también tiene un tatuaje, una ancla, en el reverso de una de sus manos?

—Es un tatuaje bastante habitual en los marinos mercantes. ¿Cree usted que Dunwoody y yo estamos metidos en alguna clase de conspiración de los tatuajes?

—Otra cosa que me costó muchísimo descubrir, y que también olvidó contarme, es que su vinculación familiar con Exmouth se remonta muy atrás en el tiempo. Su tatarabuelo llegó a Exmouth desde Boston para casarse con una mujer de aquí. Desapareció en el mar en 1845, dejando esposa e hijo. Ella regresó a Boston y ahí acaba su conexión familiar con el pueblo, hasta que usted se trasladó aquí, hace treinta años.

Lake clavó los ojos en Pendergast.

—¿Y se supone que eso es relevante?

—¿Sabe cuál era el apellido de su tatarabuela?

—No.

—Dunwoody.

—Cristo bendito. ¿En serio? Dios mío, no tenía ni idea. Aun así, hay un montón de Dunwoodys por estos pagos. Demasiados, de hecho.

—Su última exposición en Boston, en la galería Gleason Fine Art de la calle Newbury, por lo visto no fue muy bien.

—Cuando hay crisis, el arte es lo primero que sufre las consecuencias.

—¿Y es cierto, tal como se rumorea, que no ha tenido muchos encargos últimamente?

—¿Qué anda buscando? —Aunque Lake empezaba a sospechar qué era lo que aquel hombre andaba buscando. Y estaba perdiendo la paciencia.

—Lo que deseo saber es si está pasando por dificultades económicas, señor Lake.

—¡Mi economía va la mar de bien! No me pego la gran vida y puedo sobrellevar una caída del mercado

—¿Tenía asegurada la colección de vinos?

—Constaba en la lista de bienes de mi póliza en calidad de propietario de la casa.

—¿Ha cobrado ya la póliza?

—Todavía no. Espero que no esté pensando en un posible fraude con el seguro, ¡por Dios!

—Así pues, ha cursado una reclamación.

—Por supuesto.

—¿Y cuál es la cantidad?

—Ciento noventa mil dólares. Todo está documentado. Prefiero recuperar el vino, se lo aseguro. Por cierto, ese es su trabajo, no hacerme un montón de preguntas ofensivas e irrelevantes. Sacar a la luz los trapos sucios del pasado de mi pareja, por el amor de Dios. ¿Me está acusando de estar conchabado con ese abogado gilipollas, que resulta que es mi primo en grado decimoséptimo, para robar mi propio vino? Entonces, ¿le he confiado el caso solo para fingir? ¡Por lo que más quiera, no haga que me arrepienta de haberle contratado!

Carole le apretó la mano.

—Por favor, cariño.

Demasiado tarde. Lake se percató de que estaba gritando.

Pendergast siguió observándolos, con su rostro del color del hielo. En sus ojos se reflejaba la decreciente luz del ocaso.

—En cualquier investigación, el noventa y nueve por ciento de la información recabada resulta irrelevante. Para lograr ese uno por ciento válido, hay que realizar muchas preguntas ofensivas y enojar a mucha gente. No es nada personal. Buenas noches, señor Lake. Señorita Hinterwasser.

Lake, abatido, permaneció al lado de Carole y observó cómo la negra silueta de Pendergast descendía por la colina hacia su coche.

19

Un desagradable efluvio flotaba sobre la marisma mientras A. X. L. Pendergast se desplazaba entre los juncos de mar. No era más que una sombra oscura que aparecía y desaparecía entre la espesura. A la una de la madrugada, había bajado la marea y los fangales quedaban a la vista, y las esporádicas balsas de agua brillaban bajo la luz de la luna cuando las nubes lo permitían. El fango exhalaba un hedor sulfuroso a pescado podrido que en combinación con los tirabuzones de niebla originaba una pestilencia que congelaba el pelo y la piel. Pendergast llevaba con él un mapa enrollado que había dibujado por la mañana basándose en las cartas marítimas, los mapas del Servicio de Geología y las cartas de corrientes y vientos de la Administración Nacional Oceánica y Atmosférica, la NOAA, así como en sus propias observaciones.

La marisma de Exmouth cubría unas cinco hectáreas por detrás de la barrera que formaba Crow Island. En ese punto el río Exmouth y el Metacomet confluían de camino al mar creando un impresionante laberinto de canales, islas y pozas salobres antes de abrirse a la bahía que se extendía hasta el océano rodeando el extremo norte de Crow Island. Más o menos la mitad de la marisma había sido declarada reserva natural. El resto resultaba apenas accesible y se consideraba terreno yermo no edificable debido a las restricciones medioambientales, pues estaba plagado de mosquitos en verano y además la fauna local no era lo bastante atractiva como para convertirla en área protegida. Su valor radicaba únicamente en las zonas fangosas en las que se podían recoger almejas cuando bajaba la marea, porque casi todo el terreno era impracticable tanto en bote como a pie.

Pendergast se desplazaba con una elegancia felina, sirviéndose tan solo de la luz de la luna en cuarto creciente. Se detenía de vez en cuando para comprobar la dirección del viento y oler el aire. En una de esas ocasiones había captado, por un instante, el débil olor de una hoguera; decir si provenía de las distantes casas de Dill Town, siete kilómetros al norte, o de la zona de la marisma donde vivía un supuesto indigente según Boyle, era complicado. En cualquier caso, Pendergast se detuvo y señaló su posición en el mapa, así como la dirección del viento, dibujando una línea que apuntaba a barlovento.

Pendergast había elegido adentrarse en la marisma por un tramo que se encontraba a un kilómetro y medio corriente arriba respecto a donde habían hallado el cadáver del historiador. Avanzó a lo largo del canal en el que suponía que había sido asesinado aquel hombre, teniendo en cuenta las mareas y el viento. Era una suposición aventurada, pero era la mejor que había sido capaz de formular a partir de los datos de los que disponía. No encontró nada de interés en aquel lugar. Así pues, centró toda su atención en el punto al que se dirigía: la isla solitaria del extremo occidental de la marisma, más allá de los límites de la reserva natural.

No pensaba, se limitó a atravesar los juncos. Al acallar su voz interior, se convertía en un animal: existía solo en el momento presente como una colección de órganos sensoriales bien afinados. Lo de pensar vendría después.

Los juncos medían más de metro y medio de altura y los atravesaba en línea recta apartándolos con sus manos enguantadas a medida que avanzaba. El suelo era mullido, aunque a veces sus pies se hundían en las madrigueras de las ratas almizcleras y en las cavidades creadas por la marea alta. Los juncos eran afilados, pero iba bien protegido: llevaba unas botas que le cubrían hasta la cintura y una gruesa chaqueta Filson de pana negra.

Seiscientos metros más adelante cruzó dos rastros que se perdían entre los juncos, demasiado estrechos para ser la senda de un humano. Un minucioso reconocimiento del terreno reveló las huellas de un ciervo en uno de los senderos y las de una rata almizclera en el otro.

En breve, los juncos dieron paso al fangal, de unos trescientos metros de anchura, por el que serpenteaba un pequeño canal de agua; lo que quedaba de la bajamar.

Pendergast se aventuró por el fangal, hundiéndose en el barro con cada paso. Tardó ocho minutos en llevar a cabo la complicada travesía hasta el otro lado, donde estaba la isla. Un destartalado cartel, casi borrado por el paso del tiempo, indicaba que a partir de ahí se salía de los límites de la reserva natural.

Pendergast siguió adelante, atravesando una zona de fangales y juncos. La marea no tardaría en volver a subir. Ya empezaba a haber olas grandes, de unos tres metros de altura. Pendergast disponía de dos horas antes de que el océano lo dejase aislado, pues los canales serían demasiado profundos y las corrientes demasiado potentes.

En lo más recóndito de la marisma, en medio de aquella isla remota, encontró un túnel entre los matojos que no era obra de ningún animal. Pendergast se arrodilló, acercó la linterna al suelo y examinó la tierra. No tardó en descubrir una huella humana, de calzado, al parecer de una ruda bota con la suela de clavos, algunos medio gastados y otros ya desaparecidos. La huella era reciente, de unos dos o tres días.

Desplegó el mapa y marcó la localización del rastro. Después empezó a andar despacio por el camino en forma de túnel. Fue serpenteando a lo largo de kilómetro y medio hasta ir a parar a un fangal situado en el límite de la isla, donde las corrientes de la marea habían borrado cualquier huella. Pendergast pudo ver, al otro lado del fangal, que el túnel proseguía entre los matojos.

Se volvió para encaminarse de nuevo hacia el centro de la isla. El mapa del Servicio de Geología que había consultado indicaba un área ligeramente elevada en el extremo más alejado. Solo alcanzaba un metro de altura, pero en una zona inundable resultaba una elevación importante. Se abrió paso por otra línea de juncos de mar que era más espesa y alta, de casi metro ochenta, mezclada con enea que había empezado a perder su pelusa. Donde finalizaba la enea, la tierra formaba una pendiente apenas perceptible.

Pendergast rodeó la zona elevada, después la cruzó, de ida y de vuelta, siguiendo una especie de patrón de trabajo. Al cabo de unos cuantos minutos se detenía, se acuclillaba en la hierba y examinaba el mullido suelo. En un momento dado, volvió a notar el olor a humo y lo indicó en su mapa con otra línea apuntando a barlovento.

Las dos líneas que había dibujado se cruzaban en un punto a dos kilómetros y medio de distancia.

Retomó el patrón de búsqueda y siguió trabajando durante una hora en silencio. Cuando llegó al centro de la isla, encontró una piedra plana clavada en el fango. La extrajo y la examinó: un pulido trozo de esquisto. Los fangales no eran un emplazamiento natural para las rocas. Volvió a colocarla en su lugar y apuntó la localización en su GPS. A partir de ahí empezó a trazar círculos más pequeños. Encontró otras piedras aquí y allá. Apuntó las localizaciones en su GPS. Trabajó un buen rato, pero como sabía que se le agotaba el tiempo y que la marea empezaba a subir, guardó el mapa y el GPS y caminó en línea recta hacia el punto de partida.

No había caminado ni tres metros cuando oyó un ruido: un espantoso y sonoro chillido llegado desde la distancia que resonó en la vasta marisma. Pendergast había oído esa clase de grito antes. Era un grito humano único e inconfundible, lleno de sorpresa e incredulidad, después de dolor y, finalmente, de un terror existencial.

Era el grito que profería una persona al ser asesinada.

20

El grito fue convirtiéndose en un balbuciente gemido y dio la impresión de que se disolvía en el susurro del viento nocturno a través de los juncos. Pendergast permaneció inmóvil un momento. De nuevo comprobó el viento, se arrodilló, sacó el mapa, lo desenrolló a toda prisa y dibujó un estrecho cono que apuntaba hacia la dirección aproximada de donde había procedido el sonido. Daba la sensación de que el viento había traído aquel grito desde una distancia más o menos próxima, no desde muy lejos: unos setecientos metros, como mucho. Eso situaría el asesinato —porque Pendergast no tenía la menor duda de que había sido eso— en mitad de la zona más inaccesible de la marisma de Exmouth: un embrollo de canales, barrizales y zonas pantanosas plagadas de enea.

De esa zona parecía provenir también el olor a humo.

Pendergast se movió deprisa, como una serpiente, apartando los juncos con los brazos mientras avanzaba, uniendo el sigilo y el cuidado a la celeridad. Fue a parar a otro sendero, también en forma de túnel, más estrecho pero igualmente de origen humano, y no tardó en alcanzar el extremo de otro fangal. Pero ahora la marea estaba subiendo a gran velocidad. El agua negra empezaba a cubrir la tierra y el hilo de agua que antes formaba el diminuto canal era ahora un arrebatado río de seis metros de anchura que seguía creciendo, arrastrando a su paso hojas y desechos. Las nubes cruzaban el cielo por delante de la luna creciente.

Se detuvo a valorar la situación. La marea subía con rapidez y había todavía unos cuantos canales y corrientes entre la posición en la que se encontraba y la zona aproximada del asesinato. Aunque pudiese llegar allí, tardaría una hora en lograrlo, y para entonces estaría atrapado, pues le resultaría imposible librarse del reflujo de la marea hasta seis horas después. Carecía de información fundamental sobre la víctima, el asesino, la geografía local y las circunstancias. Se encontraba en una situación de fatal desventaja. Sería imprudente, incluso temerario, lanzarse a ciegas hacia el ruido.

Pendergast se volvió en busca del cobijo que ofrecían los juncos y comprobó su teléfono móvil para ver si por casualidad disponía de cobertura. Nada de nada. Examinó su mapa. Resultaba imperativo que saliese de allí y diese parte del asesinato lo antes posible. Se hallaba en mitad de la marisma. Volver sobre sus pasos no era en ese caso el camino más rápido. Había que ir en la dirección contraria, tierra adentro, hacia el bosque llamado King's Mark. Según el mapa, atravesaba el bosque una carretera comarcal, la ruta alternativa entre Dill Town y Newburyport.

Ese era el camino más rápido para salir de allí... y para llegar hasta un teléfono.

Pendergast guardó el mapa, escogió una dirección y echó a andar, viéndose obligado a cambiar de ritmo a medida que avanzaba. Al cabo de unos trescientos metros, se topó con otro fangal que la marea creciente iba cubriendo por momentos. Se metió en el agua fría, que ya había alcanzado el metro y medio de altura, y no tardaría en subir hasta el doble a causa de las corrientes, cada vez mayores. Pendergast siguió avanzando a su ritmo dejándose guiar por la luz de la luna, hasta que en el extremo más alejado de la apenas iluminada marisma, divisó la oscura línea que trazaban los árboles. Alcanzó al fin el último de los canales de la marea, de agua sumamente agitada. Se dispuso a atravesarlo pero al instante se dio cuenta de que era demasiado profundo para vadearlo; tendría que nadar.

Se echó hacia atrás y se desabrochó las botas altas; se habrían convertido en una trampa mortal si se hubiesen llenado de agua. Las dejó a un lado, protegió el mapa y el resto de cosas con una tela impermeable, mantuvo uno de sus brazos sobre la cabeza y se adentró en el agua. El canal tenía unos diez metros de anchura, y en cuanto levantó los pies del barro la corriente empezó a arrastrarlo. La orilla opuesta parecía alejarse a medida que él se empujaba con los pies y una de sus manos. Tras un minuto de lucha, Pendergast fue capaz de hacer pie de nuevo y consiguió llegar andando a la orilla, flanqueada por oscuros pinos y raíces que salían de la tierra. Trepó y descansó un momento junto a los árboles mientras se limpiaba el barro de las piernas. Según el mapa, la carretera rodeaba la marisma y llegaba hasta Dill Town, a unos cinco kilómetros, distancia que Pendergast podría cubrir en una hora, a buen paso. Desde Dill Town había todavía medio kilómetro hasta Exmouth.

Se puso en pie y empezó a caminar por el bosque. La carretera debía de estar unos cien metros más allá. Era imposible no encontrarla. Pero el bosque estaba sumido en la oscuridad y había un montón de matorrales y zarzas que ascendían por los troncos de los árboles ahogándolos y matándolos, dejando tan solo ramas secas que se recortaban contra el cielo nocturno. Rebotaba contra los árboles el eco del croar de las ranas y el ruido de los insectos nocturnos, así como el ocasional y espeluznante ulular de algún que otro búho. Pendergast siguió caminando, sorteó varios zarzales y llegó a un claro iluminado por la luz de la luna.

Se detuvo en seco. Los sonidos nocturnos del bosque habían cesado de repente. Tal vez se debía a su presencia, o tal vez a la presencia de alguien más en el bosque. Echó a andar de nuevo segundos después, cruzando el claro como si todo estuviese en orden. En el otro extremo se topó con un denso grupo de coníferas. En la zona de más difícil acceso, volvió a detenerse. Tomó tres pequeñas piedras y las lanzó hacia delante: la primera, a unos tres metros de distancia; la segunda, un rato después, a unos seis metros, y la última a unos diez metros. Cada una de las piedras hizo el suficiente ruido para fingir que seguía avanzando por el bosque.

Pero en lugar de continuar caminando, Pendergast se detuvo a esperar al amparo de la oscuridad de los árboles, agachado e inmóvil. No tardó en escuchar los leves sonidos que producía su perseguidor. Se desplazaba prácticamente sin hacer ruido, una habilidad excepcional en un bosque tan denso como ese. Y entonces pudo verlo, cuando se materializó en el claro en penumbra. Era un hombre, casi un gigante, y se desplazaba por la zona más despejada, con una escopeta de dos cañones en las manos. A medida que se aproximaba a Pendergast, aumentaba la tensión de la espera. Cuando penetró en la oscuridad de la arboleda, Pendergast se puso en pie y empujó el cañón de la escopeta hacia arriba al tiempo que le propinaba un considerable golpe con el hombro en uno de los costados. La escopeta se disparó dos veces produciendo un terrible estallido. El hombre cayó al suelo y Pendergast se colocó encima de él inmovilizándolo, con su pistola Les Baer calibre 45 presionándole en la oreja. Pétalos de flores y bayas cayeron a su alrededor.

—FBI—dijo Pendergast en voz baja—. No se resista.

El hombre relajó sus músculos. Pendergast dejó de presionar, agarró la escopeta por el doble cañón, la depositó a un lado y se apartó del hombre.

El individuo rodó hacia un lado, se sentó y miró a Pendergast.

—Hijo de puta —dijo—. ¿FBI? ¿Déjeme ver su placa?

Pendergast se la enseñó.

—¿Qué está haciendo aquí?

—Estoy trabajando —respondió el hombre—. Y me ha fastidiado el trabajo de esta noche. —Hizo un gesto señalando las flores y las bayas dispersas alrededor de una bolsa de plástico rota—. Tengo todo el derecho del mundo a estar aquí. Mi familia ha habitado en estas tierras desde hace doscientos años.

Pendergast se guardó la placa en el bolsillo.

—¿Por qué me estaba siguiendo?

—Oí un grito y después vi a un loco cubierto de barro correteando por mi bosque. Hace solo dos días que asesinaron a alguien a menos de cinco kilómetros de aquí. Lo estaba siguiendo, tiene razón, porque quería preguntarle qué estaba haciendo aquí.

Pendergast asintió al tiempo que enfundaba la Les Baer.

—Lamento mucho haber tirado sus flores. Veo que es *Atropa belladona*. Es mortífera. ¿Acaso tiene la intención de envenenar a alguien, al igual que la esposa de Claudio?

—No sé quién demonios es Claudio ni su jodida esposa. Se las vendo a un herbolario. Son para tinturas, infusiones y polvos. También sirven para problemas estomacales, por si no lo sabía. Por aquí hay un montón.

—¿Le interesa la botánica?

—Solo soy alguien que intenta ganarse la vida. ¿Puedo levantarme?

—Por favor. De nuevo, le pido disculpas.

El hombre se puso en pie y se sacudió las hojas y las pequeñas ramas. Debía de medir unos dos metros, era flaco, de rostro afilado, piel oscura, nariz recta y unos incongruentes ojos verdes. Pendergast intuyó, por la forma en que se movía, que aquel tipo había estado en el ejército.

El hombre le tendió la mano.

—Paul Silas.

Pendergast correspondió con un apretón.

—Necesito encontrar un teléfono —dijo Pendergast.

—Yo tengo teléfono en mi casa. Mi camioneta está en la carretera, ahí cerca.

—Si no le importa...

Pendergast lo siguió a través de los árboles hasta que llegaron a la estrecha carretera. La camioneta estaba aparcada en la cuneta. A Pendergast le molestó que no le ofreciese sentarse en el asiento del copiloto, que era de cuero. En lugar de eso, Silas le dijo que montase en la parte de atrás, al descubierto, como un perro. Pocos minutos después la camioneta enfiló un camino de tierra que llevaba hasta una pequeña cabaña de troncos en mitad del bosque, no muy lejos del límite de la marisma; a poco más de medio kilómetro de Dill Town.

El hombre entró en la cabaña y encendió las luces.

—El teléfono está ahí.

Pendergast marcó el número de emergencias, relató brevemente lo que había intuido y al instante le pasaron con el sargento Gavin. Informó en detalle a Gavin y después colgó. Observó su reloj: eran casi las tres de la madrugada.

—No podrán adentrarse mucho en la marisma ahora —dijo Silas—. Cuando la marea está a media altura esas corrientes van a diez o doce nudos de velocidad.

—Empezarán a buscar cuando la marea haya subido del todo. Irán con botes a motor.

—Tiene sentido. ¿Se unirá a ellos en la búsqueda?

—Desde luego. ¿Sería demasiado problema acercarme hasta Exmouth?

—Qué va. Pero antes, como tenemos un poco de tiempo, será mejor que se seque un poco. —Silas abrió la estufa de hierro y echó un par de troncos. Pendergast se acercó para sentarse y Silas se volvió hacia él—. Si no le importa, no se siente en el sofá. La mecedora de madera es la mar de cómoda.

Pendergast se sentó en la mecedora.

—Tiene pinta de necesitar un trago de bourbon.

Pendergast dudó.

—¿De qué bourbon estaríamos hablando?

Silas se echó a reír.

—Tenemos buen paladar, ¿eh? Pappy Van Winkle, de veinte años. A mí no me van los matarratas.

Pendergast inclinó la cabeza.

—Me parece adecuado.

Silas desapareció en la cocina y volvió con una botella de bourbon y dos vasos. Los dejó sobre la mesita de café. Llenó un vaso y luego el otro.

—Estoy en deuda con usted, señor Silas —dijo Pendergast tomando el vaso.

Silas tomó un sorbo.

—¿Así que estaba ahí fuera investigando el asesinato del historiador?

—Efectivamente.

—Ese grito en mitad de la noche habría helado la sangre del mismísimo demonio.

Pendergast sacó su mapa y lo desplegó sobre la mesita.

—Si no es molestia, me gustaría que indicase dónde se encontraba cuando oyó el grito y la dirección de la que, según usted, procedía.

Silas cogió el mapa y se inclinó sobre él con el ceño fruncido.

—Estaba aquí, entre estos árboles, y el grito venía de aquí. —Señaló el punto en el mapa.

Pendergast tomó varias notas. El dedo de Silas se posó en el cono que había dibujado.

—Esto ayudará en la búsqueda del cuerpo —dijo el agente del FBI mientras enrollaba el mapa—. ¿Ha oído algún rumor sobre la posibilidad de que alguien esté viviendo en la marisma?

—Nada en concreto. Pero si yo quisiese escapar de la ley sería allí donde me metería.

Pendergast le dio un trago al bourbon.

—Señor Silas, antes me ha dicho que su familia ha vivido aquí desde hace doscientos años. Debe de conocer bien la historia local.

—Bueno, nunca me ha interesado mucho la genealogía ni cosas de esas. Pero en aquellos tiempos a Dill Town la llamaban «el barrio negro del pueblo». La mayoría de los que vivían aquí eran familias balleneras, pero no todos eran afroamericanos. Muchos provenían de los mares del sur: tahitianos, polinesios y maoríes. Yo mismo soy medio maorí. Los maoríes eran los mejores arponeros del mundo. Algunos de los capitanes tenían esposas e incluso familias de los mares del sur, que los acompañaban durante sus largos viajes. Luego las dejaban en Dill Town y ellos se iban a Boston con sus familias blancas. Cuando volvían al mar, las recogían. —Sacudió la cabeza.

—Entonces, ¿usted es descendiente de los primeros habitantes de Dill Town?

—Sin duda. Como le he dicho, soy tanto maorí como africano. Mi tatarabuelo tenía algunos tatuajes tribales, o eso me contó mi abuela.

—Entiendo que la mayoría de los afroamericanos abandonaron Dill Town tras el linchamiento.

Silas negó con la cabeza.

—Ese asunto fue horrible. Horrible. Aquel hombre era inocente, de eso no hay duda. Pero al grupo de justicieros que lo colgó no les importó lo más mínimo. Después de eso, la gente de Dill Town decidió que aquel no era un buen lugar para criar a sus familias. Disponían del dinero suficiente para marcharse, gracias al negocio de las ballenas, y la mayoría se fueron. Algunos se quedaron cerca, en New Bedford. Otros se trasladaron a ciudades tan lejanas como Chicago, para trabajar en los mataderos.

—Pero su familia se quedó aquí.

—Mi abuelo perdió su mano buena en un accidente en un ballenero, así que puso en marcha un negocio de hierbas medicinales. Esta zona está plagada de hierbas, sobre todo belladona, que crece por todas partes. Es fácil encontrarla cerca de donde estaba Oldham. Mi abuelo no podía sacarle rendimiento a esa clase de habilidades en una ciudad grande como New Bedford. Así que se quedó aquí. Simplemente nos fuimos del pueblo y nos establecimos un poco más abajo. Y aquí estamos —dijo extendiendo las manos.

—¿Vive usted solo?

—Tenía esposa, pero se fue. Este lugar le parecía demasiado solitario. A mí la soledad me sienta bien, la mayor parte del tiempo, aunque siempre me alegra conocer a gente nueva. No soy un ermitaño. Paso por el bar del hotel una vez a la semana. Bebo, como almejas fritas y juego al dominó con los amigos.

Pendergast se puso en pie con el vaso en la mano, caminó hasta la ventana y se quedó mirando la oscuridad en dirección al sureste, hacia la marisma.

—Le agradecería mucho que me llevara al pueblo ahora. Pero tengo una última pregunta. Esos justicieros de los que ha hablado, ¿quiénes eran?

—Nadie lo sabe. Gente de por aquí. Enmascarados. Le contaré una cosa: mi abuelo decía que en aquellos tiempos había algo maligno en Exmouth. Bueno, no solo maligno: gente maligna de verdad. Decía que eran como esa historia del Segador Gris, tipos que querían montar su propio infierno.

21

—¿Está seguro de que no fue el grito de un somorgujo? —preguntó el jefe de policía Mourdock—. Su llamada parece que sea un sonido humano.

El sargento Gavin, que estaba sentado en la popa del bote de la policía con la mano en la caña, llevando el timón a través de la bahía de Exmouth hacia la marisma, hizo una mueca. Mourdock, incluso en su actual estado de derrota, seguía comportándose como un imbécil. Sin embargo, Pendergast, sentado en la proa del bote como si de un negro mascarón se tratase, con el mapa enrollado en la mano, al parecer no se dio por aludido.

Les seguían dos botes más, equipados con radios. Debido a las espesas nubes que cubrían el cielo, una débil franja de luz grisácea en el costado más oriental del horizonte era cuanto se apreciaba del amanecer. Mourdock había tardado más en unirse al grupo de lo que le habría gustado a Gavin. El escepticismo del jefe con respecto a la expedición en general resultaba evidente. Ahora, cerca ya de las siete de la mañana, el bote surcaba la principal vía navegable del río Exmouth. Durante la noche, la temperatura había caído hasta los cinco grados, y en la marisma se notaba el frío bastante más que tierra adentro. La marea estaba alta, y el agua estaba tranquila desde hacía veinte minutos. No disponían de mucho tiempo antes de que empezase a actuar la resaca y la corriente fluyese en sentido contrario con tanta rapidez como llegó. Cuando era un chaval, Gavin había ganado algo de dinero recogiendo almejas en la marisma, y sentía un profundo respeto por lo inhóspita que era, por su terrorífico aislamiento y por el confuso fluir de las corrientes de la marea, que podían llevarte consigo si no te andabas con cuidado. Recordaba muy bien la ocasión en la que quedó atrapado en una de las islas de la marisma por no tener en cuenta la marea.

—¡Cuidado! —gritó Pendergast desde proa.

Gavin viró para sortear un pilote parcialmente sumergido y volvió a centrar la vista al frente. Una bandada de mirlos de alas rojas, alterados por su paso, alzó el vuelo desde una zona de eneas. Unos cientos de metros más adelante, Gavin avistó el inicio del laberinto que componía la marisma, donde los canales y las islas se entrelazaban formando una especie de embudo. Los fangales estaban ahora cubiertos por la marea, pero no lo estarían durante mucho tiempo.

Pendergast había oído el grito cuando la marea estaba empezando a subir, y había sido capaz de marcar la zona en el mapa. Gavin observó su propio mapa, una de las cartas de la NOAA, y de nuevo se puso a pensar en las corrientes. Si el supuesto asesino hubiera tirado el cuerpo al agua, la marea creciente lo habría arrastrado hasta lo más profundo de la marisma, donde probablemente habría quedado atrapado en un remanso y nunca lo habrían encontrado. Pero si no hubiera quedado atrapado, al subir la marea habría sido arrastrado hasta el océano, como al parecer había ocurrido con el cadáver del historiador.

A decir verdad, con tanta corriente loca, el cuerpo podía estar en cualquier parte.

—De acuerdo —dijo el jefe a voz en grito por la radio para dejarse oír por encima del ruido del motor—. Jack, tú toma el canal de la derecha, nosotros tomaremos el del medio y tú, Ken, el de la izquierda.

Los botes se separaron y Gavin condujo el suyo por el canal central. No tardaron en perder de vista los otros dos botes, ocultos tras los bancos de juncos de mar. Hacía mucho frío. El paisaje era gris, monocromático. Gavin pudo ver una bandada de gansos canadienses surcando el cielo camino del sur.

—Ve más despacio, y mantén los ojos bien abiertos —dijo el jefe.

Gavin aflojó la marcha. El canal se estrechaba, pero ahora, allá donde mirasen, los canales se ramificaban.

—¿Qué camino tomamos? —preguntó.

Antes de que el jefe de policía pudiese decir nada, Pendergast extendió una de sus escuálidas manos y señaló hacia uno de los canales. Después desenrolló el mapa. Gavin se preguntaba dónde estaría Constance. Lo cierto es que deseaba, de un modo más bien perverso, que estuviera ella en el bote y no Pendergast. Aquel hombre le daba grima.

Por una vez, el jefe mantuvo la boca cerrada mientras se adentraban en el canal señalado. Era todavía más estrecho, y de tanto en tanto sobresalían troncos de los terraplenes o directamente del fango, extendiendo sus ramas negras fuera del agua como si pretendiesen impedir su avance. Allí había un millón de lugares en los que un cadáver podía haber quedado atrapado y cubierto por la marea. Y eso suponiendo que estaba en el agua, porque podía estar oculto en mitad de una de esas islas llenas de juncos de mar, y no lo habrían encontrado hasta que los cuervos empezasen a volar en círculos.

Pendergast indicó el camino a seguir varias veces más, sin decir palabra, y Gavin fue llevándolos de un canal a otro. El jefe se limitaba a permanecer sentado en el centro del bote con sus rollizos brazos cruzados, el ceño fruncido y cara de asco ante tamaño esfuerzo. Ni siquiera se molestaba en fingir.

Los minutos iban pasando en el silencio. Gavin se sentía perdido por completo, pero por el modo en que Pendergast iba mirando el mapa y trazando marcas con un lápiz, sabía que el agente del FBI tenía claro hacia dónde se dirigía.

—Mmm, agente Pendergast... —se atrevió a decir.

El agente del FBI volvió su pálido rostro hacia él.

—La marea está cambiando. Solo quería decírselo. Las corrientes están creciendo.

—Gracias. Continúe, si no le importa.

«Si no le importa.» Ese acento... Nunca había oído algo parecido. Del sur, por supuesto, pero muy particular. Se preguntó si aquel hombre se estaría tirando a Constance.

Iban de un canal a otro. Daba la impresión de que cada vez hacía más frío. Un par de gaviotas los siguieron durante un rato chillando escandalosamente, y una de ellas soltó un buen chorro de excrementos junto al bote. Ratas con alas, así las llamaban los pescadores de langostas. De tanto en tanto, el jefe se comunicaba con los otros botes por radio. Por lo visto, tampoco estaban teniendo mucha suerte. Uno de ellos, de hecho, parecía haberse perdido. Estaban intentando ubicarse con el GPS, pero al no tener cobertura para los teléfonos móviles no podían obtener su posición.

Pendergast no se había perdido, eso estaba claro. O bien disimulaba de maravilla.

Era obvio que la marea se estaba retirando, pues el agua fluía hacia el mar. El bote luchaba contra la corriente, aunque sin demasiado éxito. Gavin miró su reloj.

—Agente Pendergast —repitió.

De nuevo, el pálido rostro se volvió.

—La marea ha bajado más de medio metro. Será mejor que estemos fuera de aquí dentro de media hora.

—Entendido. —El brazo vestido de negro volvió a señalar, y tomaron otra bifurcación. Gavin advirtió que el jefe de policía empezaba a ponerse nervioso.

—Gavin tiene razón —dijo Mourdock—. Sin ánimo de ofender, creo que será mejor que volvamos.

La advertencia fue ignorada. Prosiguieron.

—¡Alto! —exclamó de repente Pendergast, con el brazo tieso como un semáforo. Estaban pasando junto a otro árbol medio hundido, clavado en el fango ahora visible, en el lado superior del terraplén. Gavin aminoró la marcha, pero no demasiado, pues la corriente los habría arrastrado hacia el mar.

—Dirige el bote hacia ese saliente —dijo Pendergast.

—No hay suficiente profundidad —repuso Gavin—. Embarrancaremos.

—Pues embarranquemos.

—Un momento —saltó alarmado el jefe—. ¿Qué demonios es tan importante como para arriesgar nuestras vidas?

—Miren —dijo Pendergast señalando.

Allí, justo bajo la turbia superficie del agua, agitada por la corriente como si de la grotesca parodia de un saludo se tratara, podía verse una mano pálida.

—Oh, mierda —farfulló Gavin.

—Lanza la cuerda hacia aquella rama y amárranos —ordenó Pendergast.

Gavin hizo un lazo con la cuerda y la lanzó sin dejar de acelerar para mantener quieto el bote. Acertó al primer intento, apagó el motor, lo sacó del agua y fijó bien el bote al tronco. Podía sentir el roce del barro contra los bajos, la corriente arañando el casco.

—No creo que sea una buena idea. En absoluto —dijo el jefe.

Pero Pendergast ya se había asomado y estaba medio colgando por un lado del bote.

—Páseme otra cuerda.

Gavin obedeció. El agente del FBI se estiró un poco más, agarró el brazo y tiró de él. La cabeza emergió. Gavin se apresuró a echar una mano, sobreponiéndose a su repulsión, y aferró el otro brazo inerte del cuerpo.

Pendergast pasó la cuerda alrededor de la cintura. El cadáver estaba ligeramente atrapado en el terraplén y no tardó en soltarse y flotar hasta la superficie, donde lo arrastró la corriente.

—¡Tire! —ordenó Pendergast.

Gavin agarró la cuerda usando el escálamo a modo de freno y tiraron del cuerpo contra la corriente para acercarlo al bote.

—¡Por amor de Dios! ¿No pensará subir eso? —gritó el jefe de policía.

—Apártese —dijo Pendergast con brusquedad, pero al jefe

no le hacía falta que lo apremiasen para saltar al otro lado cuando agarraron el cuerpo para subirlo al bote—. A la de tres.

Con un fuerte tirón, entre los dos lo hicieron pasar por la borda. El cadáver se desplomó en el suelo del bote como un enorme pescado muerto. Sus ropas estaban desgarradas, hechas jirones debido a las corrientes. Estaba bocabajo. Pendergast, todavía agarrando los brazos sin vida, volteó el cuerpo.

Gavin reconoció el rostro de inmediato. Acto seguido se fijó en los cortes del cuerpo, y se sintió tan impactado que durante unos segundos no fue capaz de articular palabra.

El jefe sí habló.

—¡Es Dana Dunwoody! —exclamó. Miró a Pendergast—. ¿Sabe una cosa? Ayer Brad me dijo que tenía usted ciertas sospechas sobre él. Si esto es lo que ocurre a aquellos de los que sospecha, espero que no empiece a sospechar de mí.

Ni Gavin ni Pendergast le prestaron atención. Estaban demasiado concentrados mirando el cadáver.

—Son cortes como los del historiador —logró decir Gavin.

—Así es —murmuró Pendergast—. La palabra Tybane otra vez. —Se inclinó sobre el cuerpo. Que acercase tanto la cara a aquella grisácea, brillante y correosa piel resultaba de lo más desagradable—. Qué curioso. Los cortes efectuados en el cuerpo del señor McCool mostraban confianza y vigor. Pero estos, o al menos unos cuantos, parecen diferentes.

—Estupendo, estupendo. Pero dejemos que los expertos lo solucionen —dijo Mourdock—. Llamemos a los demás y salgamos de una vez de aquí.

22

—¡Pasa, hermana!

Constance dudó. Estaba frente al umbral de una tienda del deteriorado centro comercial de las afueras de Salem. Una mujer ataviada con un vestido de estilo victoriano muy distinto al suyo se había levantado a toda prisa y se encaminaba hacia ella.

—¡Bienvenida al Círculo de Brujas de Salem! ¿De dónde vienes?

Constance se adentró en aquella amplia estancia que en tiempos había sido una tienda, ahora reconvertida en la recepción de un lugar de reunión. No había nada extraño o siniestro allí, más bien se trataba de un espacio soleado y alegre, con una tupida moqueta y paredes pintadas de amarillo. Una cortina verde oscuro impedía el paso a la parte trasera. Constance tenía la sensación de que no solo era el lugar de reunión del Círculo de Brujas sino también la residencia de aquella mujer.

Se adentró un paso más.

—¡Tienes que quitarte los zapatos! —dijo la mujer sin más preámbulo.

—Le pido perdón. —Constance se sacó sus zapatos planos.

—Pasa y siéntate, por favor.

Constance dejó su bolso y se acomodó en una silla. Resultaba un tanto incómoda y estaba sucia, por lo que de nuevo reflexionó sobre lo mucho que preferiría estar en el 891 de Riverside Drive, tocando el clavicémbalo o leyendo un libro, en lugar de tener que haberse levantando al romper el alba para alquilar un coche en Exmouth y llegar temprano a Salem, tal como le había pedido Pendergast. El agente había regresado al hotel por la mañana, y permaneció allí solo el tiempo necesario para cambiarse de ropa antes de salir para reunirse con la policía. Cuando se disponía a marcharse la miró unos segundos y le habló de un incidente en la marisma. Le prometió que le daría más detalles durante la cena, y la apremió para que partiera hacia Salem. «Tus análisis y tus recomendaciones son encomiables.» Con cierta frecuencia le venían a la mente las halagadoras palabras que le había dedicado la mañana anterior; él lo consideraba importante, y ella haría cuanto estuviera en su mano para cumplir con éxito su cometido, al margen de lo que pensara.

La mujer se sentó frente a Constance. Debía de rondar los cuarenta y tenía una constitución robusta, con una buena delantera y un mentón prominente que apuntaba hacia adelante. Observó a Constance con un ligero aire de suspicacia y se dirigió a ella con una forzada formalidad.

—Soy Cuervo de Sombra, del Círculo de Brujas de Salem, el más grande de cuantos hay en Nueva Inglaterra. —Hizo una extraña floritura con la mano, algo así como un gesto medieval.

—Yo soy Constance Greene.

—Encantada de conocerte. —La mujer la miró de arriba abajo—. Qué hermoso vestido. De corte princesa con mangas abullonadas. ¿Dónde lo conseguiste?

—Lo tengo desde hace mucho tiempo.

—¿Y de qué Círculo de Brujas vienes, hermana? Creía conocer a todas las practicantes wiccanas de Nueva Inglaterra, pero nunca te había visto.

—No pertenezco a ningún Círculo de Brujas. No soy wiccana.

La miró sorprendida. Pero enseguida se relajó.

—Entiendo. Estás interesada en la tradición wicca, ¿es eso? ¿Estás buscando una maestra por casualidad?

Constance sopesó sus palabras durante un momento.

—Sí, estoy interesada, pero no en el sentido que usted supone. Estoy investigando un asesinato.

—¿Y qué relación podría tener el Círculo de Brujas de Salem con un asesinato? —preguntó Cuervo de Sombra, repentinamente recelosa y desconfiada de nuevo.

—Me ha malinterpretado. No he venido a acusarla sino a pedirle ayuda.

La mujer se reclinó en la silla.

—Entiendo. En ese caso, estaré encantada de ayudarte. Comprende que las brujas hemos sufrido persecuciones y calumnias durante siglos. La tradición wicca habla de paz y harmonía, de la unión con la divinidad. ¡Ser una bruja blanca equivale a ser una sanadora, maestra y buscadora! Es imprescindible señalar que nuestra religión antecedió a la cristiandad en veinte mil años. —Su tono había adquirido un deje de condescendencia—. Sí, practicamos la magia, pero nuestros hechizos implican sanación, sabiduría y amor. Satán es una creación cristiana y puede quedárselo quien lo quiera, ¡muchas gracias!

Cruzó los brazos.

—No tengo ningún interés en Satán ni en ningún otro demonio —dijo Constance intentando cambiar el rumbo de la conversación—. Estoy aquí porque me gustaría conocer su opinión sobre ciertas inscripciones.

—¿Has dicho inscripciones? Déjame verlas.

Estiró un brazo. Constance sacó la hoja de papel que le había dado Pendergast y se la ofreció. Cuervo de Sombra la cogió y le echó un vistazo.

De repente, un gélido silencio se adueñó de la estancia.

—¿Por qué le interesa esto? —le preguntó la mujer.

—Ya se lo he dicho, estoy investigando un asesinato.

Cuervo de Sombra le devolvió el papel con un rápido gesto.

—La tradición wicca no tiene nada que ver con las inscripciones Tybane. No puedo ayudarte.

—¿Qué son exactamente las inscripciones Tybane?

—No tienen relación con nosotros ni con nuestro Círculo de

Brujas. Nuestro credo es: «Daño ninguno». Cualquiera que pretenda causar daño a través de la magia ni es wiccana ni es una bruja. El mero hecho de haber traído eso aquí, de ensuciar con eso este lugar de veneración, ya resulta inaceptable. Verás, estoy muy ocupada. Te ruego que tú y tus inscripciones os marchéis de aquí inmediatamente.

—¿Me está diciendo que sabe algo sobre estas marcas y que se niega a decirme nada? —preguntó Constance.

La mujer se puso en pie con un indignado y amplio crujir de telas.

—La puerta está ahí, señorita Greene.

Constance no se movió. Clavó los ojos en la mujer, que también la estaba mirando; le temblaba la papada y apuntaba con un dedo hacia la puerta.

—¿Estás sorda? ¡Largo de aquí!

Al oír la voz de aquella mujer que le gritaba a la cara, Constance sintió revolverse en su interior la terrible rabia que la había hostigado en el pasado. Tragó saliva y notó que su rostro empalidecía de ira. Se puso en pie sin dejar de mirar a la mujer. Cuervo de Sombra le sostenía la mirada con una expresión teñida de imperioso desafío.

Constance dio un paso adelante. Estaba tan cerca de la mujer que casi se tocaban. Podía oler la esencia de pachuli y de incienso. Cuervo de Sombra se tambaleó, parpadeó varias veces.

—Yo... —empezó a decir, y se detuvo, incapaz de continuar.

Curiosamente, como desde la distancia, Constance vio que su propia mano derecha se alzaba poco a poco y le agarraba la piel flácida de la papada con el pulgar y el índice.

La mujer la miró fijamente, incapaz de hablar, con los ojos como platos.

Constance empezó a apretar, en un principio con suavidad, pero luego con más fuerza. Cuervo de Sombra, atónita, emitió un extraño ruido con la garganta.

Constance apretó un poco más fuerte, clavándole las uñas, como si rebuscase en la fría y sudorosa piel.

De repente, la mujer recuperó la voz. Se echó hacia atrás y jadeó al tiempo que Constance aflojaba la presión.

—¡Tú! —dijo mirando aterrada a Constance—. Por favor... Por favor...

Constance bajó su mano.

—Te ayudaré. Pero no vuelvas a mirarme así, por favor. —Estiró la mano hacia atrás sin dejar de mirar a Constance, encontró el brazo de su sillón orejero y se dejó caer en él como si la hubiesen golpeado. En la piel que rodeaba su garganta empezaba a asomar una marca roja.

Constance permaneció de pie.

—Sobre lo que voy a hablarte... Nadie puede conocer la fuente.

La rabia tardó un rato en remitir, el suficiente para que Constance recuperase el habla.

—Mantendré una total confidencialidad —dijo al fin.

—De acuerdo... De acuerdo... —La mujer cogió un vaso de agua que tenía en la mesita de al lado, se lo llevó a la boca con mano temblorosa, tomó un trago y lo devolvió a su sitio con un repiqueteo—. Nadie sabe con precisión qué significan las inscripciones Tybane —dijo con voz ronca—. Las encontraron grabadas en una tabla de pizarra en la marisma de Exmouth, hará cosa de un siglo. En un lugar en el que creemos que se celebraban aquelarres, un Círculo de Brujas abandonado hace mucho tiempo.

—¿Aquelarres?

—Reuniones de brujas en las que se celebran ceremonias. Pero estas no eran wiccanas, no eran brujas blancas. Esas brujas practicaban magia negra.

—Explíquese.

—Igual que existe el poder de hacer el bien, como con nuestros hechizos y rituales, hay personas que utilizan la magia en sentido contrario. La tentación de obtener poder o vengarse siempre está presente en la vida; cuando te echan de un trabajo o por rivalidades amorosas, por ejemplo.

—¿Y qué significa *Tybane*?

—*Bane* proviene del inglés antiguo, *bana*, que significa «desgracia o maldición». También significa veneno. *Wolfsbane*, por ejemplo, remite al veneno que se usaba para matar lobos.

—¿Y *Ty* qué significa?

—Es un misterio.

—¿Para qué se utilizan hoy en día, si es que se utilizan, las inscripciones Tybane?

—Se oyen rumores, solo rumores. Podrían usarse para invocar a los poderes oscuros, o en misas negras. Esas inscripciones son formidables y malvadas, pero solo una bruja desesperada o insensata las usaría, porque no está nada claro su significado o propósito. Sería como jugar con fuego.

—¿Las ha usado usted alguna vez?

La mujer bajó la cabeza.

—¿Dónde se encuentra ahora la piedra grabada? —prosiguió Constance.

—Fue destruida hace mucho tiempo. Pero su descubridor dejó unas notas.

—¿A qué notas se refiere?

—Los textos de un arqueólogo aficionado llamado Sutter. Están aquí, en la Sociedad Histórica del Viejo Salem. —Hubo una pausa—. Algunas personas cayeron en la tentación y llevaron a cabo un desafortunado peregrinaje para consultar esos textos.

—¿Y?

La mujer no alzó la vista.

—Todas lo lamentaron.

23

Constance Greene recorrió el encantador centro de Salem de camino a la Sociedad Histórica del Viejo Salem, que estaba a un kilómetro y medio del Círculo de Brujas. Le sorprendió descubrir que se trataba de un imponente y opulento edificio de ladrillo de finales del siglo XIX. Entró en él y se encontró en un amplio vestíbulo con lo último en ordenadores y equipamiento electrónico, y dotado de un detector de metales que controlaba un guardia de seguridad de barriga prominente.

No tardó en pasar bajo el detector y ser rigurosamente examinada, lo que no le hizo ninguna gracia. Para compensar, resultó que la alegre señora que estaba detrás del mostrador sabía muy bien qué eran los papeles de Sutter y la envió al departamento de la tercera planta, donde podría encontrarlos.

La llevó hasta allí un ascensor muy rápido. Tras abrirse las puertas con un siseo, Constance fue a parar a una estancia sobria y formal. Había una mujer mayor, con el pelo de color gris metálico recogido en un apretado moño, sentada tras un escritorio. Cuando Constance se acercó, la mujer colgó el teléfono.

—¿Es usted Constance Greene? —le preguntó con una voz que destilaba eficiencia—. ¿Ha venido a ver los papeles de Sutter?

Constance asintió respetuosamente.

—Soy la señora Jobe, la bibliotecaria del archivo. Venga conmigo. —Se puso en pie y tocó con sus dedos una tarjeta que colgaba del cordón que rodeaba su cuello. Miró a Constance con los labios apretados y un evidente gesto de desagrado.

Constance la siguió por un pasillo. La mujer pasó su tarjeta por un lector y se abrió otra puerta con su correspondiente siseo. Entraron en una pequeña habitación en la que había una mesa cubierta con un tapete.

—Póngase esto, por favor —dijo la mujer entregándole un par de guantes blancos de algodón.

Constance obedeció.

—No toque ningún documento con las manos, por favor. Solo puede utilizar lápiz u ordenador. Nada de bolígrafos. Tome asiento mientras voy en busca de los papeles de Sutter. Están muy solicitados estos días.

La mujer salió por otra puerta. Regresó en menos de un minuto, con una bolsa de plástico que contenía varias carpetas. La dejó sobre la mesa.

—Las carpetas se sacan de una en una. ¿Alguna pregunta, señorita Greene?

Constance se dio cuenta de que, una vez más, la tomaban por wiccana. Se preguntó si Pendergast, estando en su lugar, sabría sacarle partido a ese malentendido. Daba la impresión de que Pendergast siempre era capaz de montar una estrategia desde el principio para obtener los mejores resultados. No tenía reparos cuando se trataba de sacar una ventaja.

Ella tampoco pensaba tenerlos.

—Entonces, ¿mucha gente viene por aquí para ver estos documentos?

—Están entre los más solicitados.

—¿En serio? ¿Y quiénes desean verlos?

—Salem es uno de los centros de la religión Wicca, como sin duda sabe usted—dijo con la vista clavada en el vestido de Constance—. Un buen número de practicantes viene a ver los papeles y hacer copias o fotografías de las... inscripciones.

—¿Se refiere a las inscripciones Tybane?

—Sí. —La mujer se dio la vuelta.

—Una pregunta más, si no le importa.

Cuando la miró de nuevo, Constance notó cierta impaciencia en la expresión de su rostro.

—¿Podría contarme algo de ese arqueólogo, el tal Sutter?

—Sutter no era arqueólogo. Era un aficionado en un tiempo en el que la arqueología no se consideraba todavía una disciplina. A decir verdad, era un excéntrico.

—¿Qué le hace decir eso?

—Lo comprobará usted misma cuando le eche un vistazo a sus papeles.

—¿Usted los ha leído?

—Parte de mi trabajo consiste en estar familiarizada con el contenido de esas carpetas. No quiero condicionarla, pero descubrirá que Sutter era, en último término, un fantasioso. —Agitó la mano—. Si hubiese sido por mí, esos papeles habrían acabado en la basura. Solo pueden interesarles a aquellos que estudian aberraciones psicológicas. O bien... —hizo una pausa dramática, de nuevo con los ojos fijos en Constance— a los que sienten la llamada de la religión Wicca.

—Me da la impresión de que me ha tomado por wiccana —repuso Constance sosteniéndole la mirada.

—Lo que usted sea o deje de ser no es asunto mío.

—Sé que mi vestido es antiguo y que mi comportamiento puede parecer extraño, pero eso se debe... —se acordó de la recepcionista de la comisaría de Exmouth— a que soy amish.

La mujer se mostró sorprendida y un tanto desconcertada.

—Oh. De acuerdo. No pretendía... Di por hecho que no era más que una persona en busca de información. Tenemos un montón de wiccanas por aquí, vienen por esos papeles. A veces una supone cosas...

—La brujería, los hechizos son anatema en mi religión. Estoy aquí porque... —Constance fingió lo mejor que pudo una emoción contenida—, porque mi hermana se ha hecho wiccana. Estoy aquí para intentar salvarla.

Ahora la sorpresa de la mujer se convirtió en confusión.

—Lo siento... Pero ¿cómo van a poder ayudarla esos papeles? Me refiero a que a las wiccanas tal vez les resulten curiosos, pero tengo entendido que practican magia blanca, no negra. Y la magia blanca no tiene nada que ver con los documentos de Sutter.

—Estoy intentando encontrarla. Sé que ella está aquí. ¿Llevan un registro de las personas que vienen a consultar estos documentos?

—Llevamos un registro, por supuesto, pero... es confidencial.

Constance asintió y dejó escapar un emotivo y sonoro suspiro.

—Lo entiendo. Hay que seguir las reglas. Lo que pasa es que... No quiero que me arrebate a mi hermana esa... esa religión Wicca.

Se produjo un prolongado silencio.

—Bueno, creo que podremos hacer una excepción. Déjeme ir a buscar el archivo a mi oficina.

Cuando se fue, Constance siguió asintiendo durante un rato intentando borrar la sonrisita que dibujaban sus labios. El hecho de haber engañado a aquella obstinada y desconsiderada mujer eclipsaba el malestar que le provocaba haber fingido una emoción que en la vida real jamás habría mostrado a otro ser humano. Tras recomponer el gesto, Constance se puso en pie de nuevo, tomó la bolsa de plástico y extrajo la primera carpeta; en la etiqueta ponía «Nuevo Salem».

En su interior había varios documentos amarillentos. Dejó el primero sobre el tapete y lo abrió con cautela. Contenía unas doce páginas, todas ellas escritas con una enmarañada caligrafía.

Notas sobre el redescubrimiento del antiguo asentamiento de Nuevo Salem, la desaparecida colonia de brujas en las marismas de Exmouth.

Por Jeduthan Sutter

Miembro de la Ilustre Sociedad de Anticuarios de Boston, descubridor del Ostracon de Sinuhé.

Autor de *Fasciculus Chemicus* y de *Las llaves de la Piedad y los secretos de la Sabiduría.*

En el tercer día de julio de 1871, yo, don Jeduthan Sutter, tras muchas semanas de búsqueda en las marismas de Exmouth, descubrí el asentamiento de las Brujas de Nuevo Salem en un enclave desierto, lejos de cualquier lugar habitado. Descubrí la ubicación del Quincunce, que indicaba el altar ceremonial del poblado donde eran consumados los rituales de brujería y las abominaciones. Tras localizar el altar central, excavé y recuperé la piedra que era objeto de blasfema adoración, que contenía las demoníacas revelaciones y las abominaciones. Todo esto lo llevé a cabo con un sabio propósito, según las obras del espíritu de Nuestro Señor, que todo lo conoce, como advertencia para todo el mundo. Y ahora, yo, Jeduthan Sutter, antes de destruir la repugnante piedra de Nuevo Salem, y de ese modo destruir también el demonio materializado en su esencia, que se ha ido desplazando de un lugar a otro, para que no pueda causarle más daño al mundo, transcribiré las inscripciones encontradas en la citada piedra dejando constancia de ellas en vida y para la posteridad, según lo que dicta el conocimiento y la comprensión de Nuestro Señor, quien me otorgó Su protección contra el demonio que contienen.

«Un quincuce.» Constance conocía la peculiar disposición, como los puntos del número cinco en un dado. El quincunce, recordaba haber leído, tenía un significado místico en algunas religiones.

Centró su atención en el siguiente documento: una enorme hoja de papel del tamaño de dos cuartillas doblada por la mitad. La desplegó con cuidado y se topó con el dibujo del perfil de lo que sin duda había sido la piedra Tybane, aparentemente a tamaño real, con las inscripciones: los mismos cinco símbolos que habían grabado en el cuerpo del historiador, el señor McCool.

Constance sacó el teléfono móvil y empezó a hacer fotografías, de cerca y de lejos, con y sin flash, trabajando con celeridad. Cuando acabó, estudió el resto de los papeles pero no encontró nada de interés; ni indicaciones sobre el asentamiento donde encontró la piedra, por ejemplo, ni sobre por qué Sutter lo estaba buscando; eso para empezar. En cambio, los papeles contenían un montón de citas de las Sagradas Escrituras y comentarios religiosos inconexos. Sutter, tal como la archivera había observado, era sin duda un tipo excéntrico. Sin embargo, incluso esa clase de personas llevan a cabo interesantes descubrimientos.

La señora Jobe regresó con una hoja de papel.

—Esta es la lista de nuestros visitantes, desde hace seis meses. También disponemos de una cámara de seguridad, escondida en una de las señales de salida. Es confidencial, por descontado. Los visitantes no saben de su existencia.

—Muchísimas gracias. —Constance cogió el papel—. Le echaré un vistazo después. Antes debo descifrar estas inscripciones.

—Por si le sirve de algo —dijo la archivera—, le diré que no me sorprendería que las inscripciones fuesen simplemente un galimatías. Tonterías. Como ya le he dicho, Sutter era un fantasioso.

—¿Disponen de algún otro archivo sobre brujería que pueda ayudarme a descifrar estos símbolos o a determinar si son un engaño?

—En lo que nosotros denominamos «la Jaula», guardamos las transcripciones de todos los juicios contra brujas que se celebraron en Salem, en microfichas, porque los originales son demasiado frágiles, así como una estupenda colección de libros raros sobre brujería y demonología. Pero dudo que eso le ayude a encontrar a su hermana.

Constance miró a la mujer con cara de circunstancias.

—Debo entender en qué consiste todo esto si quiero entender por qué mi hermana se ha sentido atraída por esta... inmundicia. Verá, señora Jobe, tanto si estas inscripciones son una tontería como si son auténticas, el verdadero mal del mundo es la intención de hacer el mal. Pero si son un engaño, podría ayudarme con mi hermana... cuando la encuentre.

Dos horas después, Constance se recostó en su silla y parpadeó. La máquina de microfichas era una de esas maravillas de la odiosa tecnología de los años ochenta; se diría que había sido diseñada para causar ceguera si se utilizaba de forma prolongada. ¿Por qué no habían instalado allí ordenadores si al parecer la Sociedad Histórica recibía una buena cantidad de dinero? Era un misterio. Tal vez su intención fuera dificultar la revisión de las actas de esos terribles juicios.

Después de todo, las transcripciones de los juicios por brujería celebrados en Salem habían resultado ser un camino sin salida. Sin lugar a dudas, las «brujas» que habían sido juzgadas eran inocentes. Leyendo entre líneas, sin embargo, Constance encontró algunos indicios de que en los juicios también se vieron implicadas brujas auténticas, y también brujos: no como acusados sino como acusadores, jueces y cazadores de brujas. Tenía sentido: ¿qué mejor manera había de generar miedo y odio en una comunidad, y a la vez disimular la propia conexión con el demonio?

Había llegado el momento de visitar la Jaula.

Constance llamó a la señora Jobe y esta la condujo hasta allí. La Jaula estaba en el sótano del edificio: una pequeña cámara acorazada construida con barras de acero por los cuatro costados, con una única puerta sellada. En su interior había dos estantes con libros antiguos, cada uno en una pared, y una mesilla con una lámpara en el centro. El ambiente era frío y seco, y Constance podía oír el zumbido del aire acondicionado. En una pared cercana había varios monitores y aparatos para mediciones ambientales y atmosféricas, incluido un cilindro giratorio que, sin duda, registraba la temperatura y la humedad. Se trataba de un espacio oscuro y siniestro que, para colmo del anacronismo, estaba adornado con sofisticado instrumental digital.

La archivera la dejó allí encerrada tras advertirle que no olvidara llevar puestos los guantes en todo momento.

En el estante «Ocultismo y miscelánea» apenas había libros; no más de tres docenas. La mayoría ya los había visto en la biblioteca Enoch Leng del 891 de Riverside Drive, pues disponía de una nutrida sección sobre venenos y hechizos. Leyó los títulos con detenimiento para realizar un inventario mental. Estaba el famoso *Malleus maleficarum* (El martillo de brujas), el *Formicarius* de Nider, *El descubrimiento de la brujería* de Reginald Scot, el clásico francés *De la Démonomanie des Sorciers*, el fabulosamente oscuro *Lemegeton clavicula Salomonis* y el temido y embrujado *Necromicon*, encuadernado —aunque la señora Jobe seguro que lo ignoraba— en piel humana. Constance estaba familiarizada con los contenidos de este último y sabía que no incluía nada que pudiese ayudarla a descifrar las inscripciones Tybane; si es que realmente había algo que descifrar.

Al final del estante había varios volúmenes de extraordinaria antigüedad, oscuros y polvorientos. Les echó un vistazo y al instante comprendió que la mayoría eran irrelevantes. Sin embargo el último de los ejemplares de aquel estante, que estaba pegado a la pared como si hubiesen querido ocultarlo de un modo deliberado, carecía de identificación y además no era un libro sino un manuscrito, advirtió Constance. Estaba en latín, su título era *Pseudomonarchia daemonum* (La falsa monarquía de los demonios) y estaba fechado en 1563.

Constance lo dejó en la mesilla y fue pasando las páginas con extremo cuidado. Al parecer era un grimorio o una lista completa de los demonios que se creía que existían: sesenta y nueve en total, con sus nombres, función, atributos, símbolos y aquello que podían transmitir a la persona que les invocase en una ceremonia profana. El papel crujía bajo el roce de sus guantes, lo que le indujo a pensar que nadie había examinado ese manuscrito desde hacía mucho tiempo.

Fue pasando las páginas en busca de coincidencias con los símbolos Tybane. La mayoría de los símbolos representaban a los propios demonios, si bien unos pocos indicaban movimiento, viajes, direcciones y lugares.

Al cabo de un rato, su mirada recayó en un símbolo que, de hecho, sí coincidía con una de las inscripciones Tybane:

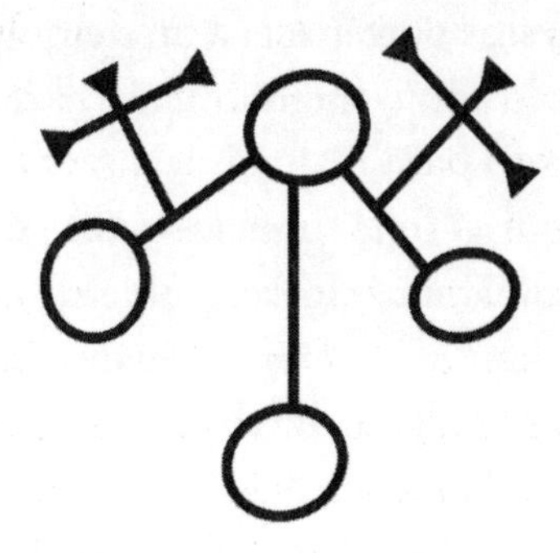

Había sido transcrito como *Obscura Peregrinatione ad Littus* (Una oscura peregrinación a la costa del sur).

Su diligente investigación no tardó en encontrar un segundo símbolo Tybane:

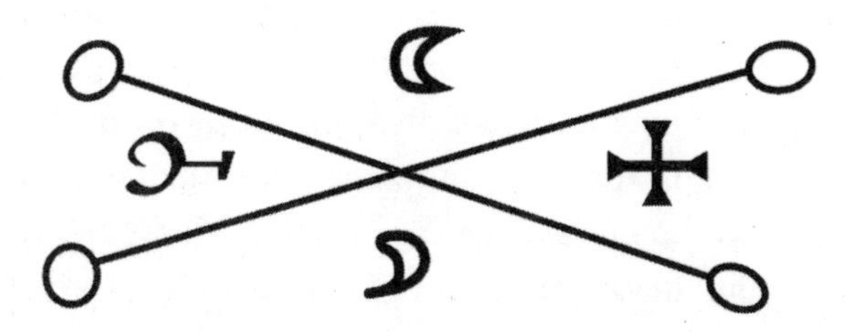

La transcripción era *Indevitatus*, es decir, «ineludible», «inevitable», «inminente».

Con sumo interés, Constance continuó combinando los textos, página tras página. Hacia el final encontró dos símbolos más.

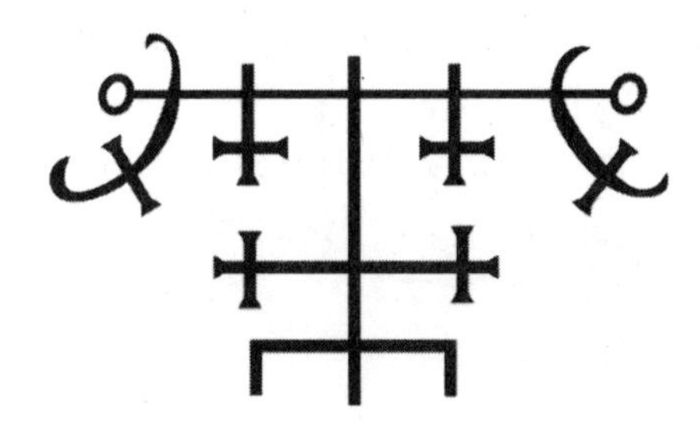

El primero de ellos pertenecía a un demonio conocido como Forras. Constance tradujo mentalmente el texto en latín:

> El espíritu trigésimo primero es Forras. Se presenta bajo la apariencia de un hombre fuerte moldeado en forma de humano. Puede proporcionar la comprensión de cómo conocer las virtudes y venenos de todas las hierbas. Enseña las Artes de la Ley en todas sus particularidades. Si lo desea, hace que los hombres vivan muchos años, y evita que se descubran sus maldades. Su sello es este.

El sello era idéntico a una de las inscripciones Tybane.

El otro símbolo interesante correspondía a otro demonio llamado Morax, y el texto que lo acompañaba, una vez traducido, decía:

> Morax es un gran y poderoso príncipe de las tinieblas, y cuando adopta una apariencia humana tiene dientes de perro, una enorme cabeza que se asemeja a la de un simio deforme y rabo de demonio; lleva a cabo maravillosos engaños, incita la lascivia y yacerá con cualquier mujer que le apetezca; está sediento de sangre humana y expone a la luz las vísceras de aquellos a los que mata. Su sello es este:

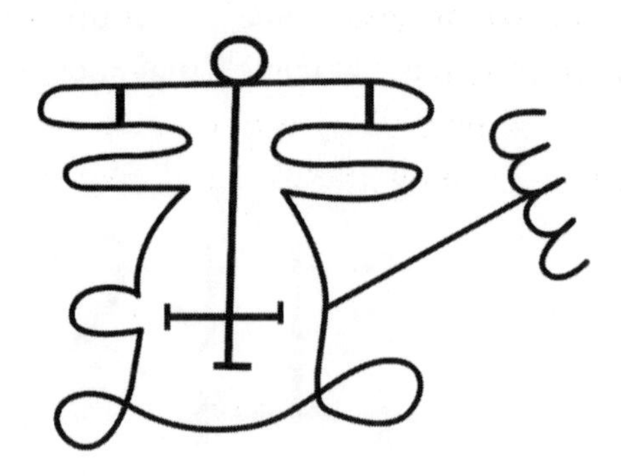

Las inscripciones Tybane, tal como Constance había entendido, y tal como el cadáver de McCool había evidenciado, comprendían una serie de cinco símbolos. Cuatro coincidían con los del libro: los avatares de cuatro demonios, al parecer.

Casi al final del manuscrito, Constance encontró el último símbolo de las inscripciones Tybane:

La transcripción en latín era *Errantem Locus*, es decir, «lugar errante».

Constance se detuvo y levantó la vista del manuscrito. Todavía quedaba mucho por descifrar. Pero ahora estaba segura de una cosa: las inscripciones Tybane eran genuinas. No eran fruto de una locura fantasiosa. Habían sido grabadas por alguien que realmente se había consagrado a Satán y rendía culto a las artes oscuras.

24

El sargento Gavin tomó de nuevo la caña cuando la creciente marea empujó el bote hacia delante, hacia lo más profundo de la marisma. Pendergast volvió a sentarse en la proa; consultaba el mapa y se movía únicamente para señalar la dirección, conduciéndolos por lo que parecía un laberinto de canales.

Gavin se preguntaba qué diablos pretendía Pendergast. Pero mantuvo la boca cerrada. Tenía claro que Pendergast era de esa clase de hombres que se limita a hacer lo que quiere sin dar explicaciones ni ofrecer disculpas ni justificaciones. Sin embargo, Gavin estaba convencido de que estaban llevando a cabo una búsqueda inútil. Saltaba a la vista que los asesinatos del historiador y del abogado habían sido banales, seguramente obra de drogadictos que intentaban encubrir sus robos con símbolos; símbolos que unas cuantas familias de por allí sabían que estaban relacionados con las inscripciones Tybane. Pendergast le había comentado no sé qué tontería respecto a buscar al Segador Gris. Pero cuando vio el voluminoso detector de metales que sobresalía de una bolsa escondida bajo los asientos del bote, se preguntó: «¿Qué va a hacer Pendergast con eso?».

La mano de Pendergast señalaba y Gavin hacía virar el bote. A decir verdad, le habría gustado que Pendergast no hubiese insistido en que pilotase. Podrían haberlo hecho muchos otros. Pero Pendergast había requerido expresamente su presencia, y dado que la autopsia de Dunwoody no se llevaría a cabo hasta el día siguiente, el jefe accedió.

Esta vez se estaban adentrando en las mismísimas entrañas de la marisma. Estaban rodeados por todas partes. Lo único que podía verse en una panorámica de trescientos sesenta grados eran los juncos de mar y el agua, bajo el cielo gris del atardecer.

Pendergast alzó la mano y con un gesto le indicó a Gavin que aminorase la velocidad. Gavin obedeció y puso el motor en punto muerto. El bote siguió avanzando llevado por la corriente.

—Al parecer nos hemos equivocado en el último giro, sargento Gavin.

Gavin se encogió de hombros.

—Usted lleva el GPS. Estoy perdido del todo desde hace ya un buen rato.

—Un momento. —Pendergast dedicó unos minutos a manipular el GPS y cotejar el mapa pasando de uno al otro—. Retrocedamos.

Gavin contuvo un suspiro, viró hasta que el bote cambió de sentido y encaró la corriente a media velocidad. Fueron a parar a un canal más ancho.

—Por ahí —dijo Pendergast.

Después de recorrer otra interminable serie de canales, volvió a levantar la mano.

—Ya está.

Gavin echó un vistazo al fangal y al mar de juncos que se extendía más allá, que parecía ascender por un montículo apenas distinguible. De repente, tuvo un mal presentimiento.

—Si no le importa, sargento, haga el favor de quedarse en el bote y esperarme.

Gavin consultó su reloj.

—Va a oscurecer dentro de una hora. Después resultará muy difícil navegar.

—Habré regresado antes. —Se hizo con la bolsa de material y saltó del bote. No tardó en desaparecer entre los juncos.

Gavin se acomodó en el duro asiento de metal. El mal presentimiento se hizo más penetrante. Cabía la posibilidad, por supuesto, de largarse y dejar allí a Pendergast. Pero si lo hacía se montaría una buena. No se jugaba con un tipo como Pendergast.

A. X. L. Pendergast se adentró entre los juncos de mar apartándolos con una mano y cargando la bolsa con el equipo en el hombro opuesto. El frío y la grisura parecían aumentar con cada minuto que pasaba, ese frío penetrante, bárbaro, tan habitual cerca del océano.

Pendergast se detuvo en varias ocasiones para comprobar su GPS. Diez minutos después, llegó al lugar en el que había encontrado el objeto la noche anterior, lo que en apariencia eran los restos del antiguo asentamiento.

Obviamente, a pesar de lo que le había dicho al sargento Gavin, su objetivo no era encontrar al Segador Gris, fuera lo que fuese dicha criatura.

Desenrolló el mapa, se orientó y echó a andar hacia delante hasta llegar al punto de partida del paso. Una vez allí, unió las piezas del detector de metales, enganchó la vara a la caja, añadió la bobina y acomodó los auriculares a sus orejas. Ajustó varios diales para calibrar el aparato. A continuación, y teniendo en cuenta lo que indicaba su GPS, empezó a caminar muy despacio, barriendo el pastoso suelo con la vara, de un lado a otro, con un ojo puesto en la pantallita de cristal líquido. Recorrió unos quince metros en línea recta con pasos paralelos y regresó al punto de partida. Al instante, volvió a empezar.

Al cabo de cinco minutos oyó el aviso. Dejó la máquina a un lado, se arrodilló y con la ayuda de una paleta empezó a excavar con extremo cuidado. El suelo era mullido y suave, no había piedras ni grava, pero lo surcaba una maraña de raíces que tuvo que ir cortando con el borde de la paleta.

Cuando había alcanzado unos treinta centímetros de profundidad, se detuvo, sacó una sonda del bolsillo y la introdujo en la tierra. Algo impidió el descenso. Probó a meterla alrededor de ese punto para determinar el contorno, retiró la sonda, excavó un poco más con la paleta y acabó extrayendo un peculiar objeto en forma de disco de metal, como una moneda grande o un medallón, una pieza de metal fundido de un modo rudimentario. Tenía grabado un símbolo que Pendergast reconoció de inmediato como una de las inscripciones Tybane. Según las indicaciones de Constance, quien a media tarde, justo antes de regresar a Exmouth, le había envido un email con un detallado informe y varias fotografías, el símbolo correspondía al demonio Forras.

Pendergast lo señaló en el mapa. Sumado al anterior descubrimiento, disponía ya de dos de los puntos exteriores del quincunce.

Midiendo con precisión sus pasos avanzó hacia donde calculó que debía de encontrarse el tercero de los puntos, y descubrió una tercera moneda de metal. A esta le siguió una cuarta, ambas con símbolos de diferentes demonios. Curiosamente, ninguno representaba a Morax.

La posición de esos cuatro puntos exteriores revelaba la localización del punto central del quincunce, lo que se denominaba «altar» en los documentos de Sutter que Constance había examinado. Pendergast llegó hasta el supuesto punto y se arrodilló apartando los hierbajos. Ahí era donde, al parecer, Sutter había encontrado la piedra Tybane, pero no quedaba la menor prueba de la excavación que había tenido lugar ciento cincuenta años antes.

Pendergast volvió a poner en marcha el detector de metales. De nuevo sonó una señal. Limpió la zona alrededor del punto, unos veinte centímetros cuadrados, y empezó a cavar. Habían pasado veinte minutos desde que dejó a Gavin en el bote, por lo que disponía de tiempo suficiente. Trabajó despacio hasta cavar un hueco de unos cuarenta centímetros de profundidad.

Con la ayuda del detector estrechó el margen de búsqueda del objeto metálico todavía enterrado y utilizó la paleta con sumo cuidado.

Tuvo que cavar treinta centímetros más. Entonces dejó la paleta y se puso a escarbar con las manos hasta que sus dedos toparon con algo duro. Extrajo las raíces y la tierra con mimo hasta que el objeto quedó a la luz. Lo limpió lo mejor que pudo, le hizo una fotografía in situ y después lo arrancó de la tierra.

Era un objeto de lo más peculiar. La parte central estaba hecha con el mismo metal que las monedas; una mezcla de plomo y hojalata, supuso. Tenía un aspecto extraño, rudo: la imagen casi abstracta de una boca abierta llena de dientes torcidos, en el acto de engullir lo que parecía ser una ristra de intestinos. Al examinarla, Pendergast se dio cuenta de que había cobrado forma al verter el metal fundido en agua, donde se había enfriado y adquirido esa horrible apariencia: una figura demoníaca surgida de un modo accidental. Esa retorcida masa de metal estaba enmarcada en plata y tenía algo pegado alrededor: pelo de caballo, según parecía, y un fragmento de hueso podrido que se había conservado únicamente por las características anaeróbicas del suelo. Grabado en la plata se distinguía el símbolo de Morax, el demonio de cabeza de simio con dientes de perro y rabo de diablo.

Sacó una pequeña fiambrera de la bolsa, introdujo el objeto y la envolvió con el plástico de burbujas que había traído con ese propósito. Después metió el contenedor en la bolsa junto con el mapa y el resto del equipo, se puso en pie, comprobó la hora en su reloj, se limpió las manos y regresó al bote.

El sargento Gavin parecía irritado e impaciente.

—¿Encontró algo? —le preguntó.

Pendergast se sentó en la proa del bote.

—Lo cierto es que sí.

—¿De qué se trata?

Pendergast sacó la fiambrera de la bolsa, la abrió y distribuyó los objetos encima del plástico de burbuja.

Gavin se quedó mirándolos; su rostro empalidecía por momentos.

—¿Qué demonios...?

—Demonios, efectivamente —fue la lacónica respuesta de Pendergast.

25

Constance pidió al taxista que se detuviera en la calle principal de Exmouth, a escasa distancia del hotel, para calcular sus opciones. Tenía la intención de sentarse en el bar, tal como Pendergast le había pedido, y permanecer a la escucha por si cazaba algún chismorreo útil. La noche anterior no había estado de humor para hacerlo. Sin embargo, ahora se sentía extenuada debido a su visita a Salem. Tal vez pasar un rato en la Sala de Mapas le resultaría menos vejatorio.

Alguien golpeó en su ventanilla. Constance la bajó y vio a Carole Hinterwasser.

—¡Constance! —dijo la mujer—. Supuse que eras tú. Mi tienda está ahí al lado. ¿Te apetece venir a tomar un té de última hora?

Constance dudó.

—Tenía intención de volver al hotel.

—Una taza rápida. Ven, será agradable charlar un rato. Les diré a los del hotel que envíen un coche para recogerte.

—De acuerdo.

Pagó al chófer, salió del taxi y se vio azotada por el viento que soplaba en la calle principal, que traía consigo el aroma a sal y algas marinas. Unas cuantas hojas de periódico echaron a volar, al tiempo que dos gaviotas chillonas planeaban en círculos sobre sus cabezas. Siguió a la mujer hasta su tienda preguntándose de qué querría hablar con ella la tal Hinterwasser, pues esa era sin lugar a dudas su intención.

—Siéntate, por favor.

En la tienda, Un pedazo de Exmouth, se vendían básicamente bagatelas para turistas: artesanía local, postales, mapas y cartas de navegación, camisetas, velas, conchas y flores secas aromatizadas, y se servía té y café en tres diminutas mesas al fondo del local. Constance se sentó mientras Hinterwasser le pedía a su ayudante, una joven de ojos brillantes con el pelo rubio muy corto, que preparase una tetera. Pocos minutos después, la ayudante se acercó con un antiguo juego de café de plata acompañado de tazas de porcelana china, pan, mantequilla y mermelada. Lo dejó todo en una pequeña mesa supletoria y dispuso las tazas y la cubertería de plata.

—Estás ayudando al agente del FBI con lo del robo del vino, ¿verdad? —preguntó Hinterwasser con una curiosidad mal disimulada.

Constance asintió, un tanto sorprendida ante el tono directo de la pregunta.

—Así es.

—Gracias, Flavia —dijo Carole con amabilidad.

La joven les dedicó una sonrisa a ambas, se dio la vuelta y se alejó.

—También trabaja como camarera en el hotel —comentó Constance.

—Flavia Strayhorn —dijo Hinterwasser—. Es nueva en el pueblo. Nació en Nueva Inglaterra, pero ha pasado los últimos meses recorriendo a pie el noreste de Asia. Está ahorrando para la universidad. Y parece haber concentrado en su persona la avidez por los cotilleos de nuestro pequeño pueblo. —Se echó a reír.

—Por lo visto, la gente siente curiosidad por nosotros.

—Bueno…, aparte del hecho de que tu compañero sea agente del FBI, tu manera de vestir, tan de otra época, ha llamado la atención. ¿Hay alguna razón en particular para que vistas así?

—No. Siempre he vestido así. —Constance comprendió que, al menos en esa clase de desplazamientos, tendría que esforzarse por actualizar su vestuario.

—Aunque tu bolso sí es nuevo —dijo Carol señalando con el mentón hacia el bolso de piel de cocodrilo que colgaba de la silla de Constance—. Un Hermès Birkin, ¿verdad?

Constance asintió.

—Muy bonito. Seguramente vale más que todo este edificio.

Constance no replicó. Tal vez no había sido buena idea traer consigo ese bolso, regalo de Pendergast por su último cumpleaños. Por lo visto, cuando se trataba de interactuar con la gente de aquel mundo moderno, no daba una a derechas.

—El té ya casi está listo. —Carole señaló hacia la tetera—. Se trata de mi mezcla especial: Exmouth Chai. Sírvete tú misma el pan y la mermelada.

—Muchas gracias, muy amable.

—Qué va... Es muy agradable poder charlar.

Constance tomó una rebanada de pan —era casero y estaba recién horneado— y lo untó con un poco de mantequilla y mermelada. No había probado bocado en todo el día.

Hinterwasser le sirvió el té, acompañado de una generosa cantidad de leche y azúcar.

—Me alegro de haberte encontrado. ¿Estás al corriente de... la tensa conversación que el señor Pendergast y Perce mantuvieron el otro día?

Constance le dio un sorbo a su té.

—Sí.

—Quería decirte que Perce se siente fatal por lo ocurrido. Es cierto que últimamente está teniendo problemas para vender sus obras; ya sabes lo rápido que cambian los gustos. Es un tema que en estos momentos le afecta. No pretendía perder los estribos. Es consciente de que un investigador debe hacer preguntas, estudiar todos los ángulos, rebuscar en el pasado de cualquiera. Incluso en mi pasado, que por desgracia no es precisamente inmaculado, pues tengo una terrible mancha en mi historial. Imagínate: hurto. —Soltó una carcajada.

A Constance le dio la impresión de que la mujer esperaba que le preguntase sobre aquel robo. Pero ella hizo caso omiso.

—Si yo fuese el agente Pendergast, también estudiaría todos los ángulos posibles. La cuestión es que Perce es un hombre orgulloso. Por eso me he tomado la libertad de pedirte en persona si puedes transmitirle al agente Pendergast cuán avergonzado se siente Perce con respecto a este asunto. A él le gustaría animar al agente Pendergast a seguir investigando sobre el robo del vino y confía en que esos asesinatos, a pesar de lo horrorosos que han sido, no le aparten por completo de su intención original.

—Puedo asegurarle que está trabajando con ahínco en su caso —dijo Constance. No dio más explicaciones. A su modo, sin palabras, su mentor le había dejado claro que jamás había que comentar con nadie el curso de una investigación hasta que él considerase que era el momento oportuno.

—Me alegra oírlo. Este segundo asesinato ha puesto muy nerviosa a la gente del pueblo. Nunca habían visto algo así. El jefe de policía está atacado. Por suerte, contamos con el sargento Gavin; él tomará las riendas. En cualquier caso, supongo que Pendergast se enteró de este último asesinato cuando estaba en la marisma.

—¿Cómo sabe usted eso?

—Los cotilleos corren que vuelan por estos pagos. Cuanto más lúgubres o lascivos, más rápido van.

—Entiendo.

—Qué terrible. —Hinterwasser se encogió de hombros—. Perce y yo nos enteramos cuando asistíamos al concierto de guitarra clásica en la iglesia Little Red. A Perce le encanta la guitarra clásica y él mismo se encargó de traer al músico desde Boston, como parte de los Conciertos de Otoño de Exmouth Fall. Está metido en la organización.

Constance aprovechó que su interlocutora no paraba de hablar para hacerse con otra rebanada de pan y untarla con mantequilla.

—Resulta sorprendente que estés tan delgada. —Hinterwasser soltó una risotada.

Constance le dio un sorbo a su té y después dejó la taza.

—Al parecer, mi metabolismo es hiperactivo.

—¡Ah, la juventud! —dijo Hinterwasser volviendo a llenar la taza de Constance. Sonó una campanilla y alguien entró en la tienda—. Un cliente —añadió poniéndose en pie—. Eso sí que es raro. ¡Creo que debería disecarlo y exponerlo en el aparador! —Se fue a atenderlo mientras Constance apuraba su té.

La compra fue rápida. Como si estuviese programado, apareció el Buick 8 Special de 1936 que el hotel utilizaba como vehículo para llevar y traer a los clientes.

—Tu coche —dijo Hinterwasser al tiempo que escogía un artículo de uno de los estantes y se lo ponía en la mano apretando. Era una caja con bolsitas de té—. Un pequeño presente para que te lo lleves a casa: mi mezcla Exmouth Chai.

—Gracias.

—No se merecen. Gracias por aceptar mi invitación. —Hinterwasser volvió a apretarle la mano—. Espero que recuerdes lo que te he pedido. Me refiero a lo de hablar con el agente Pendergast.

26

A las diez en punto el Chart Room se había vaciado casi por completo. Constance estaba sentada junto a una mesa en una esquina, frente a Pendergast, con los restos de dos filetes de lenguado preparados por Reginald Sheraton entre ambos, así como una botella de vino vacía. Había sido una noche brutal, con ráfagas de viento que habían hecho temblar los cristales de las ventanas y habían sacudido las paredes. El retumbar distante de las olas al pie de los acantilados añadía un oscuro ostinato al lamento del viento alrededor del hotel.

Constance señaló con el mentón hacia la pizarra que mostraba el menú.

—Por lo visto, tu lenguado se ha convertido en el plato estrella del restaurante. Me he fijado en que lo habían servido al menos en la mitad de las mesas.

—Siempre me ha gustado pensar en Massachusetts como un bastión del buen gusto. —Pendergast se puso en pie—. ¿Subimos a la planta de arriba? Tenemos asuntos importantes, y confidenciales, de los que hablar.

Constance se levantó y siguió a Pendergast hasta el bar, donde se detuvo y habló con el camarero; le pidió que enviara a su habitación una polvorienta botella de Calvados, que por puro milagro había visto en la pared trasera, y dos copas.

Constance subió tras él por las empinadas y chirriantes escaleras. La habitación de Pendergast estaba presidida por una enorme cama de estilo victoriano con dosel. En un extremo había una pequeña chimenea, un escritorio, una silla y una lámpara. Los troncos de la chimenea estaban preparados, pero nadie había encendido el fuego.

—Siéntate en la silla, por favor. Yo me sentaré en la cama —dijo Pendergast mientras se dirigía a la chimenea con la intención de prender el fuego. Las llamas no tardaron en verter su luz amarillenta en la estancia.

Constance sacó de su bolso la caja de té que Carole le había regalado por la mañana.

—Tal vez sea lo más apropiado —dijo—. Ya sabes que no me va mucho el alcohol. Podemos pedir una tetera con agua caliente.

Pendergast cogió la cajita y le echó un vistazo.

—¿Chai? —preguntó curvando los labios con desagrado. Tiró la caja a la papelera—. Lo siento, querida Constance, pero esto no es apto para el consumo. No. Pero el Calvados sí. Por otra parte, tengo serias dudas sobre cuánto tardaremos en volver a disfrutar de nuestras tazas de té oolong King's 403 en la mansión de Riverside Drive.

Al cabo de un momento llamaron a la puerta y Flavia, la joven camarera, entró en la habitación con una bandeja con dos copas y una botella de Calvados. Pendergast colocó un billete en su mano, le dio las gracias y cerró la puerta con llave. Sirvió un dedo de licor en las copas y le pasó una a Constance. Después se sentó en la cama.

—Te pido disculpas por el tamaño de la habitación —dijo el agente del FBI—. Queda compensado con su encanto. Me temo que los asuntos de los que tenemos que hablar no podíamos nombrarlos en el comedor.

Constance tomó un sorbo de su copa de Calvados. El licor bajó por su garganta como una lengua de fuego.

—Espero que sea de tu agrado.

Ella asintió. Hacía rato que sentía los agradables efectos del vino, que acostumbraba a no consentir. Tendría que andarse con cuidado.

—Constance, en primer lugar quiero decirte lo satisfecho que me siento con tu trabajo. Has demostrado ser constante y fiable.

Constance sintió que se le subían los colores ante aquel inesperado cumplido, aunque el hecho de haber colocado el acento en la palabra «constante» resultaba un tanto ambiguo.

—Gracias.

—También te has mostrado muy cuidadosa a la hora de atender a mi petición de no ir a tu aire y no salir del hotel de noche. Lo tengo muy en cuenta. —Hizo una pausa—. Esta es una investigación muy peculiar. Estamos atrapados en un embrollo de pruebas, y hemos llegado a un punto en el que debemos detenernos y empezar a atar cabos. Por eso me gustaría repasar lo que sabemos hasta ahora; recapitular, por así decirlo. Y hacerte partícipe de mis más recientes descubrimientos.

—Por favor.

—Aquí tenemos dos madejas de las que tirar: el esqueleto de la bodega, que estoy seguro de que está relacionado con la desaparición del SS *Pembroke Castle*; y la colonia perdida de las brujas. Empecemos por el esqueleto. Un hombre sano de cuarenta años y afroeuropeo que fue torturado y emparedado en el sótano de la casa del farero. ¿Por qué? Solo puede deberse a una razón: tenía información. Pero ¿qué clase de información?

Se calló.

Constance habló:

—Lady Hurwell recibió nueve mil quinientas libras de la aseguradora por haber perdido su cargamento. Tal vez tenga que ver con eso.

Pendergast alzó uno de sus finos dedos.

—¡Efectivamente! En 1884, semejante suma era enorme, equivalente a unos dos millones de dólares de hoy en día. Los archivos de Lloyd's son tan seguros como Fort Knox, pero cabe suponer que el cargamento consistía en dinero, lingotes de oro o algo de incalculable valor. Con toda probabilidad, mi querida Constance, ese fue el motivo para torturarlo: sonsacarle la localización exacta de los bienes que estaban a bordo del barco.

—Parece un poco rebuscado.

—No si tienes en cuenta quién era ese hombre: un caballero llamado Warriner A. Libby.

—¿Has descubierto cuál era su nombre?

—Desde luego que sí. —Pendergast se mostraba satisfecho como nunca—. Warriner A. Libby era el capitán del *Pembroke Castle*. Tenía cuarenta años, había nacido en Barbados y se había criado entre Londres y Nueva York, de padre africano y de madre mestiza, por emplear la desafortunada nomenclatura de entonces. En su época fue un respetado y próspero capitán de barco.

Constance se quedó mirándolo.

—Es extraordinario.

—Si había un hombre que conocía la ubicación de cualquier cosa valiosa que hubiera a bordo del barco, ese era el capitán. No resultó difícil identificarlo. Sabía la edad y las características raciales de nuestro esqueleto. Coincidían. Bastante sencillo. —Le dio un trago a su copa de Calvados—. En cualquier caso, si Libby fue torturado para que cantara el paradero de los bienes que llevaba el barco, eso nos indica algo crucial: el barco no se perdió en el mar. De lo contrario, los bienes se habrían hundido con él.

—Así pues, ¿el barco llegó al puerto de Exmouth?

—No. El puerto no tenía profundidad suficiente. Era un barco de vapor de noventa metros de eslora con un calado de unos seis.

—Entonces ¿qué ocurrió?

—Creo que embarrancó en la costa de Exmouth, donde abundan los bancos de arena traicioneros y las rocas.

—Espera un segundo... Embarrancó... ¿deliberadamente?

Pendergast asintió.

—Sí. Deliberadamente.

—¿Quién lo hizo?

—Unos cuantos habitantes del pueblo.

—Pero ¿cómo es posible que la gente del pueblo lograse hacer embarrancar a un barco?

—De común acuerdo con el farero. Es un viejo truco. Apagas el faro y enciendes un fuego en la playa, en un punto calculado para guiar al barco hacia las rocas. Una vez allí, la gente del pueblo saquea el barco y recupera la carga que haya sido arrastrada hasta la orilla. Si el barco encalló, antes de que se desintegrara los saqueadores tuvieron tiempo de recuperar parte del cargamento así como de hacerse con el dinero... si sabían dónde estaba oculto. En aquellos tiempos, los barcos que transportaban lingotes de oro o monedas siempre disponían de compartimentos secretos, precisamente para mantener el dinero a salvo.

—¿Y qué ocurrió con los supervivientes?

—Sin duda esa es una cuestión turbia.

Constance tardó unos segundos en volver a hablar.

—Y tú crees que el barco embarrancó de manera deliberada, supongo, debido a que 1884 fue el año de la hambruna en Exmouth, cuando se perdieron las cosechas y la gente estaba desesperada. Un barco de paso, muy probablemente cargado con objetos de valor, debía de resultar una tentación difícil de resistir para un pueblo hambriento. Los saqueadores torturaron al capitán emparedándolo para averiguar dónde estaba el tesoro del barco.

—Muy bien, Constance.

—Pero ¿por qué motivo había que recuperar el esqueleto del capitán ciento treinta años después? ¿Acaso alguien intentaba encubrir ese antiguo crimen sacando de ahí el esqueleto?

—Lo dudo. No había peligro de que el esqueleto fuese descubierto.

—Entonces ¿por qué correr el riesgo de sacarlo?

—¿Por qué? Cierto. —Un breve silencio se instaló en la habitación hasta que Pendergast añadió—: McCool vino a Exmouth en dos ocasiones. En su primera visita descubrió que habían robado el esqueleto. En la segunda, lo asesinaron. Seguro que McCool comentó algo en su primera visita; algo de lo que algunas personas del pueblo, conocedoras de la atrocidad cometida con el *Pembroke Castle*, tomaron buena nota. Eso motivó el robo del esqueleto. Cuando McCool regresó, es posible que lo asesinaran para sellar sus labios e impedir que contase lo que había descubierto. Cuando deduzcamos qué descubrió McCool, sabremos con precisión por qué fue robado el esqueleto.

Pendergast dejó de hablar. El fuego crepitaba. Constance no podía evitar sentirse satisfecha por haber ayudado a Pendergast en su trabajo deductivo. Por eso dio otro sorbo a su copa de Calvados.

Pendergast prosiguió.

—Pasemos a la segunda madeja de este caso: las inscripciones Tybane. La lista que me diste con aquellos que habían accedido a los papeles en la Sociedad Histórica resultó ser de lo más interesante.

—¿Por qué?

—Había cuarenta y cuatro nombres. Veintitrés pertenecen a personas reales, prácticamente todos wiccanos. Pero había un nombre que no aparecía en las diferentes listas de miembros wiccanos. Un nombre que sonaba falso.

—¿Seguro?

—Un tal señor William Johnson. Demasiado corriente para ser auténtico, ¿no te parece?

—Eso no es una prueba concluyente.

—Cierto. Pero resulta que cuando contacté con tu amiga la señora Jobe, y ahondé en tu divertida historia de la chica amish que está buscando a su hermana, descubrí que nuestro William Johnson había sido grabado por la cámara de seguridad. Gracias a mi amable persuasión, me envió por correo electrónico la imagen del hombre.

—¿Y?

—Era Dana Dunwoody, nuestro difunto abogado.

—Santo cielo. Has estado muy ocupado. —Una pausa—. ¿Cuándo visitó la biblioteca?

—Hace tres semanas.

—Seguramente no vio que había una cámara de seguridad oculta —dijo Constance, más para sí misma que para informar a Pendergast. Miró entonces al agente del FBI—. Pero ¿cuál es la conexión entre él, el historiador y la colonia perdida de las brujas?

—No sabría decirlo. Por ahora, Constance, deja que te muestre esto. —Pendergast sacó de su maletín un puñado de fotografías y un mapa—. Ven aquí, haz el favor.

Constance se levantó de la silla y fue a sentarse a su lado en la cama; miró por encima de su hombro. La temperatura de la habitación había subido y sintió que la sangre palpitaba en su cuello. Percibió también el sutil aroma de Floris Nº 89, el bálsamo para después del afeitado de Pendergast. Observó la primera fotografía.

—Dios mío. —Se quedó mirándola sorprendida—. ¿Qué es eso?

—Un objeto que estaba a medio metro bajo tierra en el centro del quincunce del antiguo asentamiento de las brujas; el «Nuevo Salem» al que se refería Sutter.

—Qué extraño. Y tiene la marca de Morax. ¿Es... auténtico?

—Da la impresión de serlo. Sin lugar a dudas, lo enterraron hace siglos. Aquí puedes verlo in situ, y esta es otra fotografía. —Siguió removiendo papeles—. Y este es el mapa de la colonia de las brujas, que indica la localización. También encontré tres medallones enterrados en los vértices del quincunce. De momento, los he guardado en una caja de seguridad en el pueblo, por si acaso. El cuarto no pude encontrarlo. Tal vez se lo llevara la corriente de agua de algún canal. —Constance lo observaba mientras iba barajando las fotografías. Escogió una, la que mostraba un combado y tosco medallón de metal fundido, con una marca.

—La marca de Forras —dijo Constance.

Otra fotografía.

—La marca de Andrealphus.

Otra fotografía.

—La marca de Scox. Todos corresponden a símbolos de las inscripciones Tybane. Por cierto, la wiccana a la que consulté me dijo que *bane* significa, entre otras cosas, «veneno».

—Interesante, habida cuenta de que esta región es conocida por la cantidad de mortífera belladona que crece por aquí. —Reflexionó durante unos segundos—. En cualquier caso, a juzgar por tu traducción parcial de las inscripciones, sobre todo la que habla del «oscuro peregrinaje» y del «lugar de paso», parece ser que la colonia no desapareció de un día para otro, como cuenta la leyenda.

—Yo también llegué a esa conclusión. Pero entonces ¿qué ocurrió?

—Se trasladaron.

—¿Adónde?

—Otra buena pregunta. Hacia el sur, cabe suponer. —Suspiró—. Al final, encontraremos esa conexión, aunque estoy convencido de que la cuestión de la brujería acabará siendo un aspecto tangencial respecto al núcleo del caso. Gracias otra vez, Constance. Tu ayuda ha sido inestimable. Me alegro de que estés aquí.

Se impuso el silencio. Pendergast empezó a apartar las fotografías. Constance seguía sentada en la cama. El ritmo cardíaco se le había acelerado considerablemente. Podía sentir el calor que emanaba del cuerpo de Pendergast, así como el ligero roce de su muslo contra el suyo.

Pendergast acabó de ordenar las fotografías y se volvió hacia ella. Intercambiaron las miradas un instante, cara a cara. El silencio de la habitación cedió el paso al crepitar del fuego, al retumbar distante de las olas y al bufido del viento. Y justo en ese momento, con un ágil movimiento, Pendergast se puso en pie, agarró la botella de Calvados y las copas de la mesa y regresó junto a Constance.

—¿Un último trago antes de irte?

Constance se levantó de golpe.

—No, gracias Aloysius. Es más de medianoche.

—Entonces te veré en el desayuno, mi querida Constance. —Le abrió la puerta y ella se adentró en el sombrío pasillo, camino de su habitación, sin volver la vista atrás.

27

A las dos y cuarto de la madrugada, Constance se despertó. Le resultaba imposible volver a dormirse. Sin saber por qué, su mente no dejaba de vagar por territorios desconocidos. Estaba tumbada en la cama, escuchando el gemir del viento y el distante oleaje. Al cabo de un rato, se levantó y se vistió en silencio. Ya que el sueño se había esfumado, al menos satisfaría su curiosidad respecto a un asunto.

Constance tomó la pequeña aunque potente linterna que Pendergast le había dado, se dirigió a la puerta de su habitación y la abrió con cuidado. No había nadie en el pasillo de la segunda planta. Salió y cerró la puerta a su espalda. Se encaminó hacia el vestíbulo sin hacer ruido, sorteando los giros y vueltas que llevaban hasta la puerta de la que había sido la habitación del historiador, Morris McCool. En un momento dado, mientras avanzaba, miró hacia atrás por encima del hombro. Constance no era muy dada a dejar volar la imaginación, pero durante los últimos días había tenido la clara sensación de que la seguían en más de una ocasión.

El final del pasillo todavía estaba acordonado con cintas amarillas de la policía científica, y la habitación no estaba preparada para recibir nuevos clientes. Había oído quejarse al respecto a Walt Adderly, el propietario del hotel, en el Chart Room. Gracias a la visita que había llevado a cabo acompañada del sargento Gavin, Constance sabía que la puerta no estaba cerrada con llave. Miró a un lado y a otro y se deslizó por debajo de la cinta; abrió la puerta y entró.

Cerró tras ella, encendió la linterna y lentamente apuntó con el haz de luz hacia los desgastados muebles de época. Se detuvo en cada uno: las deshilachadas alfombras, la cama con el enorme dosel, la pequeña estantería con un montón de maltrechos libros de bolsillo, la cómoda y el escritorio de madera maciza.

En muchos sentidos, Constance no estaba acostumbrada al mundo moderno: el paso de la elegancia a la familiaridad, la obsesión por la tecnología, la febril querencia por lo mundano y lo efímero. Si de algo entendía ella, precisamente era de guardar secretos, una habilidad que casi había desaparecido por completo en la actualidad.

Sus instintos le decían que en esa habitación había algo oculto.

Se acercó a la cómoda y la estudió sin tocarla. Después se aproximó al escritorio con tapa retráctil. De nuevo, observó sin tocar nada. Había unos cuantos libros y papeles esparcidos encima.

La única ocasión en la que había visto al historiador en persona, estaba sentado junto a una mesa en la recepción del hotel. Tenía delante un cuaderno con tapas de cuero abierto, en el que iba tomando notas al tiempo que consultaba lo que parecía ser un tosco mapa o un diagrama. Al pensar en él, Constance sintió una aguda punzada de consternación por lo aterrador y brutal que sin duda debió de ser el fin de sus días.

Recordó entonces que no habían encontrado ningún cuaderno en la habitación. Pero él llevaba un diario, de eso estaba segura. Y no podía estar en otro sitio.

Dio un paso atrás y utilizó la linterna para examinar el interior de la habitación una vez más. Mientras, las palabras de Pendergast resonaban en su cabeza: «Cuando deduzcamos qué descubrió McCool, sabremos con precisión por qué fue robado el esqueleto».

El viejo edificio gimió bajo la envestida del viento.

McCool no era más que un huésped temporal. Por ese motivo, no podía haber inventado un tipo de escondite inteligente y elaborado que exigiera demasiado tiempo, como los que ella acostumbraba a encontrar en sus paseos por el sótano de la mansión de Riverside Drive. No podía haber desplazado los azulejos del baño, por ejemplo. Tampoco podía haber despegado el papel pintado en busca de un hueco. Poco importaba: aunque sin duda era receloso con su apreciado proyecto, no tenía razones para creer que alguien quisiera robarle los frutos de su investigación. Si hubiese tenido intención de esconder documentos o alguna otra cosa, los habría dejado en algún lugar fuera del alcance del afán limpiador de la doncella, aunque de fácil acceso.

Caminó hasta la pequeña estantería, se arrodilló delante y fue sacando los libros uno a uno. No había nada oculto detrás. Entre los libros no había ningún diario oculto, al estilo de *La carta robada* de Edgar Allan Poe.

Se puso en pie otra vez y dejó que el haz de luz vagase más lentamente por toda la habitación, en busca de defectos de construcción, cualquier desperfecto provocado por el clima o el paso del tiempo, que McCool hubiese podido utilizar en su beneficio.

En mitad del suelo, le llamó la atención una separación entre dos de las tablas de madera mayor de lo habitual. Se arrodilló de nuevo y sacó de un bolsillo una antigua navaja Maniago, italiana, que últimamente llevaba siempre consigo. Al apretar el botón en la empuñadura de nácar, apareció la estrecha y afilada cuchilla.

Tras hurgar unos segundos en la abertura, se dio cuenta de que las tablas estaban muy bien fijadas.

Los faldones de la colcha llegaban casi hasta el suelo y los bajos estaban llenos de polvo, obviamente sin sacudir. Es decir, nadie había guardado nada debajo de la cama.

Constance volvió a levantarse y se acercó al escritorio. Tenía cuatro pequeños cajones arriba, dos más a cada lado y cuatro grandes cajones abajo. Abrió uno tras otro los cajoncitos superiores. Estaban llenos de deslucidas postales de Exmouth y papel de carta con dibujos del hotel. Miró debajo. Nada, excepto restos de serrín y de telarañas. Después se centró en los cajones grandes de la parte baja del escritorio. Los dejó en el suelo de uno en uno para examinar el contenido con la linterna. Después echó un vistazo a los huecos que habían dejado en el mueble, deteniéndose en los bordes superiores.

Al tirar hacia fuera del cajón inferior derecho, oyó un golpe seco proveniente del interior. Sin perder un segundo, enfocó la luz hacia dentro. Había dos objetos: el fino cuaderno de cuero y una revista. Los habían escondido allí, al fondo, por detrás del cajón cerrado. Los sacó, volvió a colocar el cajón y se sentó en la cama para examinarlos.

Lo que le había parecido una revista era en realidad un catálogo de subastas de la casa Christie's de Londres. Era del mes de agosto de hacía dos años y llevaba por título *Joyas magníficas de fincas regias*. Si bien había varias entradas señaladas con puntos de lectura, no había notas ni apuntes de ninguna clase.

Constance frunció el ceño, pensativa, observando la portada del catálogo. Lo dejó a un lado, abrió el raído diario de cuero y empezó a pasar hojas, escritas a mano con una letra diminuta y enmarañada. Se detuvo en una página y leyó con atención.

28

5 de marzo

He estado toda la mañana y buena parte de la tarde en Warwickshire visitando a los Hurwell Ossory. ¡Menudo rato he pasado! Los Hurwell pertenecen a esa clase de antiguas familias inglesas que, por desgracia, cada día abundan más: reducidas a la pobreza, viven como indigentes en su casa solariega, con una línea familiar debilitada debido a la endogamia, engendro inútil de nuestra sociedad. Hay algo que sí mantienen, sin embargo, su orgullo: su devoción a la memoria de lady Elizabeth Hurwell y sus buenas obras raya el fanatismo. De hecho, al principio eso fue un obstáculo, debido al excesivo celo con que la familia cuida de su reputación (solo Dios sabe qué clase de reputación creen tener). Cuando les dije que tenía la intención de escribir una biografía de Lady Hurwell, de inmediato se mostraron suspicaces. Movidos por la curiosidad, sin duda, aceptaron recibirme, pero cuando confesé mis intenciones con más detalle se cerraron en banda y no quisieron colaborar. No obstante, su postura fue cambiando poco a poco en cuanto les expliqué que miraba a lady Hurwell con muy buenos ojos y que pensaba hacerle un retrato esplendoroso. Les prometí también que sería discreto, lo cual (modestia aparte) resultó ser un golpe maestro: les dio a entender que la historia de su familia despertaba mucho más interés del que, vaya por Dios, en realidad despierta.

Ya solo quedan tres miembros de la familia: una tía solterona, sir Bartleby Hurwell, bisnieto de lady Hurwell, un espécimen tristemente degradado, y su hija, también soltera. Me tuvieron allí horas relatándome viejas historias familiares, mostrándome álbumes de fotos y hablando de lady Hurwell en tono reverencial. A pesar de su admiración hacia esa mujer, vaya por Dios, disponían de escasa información de utilidad: casi todo lo que me contaron, ya lo había descubierto yo en el curso de mi investigación. Sirvieron unos tristes sándwiches de pepino y té aguado. Cada vez me sentía más descorazonado. Aplacé la idea de contactar con los descendientes de lady Hurwell hasta que hubiese avanzado en mi investigación; estaba convencido de que mostrar cierta familiaridad hacia su antepasada me ayudaría a romper el hielo. Sin embargo, una vez roto el hielo, me dio la impresión de que mis esfuerzos darían escaso resultado.

En cualquier caso, fue durante el almuerzo cuando pregunté por el estado de los papeles de lady Hurwell. Pues bien, ninguno de los tres Hurwell vivos sabía nada de los papeles, aunque me dijeron que, en caso de existir, estarían en el desván. Naturalmente, les pedí permiso para subir. Tras una breve conversación, accedieron. Así pues, el almuerzo concluyó, sir B. me llevó por una serie de pasillos que producían eco y subimos por una tambaleante escalera trasera hasta el desván, oculto bajo los aleros de la mansión. No había luz eléctrica, pero por suerte había tenido la precaución de llevar conmigo una linterna y pilas de repuesto.

El ático era inmenso. Un curioso efluvio lo envolvía todo. Había baúles antiguos, montones de contenedores vacíos, maniquís de sastre y relleno para prendas de ropa, interminables pilas de ejemplares de *The Times* y números de *Punch* de décadas anteriores, cuidadosamente atadas con bramante. Todo estaba cubierto por una gruesa capa de polvo, que formaba pérfidas nubecillas tras cada uno de mis pasos. Al principio, sir B. se movía como si fuese mi sombra, tal vez temeroso de que me llenase los bolsillos con algunos de aquellos desechos, pero en breve el polvo y el ruido de las ratas pudieron con él y se excusó para marcharse.

Pasé una hora allí. Me dolía la espalda debido a que el techo era muy bajo y tenía que andar inclinado. Mis ojos y mi nariz, mis manos y mi ropa se cubrieron de polvo. No encontré nada de valor. Sin embargo, justo cuando me disponía a descender de nuevo a la tierra de los vivos, el haz de luz de la linterna se posó en un viejo archivador de madera. Algo activó mi curiosidad: a pesar de la capa de polvo, pude apreciar que era de una calidad superior a la de los muebles que lo rodeaban. Limpié un poco el polvo con la manga de mi chaqueta y vi que el archivador era de palisandro de la más alta calidad, con acabados de latón. Por suerte, no estaba cerrado con llave. Lo abrí y encontré, precisamente, el tesoro escondido que había esperado encontrar allí.

En dos de los cajones había documentos personales de lady Hurwell: papeles relacionados con la finca, varias escrituras, documentos legales sobre un litigio que tuvo con uno de sus vecinos, una primera versión de su testamento. Pero lo que más me interesó fue el diario que había escrito durante su adolescencia y primera juventud, y también un puñado de cartas, atadas con una cinta: la correspondencia que había mantenido con sir Hubert Hurwell durante su noviazgo. Se trataba de un curioso hallazgo, sin duda fascinante. Después de todo, lady Hurwell era considerada una librepensadora así como una protofeminista, y se rumoreaba que su matrimonio había sido muy tormentoso antes de que se viese truncado por la prematura muerte de su esposo. De inmediato, empecé a planear mi estrategia para convencer a los herederos Hurwell de que me permitiesen transcribir tanto el diario como las cartas.

En el archivador había otro fajo de documentos intrigantes. Se trataba de un contrato marítimo, un seguro y una lista de piedras preciosas, cuidadosamente enumeradas.

Me centré en primer lugar en la lista de piedras preciosas. Había veintiuna, todas ellas rubíes pulidos sin tallar, de las variedades estrella y doble estrella, y todas del carísimo color denominado «sangre de pichón». Los quilates variaban entre 3 y 5,6. Sin duda, se trataba de un catálogo del famoso «Orgullo de África», el conjunto de joyas familiares que su hermano entregó a Elizabeth como regalo de boda. Dado que las piedras se habían perdido, supe que ese detallado catálogo resultaría de gran interés.

Los papeles del seguro también atesoraban un gran interés. Procedían de la compañía Lloyd's de Londres y verificaban la enumeración y evaluación de las piedras preciosas, que había sido realizada a petición de la compañía Lloyd's, y llevaba estampada la anotación «Este cargamento queda así certificado y asegurado».

Después examiné el contrato marítimo. Estaba fechado en noviembre de 1883 y los firmantes eran lady Hurwell y Warriner A. Libby, un capitán de barco con licencia. Según lo que estipulaba el contrato, Libby tenía que hacerse cargo del barco de vapor SS *Pembroke Castle*, de Londres y Bristol, y en representación de lady Hurwell entregar en Boston, a la mayor brevedad posible, su «más preciado e inusual cargamento». El contrato incluía unas cuantas certificaciones específicas relacionadas con «veintiuna piedras preciosas enumeradas en el documento del seguro que se adjunta». Libby debía llevar las piedras preciosas en una bolsa de cuero que iría cosida y fijada a un cinturón. Cinturón que debía llevar puesto en todo momento, tanto de día como de noche. No abriría ni manipularía de ningún modo la bolsa o su contenido, y tampoco hablaría del mismo con nadie. En cuanto llegara a Boston, entregaría de inmediato el cinturón y la bolsa adjunta a don Oliver Westlake, de Westlake & Hervey, Abogados, en Beacon Street.

Su «más preciado e inusual cargamento». Si esto es lo que creo que es, el documento podrá arrojar algo de luz en el que yo denominaría uno de los oscuros episodios de la vida de lady Hurwell, un episodio que acabó con una cuantiosa indemnización por parte de Lloyd's. Y también arrojaría algo de luz en un persistente y misterioso naufragio relacionado con lady Elizabeth y con la pérdida de las joyas «Orgullo de África». Sabía que mi primera misión consistiría en convencer a los miembros vivos de la familia para que me permitiesen pasar más tiempo estudiando esos papeles..., aunque tomé la precaución de fotografiarlos con la cámara de mi teléfono móvil con la ayuda del flash; solo por si acaso. Mi siguiente misión sería de una naturaleza más amplia, y podría implicar en última instancia un viaje, un viaje que habría de llevarme desde aquel oscuro y polvoriento desván hasta las costas de Norteamérica, en busca del lugar en el que descansaba el SS *Pembroke Castle*.

29

Lake ascendió por el último tramo de escaleras, estrecho y retorcido, y resoplando debido al esfuerzo se hizo a un lado para dejar sitio a los demás junto a él. La parte alta del faro solía ser uno de sus lugares favoritos: la vista de trescientos sesenta grados era estupenda, y la soledad considerable. Aquel día, sin embargo, un cielo sucio y gris empañaba la vista. Y dado que en aquel espacio reducido había cuatro personas más, la soledad brillaba por su ausencia.

Echó un vistazo a sus compañeros, situados alrededor de la torre: Carole, Constance, distante y elegante como de costumbre, y Pendergast. El agente del FBI llevaba un abrigo de cachemira negro, que únicamente servía para potenciar la blancura de alabastro de su piel.

Lake se movió intranquilo. A pesar de sus esfuerzos, no podía evitar sentir cierto resentimiento debido a su anterior encuentro con Pendergast.

—Supongo que no nos ha pedido que subiéramos aquí para disfrutar de las vistas.

—La suposición es acertada —dijo Pendergast con su voz de bourbon y mantequilla—. Mi intención es ponerles al corriente de nuestra investigación.

—Así pues, lo ha reconsiderado —repuso Lake—. Me refiero a la opción de mantenerme al corriente.

—La cuestión es que hemos llegado a un punto en el que lo

más prudente es compartir nuestros hallazgos. —Algo en el tono de voz de Pendergast silenció la réplica de Lake—. Hace ciento treinta años, en la noche del tres de febrero, un grupo de desesperados lugareños, no sé cuántos exactamente pero supongo que un grupo más bien pequeño, trajeron a Meade Slocum, el farero, aquí arriba y lo obligaron a apagar la luz. Es posible, por descontado, que Slocum fuese uno de los conspiradores, si bien su destino final, o sea la fractura de cuello, y la obvia culpa que sintió durante años y que le llevó a beber y a afirmar que el faro estaba encantado y que oía el llanto de niños, sugieren lo contrario.

—¿Apagar la luz? —preguntó Lake a su pesar—. ¿Por qué?

—Porque la habían sustituido por otra luz. Que estaba allí. —Pendergast señaló hacia un punto que se encontraba kilómetro y medio más al sur siguiendo la línea de la costa, donde un desagradable y afilado arrecife conocido como las Rocas Destrozacabezas penetraba en el océano, que bullía con el oleaje—. Era una hoguera.

—No lo entiendo —dijo Carole.

—Ocurrió después de la hambruna del invierno de 1883, el año en que el Krakatoa entró en erupción. El verano siguiente, las cosechas de diversos lugares del mundo se perdieron, incluido Nueva Inglaterra. La gente de Exmouth estaba hambrienta. Lo que pretendía ese grupo era atraer un barco hacia las rocas y saquearlo. En cierto sentido, tuvieron éxito: la falsa luz engañó al navío británico *Pembroke Castle*, según creo, y se estrelló contra esas rocas. Viéndolo desde una perspectiva más amplia, sin embargo, el grupo fracasó. En lugar de un valioso cargamento, el *Pembroke Castle* únicamente transportaba pasajeros: las llamadas «mujeres caídas en desgracia» procedentes de los suburbios de Londres, algunas de ellas embarazadas, otras con hijos pequeños, deseosas de empezar una nueva vida en Boston en una casa para madres solteras, todavía por construir.

—El historiador McCool estaba investigando sobre eso —exclamó Lake.

Pendergast prosiguió.

—No sé qué le sucedió al pasaje, aunque me temo lo peor. Lo que sí sé es que el capitán del navío fue emparedado en su sótano, sin duda con la intención de torturarlo para que confesara la localización de los valiosos objetos que transportaba el barco.

—Dios mío —murmuró Carole.

—No lo entiendo —dijo Lake—. ¿Por qué sacaron de allí el esqueleto después de todos esos años?

—Porque el capitán no confesó dónde estaban esos objetos de valor. —Pendergast guardó silencio. Miró más allá de Lake hacia las crueles rocas y el incesante rugir de las olas—. Los saqueadores no sabían que el barco y su misión en Boston habían sido financiados por una noble inglesa, lady Elizabeth Hurwell. Ella pagó toda la operación. Y para sufragar la casa para madres solteras que tenía la intención de construir en Boston, envió allí unas joyas conocidas como «Orgullo de África», unos rubíes extremadamente valiosos que hoy en día valdrían varios millones de dólares. Le encargó al capitán que cuidase de ellos. Tras embarrancar, el capitán, consciente sin duda de lo que estaba ocurriendo en la playa y sabiendo que su barco, de forma deliberada, había sido atraído con un señuelo hacia las rocas, hizo lo único que podría haber hecho. No había tiempo para esconder las joyas, así que las guardó en el lugar más seguro que se le ocurrió.

Se produjo un silencio.

—¿Y qué lugar es ese? —preguntó Lake.

—Se las tragó —respondió Pendergast.

—¿Qué? —exclamó Lake.

—Incluso tras ser torturado, el capitán jamás divulgó el secreto —prosiguió Pendergast—. Sus torturadores sospechaban que había un tesoro en el barco, pero nunca llegaron a sospechar que se trataba de rubíes, unas piedras del tamaño de una pastilla o poco más. Sus restos, y su oculta fortuna, reposaron en su sótano durante más de un siglo. Nadie sabía dónde estaba el cadáver, excepto los descendientes de quienes cometieron aquella atrocidad. Hasta que un día se presentó en Exmouth un historiador que buscaba información sobre el *Pembroke Castle*. Mientras escribía una biografía sobre lady Hurwell, había descubierto que el «Orgullo de África» iba en ese barco. Y tal vez lo mencionó... ante las personas equivocadas, que no tardaron en sumar dos más dos.

—Dos más dos... —repitió Lake lentamente—. Dios mío... Creo que entiendo dónde quiere ir a parar.

—Por eso asaltaron su bodega. Los descendientes de los saqueadores del *Pembroke Castle* supieron de las joyas por las declaraciones de McCool y dedujeron que el capitán debió de tragárselas. De ser así, todavía debían de estar en el nicho con el esqueleto, listas para ser recuperadas. Y se llevaron no solo las joyas, sino también el esqueleto; cuantas menos pruebas dejasen, menos posibilidades habría de vincularlos a los crímenes, tanto al antiguo como al nuevo. Por desgracia para ellos, se olvidaron un hueso.

Lake tomó aire con esfuerzo. Parecía conmocionado, horrorizado, y aun así en cierto modo emocionado. Una fortuna en piedras preciosas, escondida en su sótano durante todos esos años... No obstante, al observar la historia en su totalidad, empezó a parecerle un tanto inverosímil.

—Se trata de una especulación muy sofisticada, señor Pendergast. No soy detective, pero ¿acaso dispone de alguna prueba física que apoye su teoría sobre el barco embarrancado en nuestra costa de forma deliberada, o sobre ese capitán que se tragó una fortuna en piedras preciosas?

—No.

—Entonces ¿a qué viene todo este teatro? ¿Por qué nos trae aquí arriba y nos muestra la línea de la costa, una zona bastante amplia, por cierto, donde es posible que ese barco embarrancase deliberadamente, si no son más que especulaciones?

Tras una breve pausa, Pendergast respondió:

—Para mantenerlo a usted «al corriente», tal como me pidió.

Lake dejó escapar un suspiro.

—Muy bien. Suficiente. Gracias.

La pausa siguiente fue más larga. Lake, teniendo en cuenta que tal vez había hablado en un tono excesivamente cortante, lo enfocó de otro modo.

—¿Cree usted que las mismas personas que saquearon mi bodega mataron al historiador?

—Sí.

—¿Y el otro asesinato, el de Dana Dunwoody?

—Eso no está tan claro. Todavía queda mucho por hacer. En primer lugar, como muy bien ha señalado usted, debemos encontrar pruebas concluyentes sobre el destino que corrió el *Pembroke Castle*. Y después tendremos que determinar por qué los asesinos grabaron lo que se conoce como las inscripciones Tybane en los cadáveres de sus víctimas.

Lake asintió.

—La gente del pueblo no se pone de acuerdo con respecto a eso. La mitad piensa que las muertes fueron obra de un grupo de idiotas que jugaban a las brujas. Los demás insisten en que las inscripciones son una cortina de humo para confundir a la policía.

—Ese es precisamente el dilema que tenemos que solventar.

—Pero ¿cree usted posible que se trate de auténticas prácticas de brujería? —preguntó Carole.

—No tengo respuesta para esa pregunta.

—¡Venga ya! —exclamó Lake con una risotada—. ¡Todas esas leyendas sobre brujas no son más que... que eso, leyendas!

En esta ocasión fue Constance la que habló.

—Me temo que no es así —dijo—. He descubierto que un círculo de brujas se asentó en la marisma a finales del siglo XVII tras huir de Salem. Y la colonia no desapareció. Se trasladó, hacia el sur.

Lake miró a Carole. Tenía la cara pálida y parecía asustada. Era comprensible: el hecho de que la gente que había saqueado su sótano no solo fueran ladrones sino también asesinos resultaba de lo más turbador. Pero... ¿brujas? Eso era de lo más ridículo.

—Ahora, señor Lake, está usted al corriente del estado de la investigación. Si nos perdona, tenemos que volver a nuestros asuntos.

Tras esas palabras, Pendergast empezó a descender por la escalera de caracol en silencio. Lake le seguía, despacio, sumido en sus pensamientos.

30

Eran las dos y media de la tarde cuando Pendergast aparcó el Porsche Spyder más allá de Dune Road. Salió del coche y Constance tras él, observando cómo abría el maletero y sacaba de él un detector de metales y una bolsa de lona con herramientas. Llevaba puesto un grueso chubasquero como los de los marineros. El día se había vuelto cada vez más gris, y el aire era tan húmedo que parecía estar formado por diminutas gotas de agua salada. Sin embargo no había niebla, y la visibilidad era buena: Constance podía ver el faro de Exmouth, donde habían pasado parte de la mañana hablando con Lake, a casi dos kilómetros de distancia hacia el norte.

Siguió a Pendergast a lo largo del estrecho y arenoso sendero hacia el agua. Cuando el sendero inició el ascenso hacia un altozano, Pendergast se detuvo y miró hacia el este. Su cabeza apenas se movía mientras estudiaba la línea de la costa. La tarde, además de la grisura había traído el frío, así que Constance se había permitido vestirse con una falda de tweed hasta la rodilla y un jersey de lana trenzada.

Constance estaba acostumbrada a los silencios de Pendergast y se sentía cómoda inmersa en sus pensamientos, pero al cabo de quince minutos empezó a perder la paciencia.

—Sé que no te gustan las preguntas curiosas pero ¿qué estamos haciendo aquí?

Pendergast no respondió de inmediato. Cuando finalizó su escrutinio se volvió hacia ella.

—Temo que nuestro amigo escultor tenga razón. Es posible que mi teoría sobre el naufragio solo sea producto de mi fantasía. Hemos venido aquí a obtener pruebas.

—Pero el *Pembroke Castle* se perdió hace ciento treinta años. ¿Qué clase de pruebas podríamos encontrar después de tanto tiempo?

—Recuerda lo que te dije antes. —Señaló hacia el sur, hacia una zona distante de la costa que se adentraba en el mar formando un pronunciado ángulo—. Esa especie de garfio de tierra podría haber actuado como una red. Si un barco hubiese naufragado allí, habrían quedado restos.

Constance miró hacia el lugar que estaba señalando.

—¿Cómo puedes suponer algo así a partir de la topografía actual? Sin duda, treinta décadas de tormentas deben de haber alterado la línea de la costa.

—Si estuviésemos en Cape Cod, te daría la razón. Pero aquí la línea de la costa está formada por franjas de arena intercaladas con tramos rocosos que actúan como rompeolas naturales preservando el perfil.

De nuevo, guardó silencio, y de nuevo inspeccionó la zona azotada por el viento. Se echó la bolsa al hombro.

—¿Avanzamos?

Constance lo siguió en su descenso por los riscos camino de la orilla. El terreno estaba plagado de rocas de aspecto poco amistoso, grandes como automóviles. Incluso desde aquella distancia podía distinguir los percebes con forma de cuchillo que los cubrían. El oleaje atronaba entre ellas, levantando columnas de espuma que quedaban suspendidas en el aire. De las gigantescas y coléricas olas que acosaban sin descanso la orilla saltaban gotitas de espuma.

Pendergast se detuvo a un paso de las rocas. Dejó el detector de metales en el suelo, sacó el GPS, los binoculares, la cámara digital y un misterioso aparato que también apoyó en el suelo. Después extrajo un mapa, lo desplegó y sujetó los extremos con piedras. Constance se fijó en que se trataba de un mapa topográfico de gran tamaño de la región de Exmouth, a una escala de 1:24.000, con múltiples notas de Pendergast. Lo examinó durante varios minutos alzando la mirada con frecuencia para estudiar diferentes puntos de la línea de la costa. Al cabo, volvió a doblar el mapa y lo guardó en la bolsa.

—Las once y media de la noche —dijo más para sí mismo que para Constance—. El viento debía soplar desde ahí. —Miró hacia el noreste, hacia el faro—. Y debían de haber apagado el faro.

Tomó el GPS y el extraño aparato y echó a andar hacia el suroeste, de forma tangencial a la orilla. Constance iba tras él, parando cada vez que Pendergast hacía un alto para consultar el GPS. Se detuvo en un punto que los situaba entre el faro y la desagradable línea de rocas poco amistosas que se adentraban en el mar.

—Debieron de levantar la hoguera unos cuantos metros tierra adentro, en un lugar elevado, tal vez en lo alto de una duna —murmuró—. No debió de ser un fuego muy grande, pues era importante mantener la ilusión de la distancia, pero sin duda tenía que arder y brillar.

Siguió caminando adelante y atrás, consultando todo el rato el GPS. En un momento dado, se quitó la capucha y la guardó en un bolsillo del chubasquero, después alzó el extraño aparato y apuntó hacia diferentes direcciones acercando la cara para mirar a través de él como lo haría un agrimensor con un teodolito.

—¿Qué es eso?

—Un localizador láser. —Pendergast anotó una serie de mediciones y las comparó con la lectura del GPS. Tras cada medición, se desplazaba hasta una nueva ubicación. La distancia recorrida era cada vez menor.

—Aquí —dijo al fin.

—¿Aquí qué? —preguntó Constance, un tanto exasperada ante el hermetismo de Pendergast.

—Este habría sido el lugar ideal para instalar la hoguera. —Señaló hacia el sur con el mentón, hacia un grupo de rocas con forma de colmillos rodeadas por el implacable oleaje—. A ese arrecife le llaman las Rocas Destrozacabezas. Fíjate en que nuestra ubicación está en línea con el faro de Exmouth, pero de tal modo que las Rocas Destrozacabezas quedan ahí, entre el faro y el barco. Un barco que navega rumbo al sur y se mantiene al resguardo de la costa debido a la tormenta habría tomado el faro de Exmouth como referencia para sortear la costa norte de Cape Ann. Si desplazas la luz kilómetro y medio hacia el sur, el barco, al orientarse según esa luz falsa, habría enfilado directamente hacia esas rocas, invisibles en una noche de tormenta.

Constance observó el terreno que los rodeaba. Estaban en una playa de guijarros que se extendía tanto hacia el norte como hacia el sur.

Pendergast prosiguió.

—Con un oleaje de tormenta en plena marea alta y viento del noreste, los restos habrían sido arrastrados hasta aquí.

—¿Y dónde están? Mejor dicho, ¿dónde fueron a parar? Los informes aseguran que no se encontraron restos. Pero un barco de noventa metros de eslora no puede esfumarse sin más.

Pendergast continuaba mirando hacia las rocas; entrecerró los ojos, el viento agitaba el pelo blanco despejando su frente. Si estaba decepcionado, no mostraba la menor señal. Finalmente, se volvió y miró hacia el norte.

Algo en su expresión y en su actitud detuvo a Constance.

—¿Qué pasa? —preguntó.

—Quiero que te des la vuelta muy despacio, como por casualidad, sin llamar la atención, y mires hacia lo alto de las dunas que están al norte, en dirección a Exmouth.

Constance se pasó un mano por el pelo, se estiró con fingida ociosidad y se dio la vuelta. Pero no había nada, solo el perfil de las dunas, cubiertas por una fina capa de hierba que el viento agitaba.

—No veo nada —dijo.

—Hay alguien —repuso Pendergast segundos después—. Una figura oscura. Cuando te has dado la vuelta, ha desaparecido tras las dunas.

—¿Quieres que investiguemos?

—Mientras estemos aquí, estoy seguro de que permanecerá bien lejos.

—¿Qué te preocupa? Hemos visto a otras personas rondando por estas playas.

Pendergast siguió mirando hacia el norte, sin decir palabra pero con un gesto de turbación en el rostro. Y entonces sacudió la cabeza, como si pretendiese librarse de las especulaciones que le rondaban la mente.

—Constance —dijo en voz baja—. Te voy a pedir que hagas una cosa.

—Estupendo, siempre y cuando no tenga que nadar.

—¿Te importa si nos quedamos aquí un rato?

—No. Pero ¿para qué?

—Voy a iniciar una sesión Chongg Ran.

—¿Aquí?

—Sí, aquí. Me gustaría que te asegurases de que nadie me molesta, excepto en un caso: si ese individuo, quien sea, reaparece en lo alto de las dunas.

Constance dudó un momento.

—Muy bien.

—Gracias.

Pendergast miró a su alrededor una vez más con su mirada brillante y penetrante, como si pretendiese memorizar hasta el último detalle. Se arrodilló. Antes de tumbarse en la arena, apartó algunas piedras y excavó un pequeño hoyo para la cabeza. Ajustó el cinturón de su chubasquero, sacó la capucha del bolsillo y la colocó bajo la nuca a modo de almohada improvisada. A continuación cruzó los brazos sobre el pecho colocando uno encima del otro como un muerto, y cerró los ojos.

Constance lo estudió un rato. Después miró a su alrededor, vio un trozo de madera que sobresalía de la arena, a unos tres metros de distancia, caminó hacia allí y se sentó: espalda rígida, posición erguida. La playa estaba desierta, aunque por allí aún merodeaba un observador. Por su actitud, Constance parecía una leona contemplando su territorio con orgullo. Permaneció inmóvil como Pendergast: dos figuras inertes que se recortaban contra el cielo, oscuro y bajo.

31

El agente especial Pendergast estaba tumbado inmóvil en la playa de guijarros. A pesar de que tenía los ojos cerrados, era plenamente consciente de lo que le rodeaba: la cadencia del oleaje, el aroma salado del aire, cómo se clavaban los guijarros en su espalda. El primer paso consistía en aislar el mundo exterior y redirigir la intensidad hacia el interior.

Con un consciente esfuerzo fruto de una prolongada práctica, ralentizó su respiración y los latidos de su corazón a la mitad de su ritmo habitual. Permaneció inmóvil durante unos diez minutos, pasando por toda una serie de complejos ejercicios mentales imprescindibles para alcanzar el estado meditativo de *th'an shin gha*, «la puerta al vacío Perfecto», y preparándose para lo que venía a continuación. De manera metódica, empezó a descartar todo aquello que conformaba el mundo que le rodeaba. El pueblo de Exmouth desapareció, así como sus habitantes. El cielo plomizo se volatilizó. La fría brisa dejó de removerle el pelo. El océano, con su rumor y su olor, desapareció. Al cabo desaparecieron también Constance y la propia playa.

Todo era oscuridad. Había alcanzado el *stong pa nyid*, «el estado de puro vacío».

Permaneció en ese estado, flotando, solo en la vacuidad, durante lo que en el elevado estado de Chongg Ran pareció ser una eternidad, aunque en realidad no pasó más de un cuarto de hora. Y entonces, en su mente, con una exquisita premeditación, empezó a ensamblar de nuevo el mundo en el sentido contrario a como lo había desmontado. En primer lugar, la playa de guijarros se desplegó en todas direcciones. Después el firmamento se arqueó sobre su cabeza. Llegó también la brisa marina, aunque ya no era brisa, sino más bien un ululante vendaval nocturno, acompañado de una lluvia lacerante que parecía clavarse en la piel. Entonces apareció el mar, atronando con gran violencia. Por último, Pendergast se colocó a sí mismo en la playa de Exmouth.

No era, sin embargo, la playa del presente. Gracias a una intensa focalización intelectual, Pendergast había recreado en su mente el Exmouth de un pasado lejano; para ser exactos, el de la noche del 3 de febrero de 1884.

Ahora, al permitir que todos sus sentidos se volvieran a activar, sintió de forma plenamente consciente lo que le rodeaba. Además de la embravecida tormenta, se percató de que algo faltaba: a un kilómetro y medio hacia el norte, todo era oscuridad. El faro no brillaba; se había esfumado en las tinieblas. Pero en ese momento, durante el breve destello provocado por un rayo que cruzó el cielo, quedó a la vista el faro: un dedo de piedra que se alzaba en la iracunda noche.

Justo frente a él, sin embargo, había una fuente de luz muy diferente. Una pirámide de ramas, palos y helechos apilados en forma de tipi, que había sido construida sobre una duna por encima de la playa y ardía con ferocidad. No llegaban a una docena las personas que se agrupaban a su alrededor, arropadas con abrigos. A pesar de que su presencia era solo a nivel mental, Pendergast se apartó de la luz para buscar refugio en la oscuridad. Las facciones de aquellos hombres, iluminadas por las llamas, apenas se distinguían, pero sus miradas transmitían la misma expresión: dureza, desesperación y una cruel impaciencia. Dos de los hombres agarraban una gruesa manta, y estaban situados entre el agua y la hoguera. Un tercero, en apariencia el líder, cuyas pesadas y embrutecidas facciones resultaron familiares a Pendergast a la luz del fuego, sostenía en una mano un antiguo cronógrafo y en la otra un farol. Contaba a voz en grito los segundos, de uno a nueve, y luego volvía a empezar. Cada nueve segundos, los que sostenían la manta la movían hacia un lado dos segundos para dejar a la vista la luz de la hoguera, y luego la volvían a tapar. Trataban de simular así, Pendergast lo sabía, los intervalos luminosos del faro de Exmouth.

Hacia el sur, las borrosas formas de las Rocas Destrozacabezas se confundían con las espumeantes olas que levantaba la tormenta.

Las Rocas Destrozacabezas. Walden Point, el lugar donde se encontraba el faro de Exmouth, estaba demasiado cerca del pueblo; si un barco hubiese naufragado allí, todo el mundo se habría enterado. Pero encallar en las Rocas Destrozacabezas, al sur del pueblo, lejos de cualquier mirada... Se suponía que los restos irían a parar directamente a la playa, concentrados en una zona muy pequeña.

A excepción del tipo con el cronógrafo, los hombres que estaban cerca de la hoguera hablaban poco; sus centelleantes y rapaces ojos miraban hacia el mar sondeando la oscuridad. El viento aullaba desde el noreste, y la lluvia caía casi horizontal.

De repente se oyó un grito: alguien había avistado un centelleo evanescente en la oscuridad, mar adentro. El grupo se apiñó a su alrededor, observando. Un tipo sacó un catalejo de su abrigo y oteó hacia el noreste. Se produjo un tenso silencio mientras estudiaba la inquietante oscuridad.

Entonces exclamó:

—¡Es un vapor, muchachos!

Se produjo otro grito, que el líder silenció en el acto; seguía contando con el cronógrafo para asegurarse de que la llama de la hoguera mantenía la precisa cadencia del faro de Exmouth. En ese momento las luces del barco se hicieron más visibles: aparecían y desaparecían en tanto que el navío ascendía y descendía debido al fuerte oleaje. Un electrizante escalofrío recorrió al grupo: el barco se dirigía con claridad hacia la luz falsa, rumbo a colisionar contra las Rocas Destrozacabezas.

De debajo de los abrigos surgieron rifles, mosquetes, pistolas, garrotes y guadañas.

Un manto de oscuridad cayó sobre la escena y esta se desvaneció. Cuando la oscuridad desapareció, Pendergast se vio a sí mismo en el puente del navío: el vapor *Pembroke Castle*. A su lado había un hombre vestido de capitán que estudiaba con su catalejo la luz de la costa. Junto a él se encontraba el piloto, con la carta de navegación desplegada bajo la luz roja del farol y sus herramientas sobre la carta: barras paralelas, separador y lápiz. A su lado, la bitácora estaba parcialmente abierta y emitía una luz muy tenue: el puente permanecía en penumbra con el fin de agudizar al máximo su visión nocturna. El timonel estaba de pie al otro lado del capitán batallando con el timón debido al fuerte oleaje.

El ambiente en el puente era tenso, pero el capitán, con su economía de movimientos y sus eficientes y concisas órdenes, irradiaba calma y autoridad. No se tenía una sensación de desastre inminente.

Con los ojos de su mente, desde un apartado rincón del puente, Pendergast se fijó en que el mar que iban dejando atrás estallaba bajo la popa, que el agua negra saltaba sobre la proa, y que el navío se tambaleaba en exceso con cada embestida de las olas. Un marinero se les acercó, calado hasta los huesos. A la pregunta del capitán respondió que el motor de vapor funcionaba a la perfección y que el casco de roble aguantaba; se había abierto alguna grieta, pero no era nada que no se pudiera solucionar con las bombas de agua.

El capitán Libby bajó el catalejo lo suficiente para escuchar el parte del primer y segundo oficial. El primero indicó que el registro de coronamiento decía que la velocidad era de nueve nudos, la dirección sur-suroeste, a unos ciento noventa grados reales. El segundo oficial le comunicó la profundidad, tomada con la sonda.

—Doce brazas —gritó para hacerse oír por encima de la tormenta—. Fondo arenoso.

El capitán Libby no respondió, pero en su cara se adivinaba preocupación. Alzó de nuevo el catalejo y lo enfocó hacia el faro de Exmouth.

—Siga midiendo. —Se volvió hacia el piloto—. Mantenga la carga a estribor.

Pendergast entendía lo suficiente de navegación como para saber que, debido a la cercanía de la costa y al enorme peligro que suponía la tormenta, el cálculo de la profundidad tenía una importancia vital.

Pocos minutos después, el segundo oficial regresó con otra lectura de profundidad.

—Diez brazas. Fondo rocoso.

El capitán bajó el catalejo. Frunció el ceño.

—Compruébalo de nuevo —dijo.

El segundo oficial desapareció al instante en la tormenta.

—Nueve brazas. Fondo rocoso.

Todo el mundo en el puente sabía que el *Pembroke Castle* medía tres brazas, o cinco metros y medio, por debajo de la línea de flotación. El capitán Libby se volvió para pedirle explicaciones al piloto.

—¡No tiene explicación, señor! —gritó el hombre por encima del viento—. Según la carta de navegación, debería haber dieciséis brazas, y fondo arenoso.

—Fondo rocoso significa que la profundidad disminuye —replicó el capitán—. O la carta está equivocada o hemos errado el rumbo.

El piloto, trabajando detrás del taxímetro, una especie de brújula horizontal, reorientó la luz y se puso a trabajar frenéticamente con las cartas.

—No puede ser —dijo más bien para sí mismo—. No, no puede ser. —Volvió a reorientar la luz.

—Seis brazas —clamó la voz del segundo oficial—. Fondo rocoso.

El capitán se acercó al taxímetro y lo comprobó él mismo.

—Maldita sea —dijo alzando el catalejo y oteando con rabia a través de la tormenta; pero no podía ver nada, ni siquiera la luz.

—A babor —ordenó de repente el capitán al timonel con voz atronadora—. Fije el nuevo rumbo a noventa grados.

—Pero capitán —protestó el primer oficial—, nos pondremos contra el oleaje.

—Que así sea —dijo Libby—. ¡Adelante!

Pero el timonel ya estaba girando la rueda para cambiar de rumbo. El barco empezó a virar.

Cuando el *Pembroke Castle* viraba se oyó un grito que llegaba desde el puesto de vigía del puente.

—¡Olas de frente!

El capitán se volvió y observó a través del catalejo. Pendergast se acercó en silencio hasta colocarse tras él. Frente a ellos, una diminuta mancha blanca parecía flotar sobre la oscuridad de las olas.

—¡Todo a estribor! —rugió Libby—. Inviertan motores, ¡todo a popa!

La orden fue transmitida a la sala de máquinas mientras el timonel brincaba para cumplir con la orden. Pero el barco era pesado, y largo, y estaban luchando contra un mar embravecido. La mancha blanca se hizo más brillante, y la luz de un repentino rayo reveló hacia dónde se dirigían: las Rocas Destrozacabezas.

—¡Es imposible que hayamos errado tanto el rumbo! —gritó el piloto.

—¡Todo a popa! —volvió a clamar el capitán.

El esforzado retumbar de los motores hacía vibrar la cubierta. Sin embargo, la tripulación del puente, y Pendergast, no tardaron en comprender que era demasiado tarde: las horribles rocas se alzaron amenazadoras entre la lluvia, rodeadas por las crispadas olas…

… y entonces hubo un choque estremecedor cuando la proa del barco fue lanzada violentamente hacia las peñas. El agua del mar irrumpió sin piedad, azotando el puente y llevándose al primer oficial y al piloto por la borda.

—¡Abandonen el barco! —gritó el capitán Libby hacia el segundo oficial—. ¡Tripulación, bajen los botes, las mujeres y los niños primero!

De nuevo, la escena se disolvió en un segundo apagón oscuro. El punto de vista mental de Pendergast regresó a la playa. Los hombres estaban allí, horrorizados y en silencio, testigos del espectáculo de aquel enorme navío, a poco más de cien metros de distancia, empujado hacia las rocas, golpeado por el mar atronador, con la parte posterior ya destrozada, los palos viniéndose abajo, explosiones procedentes de las calderas mientras el agua se colaba por las brechas del casco. La violencia del océano, los gritos y chillidos distantes, más allá de toda comprensión. Los hombres permanecían atónitos ante el horror que habían causado.

Hubo un intento de arriar los botes salvavidas, pero el barco era empujado con violencia hacia las rocas, como un juguete a merced del mar, y el intento fue prácticamente estéril, pues los botes se hacían pedazos contra las rocas o contra el propio casco del barco, lanzando a todo el mundo al agua.

En cuestión de minutos, el viento y el oleaje de la tormenta empezaron a arrastrar los restos del naufragio hacia la orilla: vigas, tablones, barriles... y supervivientes. Una imprevisible sensación de sorpresa se adueñó del grupo que esperaba en la playa. En lugar de oficiales de uniforme, lo que surgió de la oscuridad y de la tormenta fueron mujeres jóvenes, algunas aferrando bebés o niños pequeños, otras agarradas a restos del barco. Luchaban contra el oleaje para intentar alcanzar la playa, pidiendo ayuda entre llantos, caladas hasta los huesos, sangrando por las heridas y los arañazos. Otros cuerpos, ahogados, fueron arrastrados por la corriente y depositados en la arena componiendo posturas grotescas y sin sentido. Entre estos últimos estaban los cadáveres de hombres uniformados: la tripulación.

Pendergast apartó la vista del terrible espectáculo del naufragio y centró su atención en dos de los tipos que estaban en la playa, tan parecidos que debían de ser hermanos: el que llevaba el cronógrafo y el del catalejo. Sus rostros transmitían confusión y asombro. Sin duda no esperaban que el barco llevara tanto pasaje; y menos aún tantas mujeres y niños. Los demás también estaban sorprendidos. Por un momento todos permanecieron inmóviles, incapaces de actuar. Entonces, siguiendo un impulso, uno de ellos entró en el agua dispuesto a ayudar a una mujer y a un niño a alcanzar la orilla. Pero al pasar corriendo junto al hombre del cronógrafo, este lo agarró con fuerza y lo tiró al suelo. Se volvió hacia los otros.

—¡Son testigos! —gritó señalando hacia los supervivientes—. ¿Lo entendéis? ¡Testigos! ¿Estáis seguros de querer nadar para eso?

La única respuesta fue el aullido de la tormenta y los gritos desesperados de las mujeres y los niños que se ahogaban luchando contra el oleaje.

Y de repente, como salida de las olas, Pendergast contempló una visión extraordinaria: un bote enorme, cargado de mujeres y niños. Uno de los botes salvavidas había logrado sobrevivir. El capitán Libby iba en él, de pie, sosteniendo un farol y dando órdenes, y había también dos miembros de la tripulación a los remos. Bajo la mirada de los que estaban en la playa, Libby condujo el bote con gran pericia a través de las olas y las mujeres y los niños lograron llegar a la orilla. El capitán volvió a subir al bote y ordenó a sus hombres que regresaran al barco, en un heroico intento de salvar a otros. Los supervivientes se arremolinaron junto a la hoguera, convencidos de que se habían salvado.

El líder de la banda se enfureció al ver cómo se desarrollaban los acontecimientos.

—¡Ese era el capitán! —dijo señalando con un dedo tembloroso—. ¡Ese es el hombre que buscamos! ¡Él sabe dónde está el botín! ¡Atrapadlo… ahora!

La turba, movilizada de golpe, echó a correr con un rugido blandiendo sus fusiles, cuchillos y guadañas. Cuando el bote regresó con más supervivientes, ya los estaban esperando. A los dos miembros de la tripulación los liquidaron rápido. Libby sacó su espada pero era minoría, por lo que fue capturado y arrastrado ante el líder.

El capitán, con las facciones deformadas debido a las cuchilladas que había recibido en la frente y la mejilla izquierda, miró al líder con rabia y pesar.

—¡Usted ha provocado esto! —dijo—. Usted nos guio. ¡Asesino!

A modo de respuesta, el líder colocó una pistola en la cabeza de Libby.

—Díganos dónde está el dinero.

El capitán permaneció inmóvil sin decir palabra. El líder lo golpeó en la cara con la pistola. Libby cayó de rodillas, temporalmente fuera de combate. El líder ordenó que lo pusieran en pie. Le habían roto la nariz y sangraba. Lo cachearon, pero no encontraron nada de valor. El líder, enajenado, lo abofeteó con el dorso de la mano.

—Llevadlo al faro —ordenó a sus hombres.

Dos de ellos agarraron al capitán por debajo de los brazos y entre empujones y tirones lo llevaron hacia el norte por la playa.

—¿Qué va a hacer con las mujeres y los niños? —gritó Libby volviéndose.

Por toda respuesta, el líder escupió en la arena; pero no sin antes mirar por encima del hombro hacia las dunas, más allá de la playa de guijarros. Después se volvió hacia sus hombres.

—Id en ese bote hasta el barco —dijo—. ¡Buscad allí, empezando por el camarote del capitán! ¡Encontrad el botín antes de que el barco se hunda!

Aunque todavía estaban conmocionados, ahora se sentían unidos. La barbarie de la atrocidad que habían cometido los unía, y los impelía a seguir adelante, sin importar adónde. Los hombres descendieron por la playa y echaron el bote al agua, se pusieron a los remos y encararon las olas hasta llegar a la popa maltrecha del barco, encallado en el arrecife, desmantelado y destrozado poco a poco por el mar. Aprovecharon una grieta en mitad del casco para meterse dentro. Las antorchas que portaban fueron desapareciendo de la vista a medida que se adentraban.

Pendergast observó sus movimientos desde su posición al fondo de la playa. Después centró su atención en los conmovedores y andrajosos grupos de tres y cuatro personas que formaban las mujeres, los niños y los bebés que habían sobrevivido, que no dejaban de llorar y de pedir ayuda.

Otro hombre también los observaba: el líder de la banda. En una mano tenía la pistola; en la otra un pesado e impresionante garrote. La expresión de su rostro era tan desgarradora que, en un segundo, el viaje por la memoria del tiempo se interrumpió violentamente y Pendergast se encontró de nuevo en el presente, tumbado en la playa de guijarros. Constance no estaba lejos, transformada en poco más que una estatua al cuidado de un escenario desierto.

32

Carole Hinterwasser se acercó a la puerta principal de su tienda, Un pedazo de Exmouth, y echó un vistazo hacia fuera a través de una rendija que dejaban los visillos. Eran las cuatro y media, faltaban treinta minutos para la hora de cierre habitual, pero el cartel de CERRADO ya colgaba de la puerta desde hacía noventa minutos. Miró hacia la izquierda y después hacia la derecha. Main Street estaba tranquila, apenas la recorrían unos cuantos peatones.

El sonido de unas suaves pisadas se aproximaba desde la parte trasera de la tienda, por eso se percató de la presencia de Bradley Gavin a su espalda. Sintió su cuerpo contra el suyo, sintió también su cálido aliento en el cuello, mientras miraba por la ventana.

—¿Sabemos algo? —preguntó él.

—No. —Carole dio un paso atrás—. Ten cuidado. Alguien podría vernos.

—¿Y quién iba a decir que no estoy echando un vistazo por aquí?

—¿Con la tienda cerrada? —A pesar de estar solos, ella le hablaba en susurros.

—Una pregunta: ¿dónde va a estar metida esa chica, Flavia, todo este rato?

—En el sótano, haciendo inventario. Desde allí no se oye nada, te lo aseguro.

—¿Crees que sospecha?

—No lo sé —respondió—. Siempre hemos sido discretos,

pero Exmouth es un pueblo pequeño. —Pasó junto al panel de luces y las apagó todas. De inmediato, la estancia quedó a media luz, iluminada tan solo por el resplandor de un cielo sin sol que se colaba por el escaparate.

Gavin esperó unos segundos antes de hablar.

—Tienes razón. Además, todos los acontecimientos recientes han sido negativos: el robo del vino, el agente Pendergast rondando por aquí, los asesinatos y los signos Tybane. Es como vivir bajo la lente de un microscopio. A mi abuelo le gustaba decir: «Si tiras una red lo bastante grande, vete a saber lo que engancharás con ella». Es cierto lo que dices, este es un pueblo pequeño. Esos asesinatos no tienen nada que ver con nosotros, pero con tanta investigación alguien podría descubrir algo, aunque fuera por accidente.

Carole asintió.

—Entonces estamos de acuerdo. ¿No es cierto?

—Sí. Las cosas no pueden seguir así por más tiempo. Hay que hacerlo, lo antes posible. Será lo mejor.

A media luz, ella lo tomó de las manos.

Gavin había estado mirando al suelo mientras hablaba. Ahora alzó la vista y la miró a los ojos.

—Ya sabes que no va a ser fácil para nosotros.

—Lo sé.

Permanecieron allí, inmóviles, durante un buen rato. Carole le apretó la mano.

—Sal tú primero —dijo—. Esperaré unos minutos y después saldré yo. Le he pedido a Flavia que cierre con llave cuando acabe abajo.

Él asintió, esperó a que ella abriese la puerta y tras echar un vistazo a ambos lados de la calle salió.

Desde detrás de los visillos, oculta a la vista, Carole lo vio alejarse por Main Street. Permaneció en esa posición y dejó pasar cinco minutos más, que no tardaron en convertirse en diez. Al cabo ella también salió de la tienda, cerró la puerta a su espalda y empezó a caminar en dirección al faro.

33

La primera indicación que tuvo Constance de que Pendergast había regresado de su viaje por la memoria del tiempo fue cuando movió sus extremidades sobre los guijarros de la playa. Después abrió los ojos. A pesar del rato que había permanecido inmóvil, más quieto que cualquier persona dormida, sus ojos mantenían el centelleo propio de la más intensa concentración.

—¿Qué hora es, Constance? —preguntó.

—Las cuatro y media.

Se levantó, se sacudió los restos de arena del chubasquero y agarró la bolsa y el detector de metales. Miró a su alrededor durante un rato como si tratara de ubicarse. Después con un gesto indicó a Constance que lo siguiese y empezó a caminar hacia el interior desde la playa de guijarros, dirección noroeste, siguiendo la tangente de la línea que venía desde las Rocas Destrozacabezas, situadas a su derecha. Sus zancadas eran rápidas y decididas. Constance se dio cuenta de que ya no se preocupaba por comprobar el mapa o el GPS.

Avanzaron juntos hasta alcanzar el punto en el que acababa la playa, a los pies de un montículo cubierto de hierba y de algún que otro matorral de pino. Subieron hasta la cima y Pendergast se detuvo para echar un vistazo alrededor. Al otro lado había un montón de dunas, fijadas por la presencia de hierbas y matojos, que formaban hondonadas de arena de unos cinco metros de anchura. Pendergast descendió por la hondonada más próxima. Dejó la bolsa en el fondo.

—¿Qué estamos haciendo aquí? —preguntó Constance.

—Si alguien hubiese tenido la intención de enterrar algo, este habría sido el lugar ideal. —De la bolsa extrajo una fina vara telescópica de acero flexible que estiró al máximo, hasta alcanzar el metro ochenta de largo. Empezó a sondear la arena del fondo de la hondonada, clavando la vara de acero en diferentes puntos mientras se desplazaba de una hondonada a otra, siguiendo un patrón. Tras unos minutos, algo frenó el avance de la vara. Pendergast se arrodilló y siguió sondeando según un patrón más delimitado, clavando la vara de acero en una docena de puntos. Después se puso en pie otra vez y sacó de la bolsa una pequeña pala plegable.

—Doy por hecho, vista tanta actividad, que tu viaje por la memoria del tiempo ha tenido éxito —apuntó ella en un tono seco.

—Lo sabremos en breve.

Clavó la pala en el punto de su última prospección y empezó a cavar dejando la arena a un lado con sumo cuidado. Siguió cavando hasta formar un hueco de metro y medio de diámetro y unos sesenta centímetros de profundidad. Una vez completada la primera fase se dispuso a excavar más. La arena estaba húmeda y suelta, lo cual facilitaba el trabajo. Poco después, la pala topó con algo y se oyó un ruido sordo.

Sin pensárselo, Pendergast dejó la pala a un lado y se arrodilló dentro del hueco. Con los dedos fue apartando la arena y quedaron a la vista varias piezas de metal oxidado.

—Cierres de hierro del casco —explicó Pendergast.

—¿Del *Pembroke Castle*?

—Me temo que sí. —Miró a su alrededor—. En retrospectiva, el emplazamiento parece obvio, ¿no crees?

—¿Cómo llegaron esos cierres hasta estas dunas? ¿Los arrastró el mar?

—No. Trajeron los restos del barco deliberadamente hasta aquí y los enterraron. Al menos lo que llegó a la orilla. El cambio de la marea debió de arrastrar mar adentro todo lo que no trajo hasta la playa.

Extrajo más piezas de hierro de la arena. Las limpiaba y las dejaba a un lado. La pala reveló otras piezas de metal, que también dejó a un lado, algunas de ellas enganchadas a trozos de madera podrida que habían formado parte del casco del barco. De repente, cuando la pala se clavó a mayor profundidad en la arena húmeda, topó con algo diferente: algo que sonaba a hueco.

Pendergast volvió a arrodillarse. Constance lo imitó. Juntos, extrajeron con cuidado la arena del lugar del impacto. Muy despacio, sacaron de allí una calavera: pequeña, de color marrón claro. Tenía una de las sienes agujereada.

—Dios mío —murmuró Constance.

—No tenía más de un año de edad —dijo Pendergast. El tono de su voz era frío y distante.

Siguieron extrayendo arena con la palma de las manos. Aparecieron más huesos: costillas, caderas, huesos largos. Los amontonaron a un lado, junto a unas cuantas calaveras: algunas pequeñas, otras de adulto. Todas mostraban signos de violencia.

—Tenemos que dejarlo todo en su sitio —dijo Pendergast—. Es el escenario de un crimen.

Constance asintió. Ahora los huesos eran tan numerosos que formaban una capa sólida incrustada en la arena húmeda. Por lo que parecía, a las personas las habían matado y enterrado primero, y encima habían dispuesto los restos del naufragio. Pendergast sacó un pequeño matamoscas de la bolsa y apartó con él la arena dejando a la vista más huesos. Los pequeños habían sido apilados sin orden ni concierto uno encima de otro formando una especie de montoncitos, mientras que los de adultos los habían dispuesto en paralelo.

Todo aquello era excesivo. Constance se puso en pie y, sin decirle nada a Pendergast, echó a andar y salió de la hondonada. Una vez lejos, respirando hondo miró hacia el este, por encima del insensible y ajeno océano.

34

El sargento Gavin intentó convencerse de que aquel era otro escenario de crimen más, como el del historiador, McCool, o el de Dana Dunwoody. Sin embargo, era tan diferente... De nuevo, las habituales luces irreverentes convirtiendo la noche en día, los generadores zumbando, el perímetro marcado por la cinta policial, los miembros de la unidad especializada en escenarios de crimen y la policía científica y los forenses y los fotógrafos. Allí estaba Malaga, que había venido desde Lawrence, todo un gigante, moviéndose con estudiada elegancia. La atmósfera difería un poco de la que Gavin había observado en los anteriores escenarios de asesinatos: todo el mundo iba a la suya pero despacio, casi como si dudasen, sin la habitual urgencia que conlleva un crimen pendiente de resolver. Y había algo más: un equipo de hombres y mujeres de aspecto serio, del Departamento de Antropología de Harvard, que habían delimitado toda la zona con una red de estacas y cuerdas, muy tensas, por lo que la hondonada parecía un gigantesco cartón de bingo. Lideraba el grupo el doctor Fosswright, un caballero de escasa estatura, pulcro, de gesto hosco, con el pelo blanco muy corto y una barba cuidadosamente recortada. Los forenses iban de un lado para otro consultándole todo el rato, como si estuviera al cargo del escenario. Tal vez, de alguna manera, lo estaba: su equipo estaba llevando a cabo la exhumación —con sus escobillas, cepillos de dientes y pequeños pinceles— y tomaban notas en sus ordenadores portátiles y tabletas y sacaban innumerables fotos.

A un lado, aparte, se encontraba el jefe Mourdock, con los brazos colgando de forma muy expresiva a ambos lados de su cuerpo, sin hacer nada en absoluto. El sargento Gavin lo miró con disimulo. El jefe parecía aturdido, como un conejo frente a los faros de un automóvil en mitad de la noche. Llamaba la atención el cambio que se había producido en su persona. Una semana antes, habría estado dando vueltas por allí, orgulloso de sí mismo, comportándose como un policía de ciudad en un pueblo pequeño. Ahora estaba pálido, se le veía inseguro, incluso desconcertado; su confortable feudo, su jubilación ya a la vuelta de la esquina, estaban cayendo en picado en un estado de incertidumbre.

Gavin tenía los ojos clavados en el artífice de ese cambio, que se acercaba: el agente especial Pendergast. Había permanecido alejado del escenario hablando con la única periodista que había aparecido por allí, una joven reportera del *The Boston Globe*. A Gavin le sorprendió que el *Herald*, un periódico sensacionalista, no estuviera allí para cubrir la historia. Aunque de hecho aquello tenía más de arqueología que de historia sensacionalista sobre un asesinato de actualidad. Aparecería publicada en las páginas interiores de *The Globe*, *The New York Times* y *The Washington Post* quizá la mencionarían, pero pronto sería olvidada, salvo por los historiadores... y los lugareños.

A Gavin le pareció curioso que Pendergast hablase tan amistosamente con la periodista. El agente solía mantener la boca más cerrada que una ostra. Si se hubiese tratado de otra persona, Gavin habría pensado que estaba intentando alardear. Pero ese no era el estilo de Pendergast. De hecho, Gavin se preguntó qué estaría tramando.

Debía admitir que, personalmente, se había quedado estupefacto ante el descubrimiento. Le resultaba imposible creer que miembros de su propia comunidad, la comunidad de su padre y de su abuelo y de sus ancestros por docenas de generaciones, hubiesen tenido la sangre fría de enviar un barco contra las rocas y al encontrarlo lleno de mujeres y niños en lugar de oro, matarlos a todos y enterrarlos en una fosa común. Igual de alucinante era pensar que algunos de sus contemporáneos de Exmouth, descendientes de aquella pandilla de asesinos, estaban al corriente de esa información y la habían utilizado para saquear la casa de Percival Lake. La explicación lógica de Pendergast, que Gavin y el jefe habían escuchado aquella mañana a primera hora, era incuestionable. Y ahí estaban las pruebas: en los agujeros de arena entre las cuerdas, en las bolsas llenas de huesos y fragmentos de patéticas pertenencias. Lo que más lo conmovió fue una hermosa muñeca de porcelana que los investigadores hallaron entre los huesos de un montón de críos.

De una cosa Gavin estaba absolutamente seguro: ninguno de sus ancestros había participado en semejante atrocidad.

Se sentía poseído por una mezcla de emociones: conmoción, repulsión, preocupación, rabia... y vergüenza. No quería que los foráneos pensasen en Exmouth en tales términos. Lo último que deseaba era que el pueblo acaparara más atención. A esas alturas, sin duda todo Exmouth estaba al corriente de la historia de la matanza. Sus amigos debían de sentirse horrorizados, como él, por la mancha que iba a suponer para el pueblo y para su historia. Crecerían los rumores sobre los familiares responsables. La sospecha, el escándalo y la vergüenza azotaría a toda la población. Se avecinaban tiempos desagradables e incluso peligrosos.

Pendergast se acercó a Gavin.

—Lo siento mucho, sargento. Puedo imaginar lo humillante que debe de ser para usted.

Gavin asintió.

—¿Cómo logró...? —empezó a decir, pero se detuvo. Era una pregunta que venía haciéndose desde que Pendergast les comunicó la atrocidad, pero ni siquiera ahora se permitió reclamar más información.

—¿Cómo logré descubrirlo? Digamos que McCool llevó a cabo la investigación histórica preliminar. —Señaló con la mano hacia aquella especie de hormiguero de actividad que se extendía por la hondonada—. La clave es que uno o más de los descendientes vivos de aquellos asesinos conocían los detalles de la masacre. También sabían de la existencia del capitán al que torturaron y emparedaron. Entre esos individuos se encuentra nuestro asesino actual. El único paso que queda es identificarlo... o identificarla.

Mientras Pendergast hablaba, Malaga, el jefe del equipo de especialistas en escenarios de crimen, se acercó. Miró al agente del FBI con su habitual expresión ceñuda.

—Bueno, agente Pendergast, gracias a usted tenemos trabajo a manos llenas.

—Eso parece.

Malaga se pasó una mano por su cabeza afeitada.

—Siento curiosidad por un asunto. Cuando llegué aquí, había sacado usted a la luz dos docenas de esqueletos. ¿Por qué entonces, cuando se dio cuenta de que se trataba del escenario de un crimen, siguió exhumando los restos?

—Tenía que confirmar mi teoría: que no había sido un asesinato, sino una masacre. Pero si lo que desea usted es el escenario de un crimen intacto, diría que quedan unas cuantas almas más por recuperar. El pobre doctor Fosswright parece un tanto agobiado y posiblemente le iría bien un poco de ayuda por parte de usted y de sus hombres. —Dicho esto, inclinó la cabeza ante Malaga y luego ante Gavin, se ciñó el abrigo a los hombros, se dio la vuelta y emprendió la marcha a través de las dunas en dirección a las luces del pueblo.

35

El depósito de cadáveres del condado de Essex, división norte, estaba ubicado en un ala independiente de dos plantas en el Newburyport Medical Center. Cuando el agente Pendergast entró en la oficina, el forense, Henry Kornhill, se puso en pie tras su escritorio. Debía de rondar los sesenta años, era alto, tenía un poco de barriga y unos mechones color arena tras las orejas. Llevaba una bata blanca de laboratorio que daba a entender, por su aspecto impecable y por lo temprano de la hora, que todavía no se había puesto manos a la obra.

—Doctor Kornhill —dijo Pendergast—, gracias por atenderme.

—Faltaría más. —El forense señaló una silla frente al escritorio y Pendergast tomó asiento—. Supongo que está aquí por Dana Dunwoody.

—Sí.

—¿Desea ver el cuerpo?

—No será necesario. Con las fotos fue suficiente. Sin embargo, me gustaría saber qué piensa sobre la causa de la muerte.

El forense frunció el ceño.

—Lo reflejé en mi informe oficial.

—Así es. Pero no estoy interesado en su opinión «oficial». Digamos que estoy interesado, desde un punto de vista informal, en algo que le haya llamado la atención, habida cuenta de su amplia experiencia, o en algo inusual sobre las condiciones del cadáver, o quizá sobre la causa de la muerte.

—Desde un punto de vista informal —repitió Kornhill—. Los científicos no solemos dejarnos llevar por especulaciones, pero a decir verdad ha habido varios aspectos de este homicidio que me han resultado intrigantes.

Pendergast esperó mientras Kornhill abría una carpeta que tenía sobre el escritorio, la examinaba detenidamente y se tomaba su tiempo para ordenar sus pensamientos.

—Me dio la impresión de que había sido, a falta de una expresión más acertada, un crimen enmarañado. Teniendo en cuenta las contusiones en los nudillos y los antebrazos, diría que la víctima conocía a su agresor.

—¿Qué le hace pensar eso?

—Las heridas eran anteriores a la muerte. Dunwoody se enfrentó a su asesino. El primer golpe parece haber sido el de la mejilla derecha, sobre el arco zigomático. Hubo una pelea. La muerte fue causada por un golpe con un objeto contundente, romo, que le rompió parcialmente el hueso frontal y el parietal a lo largo de la sutura coronal.

—¿Y las heridas por arma blanca?

—Lo mismo. Fueron siete en total. Me remito a lo dicho anteriormente. Ah, los signos grabados en la carne... fueron posteriores.

—¿No fueron la causa de la muerte?

—Aunque algunas de las heridas de arma blanca fueron realizadas *ante mortem*, teniendo en cuenta las hemorragias, la gran mayoría se las hicieron *post mortem*. Los signos se los grabaron en el cuerpo *post mortem*. Y todos son demasiado superficiales para haber provocado un desangramiento dramático. Los cortes son débiles, casi tímidos. No habrían sido trágicos por sí solos.

—Recuperemos por un momento, si es posible, el otro asesinato reciente, el del historiador, Morris McCool.

Kornhill rebuscó en su escritorio y se hizo con una segunda carpeta.

—Muy bien.

—La causa de su muerte fue bastante diferente: un cuchillo

de considerables dimensiones perforó el cuerpo lateralmente, de un lado al otro.

—Así es.

—¿Diría usted, según su criterio, que McCool también conocía a su asesino?

El forense recapacitó durante unos segundos, como si dudara sobre si se trataba o no de una pregunta trampa.

—No.

—¿Por qué no?

—La naturaleza de la fatal herida me lleva a pensar, de nuevo desde un punto de vista informal, que sufrió una emboscada.

—Entiendo. —Pendergast se reclinó en su silla y juntó los dedos—. Es muy interesante, doctor: dos asesinatos que tienen tantos puntos en común como obvias diferencias.

Kornhill se frotó la frente.

—¿Cómo es eso?

—Uno de los asesinatos fue premeditado: una emboscada. El otro fue espontáneo, no estaba planeado: se produjo debido a una discusión. Uno fue llevado a cabo con un pesado cuchillo. El otro muestra cuchilladas vacilantes. Si bien en ambos casos grabaron signos en la piel de las víctimas.

Kornhill seguía frotando.

—Efectivamente.

—Con McCool, las marcas fueron realizadas *perimortem*. En el caso de Dunwoody, las marcas fueron *post mortem*. Interesante, ¿no le parece?

—La transición de *perimortem* a *post mortem* no es muy clara, pero concuerdo con sus conclusiones. Aunque a decir verdad, señor Pendergast, no me corresponde especular sobre cómo fueron cometidos esos asesinatos.

—No, claro, eso es cosa mía, doctor. —Pendergast se detuvo—. ¿Dispone de fotografías de las marcas de McCool y Dunwoody?

Kornhill asintió.

—¿Le supondría un problema que las colocásemos sobre su escritorio para compararlas?

El forense se levantó, abrió un armario situado en la pared del fondo de la oficina, lleno hasta los topes, y extrajo varios archivadores. Después extendió toda una serie de fotografías sobre el escritorio, de cara a Pendergast.

El agente especial las examinó con interés.

—Desde un punto de vista digamos... creativo, da la impresión de que estos símbolos fueron realizados por la misma persona, ¿coincide conmigo?

Kornhill se encogió de hombros.

—Supongo.

—¿Y coincidiría también conmigo en que fueron realizados con la misma arma?

—Es una seria posibilidad. En ambos casos, se trata de un arma inusual, de cuchilla ancha, dentada, irregular y muy afilada.

—Por el momento, ahí tenemos otra cosa en común. Pero me gustaría que se fijase en algo, doctor: fíjese bien en la naturaleza precisa de los cortes.

El forense miró a Pendergast un momento. Después se volvió hacia las fotografías y las fue observando de una en una, examinándolas de cerca. Al final alzó la vista interrogándolo con la mirada.

—¿Diría que son similares? —preguntó Pendergast.

—No.

—¿Podría describir las diferencias, por favor?

—Se trata del contorno. En el caso de McCool, el corte es irregular, como manoseado en algunos puntos. Pero las marcas... grabadas en Dunwoody muestran un contorno mucho más regular. También son más superficiales.

—Una última pregunta, doctor, y le dejaré seguir trabajando. Si tuviese que especular, y que quede claro que se lo pregunto desde un punto de vista informal, ¿cómo explicaría las diferencias entre el modo en que se grabaron los signos en el cuerpo de McCool y en el de Dunwoody?

De nuevo, el forense recapacitó durante unos segundos.

—Los cortes de McCool son más profundos, más violentos. Los de Dunwoody, en cambio, parecen casi... vacilantes.

—Creo recordar que antes ha utilizado las palabras «débiles» y «tímidos».

—Así es.

—Excelente. Gracias. Ha confirmado mis sospechas.

Pendergast se puso en pie y le tendió la mano.

Kornhill también se levantó y le estrechó la mano.

—Estoy desconcertado. Todas esas similitudes, todas esas diferencias... ¿Qué insinúa? ¿Que fueron asesinados por personas diferentes?

—Más bien lo contrario: mismo asesino, diferentes motivos. Y más significativo aún: una relación diferente entre víctima y asesino. Que tenga un buen día.

Y tras esas palabras, Pendergast se dio la vuelta y salió de la oficina.

36

El restaurante Chart Room estaba a media luz como siempre, pero Gavin localizó al agente Pendergast enseguida, al otro extremo de la barra. El estilo fúnebre de sus ropas y la palidez de su rostro lo hacían inconfundible.

Pendergast también lo vio y asintió ligeramente. Gavin se aproximó.

Se sentía más agotado de lo que se había sentido en toda su vida. Sin embargo, no se trataba de cansancio físico sino más bien de extenuación anímica. Había pasado la mitad de la noche anterior y buena parte del día en el escenario de una matanza. No es que hubiese hecho gran cosa allí, pues se requería otra clase de pericia para trabajar, pero su cargo le obligaba a quedarse. Tuvo que ver cómo sacaban los huesos de la arena, uno por uno, algunos largos, muchos pequeños, y cómo los limpiaban, etiquetaban, fotografiaban y metían en grandes bolsas de plástico herméticas.

Pero a pesar del cansancio, sentía curiosidad. Pendergast había dejado un mensaje en la comisaría de policía pidiéndole que se reuniese con él en el Chart Room a las siete. No tenía ni idea de qué quería Pendergast, pero sospechaba que sería algo inusual, dado que todo lo que hacía Pendergast parecía fuera de lo normal.

—Sargento —dijo Pendergast—. Siéntese. —Y señaló con la mano el taburete que tenía al lado.

Gavin tomó asiento.

El barman, Joe Dunwoody, que estaba fregando vasos a escasa distancia, alzó la vista.

—¿Qué vas a tomar, Brad?

—Un Dewar's con hielo. —Observó cómo Dunwoody preparaba su copa.

El barman, que había estado trabajando cuando su hermano Dana fue asesinado, por lo que Gavin sabía, se había tomado un único día de descanso a causa de la tragedia. Por lo visto, los hermanos nunca se habían relacionado demasiado. Joe parecía taciturno; pero la cuestión era que siempre parecía taciturno.

«Taciturno», de hecho, era una buena palabra para describir el ambiente del Chart Room. Solo la mitad de las mesas estaban ocupadas, y la gente que se sentaba alrededor de ellas hablaba en susurros por si acaso, como si todos sufrieran neurosis de guerra. Las noticias sobre la fosa común y el hundimiento intencionado del barco de vapor, al parecer causado por gente del pueblo, sumadas a los dos recientes asesinatos, habían causado una seria conmoción en Exmouth.

La única excepción, por lo visto, era el propio Pendergast. No es que se mostrara alegre, para ser exactos, pero irradiaba una especie de energía inagotable, incluso entusiasmo. Gavin observó cómo aquel hombre preparaba algún tipo de bebida ridículamente compleja en su elaboración: mantenía en equilibrio una cucharilla con un azucarillo encima de una copa y con meticulosidad vertía en ella un chorrito de agua. Cuando el agua azucarada alcanzaba el pálido líquido que había en la copa, adquiría la tonalidad de una nube lechosa.

—Gracias por venir. —Dejó la cucharilla a un lado y le dio un sorbo a la copa—. Imagino que ha pasado buena parte del día en la playa.

Gavin asintió tras probar su bebida.

—No debe de haberle resultado agradable.

—En absoluto.

Pendergast estudió el líquido opalescente en su copa.

—Sargento, le he pedido que venga porque ha sido de gran ayuda durante el tiempo que llevo en Exmouth. Ha tolerado mi presencia, ha trabajado duro, ha respondido a mis preguntas y ha aportado información. Me llevó de excursión por la marisma cuando, sin lugar a dudas, habría preferido hacer otra cosa. A menudo he podido comprobar que a los representantes locales de la ley no les gusta nada la presencia de agentes federales; sobre todo la de aquellos que ejercen el... pluriempleo. Sin embargo, usted se ha mostrado más acogedor que hostil. Se lo agradezco. Y por eso le he escogido como la primera persona con la que voy a compartir cierta información relevante.

Gavin asintió para que prosiguiese, intentando no ruborizarse ante el halago. Su curiosidad había aumentado infinitamente.

—¿Recuerda que anoche le dije que solo nos faltaba un paso: identificar al asesino o a los asesinos?

—Claro. —Gavin se acabó el whisky de un trago. El Chart Room tenía fama de servir unas cantidades miserables.

—He completado esa identificación. Se trata de un único asesino. Y sé quién es.

—Ha descubierto... —empezó a decir Gavin, pero se calló.

Dos pensamientos cruzaron por su mente en rápida sucesión. El primero fue un conmovedor alivio. «Y casi ha acabado todo», se dijo. «Esta pesadilla está llegando a su fin.» El segundo tenía que ver con el hecho de que Pendergast lo hubiese elegido a él como primer interlocutor al que comunicárselo. No había llamado al jefe Mourdock, lo cual no dejaba de resultar interesante. Pendergast sabía que Mourdock iba a jubilarse; era un modo de apoyar las aspiraciones de Gavin. Si sabía manejar el asunto con destreza, podría llevarse los laureles y eso casi le garantizaría el puesto de jefe de policía.

Joe Dunwoody, desde la mitad de la barra, señaló hacia el vaso vacío de Gavin. Gavin asintió para que volviera a llenarlo.

—No solo conozco la identidad del asesino —prosiguió Pendergast bajando un poco la voz—, sino que hoy he descubierto su escondite, en el corazón de la marisma.

—¿Y a qué esperamos? —preguntó Gavin bajando del taburete. «Olvida tu maldita copa», pensó. El ímpetu había sustituido al cansancio—. Vámonos.

Pendergast negó con la cabeza.

—Salir ahí afuera ahora, en la oscuridad de la noche, no sería un movimiento inteligente. Es evidente que nuestro hombre conoce esa zona de la marisma mejor que yo, y puede que mejor que usted. Si no vamos con cuidado, podríamos alertarlo y provocar su huida. No. Iremos con la primera luz del día, nos aproximaremos con sigilo y lo sorprenderemos. Usted, por supuesto, llevará a cabo la detención.

La imagen le resultaba a Gavin de lo más gratificante.

—¿Y qué hay del jefe? —preguntó cuando su vaso volvió a estar lleno—. Después de todo estamos hablando de un asesinato. Seguramente necesitaremos apoyo. —«Y no decírselo lo pondría hecho una furia», pensó. Se jubile o no, no sería conveniente tener a Mourdock en su contra.

—Me temo que el jefe Mourdock sería un obstáculo. Sin embargo, es sin duda una prudente sugerencia, y él debería estar allí, aunque solo sea por cuestiones de protocolo. ¿Por qué no le pone usted al corriente del asunto por teléfono cuando llegue a casa?

—Así lo haré.

—Muy bien. Y ahora, si no le importa, voy a retirarme a mi habitación. Tengo cosas que preparar. Quedamos en la comisaría a las cinco de la mañana.

—Allí estaremos.

—Excelente. Hasta entonces. —Dicho esto, Pendergast vació su copa, le dio la mano a Gavin y abandonó la Chart Room camino de las escaleras que llevaban a su habitación.

37

La figura avanzó despacio a través de los altos juncos marinos. Era poco más que una sombra en movimiento bajo la luz de la luna creciente. Aunque la reserva natural que quedaba al oeste de Exmouth siempre estaba desierta, y el hombre tenía prisa, se esforzó en resultar lo más silencioso posible: los únicos sonidos eran los susurros de los juncos secos a su paso y el leve sonido de succión cuando atravesaba alguno de los frecuentes fangales.

La caminata era larga, de hora y media, pero la había realizado muchas veces y estaba acostumbrado al viaje. No le importaba la oscuridad; de hecho, la agradecía.

Se detuvo en el límite de la reserva natural para pasar el peso del paquete de un hombro a otro y echar un vistazo. La marea estaba descendiendo con rapidez, y sus ojos, acostumbrados a la nocturnidad, advirtieron que el agua al retirarse había dejado a la vista un laberinto de charcas, fangales, islas pantanosas y ciénagas bajas. La tierra parecía cubierta por un silencio expectante, aunque había empezado a soplar una brisa constante. Se puso en marcha, con más celeridad que antes: tenía que llegar a su objetivo antes de que la marea cambiase si no quería verse atrapado.

En el corazón de la marisma, los juncos crecían formando una densa masa que recordaba una jungla. Pero incluso allí la figura sabía cómo moverse. Estaba siguiendo ahora un sendero apenas visible, que solo una experta mirada sería capaz de distinguir. Iba poniendo apodos a muchos de los puntos de referencia por los que pasaba: una charca de forma irregular que había dejado la marea era la Mancha de aceite, un grupo de juncos retorcidos y secos era Huracán. Esos puntos de referencia lo ayudaban a desplazarse. Cuando llegó a Huracán, giró de golpe hacia la izquierda, todavía por el sendero secreto, más bien invisible. Ya casi había llegado. Ahora la brisa soplaba con fuerza, llenando el aire con un montón de juncos secos.

Más adelante, en la oscuridad, los juncos se convertían en un muro que atravesó con dificultad, a empujones. Y entonces, de repente, fue a parar a un pequeño claro, de unos ochenta metros de diámetro. Bajo la escasa luz de la luna, miró a su alrededor. Aquel claro era poco menos que un caos. Uno de los lados era un enorme montón de basura, al que se llegaba siguiendo un rastro de porquería: huesos de pollo y raspas de pescado, latas de comida vacías, despojos de verduras. En medio del claro estaban los restos de una hoguera. Y al otro lado del montón de basura había una vieja tienda de campaña de lona, desgarrada y manchada de tierra y grasa. Había varios utensilios y provisiones por aquí y por allá: una sartén, bidones con agua dulce. De detrás de la tienda le llegaba el olor de una pila de humeantes excrementos, aunque no los veía. El campamento había sido abandonado, y todo indicaba que no hacía mucho tiempo.

El hombre volvió a mirar a su alrededor.

—¿Dunkan? ¿Dunkan? —dijo en voz baja.

Durante unos segundos, todo permaneció en silencio. Hasta que un individuo emergió de detrás de los juncos que crecían en el extremo más alejado del campamento. Joe estaba acostumbrado a verlo, pero aun así siempre experimentaba una descarga de ansiedad en su interior. El hombre iba vestido con harapos: una docena de prendas raídas cuyo uso original resultaba imposible de desentrañar a esas alturas, puestas una encima de otra alrededor de sus extremidades como si se tratase de un pareo. Era pelirrojo, de cabello áspero, cejijunto y lucía una barba larga y grasienta enroscada en tres puntos con curiosa meticulosidad. Era una mezcla de pelo y fuerza, y miraba a Joe con unos ojos salvajes que, sin embargo, reflejaban cierta astucia e inteligencia. Llevaba un cuchillo de sílex en una mano y una larga y oxidada bayoneta en la otra. Sin duda había oído aproximarse a Joe y se había escondido tras los juncos.

—¿Qué sucede? —preguntó el hombre llamado Dunkan con voz ronca por falta de uso—. Se supone que esta noche no tenías que venir.

Joe dejó caer al suelo el paquete que había cargado al hombro.

—Debes irte —dijo—. Inmediatamente.

Al oír esas palabras, Dunkan adoptó una expresión de suspicacia.

—¿Sí? ¿Por qué?

—Por el hombre del FBI del que te hablé. Sabe que estás aquí, descubrió tu campamento. No sé cómo, pero es así. Le oí comentarlo anoche en el bar. Vendrá por la mañana con la policía.

—No lo creo —dijo Dunkan.

—Maldita sea, Dunkan, ¡tienes que creerme! Es culpa tuya. ¡Si no hubieses matado a Dana, nada de esto habría pasado!

Dunkan dio un paso adelante y Joe reculó. Deslizó una de sus manos hasta el bolsillo de los pantalones y apretó con fuerza la culata de un revólver del calibre 22. Dunkan se percató del gesto y se detuvo.

—Nuestro hermano tenía que morir —dijo con los ojos encendidos—. Pretendía engañarme.

—No es verdad. ¿Cuántas veces tendré que explicártelo? Las joyas están guardadas en una caja de seguridad hasta que podamos venderlas. Nadie va a engañar a nadie. No había razón para volverse loco y matarlo.

—Él me engañó durante toda su vida. Y tú también. Yo quería mi parte y él no quería dármela. Yo hice todo el trabajo. Corrí riesgos. Maté al inglés, ¿no es cierto?

—¿Que «tú» hiciste todo el trabajo? —exclamó Joe. También estaba enfadado, pero debía ser extremadamente cauteloso con su hermano—. ¿Y qué me dices de Dana o de mí? ¿Acaso no veníamos aquí cada semana para traerte comida y agua? ¿Y qué demonios harías tú con una bolsa de piedras preciosas? Tenemos que venderlas. Solo entonces tendrás tu parte.

—Yo hice todo el trabajo —insistió Dunkan—. Quería mis joyas entonces y las quiero ahora. Las tienes tú. Sé que las tienes. —A pesar de la pistola, dio un paso al frente—. Dame mi parte.

Otra descarga de ansiedad recorrió el cuerpo de Joe. Ya había visto así a su hermano. Sabía de su violento temperamento, de lo que era capaz.

—De acuerdo, escúchame. Tendrás tu parte. Te lo prometo. Ahora que Dana no está, podemos repartírnoslo al cincuenta por ciento. Pero esas joyas no te harán ningún bien. Están a buen recaudo en el banco de Exmouth. No podemos venderlas. Todavía no. Pero lo que importa ahora es que el agente del FBI va a presentarse aquí con las primeras luces del día. —Sin quitarle ojo de encima a Dunkan, Joe se acuclilló y sacó del paquete un fajo de billetes—. Aquí hay dos mil dólares, todo mi dinero. Considéralo una paga y señal hasta que podamos deshacernos de los rubíes. Y también hay algo de comida y agua en el paquete; suficiente para una semana. Pero tienes que irte, ahora. Si no lo haces, te atraparán y te enviarán a prisión. Y me enviarán a mí también a prisión, como cómplice.

—La idea de matar al inglés fue cosa de Dana. Matarlo y marcarlo de ese modo. Hice lo que me pidió. Soy inocente.

—Ahora Dana está muerto, y la ley no funciona de ese modo. Tú los mataste. Se trata de ti... y de mí. ¿De acuerdo? Estamos juntos en esto, ¿no es cierto? —Intentó suavizar la voz, sonar razonable, para no sacar de sus casillas al majara de su hermano.

Por lo visto, aquello funcionaba. La expresión de hostilidad de Dunkan se había calmado. Agarró el fajo de billetes que Joe le ofrecía y les echó un vistazo pasando sobre ellos su grasiento pulgar.

—Vete a otro lugar —dijo Joe—. Ya sabes dónde: el viejo almacén junto al intercambiador abandonado. Nos veremos allí dentro de una semana. Cuando encuentren este lugar creerán que has huido. Lo estarán vigilando durante un par de días, pero cuando se cansen lo sabré. Y cuando resulte seguro volver, te lo diré. No tardaremos mucho en poder vender las joyas. Hasta entonces, quédate con este dinero y escóndete.

Se impuso un largo silencio. Finalmente, Dunkan asintió. Mientras Joe esperaba, regresó a la tienda y empezó a recoger algunas de sus patéticas pertenencias. Las colocó encima de una sábana andrajosa, hizo con ella un fardo y se volvió hacia su hermano. Al hacerlo, miró por encima del hombro de Joe y su cara se tiñó de una rabia brutal.

—¡Traidor! —aulló alzando el cuchillo de piedra—. ¡Judas!

Se oyó un disparo y la bala pasó silbando junto a la oreja de Joe. Dunkan soltó un grito y el cuchillo salió volando de su mano cuando la bala impactó en él. Con un rugido dio media vuelta, echó a correr hacia el muro de juncos secos y desapareció al instante. Cuando Joe sacó el arma y miró a su alrededor para enfrentarse a su atacante, sintió un golpe en un costado de la cabeza, se le cayó el arma y una rodilla se le clavó en la zona lumbar. No tardó en verse en el suelo, con las muñecas sujetas por un objeto de metal. Las tenía a la espalda y el frío acero se cerró con un clic. Después vio cómo le ataban las piernas. Se revolcó en el suelo y al final vio quién era su atacante.

—¡Pendergast!

Vestía ropa de camuflaje gris y negra.

—¡Creía que vendría por la mañana! —dijo Joe.

—Se supone que eso era lo que tenía que pensar.

Pendergast se puso en pie, guardó el revólver del calibre 22 en el bolsillo y desapareció entre los juncos en la dirección en que Dunkan había huido.

38

Pendergast se abrió camino a través de los juncos. Dunkan, el hermano salvaje, le llevaba ventaja, y a juzgar por la distancia de los ruidos que hacía al desplazarse, Pendergast podía decir que se movía con la rapidez y la seguridad de alguien que conocía a la perfección la marisma. Sin embargo, Pendergast era un experto rastreador; había perseguido a un león y a un búfalo en África Oriental, por eso afrontó la búsqueda por la marisma con la misma estrategia y confianza que habría empleado en la caza mayor. Se había impuesto la oscuridad, pero usaba su linterna lo menos posible, tapándola con una mano para ocultar el resplandor.

Fue recorriendo el desconcertante rastro dejado por Dunkan. Resultaba muy complicado seguirlo, pero como había transitado por la marisma con anterioridad, sabía qué andaba buscando. Mientras corría, calculó las opciones de su presa. El aspecto de aquel hombre era demasiado extraño como para pasar desapercibido a la luz del día. Tampoco querría volver ya a su antiguo campamento circular. Las posibilidades, por el momento, se reducían a adentrarse en el territorio que mejor conocía: la marisma. Podría esconderse durante un tiempo, trazar un plan, hasta que llegasen los equipos de búsqueda y los perros.

Cabía la posibilidad, por descontado, de que matase a Pendergast, y entonces no tendría que irse. Esa era la opción más probable.

Más adelante, las señales de movimiento cesaron, enmascaradas por el viento. Por otra parte, cada vez resultaba más complicado seguir el sendero, lo que implicaba que Dunkan había ralentizado la marcha y se desplazaba ahora con sumo cuidado, siguiendo el camino trazado por algún animal. La brisa soplaba de suroeste, sin embargo, y Pendergast pudo detectar el olor del hombre: una mezcla de sudor, suciedad y orina. Así pues, estaba contra el viento, a la izquierda de Pendergast. El agente del FBI corrigió su rumbo moviéndose también con el mayor sigilo.

De hecho, la caza del león era una excelente metáfora. Pendergast no podía pretender ser más astuto o adelantarse a Dunkan: aquel hombre estaba en su elemento. Pendergast no tenía más remedio que fiarse de su instinto y de sus agudos sentidos.

Unos cuantos juncos rotos le indicaron a Pendergast que el hombre también había abandonado el rastro del animal. Siguió las huellas de Dunkan ayudándose en muy contadas ocasiones de la linterna. El camino se adentraba más y más en la tupida red de juncos marinos que formaba la marisma. Conducía a una isla de mediano tamaño y acababa en un fangal y un canal creado por la marea.

Tras cinco minutos de silencio, salvo por las ráfagas de viento, le llegó un ruido por la derecha: un golpe seco. Inmediatamente, Pendergast se detuvo y olfateó. Ya no podía detectar el olor humano. Eso solo podía significar una cosa: Dunkan ya no estaba por delante de él, ya no tenía el viento en contra.

Pero ¿dónde estaba? En cosa de un segundo, Pendergast comprendió que el hermano salvaje, incapaz de librarse de él, había decidido rodearlo y acercársele por la espalda.

Se permitió usar otra vez la linterna, un instante, para virar hacia el suroeste y abrirse paso entre los juncos. Tras dibujar un amplio arco de unos cien metros se detuvo. Con un poco de suerte, se habría colocado detrás de Dunkan o, incluso mejor, en perpendicular a su trayectoria. Permaneció inmóvil, con la pistola y la linterna preparadas, escuchando con la máxima atención ya fuese una respiración o el ligerísimo crujir de una ramita, lo que habría supuesto que Dunkan se aproximaba.

No oyó nada.

Pendergast pasó cinco minutos en aquella tesitura, quieto. Y entonces lo percibió: el hedor de Dunkan dirigiéndose hacia él, una vez más desde el suroeste.

¿Qué había ocurrido? Lo pensó un momento y supuso que Dunkan lo había oído y había descartado la idea de acercársele por la espalda. El olor que apenas había llegado a su nariz era ahora más débil: Dunkan había aprovechado el tiempo para poner distancia entre ellos. Tal vez, después de todo, se limitaba a intentar escapar.

Pendergast se levantó del lugar en el que había estado oculto y se movió con rapidez contra el viento, hacia el punto del que provenía el hedor, utilizando ahora con más frecuencia la linterna en busca de señales, más centrado en avanzar deprisa que en no hacer ruido. Llevaba unos cuantos minutos corriendo y apartando los densos juncos cuando llegó al límite de un fangal. En el extremo más alejado del mismo se abría uno de los canales de la marea. La marea estaba subiendo con fuerza: pequeñas olas de agua negra se adentraban en la tierra con peligrosa rapidez, inundando el laberinto de islas que había formado el retirarse.

La linterna enfocó unas huellas de pisadas cercanas. Se apartaban de los juncos de mar y apuntaban directamente hacia el agua. Pendergast dejó que la luz de la linterna recorriera el canal. Y allí estaba Dunkan, meneando la cabeza mientras se esforzaba en cruzar la corriente en dirección al fangal que se extendía al otro lado.

Pendergast no dudó: metió la linterna en el bolsillo de sus pantalones de camuflaje, echó a correr hacia la orilla y se lanzó al agua. El agua estaba fría como el hielo, con una corriente de al menos diez nudos de velocidad y una despiadada resaca que amenazaban con ahogarlo y arrastrarlo lejos de allí. Nadó con fuerza desplazándose en línea recta, luchando contra el frío y el empuje del agua salada. Cuando sacó la cabeza a la superficie vio de nuevo a Dunkan, ahora ya en la orilla, un poco más arriba, pugnando con el barro en el extremo más alejado.

Le llevó tres desesperados minutos cruzar la corriente mientras era arrastrado unos cien metros más abajo. Al final Pendergast logró hacer pie en el otro lado y pudo salir del agua, prácticamente congelado, braceando con gran esfuerzo por una zona en la que el barro le llegaba hasta las rodillas. Apareció la luna tras las veloces nubes, y se dejó ver el tiempo suficiente para que atisbase a Dunkan en la lejanía. Estaba de pie al borde de un muro de altos juncos, a unos cien metros, con la bayoneta en la mano. Estaba cubierto de barro de pies a cabeza, así que solo se distinguía el blanco de sus ojos, clavados en Pendergast con una furia salvaje.

Justo entonces, se dio la vuelta y desapareció en la espesura.

Con penas y trabajos, Pendergast cruzó el fangal y llegó al punto en el que Dunkan había desaparecido. Vio que los juncos secos estaban partidos de tal manera y en tantas direcciones que resultaba casi imposible desentrañar qué era obra de un fugitivo y qué el resultado del viento y las tormentas. Sin embargo, Dunkan había dejado un rastro: manchas de barro apenas visibles.

Cuando Pendergast empezó a abrirse camino, los juncos se hicieron más espesos. En un principio, los restos de barro le guiaron, pero no tardaron en desaparecer y perdió el rastro. La luna, de nuevo, había quedado oculta, por lo que la visibilidad se había reducido al mínimo; hasta la linterna resultaba inútil entre los juncos. Dunkan ya no estaba contra el viento; podía estar en cualquier parte.

Tras varios minutos más luchando contra los juncos secos, Pendergast se detuvo y escuchó, con la Les Baer calibre 45 en la mano. Silencio. Por lo visto, Dunkan tenía la rara habilidad de moverse sin hacer apenas ruido, sin agitar los juncos, proeza que Pendergast se sabía incapaz de imitar.

Permaneciendo inmóvil entre los densos matorrales, Pendergast entendió que, debido al celo con que se había lanzado a la caza, había cometido un grave error táctico. A todos los efectos y propósitos, el muro de juncos había anulado su capacidad de visión por los cuatro costados. Así pues, y a pesar de ir armado, había quedado a merced de Dunkan. Cabía suponer que Dunkan conocía el punto exacto en el que estaba y se disponía a atacarlo en cualquier momento. Además, se había levantado un poco de viento y encubría sus movimientos.

Pendergast estaba convencido de que Dunkan iba a atacarlo más pronto que tarde.

Su mente trabajaba a toda velocidad. Giraba sobre sí mismo con sus sentidos en estado de máxima alerta. Podía ser cuestión de segundos. Todos sus músculos estaban tensos, preparados para la lucha.

De repente, tras un leve susurro entre los juncos, la bayoneta surgió de la oscuridad, sujeta por una mano cubierta de barro, con la cuchilla de frío acero apuntando al corazón de Pendergast.

39

En el último instante, Pendergast, gracias a su aguzado instinto, se apartó de la trayectoria de la cuchilla con tal rapidez que durante un segundo flotó en el aire. Cuando se estrelló contra el suelo, Dunkan se abalanzó sobre él, bayoneta en mano, lanzándole una cuchillada y rasgando la tela de su manga, lo que provocó que la linterna saliese rodando. Pendergast se dio la vuelta y pegó un salto antes de abrir fuego. Pero el salvaje había desaparecido de nuevo entre la espesura de juncos. Pendergast volvió a disparar, dos veces, en la dirección por la que se había esfumado, y después se detuvo a escuchar. Estaba gastando munición. Sin duda aquel hombre estaba preparándose para atacarlo de nuevo.

Pendergast se arrodilló para recuperar la linterna palpando el suelo en la oscuridad. Cuando la encontró vio que estaba rota. Ahora andaba totalmente a ciegas en un territorio desconocido. El próximo ataque podía producirse en cualquier momento y desde cualquier ángulo. La marea había subido lo suficiente para dejarlo atrapado en aquella isla de juncos con Dunkan. Ninguno de los dos podía escapar. Debido a la densidad de los juncos y al ruido del viento, Dunkan podía acercarse hasta su posición sin que llegase a verlo. Si se quedaba allí y esperaba la embestida, tenía las de perder.

La cuestión era cómo conseguir que todos esos inconvenientes jugasen a su favor. Existía una posible solución. Era arriesgada, pero podía funcionar.

Incluso si le salía bien, era consciente de que Dunkan podía estar a punto de asaltarlo, y tal vez en esta ocasión no tendría la suerte de esquivarlo. Pendergast, sin embargo, tenía algo muy claro: Dunkan se aproximaría en contra del viento para no delatar su presencia con su olor.

En contra del viento. Esa era la clave.

Agarró un puñado de juncos secos, los juntó, sacó su mechero del bolsillo y les prendió fuego. Ardieron con rapidez gracias al viento, crepitando sonoramente. Acercó la improvisada antorcha a la densa vegetación moviéndola de un lado a otro y los juncos secos ardieron en llamas al instante. Las ráfagas de viento propagaron el fuego con rapidez a favor de viento, al tiempo que Pendergast reculaba en dirección contraria, moviéndose en diagonal respecto al fuego creciente. Lanzó entonces la antorcha hacia los hierbajos secos y el nuevo foco ardiente no tardó en fundirse con el primero.

En menos de un minuto, un auténtico muro de fuego avanzaba por la isla bramando y crepitando como un animal enloquecido, proyectando chispas y llamas hacia delante. Pendergast siguió moviéndose en contra del viento a través de los juncos, hasta llegar al lugar en el que empezaba el fangal que rodeaba la isla. Las nubes eran algo más finas ahora, pero la marea seguía subiendo. Iluminaba la escena la espantosa luz del fuego, que se reflejaba en el húmedo fangal tiñéndolo del color de la sangre.

Pendergast observó el incendio con atención. Tal como había supuesto, el fuego, empujado por el viento, avanzaba dibujando un arco, como una bisagra cerrándose sobre sí misma. El incendio se había convertido ya en un infierno, el aire era cada vez más caliente. Minuto a minuto se iba reduciendo la zona no afectada por el fuego. Con la Les Baer a punto, Pendergast empezó a rodear la isla moviéndose con celeridad y sigilo, pegado al límite de los juncos.

Finalmente, por encima del rugido de las llamas, Pendergast oyó un grito, un alarido de rabia y desesperación. Se desplazó por el borde de los juncos en dirección al grito. Poco después, le llegó el sonido de unos pasos que arramblaban con todo. Era Dunkan: había surgido de la espesura y huía de las llamas a la carrera empujado por el pánico.

Rápido como una serpiente, Pendergast se ocultó entre los juncos. Aterrorizada, la figura corría por un sendero que se alejaba de su posición, con los hombros iluminados por el fuego. Pendergast echó a correr tras él, saltó sobre su espalda y lo tumbó golpeándolo con la culata de la pistola. Cuando cayeron al suelo, Pendergast le arrancó la bayoneta de la mano y la lanzó hacia las llamas. Esposó a Dunkan con las manos a la espalda, se levantó y medio a rastras se llevó a aquel hombre semiconsciente hasta el fango, alejándolo del fuego. Lo dejó caer a peso en el barro.

Mientras esperaba a que recuperase la consciencia, Pendergast limpió todo lo que pudo el barro de sus brazos y piernas. No tardó en ver cómo Dunkan abría los ojos, grotescamente blancos, enmarcados por el barro. Clavó su mirada en Pendergast con furia silenciosa.

—No malgastes energía —dijo Pendergast—. Vamos a tener que esperar un buen rato a que baje la marea. Y después te llevaré con tu hermano.

40

El viento de la noche anterior había barrido la tormenta que había estado instalada sobre Exmouth durante los últimos días, por lo que la mañana se había presentado luminosa y cálida. Ahora el sol del mediodía brillaba con benevolencia sobre la calle principal del pueblo haciendo centellear los escaparates de las tiendas y proporcionando alivio a la multitud que se apiñaba frente a la comisaría. Percival Lake estaba alejado de aquella muchedumbre, con Carole a su lado, junto a la puerta de su tienda. Tenía una bolsa de la compra en una mano y con la otra sujetaba la mano de Carole.

Venía a ser, a su pesar, el típico caso de un acontecimiento relevante en un pequeño pueblo de Nueva Inglaterra, pensó Lake. Habían colocado un atril y un micrófono en lo alto de las escaleras de la comisaría, y durante la última hora todo el mundo que era alguien en el pueblo había pasado por allí para declarar algo. Empezó el primer concejal de Exmouth, un viejo y huraño representante de las antiguas tradiciones de Nueva Inglaterra quien, a pesar de su cargo, rara vez se dejaba ver en público. Le habían seguido el resto de los concejales, entre los que obviamente no se contaba Dana Dunwoody. Después aparecieron personajes de dudosa relevancia como el director de la biblioteca o ese pesado exactor dramático, Worley. Para acabar, le llegó el turno al jefe Mourdock, que se colocó frente al micrófono de medio lado para que los escasos fotógrafos de prensa allí congregados pudieran sacarle de perfil. Había descrito al detalle su importante papel en el desarrollo del caso y ahora expresaba el alivio que le suponía que hubiesen borrado al fin del pueblo esa «vergonzosa mancha», refiriéndose tanto al clan Dunwoody como a los antiguos crímenes. A un lado se encontraba su ayudante, Gavin, visiblemente incómodo debido a toda la atención que estaban recibiendo. Al otro lado el jefe tenía la caja de cristal con los veintiún rubíes rojo sangre del «Orgullo de África», centelleantes bajo la luz del sol. Observaba la escena un estirado representante de la compañía Lloyd's de Londres, que no solo vigilaba las piedras preciosas, como bien sabía Lake, sino que no tardaría en tomar posesión de las mismas. Después de todo, la compañía Lloyd's había pagado el seguro contratado por los rubíes hacía más de cien años y, por tanto, era su poseedor.

Lake todavía no había superado el hecho de que aquellas joyas, así como el cuerpo que las había contenido, hubiesen yacido entre los muros de su bodega todos esos años.

Los últimos días habían sido tantos los sobresaltos debido a las múltiples revelaciones, a cada cual más extraña, que Lake se sentía exhausto. Como sin duda les ocurría a otros muchos lugareños. Sin embargo, todos habían decidido acudir allí. Era un mar de cabezas, centenares de ellas, extendiéndose desde la escalinata de la comisaría hasta una manzana más allá, perfectamente definidas por el brillante sol. Lake paseó su mirada por encima de ellas deteniéndose en los rostros familiares. Ahí estaban Mark y Sarah Lillie, vestidos a juego; o Walt Adderly, propietario del hotel. De algún modo, y a pesar de las acaloradas palabras de Mourdock o de los pomposos discursos de los políticos locales, el ritual estaba siendo sin la menor duda una bendición. Mourdock, a su desagradable manera, tenía razón. Una historia de terror que había permanecido enterrada en Exmouth durante más de un siglo había sido identificada, se le había puesto nombre y había sido erradicada. Ahora, después de todo lo ocurrido, el pueblo podría curar su herida.

El jefe concluyó su discurso con unas conmovedoras declaraciones en plan «Somos la sal de la tierra», «Qué grande es América» y «Dios nos bendiga a todos». Hubo aplausos y vítores. Y ahí acabó la cosa. Mientras la prensa tomaba las últimas fotos, la multitud empezó a dispersarse.

Lake se fijó en el agente Pendergast, que se encontraba en un rincón apartado, vestido como siempre de negro. Constance Greene estaba a su lado: un espectro delgado y encantador cubierto con un vestido de encaje de otra época. Su única concesión al gusto del momento eran unas clásicas gafas Ray-Ban con las que se protegía del sol.

—Un espectáculo de pueblo perfecto —dijo Lake.

Carole se echó a reír.

—Esto es lo que me encanta de este lugar.

Lake apretó la mano de Carole, se apartó del escaparate de la tienda y cruzó la calle abriéndose paso entre la gente hasta llegar junto a Pendergast. El agente, que había estado mirando de un lado a otro para estudiar a la multitud con detenimiento, fijó sus ojos en Lake al ver que se acercaba.

—Creo que Mourdock debería haber mencionado su nombre siquiera una vez —dijo Lake—. Después de todo, fue usted, y no él, quien estaba anoche ahí, en la oscuridad.

—No me gusta la notoriedad —repuso Pendergast—. Permitamos que el jefe de policía disfrute de su momento de gloria.

—Todavía no puedo creer que Dana y Joe tuvieran un hermano y que haya estado ocultándose en la marisma durante todos estos años.

—Los hermanos Dunwoody vienen de una familia disfuncional que se remonta en el tiempo. El hermano menor, Dunkan, nació con una discapacidad mental y emocional. No solo no lo querían; para sus padres suponía una vergüenza. Mantuvieron en secreto su nacimiento y nunca fue a la escuela. Por lo que yo puedo decir, él sentía lo mismo por sus padres. En cuanto fue lo bastante mayor, se escapó. De vez en cuando regresaba «a casa», por decirlo de algún modo. Ha estado viviendo en esa marisma durante años, ayudado a regañadientes por sus hermanos..., quienes acabaron por encontrarle una utilidad: como asesino.

—¿Cómo logró descubrir su identidad?

Pendergast se encogió de hombros.

—Un proceso de eliminación. He ido borrando de mi lista a cada uno de los sospechosos; incluido usted.

—¿Yo?

—No es infrecuente llevar a cabo un delito en la propia casa y después fingir interés en la investigación con el fin de quedar libre de sospechas. Pero sus reacciones durante nuestro paseo por el jardín de las esculturas y en especial nuestra última charla en el faro me convencieron de que usted en realidad no tenía nada que ver con el robo. Por otra parte, y a pesar de su pedigrí, usted no es un auténtico oriundo de Exmouth. Y solo alguien de aquí podía conocer los crímenes del pasado y por consiguiente haber perpetrado los actuales. Pero en mi búsqueda por el pueblo fui eliminando a todos los sospechosos. Eso me dejó una tercera opción desconocida: alguien como Dunkan. Los Dunwoody ya habían llamado mi atención. En los días previos a la muerte de Dana, colgando de unos matorrales en la marisma, encontré un pequeño desgarrón de un material de vivos colores, que me recordó los jerséis que solía vestir él. Y cuando hice referencia a *El sabueso de los Baskerville* y a la comida que había desaparecido de la cocina del hotel, su reacción fue muy elocuente. Su muerte, por supuesto, fue un contratiempo temporal. Pero entonces me fijé en el tenso comportamiento de su hermano pequeño, a pesar de que tenía una sólida coartada y en ningún caso parecía capaz de cometer fratricidio. La familia Dunwoody está muy arraigada en este pueblo: en el siglo XIX ya había unos cuantos por aquí. Pero, insisto, fue lo de la comida robada en el Chart Room lo que más interés despertó en mí. Así que la noche anterior le tendí a Joe una trampa en el bar... y él mordió el anzuelo.

—Un hermano salvaje. Sin duda fue él quien alimentó la leyenda del Segador Gris. —Lake sacudió la cabeza—. En fin, lo único que puedo decir es que cuando fui a buscarle por lo del robo del vino, no esperaba que las cosas llevaran a esto. —Le tendió la bolsa que llevaba en la mano—. Por cierto, aquí tiene la botella de Haut-Braquilanges. Recuerdo que le dije que podría usted escoger la que quisiera, y todavía puede hacerlo si lo desea, pero creo que esta es la que mejor se conserva.

Pendergast se hizo con la bolsa.

—Estoy seguro de que quedaré más que satisfecho. Muchas gracias.

Lake dudó un instante.

—¿Quién se encargó del robo? El de mi bodega, me refiero.

—Joe y Dana.

—Doy por supuesto que ha interrogado usted a Joe.

—Sí. Ahora ya habla con bastante libertad.

A Lake casi le daba miedo formular la siguiente pregunta.

—¿Tiene alguna idea de qué… qué hicieron con el vino?

—Me temo que lo subieron en su bote y lo lanzaron al mar.

Lake se llevó una mano a la boca.

—Tuvieron que hacer tres viajes, de madrugada, para completar el trabajo.

—Oh, Dios mío —dijo Lake con un hilo de voz.

—Lo sé —respondió Pendergast con gravedad.

Constance habló por primera vez:

—Por lo visto, existen ciertos delitos para los que la pena de muerte no parece una sentencia lo bastante severa —susurró sin alterar la voz.

41

Como solía ocurrir en Nueva Inglaterra, el día, que había amanecido soleado y cálido, no tardó en oscurecerse en las horas posteriores a la ceremonia, e hizo acto de presencia una nueva tormenta. Al mirar a través de las ventanas de la habitación de Pendergast, Constance vio las ramas de los árboles cercanos retorciéndose por el viento. Aunque era una noche de luna llena, esta estaba oculta tras las espesas nubes de tormenta, que ahora dejaban caer gruesas gotas de lluvia contra los cristales.

—La típica tormenta de noreste —dijo Pendergast.

Constance se volvió hacia él. El pequeño grupo de periodistas que había acudido a cubrir la macabra historia ya se había ido, y en el pueblo se había impuesto una atmósfera de inquieto alivio. Después de la cena, Pendergast había invitado a Constance a su habitación para compartir la botella de Haut-Braquilanges. Constance estaba un tanto desconcertada: por una parte, se sentía halagada por que él quisiese compartir con ella aquella valiosa botella. Pero también recordaba los efectos del Calvados que había tomado la última vez que estuvo en la habitación de Pendergast, y no quería perder el control otra vez.

—¿Estás seguro de que quieres bebértela ahora? —preguntó Constance.

—*Carpe diem*. ¿Quién sabe lo que nos traerá el mañana? Y reconocerás que el escenario es estupendo: la tormenta fuera, el fuego dentro, y la mutua buena compañía.

Agarró la botella con cuidado, le sacó la cápsula, extrajo el corcho, lo dejó a un lado y acercando una vela para ver a través del vino, lo decantó. Constance nunca antes había visto aquella expresión en su rostro, con los ojos cerrados, la cabeza hacia atrás; una expresión de puro placer sensual.

—¿Y mi copa? —preguntó Constance tras unos segundos.

Pendergast abrió los ojos de golpe.

—Ah, Constance, estaba asegurándome de que no se había avinagrado. Para evitarte el shock. Pero me alegra decir que no.

Dejó su copa en la mesa, sirvió la de ella y volvió a llenarse la suya.

—Debemos bebérnoslo deprisa.

—¿No debería respirar?

—Un vino de esta edad y complejidad se altera con rapidez. *Apres toi.* —Alzó su copa. Ella tomó la suya.

—No sé muy bien qué hacer —dijo Constance con una risita nerviosa—. He bebido vino en otras ocasiones, obviamente, pero no un vino como este.

—Primero, brindemos.

Brindaron. Sus miradas se encontraron. No dijeron nada.

—Y ahora, bebamos. Limítate a imitarme. Hay mucha pompa innecesaria alrededor del vino. Lo único que hay que hacer en realidad es remover el vino, inhalarlo y después beber. Así.

Pendergast removió el vino, lo inhaló una vez, luego otra, volvió a removerlo, y después bebió. Tomó un poco de aire y después dio otro trago.

Constance lo imitó. Aquel líquido le supo a... vino, nada más y nada menos. Se sonrojó al pensar en cómo Pendergast estaba malgastando aquel vino al tomarlo con ella.

—No te preocupes, mi querida Constance, si no aprecias de inmediato lo que yo aprecio, o si no disfrutas tan intensamente como yo. El vino es como muchas otras cosas delicadas en la vida: lleva tiempo y experiencia extraer todo su placer y significado.

De nuevo le describió cómo remover, oler y después darle un sorbo respirando al mismo tiempo.

—El léxico propio de la cata de vino es más bien *recherché* —dijo—. No es más que una muestra de lo inadecuado del lenguaje para describir los gustos y los olores.

—Y para ti, ¿a qué sabe?

—Yo diría que este vino llega al paladar como si fuese seda envuelta en una textura de terciopelo. Eso es debido a su edad, pues casi todas las frutas y los taninos se han transformado. —Tomó otro sorbo—. Noto especias, trufas, flores marchitas, hojas del otoño, tierra y matices de cuero.

Constance lo probó otra vez, pero ni siquiera llegó a percibir uno solo de esos sabores.

—Es un vino austero, estructurado, de gran fineza, y con un final largo y prolongado.

—¿Qué es en concreto lo que hace que sea tan bueno?

—Todo. Cada sorbo aporta un nuevo sabor, otra característica. —Volvió a beber—. Es tan maravillosamente complejo, tan equilibrado, con cada sabor apareciendo cuando es preciso... Y lo que es más importante, tiene ese *goût de terroir*, el gusto especial de la tierra donde creció la uva. Contiene el alma de la famosa colina de una hectárea desaparecida hace tiempo, devastada por el gas mostaza durante la Primera Guerra Mundial.

Pendergast sirvió una segunda copa y Constance bebió con cuidado. Aquel vino era más suave que ninguno que ella recordase haber bebido, y tenía una delicadeza perfumada de lo más placentera. Tal vez pudiese aprender a disfrutar del vino del modo en que Pendergast lo hacía. Tras dar un sorbo se percató del ligero adormecimiento de sus labios y de la agradable y hormigueante calidez que parecía irradiar de lo más hondo de su cuerpo. Pensó que a lo mejor estaba detectando ciertas notas de trufa y de cuero en el vino, después de todo.

Pendergast se levantó de la cama y empezó a recorrer la habitación con la copa en la mano, pensativo. El hecho de haber conseguido aquel vino exquisito, y poder beberlo, le hacía sentirse un tanto extraño, inexplicablemente voluble.

—Incluso más de lo que es habitual en las investigaciones

criminales más cruentas, Constance, esta investigación está cargada de ironía. Tenemos al historiador, McCool, que llega aquí sabiendo lo de las joyas, pero desconoce el lugar en el que embarrancó el *Pembroke Castle*. Al mismo tiempo, tenemos a los hermanos Dunwoody, que conocen la localización exacta del barco pero ignoran la existencia de las joyas. Y cuando los dos caminos se cruzaron, *voilà!* Ahí se gestó el crimen. Los hermanos necesitaban tiempo para preparar el falso robo del vino, lo que explica las semanas transcurridas después de la partida del historiador. Además, sabían que era muy posible que el historiador regresara y querían estar preparados para esa contingencia; de ahí la idea de Dana Dunwoody de utilizar los símbolos Tybane. Tras el asesinato, Joe, el barman, se encontraba en una privilegiada posición para difundir rumores sobre las inscripciones grabadas en el cuerpo de McCool, así como sobre la posibilidad de que hubiese por medio un tema de brujería; algo que los nativos de Exmouth, que han crecido escuchando esas leyendas, aceptarían con entusiasmo. Un pez que se muerde la cola, a decir verdad.

—Pero ¿cómo supiste de la existencia del tercer hermano? Lo que le dijiste a Lake esta mañana me pareció intencionadamente impreciso.

—Lo era, sí. Gracias a mis investigaciones, tenía claro que había alguien viviendo en la marisma. La comida robada, los rastros que había descubierto, el olor de la fogata, la sensación de que me observaban durante mis incursiones apuntaban hacia esa teoría. También convertían a Joe Dunwoody en sospechoso. El tejido perteneciente a Dana Dunwoody que había encontrado, así como su visita a la biblioteca de Salem para estudiar las inscripciones, indicaban que el componente fraternal era más que probable. Aunque fue mi visita al forense lo que me dio la clave. El asesinato de Dana fue un repentino e inesperado acto de rabia, no respondía a la premeditación que evidenciaba la muerte de McCool. —Volvió a sentarse en la cama junto a Constance—. Y a pesar de que Dunkan intentó borrar su rastro grabando las inscripciones en el cuerpo de su hermano tal como había hecho con el historiador, no demostró tener la misma disposición de ánimo; de ahí el carácter vacilante de los cortes.

Constance tomó otro sorbo de vino. El ulular del viento y el tamborileo de la tormenta resultaban agradables en aquella cálida habitación, con su fuego chispeante y su luz tenue. Podía sentir el calor del cuerpo de Pendergast junto al suyo.

Se dio cuenta de que Pendergast la estaba mirando. ¿Era una mirada de incredulidad o de expectación?

—¿Qué sucede, Constance? —le preguntó con amabilidad—. Me da la impresión de que tienes más preguntas sobre el caso.

—Es que... —empezó a decir tras una larga pausa, intentando ordenar sus dislocados pensamientos—. Es como si faltase algo —dijo, más bien con intención de llenar un vacío cada vez más peligroso.

—Como si faltase... ¿qué?

—Lo que leí en la biblioteca de Salem. Eso sobre el «lugar errante», el «oscuro peregrinaje hacia la costa del sur». Eso demuestra que las brujas no murieron allí, como cree todo el mundo, sino que se trasladaron... al sur.

—Sin duda se trata de un curioso apunte. —Pendergast tomó otro sorbo de vino y volvió a llenar las copas. Se sentó otra vez en la cama. El decantador estaba ya casi vacío.

Constance dejó su copa en la mesa.

—¿Adónde se marcharon? ¿Y qué fue de ellas? El único lugar al sur del asentamiento que descubriste en la marisma es Oldham.

—Pero Oldham no fue un asentamiento de brujas. Era un pueblo pesquero, y fue abandonado, debo añadir, hace ochenta años, después del huracán de 1938. Y no fueron brujas las que grabaron esas inscripciones en los cuerpos de McCool y de Dana Dunwoody. Tenemos pruebas que incriminan al auténtico responsable, que no tiene nada de brujo. Además, ¿no fuiste tú quien, no hace mucho, rechazó cualquier clase de vínculo entre nuestro caso y la brujería? —Hubo una pausa—. Estás enfocando el asunto en sentido literal, mi querida Constance. Conozco muy bien tu querencia por lo extraño y lo inusual; todos esos años leyendo libros raros en el sótano del 891 de Riverside Drive deben de haber producido su efecto, después de todo. De todos modos, incluso si esa historia fuese cierta, «sur» podría significar casi cualquier cosa o cualquier lugar. Podría referirse a Gloucester o incluso a Boston. Y a estas alturas, esas brujas, suponiendo que lo fuesen, no son más que un recuerdo remoto.

Constance guardó silencio. Pendergast colocó sus manos sobre las de ella.

—Confía en mí: tienes que dejarlo correr. He solucionado un caso en el que todos los cabos han quedado perfectamente atados.

Constance siguió callada; ahora apenas estaba escuchando. Sentía que el pulso se le aceleraba y una opresión en el pecho. Un cosquilleo recorrió su cuerpo. La mano de Pendergast, todavía sobre la suya, parecía estar ardiendo. La tormenta de emociones que pugnaban en su interior amenazaban con estallar. Sin saber muy bien lo que hacía, como si alguien controlase sus acciones, sacó la mano de debajo de la de Pendergast y la colocó encima. Lenta y deliberadamente, cogió la otra mano de Pendergast, que estaba apoyada en el edredón, y la llevó hasta su rodilla.

Pendergast se puso rígido. La miró a los ojos. El fuego de la chimenea se reflejaba en sus pupilas formando chispeantes esquirlas plateadas.

Lenta y deliberadamente también, Constance empezó a guiar la mano de Pendergast hacia arriba por debajo del vestido.

Hubo un momento de quietud. Y entonces, él se volvió hacia ella de un modo tan repentino que su copa de vino fue a estrellarse contra el suelo y se rompió en mil pedazos. Con una mano apretó el interior del muslo de Constance, mientras con la otra mano le agarró el vestido con tal fuerza que casi le arrancó los botones. La besó con avidez... y entonces, con la misma brusquedad, retrocedió. Incluso antes de que ella se diera cuenta de lo que estaba ocurriendo, Pendergast se levantó de la cama con un movimiento suave. Inexplicablemente, empezó a recoger los fragmentos de la copa esparcidos por el suelo y a tirarlos a la papelera con un ligero temblor en las manos. Constance se limitó a observarlo, inmóvil, aturdida e incapaz de pensar.

—Lo siento muchísimo, Constance —le oyó decir—. Creo que he estropeado tu vestido.

Ella seguía sin poder articular palabra.

—Tienes que entenderlo. Soy un hombre, tú eres una mujer... Siento por ti un afecto mayor que por cualquier otro ser vivo... —Seguía recogiendo fragmentos de cristal mientras hablaba.

—Estate quieto —logró decir Constance.

Él se detuvo y permaneció entre la mesa y el fuego, que poco a poco se iba apagando. Se había sonrojado.

—Creo que la peculiar naturaleza de nuestra relación impide que nos dejemos llevar por sentimientos que...

—Cállate.

Pendergast guardó silencio. Se quedó allí de pie, mirándola.

Constance se levantó. Primero había sentido confusión, luego vergüenza y finalmente humillación y rabia. Clavó su mirada en él. Temblaba de pies a cabeza.

—¿Constance?

Con un violento y repentino movimiento de revés, Constance golpeó la copa que estaba en la mesa, que se estrelló contra la chimenea.

—Recógela también, venga, ¿por qué no lo haces?

Entonces se dio la vuelta, se dirigió a la puerta y la abrió de golpe.

—¡Espera! —gritó Pendergast a su espalda—. No te vayas...

Pero la frase quedó en el aire cuando ella cerró la puerta y echó a correr escaleras abajo hacia su habitación.

42

Percival se alejó de la ventana que miraba hacia los acantilados que se erguían sobre el Atlántico. La tormenta se estaba convirtiendo en algo serio. Cada intervalo luminoso del faro despedía un fugaz resplandor más allá de las distantes dunas y el océano, iluminando la línea de espuma blanca de las olas que iban a romper en la playa. Se había ido la luz en la casa, pero el faro disponía de su propio generador de emergencia, suministrado por la Guardia Costera, lo que permitía que funcionase siempre, sin importar las circunstancias climáticas.

Se dio la vuelta y observó a Carole encendiendo la última de las velas, que parpadeaban sobre la repisa de la chimenea y las mesas del salón. Ese detalle, combinado con el cálido fulgor que desprendía la enorme chimenea, aportaban a la habitación una deliciosa atmósfera. Los apagones eran frecuentes allí, justo al final de la línea eléctrica. A Lake le encantaban... siempre y cuando no duraran demasiado.

Carole se enderezó. Durante los últimos días se la veía más nerviosa y alterada, pero ahora volvía a ser la misma espléndida mujer de siempre.

—Me encanta la luz de las velas —dijo Carole.

Lake se le acercó y le pasó el brazo alrededor de la cintura.

—Tengo una idea. Una idea muy especial.

—Sé muy bien cómo son tus «ideas especiales» —le respondió dándole un ligero codazo.

—Bueno, esta es diferente. Ven conmigo. —Colocó una vela en una palmatoria, tomó a Carole del brazo y la llevó hasta la puerta de la bodega—. Ven.

La condujo por las estrechas escaleras hacia abajo. Cuando llegaron a la bodega, los truenos eran ya apenas un ruido sordo, como el crujir de las vigas de la vieja casa.

—¿Qué tenías pensado? —le preguntó.

—Ya lo verás.

Recorrieron el pasillo del sótano, dejaron atrás el estudio de escultura y entraron en la sección más antigua. Todavía quedaban las marcas del robo, los estantes vacíos que habían contenido las botellas estaban en el suelo, rodeados de botellas rotas y olor a vino. El nicho que Pendergast había descubierto seguía abierto, con las cadenas oxidadas colgando en su interior. Y pensar que todas aquellas botellas se encontraban ahora en el fondo del océano... Pasó por encima de los estantes vacíos y se acercó a la caja de madera del Chateau Haute-Braquilanges.

—Aguanta esto —dijo pasándole a Carole la palmatoria.

Se agachó y sacó la tapa de la caja. Las botellas estaban alojadas en sus estuches de madera. Uno de ellos estaba vacío: el de la botella que le había dado a Pendergast. Agarró otra botella y la sacó de la caja.

—Ya que abrí la caja, bebámonos una.

—¿En serio? ¿Pero una de esas botellas no vale... unos diez mil dólares?

—No. Mucho más. Pero como nosotros ya tenemos una edad... ¿Y para qué sirve el vino si no es para bebérselo?

—Tal vez tú sí tengas ya una edad... —dijo ella riendo—. En cualquier caso, después de todo este tiempo sigo sin tener ni idea de vinos. Tomártelo conmigo es como si lo tirases.

De nuevo le rodeó la cintura.

—En eso te equivocas. Querida, tú y yo vamos a reconstruir esta colección. Viajaremos a Italia, Francia y California, cataremos y compraremos vino y lo traeremos de vuelta. Tienes que educar tu paladar. ¿Y qué mejor forma de hacerlo que empezar con los mejores vinos del mundo? —La atrajo hacia sí.

—Eso suena estupendo. De acuerdo, me has convencido.

—No ha sido difícil.

Se dispusieron a salir, pero cuando pasaron junto al nicho abierto, Lake se detuvo.

—Y pensar que había una fortuna en joyas justo aquí, bajo nuestras propias narices. Qué lástima que no las encontráramos nosotros.

Sintió cómo Carole se estremecía.

—Me alegro de que no lo hiciéramos. Acuérdate de todas esas mujeres y niños asesinados. Se habla de joyas manchadas de sangre. Qué mal rollo.

—Tienes razón.

Acunando la botella con delicadeza para no alterar los posos, Lake se la llevó escaleras arriba hasta llegar al salón y la dejó con exquisito cuidado en la mesa frente a la chimenea. Extrajo la cápsula y limpió el cuello de la botella con un trapo húmedo. El corcho parecía estar en buen estado, no tenía signos de deterioro. De nuevo con mucho cuidado insertó la punta de un sacacorchos en el centro del tapón y lentamente empezó a darle vueltas, después apoyó el extremo de la palanca en la punta de la botella y conteniendo la respiración, hizo fuerza hasta sacarlo.

Ese era el momento de la verdad. No se lo había dicho a Carole, pero las posibilidades de que con el tiempo aquel vino añejo se hubiese convertido en vinagre, o de que como mínimo estuviese picado, eran considerables. Aspiró su esencia y apreció una rica variedad de aromas que no solo indicaban que el vino estaba en perfectas condiciones sino que atesoraba toda una serie de matices y complejidades. Volvió a inhalar, maravillándose ante las diferentes capas aromáticas.

—Bien, bien —murmuró.

—¿Está en buen estado?

Lake asintió haciéndose con un decantador. Como si se tratase de un bebé, decantó el vino con delicadeza, dejando un dedo de líquido en la botella. Después sirvió el vino en dos copas. Ambos bebieron. El viento azotaba la casa, haciendo temblar las ventanas. El haz de luz del faro barrió el océano, una vez y luego otra.

Disfrutaron del vino en silencio, prescindiendo de la charla habitual sobre el gusto y el aroma. Lake gozaba del silencio. Siempre se hablaba en exceso en ocasiones similares. Como ocurre con esas personas que hablan sin parar en los museos; podrían limitarse a mirar, para variar.

Le encantó comprobar cómo estaba disfrutando Carole del vino. Sí, ella podría aprender. Viajarían, catarían y comprarían. Tendrían algo que compartir, lo que, a decir verdad, había echado de menos en su relación. Sería una experiencia maravillosa... y le ayudaría a aceptar definitivamente la muerte de su esposa. Tal vez fuera el modo de superar de una vez por todas el vacío que ella había dejado en su corazón, esa insoportable y permanente sensación de pérdida.

Siguieron bebiendo.

—¿Qué ha sido eso? —preguntó Carole.

Lake aguzó el oído. Había sido un golpe. Una ráfaga de lluvia azotó los cristales mientras escuchaba. Se oyó otro golpe, más potente. El ruido parecía provenir del porche.

—Creo que el viento ha tirado una de las mecedoras. —Volvió a concentrarse en el vino.

Sonó otro estruendoso golpe en el porche, como una fuerte pisada.

—Eso no es una mecedora —dijo Carole.

—Voy a ver.

Lake se puso en pie, tomó una linterna de la mesa y salió del salón en dirección al recibidor. Cuando llegó a la puerta principal, oyó que algo la golpeaba, como si alguien llamara con torpeza. Repentinamente intranquilo, se acercó a los cristales laterales de la puerta y alumbró con la linterna hacia el exterior para ver qué estaba ocurriendo fuera.

Vio unas indefinidas pisadas fangosas que recorrían el suelo mojado del porche, pero no pudo distinguir quién estaba al otro lado de la puerta. «Madre mía, ¿a quién demonios se le habrá ocurrido salir con esta tormenta?», pensó. Fuera quien fuese, estaba demasiado cerca de la puerta para poder verlo. Y la vieja puerta no tenía mirilla.

—¿Quién anda ahí? —dijo Lake imponiéndose al ruido de la tormenta.

Otro golpe vacilante fue la única respuesta, y después el repiqueteo del pomo. La puerta, gracias a Dios, estaba cerrada por dentro.

—Eh, si está usted en un apuro, le ayudaré, ¡pero primero tiene que hablarme!

Carole se presentó en el recibidor.

—¿Qué pasa?

—Hay un loco ahí fuera. —Se volvió hacia la puerta—. ¿Quién es?

A continuación les llegó el sonido de un cuerpo pesado empujando la puerta, que crujió bajo la presión.

—¿Quién demonios anda ahí? —gritó Lake.

El cuerpo se lanzó contra la puerta e hizo temblar las bisagras. Carole dejó escapar un grito y dio un respingo hacia atrás.

—Carole, ¡tráeme el bate de béisbol!

Ella desapareció en la oscuridad de la cocina. Segundos después, regresó con el bate de abedul Louisville Slugger que guardaban en el cuarto de las escobas.

Otro golpetazo contra la puerta, más fuerte todavía que el anterior. La madera del marco crujió.

—¡Hijo de puta! ¡Si entras aquí te mato! —gritó Lake. Estaba oscuro y apenas podía ver nada—. ¡Carole, apunta aquí con la linterna!

Dio un paso atrás blandiendo el bate, mientras ella se protegía tras él, sosteniendo la linterna con manos temblorosas.

Otro golpe más, otro crujir de la madera. La placa de la cerradura cayó con la sacudida.

—¡Detente! —exclamó Lake—. ¡Tengo un arma! ¡Dispararé, te lo aseguro! —Habría dado cualquier cosa por disponer de un arma.

Tras el último golpe, la puerta se abrió de par en par esparciendo astillas de madera.

Algo o alguien irrumpió en el interior de la casa y Lake le lanzó un golpe con el bate, pero el asaltante se movía a tal velocidad esquivando los restos de la puerta que solo pudo vislumbrar parte de su hombro cuando pasó volando a su lado, dejando tras de sí un apabullante hedor. Lake se dio la vuelta y se preparó para lanzar otro golpe con el bate justo en el momento en el que Carole soltaba un grito estremecedor, la linterna se le caía de las manos y la habitación se quedaba a oscuras. Al mismo tiempo se oyó un sonido húmedo, como el estallido de un globo lleno de agua. En la oscuridad, Lake distinguió cómo aquella oscura forma se arrodillaba y se lanzaba sobre Carole, que cayó en la alfombra persa. Lake oyó unos ruidos viscosos, de masticación. Con un bramido, se arrojó en su dirección y lanzó el bate hacia aquella forma, pero esta se dio la vuelta y alzó sus manos deformes para atrapar el bate en el aire, arrancándoselo de las manos con una fuerza espantosa. Notó entonces un brutal tirón en el vientre y oyó que algo pesado y húmedo golpeaba el suelo, antes de caer hacia atrás, gritando, sumido en un pozo sin fondo de sufrimiento y terror.

43

—Te dije que no quedaban velas —dijo Mark Lillie mientras abría y cerraba los cajones, alzando la voz para imponerse a los golpetazos de una contraventana suelta debido al fuerte viento—. Hace dos semanas, cuando hubo el último apagón, ya te dije que necesitábamos velas.

—Crees que me lo dijiste —replicó Sarah—. ¿Y qué hay de las contraventanas? ¿Acaso no te pedí que las arreglaras el año pasado?

Como si corroborara su comentario, la contraventana volvió a golpear. Sacó una linterna del cajón maldiciendo.

—¿Qué tiene de malo la linterna? —preguntó Sarah.

Mark la encendió y enfocó la luz hacia el rostro de Sarah.

—Con una linterna no se puede iluminar una habitación.

—No me apuntes a los ojos.

—Solo lo digo. Es el quinto apagón en lo que va de año. Pensaba que tú, de entre toda la gente, dispondrías de una buena reserva de velas.

—Nadie te impide comprar velas cuando vas al pueblo, o sea todos los días.

—Daba por hecho que tú te encargarías de eso. Es lo que se conoce como división del trabajo.

—No me dijiste que no teníamos velas.

—Sí lo hice. Te olvidaste.

Se dejó caer en el sofá con cara de disgusto. En eso consistía su vida: pelearse todos los días por las cosas más estúpidas. Se preguntaba qué había visto en esa mujer. No habían tenido hijos. No había motivo alguno para no romper su relación. Aunque existían ciertas complicaciones, líos financieros...

La contraventana golpeó otra vez contra la fachada de la casa y una violenta ráfaga de viento hizo que las ventanas temblaran en sus marcos. La contraventana volvió a golpear, esta vez con más fuerza, y una de las ventanas estalló provocando un tintineo de cristales. El ulular del viento entró en la casa, acompañado por una ráfaga de lluvia que derribó el marco de una foto que había en el alféizar.

—¿Qué te dije? —gritó Sarah triunfalmente—. ¡Mira lo que ha pasado!

El viento soplaba sin cesar esparciendo gotas de lluvia sobre la mesa... y trayendo consigo el aullido de un animal.

—¿Qué ha sido eso? —preguntó Mark.

Sarah se quedó inmóvil donde estaba, sin decir palabra, intentando ver en la oscuridad.

—Está muy cerca de casa.

—Debe de ser el perro de un estúpido, si lo ha dejado salir con esta lluvia.

—No ha sonado como un perro.

—Sin duda es un perro. ¿Qué otra cosa podría ser?

Otro aullido, en esta ocasión provenía de la oscuridad que se extendía frente a la ventana.

—Anda, ve a echar un vistazo —dijo Sarah.

Tomó la linterna y fue hacia la puerta principal. Enfocó el haz de luz hacia fuera desde la ventana junto a la puerta.

—¡Ahhh! —gritó cayendo hacia atrás al tiempo que la puerta se abría con un estruendo.

Una figura oscura, como salida de una pesadilla, penetró en la casa envuelta en un terrible hedor. Lillie agitó furiosamente los brazos llevado por la incredulidad y el terror, intentando defenderse de aquella bestia. Pero con un terrible rugido, aquella cosa lo rodeó con sus poderosos brazos y le agarró el vientre con sus manos, que más bien parecían garras.

—¡No, no! —gritó. Intentó escabullirse cuando empezó a sentir cómo las largas y afiladas uñas se clavaban en sus tripas.

—¡Basta! ¡No! —Apenas pudo oír la voz de su mujer a su espalda, chillando.

Se oyó un inesperado sonido de desgarro, como el que se produce al arrancar la grasa de la carne. Aquellas garras abrieron su abdomen como si se tratase de unas cortinas. Todo estaba a oscuras, la linterna se había apagado, y él solo era capaz de sentir... Y lo que sintió fue una ráfaga de aire frío en el interior de su cuerpo que por un instante lo sobrecogió incluso en su repentina agonía. Cayó de espaldas con un grito de terror y sumido en un dolor indescriptible. Mientras caía pudo sentir cómo le arrancaban algo de su interior, acompañado por el espantoso y húmedo sonido de la masticación.

44

Constance Greene estaba calada hasta los huesos, su vestido empapado le pesaba muchísimo y tenía el dobladillo manchado de barro y arena. Pero no sentía el frío: su infancia como indigente en los muelles de la ciudad de Nueva York parecía haberla inmunizado para siempre frente a las bajas temperaturas. El viento agitaba los juncos de mar y la enea, que se mecían sin control al tiempo que ella se abría paso. Sus botas bajas chapoteaban en la tierra pantanosa y el haz de luz de la linterna se perdía en la oscuridad iluminando las centelleantes gotas de lluvia. Se desplazaba con rapidez, cegada por la rabia, la vergüenza y la humillación.

En un primer momento, su instinto la había empujado a huir; huir para no hacer algo violento e imborrable de lo que se habría arrepentido el resto de su vida. Pero a medida que se alejaba del hotel, hacia el sur, camino de las dunas y los juncos, iba adquiriendo forma el más débil de los planes.

En el fondo de su mente sabía que lo que estaba haciendo era, simplemente, desafiar a Pendergast. Aunque sus actos también tenían algo de irracional y quizá peligroso. No le importaba. Estaba convencida de que esta vez su protector se equivocaba: había algo más en el pueblo de Exmouth, algo oscuro y extraño que escapaba a la razón. Algo que seguía sin estar resuelto. Ella conocía mejor que él documentos como el manuscrito Sutter. Sabía que había en él algo más de lo que se creía. *Obscura Pere-*

grinatione ad Littus (Una oscura peregrinación a la costa sur)... Había ahí un misterio todavía por resolver, y la respuesta a ese misterio estaba en el sur, en las ruinas de Oldham. Estaba segura, aunque no podía siquiera imaginar en qué consistía la respuesta. Aun así, le demostraría a Pendergast que estaba en lo cierto. Se lo demostraría... y después se encerraría en alguno de los departamentos del sótano de Riverside Drive que solo ella conocía, y permanecería allí hasta estar de humor para volver a ver el sol.

A medida que ascendía, los juncos iban dejando paso a los robles y los retorcidos pinos escoceses. Dejó atrás las Rocas Destrozacabezas y el garfio de tierra, cruzó un fangal y también un canal, pues la marea había descendido, y llegó a Crow Island, en el extremo más alejado de la reserva natural. El océano se extendía hacia el oeste, a su izquierda, más allá de la larga y estrecha isla en forma de barrera. Se detuvo a escuchar, pero el viento era tan fuerte que ni siquiera podía oír el oleaje. Lo único visible en aquella cerrada oscuridad era el débil parpadeo del faro de Exmouth desde atrás, que hacía un barrido cada nueve segundos. Esa era la luz que la ayudaba a desplazarse: el faro trazaba su camino hacia Oldham.

Los árboles rodeados de rastrojos empezaron a escasear y las dunas, fijadas por la maleza, hicieron su aparición. Ahora ya podía escuchar el fragor del océano todavía invisible. O más bien podía sentir bajo sus pies las sacudidas que producía el poderoso Atlántico al chocar con la playa. Cruzó en diagonal la isla, manteniendo su posición gracias al faro. El pueblo desierto no podía estar a más de dos o tres kilómetros de distancia. No tardaría en llegar.

Las tormentas con viento de noreste no asustaban a Bud Olsen. Todo lo contrario, le gustaban. Se contagiaba de su vigor. Y tampoco le preocupaban a Aubrey, su Golden Retriever. Después de dejar la pesca, hacía ya diez años, Olsen se había trasladado al pueblo y ahora vivía en una pequeña casa al final de Main Street, desde donde podía ir andando a cualquier parte, especialmente a su almuerzo de los martes en el club y a la biblioteca, que solía frecuentar en busca de libros, sobre todo las aventuras marítimas de Patrick O'Brian, John Masefield y C. S. Forester, sus favoritos.

A las nueve en punto, con un fuerte viento que hacía temblar los batientes de las ventanas, Aubrey empezó a sollozar junto a la puerta y a mover el rabo. Olsen dejó a un lado el libro que estaba leyendo y se levantó de la silla con un gruñido. Apagó la lámpara de queroseno y caminó hacia la puerta.

—¿Quieres salir, muchacho?

Aubrey sacudió el rabo con entusiasmo.

—De acuerdo, vamos a dar un paseíto.

Valiéndose del tacto más que de la vista, se puso su chubasquero de marino y la capucha, se calzó unas botas, pescó la linterna de un cajón del vestíbulo y le ató la correa a Aubrey. Abrió la puerta sintiendo el empuje del viento y bajó las escaleras del porche hasta la acera. El pueblo estaba prácticamente a oscuras debido al apagón, pero la comisaría, en un extremo, estaba iluminada gracias a su generador eléctrico de emergencia. El viento soplaba por encima del agua de la bahía, y la lluvia caía casi horizontal. Cuando Bud inclinó la cabeza, el viento tiró con fuerza de la capucha, pero la tenía bien atada a la barbilla.

Giraron a la izquierda y enfilaron Main Street hacia el centro del pueblo. Al pasar junto a las casas pudo ver, perfiladas en color naranja, las suaves sombras de gente moviéndose en el interior a la luz de las velas o con linternas, lo que le daba al pueblo un aire anticuado y acogedor, como de cuadro de Currier & Ives. Así debía de ser Exmouth cien años atrás, pensó Bud, antes de la electricidad. No estaba mal. Bien pensado, la electricidad no había traído más que problemas: luces deslumbrantes, contaminación, ordenadores y iPads y todas esas cosas absurdas con las que uno se topaba cada día, pues todo el mundo, no solo los niños, paseaba por el pueblo mirando como zombis los pequeños rectángulos brillantes en lugar de saludarse los unos a los otros, en lugar de disfrutar del olor de la sal, en lugar de observar los arces de color morado en su esplendor otoñal…

Un ladrido interrumpió sus reflexiones. Aubrey se había detenido. Miraba hacia la oscuridad con el pelo del lomo erizado.

—¿Qué ocurre, muchacho?

Otro ladrido contenido.

La reacción del perro era del todo inusual. Aubrey era sin lugar a dudas el perro más amistoso del pueblo. Para los ladrones solo suponía un peligro porque podían tropezar con él en la oscuridad. Incluso habría celebrado la llegada de un asaltante sacudiendo el rabo.

Aubrey retrocedió, tenso debido al miedo, y los ladridos se transformaron en gemidos.

—Tranquilo. No hay nada ahí. —Bud enfocó la linterna, pero la luz apenas penetró la turbulenta oscuridad.

El perro ahora estaba temblando y reculaba, gimiendo con más intensidad. De repente, Bud notó un potente hedor, un olor sumamente desagradable a mierda y a sangre. Con un aullido, el perro tiró de golpe de la correa, dejando un rastro de orina en el suelo.

—¿Qué demonios? —Bud también reculó—. ¿Qué es eso? —preguntó a la oscuridad.

Con un bramido de terror, Aubrey tiró con tanta fuerza de la correa que se la arrancó de las manos a su amo y echó a correr calle abajo, con la correa arrastrando por el suelo detrás de él.

—¡Eh, muchacho! —Bud observó cómo el perro se alejaba de la oscuridad. No tenía sentido. Oyó un ruido a su espalda y se volvió para ver algo que, en un principio, apenas pudo comprender: una figura con una extraña forma alargada, musculosa y desnuda que emergía de la oscuridad.

—¿Qué demonios…?

La figura se abalanzó hacia delante y Bud sintió su aliento, caliente y gutural, y un hedor a matadero. Con un ahogado chillido de terror se dio la vuelta dispuesto a huir de allí, pero un dolor que jamás habría imaginado poder experimentar le atravesó el cuerpo. Miró hacia abajo sorprendido y aterrado, y entonces vio una cabeza pelada incrustada en sus tripas, tiñéndolo todo de sangre roja, adentrándose en sus entrañas con unas poderosas mandíbulas, devorándolo hasta matarlo...

Constance alzó la cabeza por encima de la última línea de dunas, bordeó una cerca medio enterrada en la arena y salió a la playa. Las olas eran enormes. Las crestas se desplomaban lejos de la orilla acercándose como una línea de agua hirviendo, rompían una vez más y retumbando en la playa alcanzaban el pie de las dunas. Constance jamás había visto un mar tan bravío hasta visitar Exmouth. Aquel espectáculo, dado que ella no sabía nadar, le resultaba de lo más inquietante. Resultaba fácil imaginar un barco naufragando allí, desapareciendo en cuestión de minutos. La luz de su linterna alcanzaba como mucho tres metros en la oscuridad.

Echó la vista atrás. El faro de Exmouth apenas resultaba visible, parpadeando rítmicamente a pesar del apagón. Recordó los viejos mapas que había consultado en la Sociedad Histórica. Las ruinas de Oldham no podían estar mucho más al sur. Estaba convencida, así que siguió adelante. Al fin divisó sobresaliendo en la arena la punta de los pilones, allí donde la orilla dibujaba una curva hacia el estuario que ponía fin a Crow Island y al viejo puerto de Oldham. Minutos después, Constance llegaba al rompeolas de granito, construido con aquellos enormes bloques que en tiempos habían protegido la salida del puerto.

Dejó atrás el rompeolas y caminó tierra adentro. La zona de dunas daba paso a un suelo más firme, con pinos y matojos y también robles retorcidos. Quedaban los cimientos de antiguas casas, el hueco de lo que habían sido sótanos construidos con paredes de granito, con el suelo cubierto de hojas de roble y montones de arena. No costaba mucho adivinar por dónde había pasado la calle, por los agujeros de las bodegas a ambos lados, así como los restos de pilares desparejados y las vigas de madera podrida.

Uno de los mapas que había examinado en la Sociedad Histórica indicaba que la única iglesia de aquel pueblo estaba al final, donde se bifurcaba la calle principal, para resultar visible desde cualquier punto, siguiendo el estilo tradicional de Nueva Inglaterra. Como no podía ser de otro modo, continuó avanzando por la calle abandonada y no tardó en encontrar unos cimientos más profundos. En cierto modo, estaban en mejores condiciones que las otras ruinas, a pesar de que también eran bloques de granito. Una escalera de piedra descendía hasta lo que quedaba del sótano.

Constance se colocó en lo alto de las escaleras y miró hacia abajo. No se veía nada más que arena y escombros. ¿Qué esperaba encontrar ahí? De repente, la más que posible futilidad de su plan la sacudió. A pesar de la distancia y la desolación, esas ruinas sin duda habían sido saqueadas por indigentes y todo tipo de personas durante las muchas décadas que habían transcurrido desde que Oldham fue abandonado. ¿Cómo iba a encontrar algo, si ni siquiera sabía qué andaba buscando?

Sintió otro arrebato de humillación, inquietud y rabia. Contra lo que le dictaba la razón, empezó a descender por los escalones de granito hasta llegar a lo que había sido el sótano. Allí, al amparo de aquellas paredes, dejó de notar el viento. Enfocó la luz de la linterna alrededor. El sótano era de unos doce metros por nueve, con una estructura central de piedra que soportaba los restos de dos chimeneas de la primera planta. Las chimeneas todavía resultaban visibles. Eran de piedra de mortero y estaban medio derruidas, aunque parte del tiro seguía en pie como un tubo vacío. Todo lo que había sido de madera en aquella iglesia había desaparecido casi por completo, tan solo quedaban unos cuantos pedazos de las pesadas vigas aquí y allí, carcomidas, blandas como yescas. Las hojas de roble se amontonaban en las esquinas y contra la parte posterior de la chimenea central. Los matojos crecían tupidos a lo largo del muro de piedra que daba al norte. También había una lona enorme, sucia y maltrecha, que tenía pinta de ser una vieja vela de barco.

Constance completó la ronda por el sótano. Si había alguna clase de oscuro secreto oculto en ese pueblo, probablemente se encontraría allí, en la iglesia. Pero ¿de qué podía tratarse? Fue apartando las hojas de un lado y de otro, dejando a la vista nada más que trozos de cristal, clavos oxidados y restos de platos o tazas. El viento arreció y se refugió tras una de las paredes. Se fijó en que la lona que había visto antes estaba cubierta de malas hierbas. Agarró uno de los extremos y tiró hacia atrás. Notó el mal olor, como de animal muerto, y de manera instintiva volvió a colocar la lona como estaba. Dudó. La agarró de nuevo y esta vez la retiró por completo. Volvió a notar el hedor. Apuntó con la linterna y vio que la lona había estado cubriendo una pequeña plancha de hierro de metro y medio de ancho, en la pared del fondo. La plancha parecía cerrar un nicho. El olor era muy desagradable, pero no había ningún animal muerto a la vista; de hecho, parecía provenir del otro lado de la plancha.

Se arrodilló y respirando por la boca estudió la plancha de cerca. Estaba oxidada pero al parecer no tanto como debería estarlo. Tenía aspecto de ser la entrada de un sótano oculto. La plancha tenía bisagras, engrasadas y sospechosamente practicables.

Su corazón empezó a latir más rápido. Había algo ahí, estaba convencida.

Enfocó alrededor con la linterna asegurándose de que su estilete seguía a buen recaudo en el dobladillo del vestido. Despacio y con mucho cuidado, levantó la plancha de hierro, que se abrió con facilidad sobre sus bisagras, dejando a la vista no un nicho sino un túnel de baja altura que descendía en forma de escalera de piedra. Ascendía por allí un olor horrible: una mezcla de heces, orina y carne podrida. Tomó aire y empezó a descender las escaleras hacia la oscuridad.

Al llegar al final se detuvo y aguzó el oído. La tormenta era allí poco más que un arrullo sordo, y pudo oír un leve e intermitente sonido más adelante, algo parecido al llanto de un niño.

45

Gavin estaba sentado en la sala trasera de la comisaría mirando con desgana el tablero de damas. Una vez más, el jefe le estaba ganando, y le molestaba muchísimo ser derrotado una y otra vez por una persona que era, en todos los sentidos, intelectualmente inferior a él. ¿Cómo lo lograba Mourdock? Seguro que había leído algún libro y aprendido unos cuantos trucos baratos, como esos muchachos que jugaban al ajedrez rápido por dinero en Boston Common.

Por fin movió pieza.

—Dama —dijo el jefe colocando sus gordos dedos en una pieza y desplazándola hasta la fila de atrás.

Con mal disimulada incomodidad, Gavin apiló una segunda ficha. También iba a perder esa partida, estaba convencido.

Lo peor era que el jefe, insufrible en sus mejores momentos, se había hinchado como un sapo desde su triunfal aparición de la tarde, dado que básicamente se había adjudicado el mérito en la resolución del caso, aunque hubiesen sido Pendergast y Constance Greene quienes habían hecho todo el trabajo. Gavin no podía entender por qué Pendergast se había mantenido a distancia durante la conferencia de prensa mientras el jefe monopolizaba toda la atención. Al menos, pensó, el caso estaba resuelto. No podía sacarse de la cabeza la imagen de los dos cadáveres grabados de un modo obsceno con las inscripciones Tybane. Había supuesto un tremendo alivio descubrir que había sido obra de los estúpidos hermanos Dunwoody, con el mero propósito de alejar de sí las posibles sospechas sobre sus trapicheos criminales. Era como si hubiesen estado proclamándolo a los cuatro vientos desde el principio: las inscripciones eran tan solo una cortina de humo. No tenían nada que ver con brujas o con brujería; todo había sido una ridícula farsa.

—Te toca —dijo Mourdock inmiscuyéndose en sus pensamientos.

El jefe había movido su ficha hasta una posición más inteligente. Gavin vio que, inevitablemente, iba a perder dos piezas y, con ellas, la partida. No podía hacer nada. Movió una pieza, y el jefe sin pensárselo saltó dos de las suyas golpeando con fuerza excesiva. Maldito idiota.

—Me rindo —dijo Gavin de inmediato.

—Venga ya, no me lo pongas tan fácil —repuso el jefe casi gimoteando—. Todavía puedes ganar.

Mientras Gavin negaba con la cabeza, oyeron un inesperado ruido en la otra parte de la comisaría: habían abierto la puerta principal de golpe. A continuación una especie de bramido que parecía reclamar ayuda.

Gavin y el jefe se levantaron de un salto tirando al suelo el tablero y las piezas. Una mujer, que Gavin identificó enseguida como Rose Buffum, estaba de pie en la puerta, calada hasta los huesos, con las ropas empapadas colgando de su voluminoso cuerpo, el pelo gris pegado a la cabeza y los ojos abiertos como platos, con una expresión de puro terror.

—¡Por amor de Dios, ayudadme! —chilló sofocada—. ¡Ayudadme! —Se abalanzó hacia Gavin.

—¿Qué ocurre? —Gavin la agarró por un brazo y el jefe por el otro. Temblaba violentamente—. ¿Estás herida?

—¡Dios mío, Dios mío! —sollozó.

Logró sentarse en una silla. Gavin se apresuró a servirle una taza de café.

—Llama a urgencias, consigue una ambulancia —dijo el jefe—. Tiene sangre.

Buffum se reclinó en la silla a punto de desmayarse, con los ojos bailándole en las cuencas. Gavin dejó el café y tomó la radio. Con la máxima celeridad contactó con la central de Newburyport y llamó a urgencias. Mientras tanto, el jefe le limpió la cara a Buffum con una toalla de papel.

—¿Dónde te has hecho daño? —le preguntó.

La mujer tomó aire.

—¡No es mi sangre!

—De acuerdo —dijo el jefe—. Toma un poco de café y cuéntanos qué ha pasado.

Buffum prescindió del café y dejó escapar otro resoplido doliente.

—¡El monstruo!

—¿Monstruo? —repitió Mourdock con un tono escéptico.

—No va a dejar de matar. —Y como si le hubiese asaltado un pensamiento imprevisto, añadió—: ¡Oh, Dios del cielo, cerrad las puertas!

—No podemos cerrar las puertas de la comisaría —dijo el jefe.

—Entonces, metámonos en una celda. ¡Viene hacia aquí!

—¿Qué es lo que viene hacia aquí?

—¡Es un demonio del infierno, y descuartiza a la gente!

Al escuchar aquellas palabras, Gavin sintió un repentino escalofrío en todo el cuerpo. «El monstruo.» No. Imposible.

—¡Descuartiza y…! —En ese momento la mujer se dobló y tras una arcada vomitó la cena por todo el suelo de la comisaría.

El jefe se echó hacia atrás con una mueca de desagrado.

—La ambulancia está en camino, Rose. Aguanta un poco. —Miró a Gavin—. ¿Qué hacemos?

Gavin le sostuvo la mirada. Sin lugar a dudas, la mujer no mentía. Rose Buffum tenía tanta imaginación como un poste de madera; no era de esas personas que ven cosas raras. El jefe también lo sabía. En un segundo se le borró la expresión de escepticismo.

—Agarremos nuestras armas y salgamos ahí fuera —respondió Gavin.

—¡No me dejéis aquí! —gritó Rose.

—¿Salir fuera? —dijo Mourdock, que parecía no tenerlas todas consigo—. ¿Los dos?

—Hay que saber qué está pasando. —Gavin tenía que verlo con sus propios ojos. No podía ser cierto...

—Entonces, metedme en una celda —chilló Rose—. ¡Y cerrad la puerta con llave!

—Si eso hace que te sientas mejor... —El jefe la acompañó hasta una de las celdas, la encerró allí y le entregó las llaves. Después se volvió—. De acuerdo, veamos qué está pasando.

Gavin agarró su Glock y su cinturón y se lo colocó.

—Comprueba tu linterna —dijo el jefe.

Gavin comprobó que la linterna grande que llevaba en el cinturón funcionase. Después siguió al jefe, que se encaminaba hacia la oscuridad, y echó un vistazo hacia Main Street. Gracias a la tenue luz que salía de las casas, pudo ver dos bultos que yacían en la calzada.

«Son cuerpos. Así que es cierto...» Sintió cómo se le revolvían las tripas. Por encima del bramido de la tormenta, pudo escuchar entonces un leve grito que procedía de la mitad de la calle; una súbita llamarada en la ventana de una casa, las cortinas ardiendo, el estallido de los cristales, los gritos desde el interior, de repente más fuertes... y silenciados de golpe por un potente sonido gutural.

—Virgen santa —dijo el jefe con la mirada fija.

De la casa en llamas surgió entonces una figura, silueteada por la luz del incendio: una cosa alta, pálida, musculada, con una gigantesca mandíbula colgando de la cabeza... y un rabo.

46

Walt Adderly, propietario del hotel Capitán Hull, estaba sentado a la barra del Chart Room escuchando a Benjamin Franklin Boyle agasajar a los habituales del local, una vez más, con la historia de cómo había encontrado el cadáver del historiador. Boyle, que solía mostrarse taciturno, esa noche estaba de un humor mucho más distendido: gesticulaba con la jarra de cerveza, alzaba la vista teatralmente y, en términos generales, hacía todo lo posible para ofrecer un buen espectáculo. Había tomado alguna pinta de más; se había saltado sus férreos hábitos porque era un día especial. Como otros muchos hombres de mar, Boyle era un consumado contador de historias, y por lo visto su auditorio aún no se había cansado de escucharlo. Se había ido la luz hacía ya una hora, lo que de algún modo contribuía a crear un clima festivo. Habían sacado velas y las habían colocado a lo largo de la barra, dado que los clientes estaban bebiendo para celebrar la extraña resolución de los misteriosos asesinatos. A medida que iban fluyendo las bebidas y la conversación, iba extendiéndose también la sensación de alivio por haber recuperado en Exmouth la normalidad. Por su puesto, muchos todavía se sentían conmovidos por la implicación de los Dunwoody, a pesar de que unos pocos afirmaban que «jamás confiamos en esa familia». Adderly, en cualquier caso, nunca había tenido problemas con Joe Dunwoody, barman de su local desde hacía mucho tiempo, al margen de la comida robada. De hecho, más bien sentía lástima por él.

Boyle había llegado al punto de la historia en el que se disponía a darle la vuelta al cadáver con su rastrillo para almejas, cuando la puerta del local se abrió de golpe.

Adderly miró hacia el lugar del que había provenido el ruido al tiempo que Boyle guardaba silencio. Se reclinó en su silla y gritó hacia el pasillo a oscuras que llevaba a la puerta.

—¡Pase, amigo, y protéjase aquí de este tiempo de perros!

Boyle retomó el hilo de la historia. Entre el público y la cerveza, se había puesto rojo.

Pero nadie entró por la puerta principal. Adderly alzó la mano para pedir silencio. Miró de nuevo hacia el pasillo.

—¡Entre, no sea tímido! —Y acto seguido, en un súbito impulso de generosidad, añadió—: ¡A la siguiente ronda invita la casa!

La afirmación se vio correspondida por un unánime murmullo de aprobación. Boyle se volvió hacia el barman.

—¡Llénalas! —dijo dando vueltas con un dedo. Interrumpió la historia mientras Pete, el barman suplente, empezaba a llenar de nuevo las jarras de todos.

Sonó un fuerte golpe en el pasillo. A Adderly le dio la impresión de que alguien había caído al suelo. Por lo visto, el recién llegado, fuera quien fuese, ya había empezado la celebración por su cuenta.

—Eh, Andy, el tipo del pasillo necesita un poco de ayuda —dijo Adderly al tipo que estaba sentado en el taburete más cercano a la puerta.

Andy Gorman bajó del taburete y agarró una de las velas.

—No cuentes nada hasta que haya vuelto.

—No te preocupes —dijo Boyle dándole un buen trago a su helada cerveza.

Intentando que la llama no se apagase, Gorman salió del bar y recorrió el pasillo; apenas era ya un punto de luz en la oscuridad.

Tras un instante de silencio, se oyó un estremecedor grito en el pasillo. A Adderly casi se le cayó la jarra de las manos. Giró sobre sí mismo y miró hacia el oscuro corredor. Todo el mundo se puso en pie de un salto. La luz de la vela de Gorman había desaparecido. El pasillo era un hueco negro. Los truenos de la tormenta sacudían aquel viejo edificio hasta los cimientos.

Se intercambiaron miradas.

—¿Qué demonios? —dijo alguien tras unos segundos.

—¿Andy? ¡Andy!

Llegó entonces desde el pasillo un olor extraño: un hedor a muerte y putrefacción y materia fecal que sobrecogió a Adderly. Todo estaba en silencio; nadie se movió. Por eso Adderly pudo escuchar, más allá del murmullo de la tormenta, el rápido y entrecortado jadeo de un animal.

En su habitación del piso superior del hotel, Pendergast estaba sentado en la cama. Escuchaba con toda su atención, pero el grito de abajo había cesado de golpe y ahora tan solo se oía la tormenta. Los ruidos de la celebración en el bar también se habían interrumpido.

Salió de la cama, se vistió a toda prisa, cogió la linterna y se ajustó la cartuchera de la Les Baer. Recorrió el pasillo, bajó hasta la planta siguiente y tras una pausa mínima agarró el pomo de la puerta de Constance. Al ver que estaba cerrada, llamó.

—Constance —dijo—. Por favor, abre la puerta.

No hubo respuesta.

—Constance —repitió—. Lamento mucho lo ocurrido, pero ahora no tenemos tiempo para gestos melodramáticos. Algo está...

Mientras hablaba, desde la planta baja llegó a sus oídos un inesperado coro de gritos, una cacofonía de chillidos mezclados con los sonidos propios de una salvaje estampida, con sillas cayendo, cristales rotos y atronadoras pisadas en el suelo de madera.

Pendergast no esperó más; colocó su hombro en posición y de una arremetida abrió la puerta.

La habitación estaba vacía, la cama sin deshacer. Ni rastro de la linterna que le había dado a Constance.

El caos se había impuesto en la planta baja. Echó a correr por las escaleras, pistola en mano, hasta llegar al vestíbulo. La luz de su linterna reveló que la puerta estaba completamente abierta y que daba bandazos debido al fuerte viento. Había un cuerpo tumbado en el umbral.

Dio la vuelta y corrió hasta el bar. Le esperaba allí una escena de extrema violencia: un segundo cuerpo destripado en el suelo, y media docena de hombres agazapados, aterrorizados pero indemnes, tras la barra.

—¿Qué ha pasado? —exclamó Pendergast.

—¡Que Dios nos ayude, que Dios nos ayude! —chilló uno de los hombres, y entonces soltó un discurso incomprensible en el que las palabras «monstruo» y «demonio» y «simio» y «sabueso» se mezclaban con los gritos de los horrorizados clientes.

—¿Adónde ha ido? —preguntó Pendergast.

Uno de los hombres señaló hacia la puerta.

Pendergast se volvió, echó a correr hacia el vestíbulo dejando atrás los gritos de aquellos hombres que suplicaban en vano protección y se adentró en la tormenta. Pudo ver pisadas de pies desnudos que cruzaban el porche y el sendero de arena, ya casi borradas por la lluvia. Dudó, mirando la tormenta en la dirección por la que se había marchado la criatura: hacia el sur, camino de la marisma. Fuera lo que fuese, había sembrado el caos y luego había escapado.

La mente de Pendergast divagaba. Constance estaba desaparecida. No había ido a su habitación. Posiblemente había salido del hotel hacía ya un buen rato, tal vez justo después del abrupto desenlace de su conversación. Se pasó una mano por la frente.

«¿Adónde se marcharon?», había preguntado Constance refiriéndose a las brujas. «¿Y qué fue de ellas? El único lugar al sur del asentamiento que descubriste en la marisma es Oldham.»

Allí era donde se había dirigido, Pendergast estaba convencido: Oldham, el viejo pueblo abandonado. Por alguna razón que él no podía entender, ella había centrado su atención en ese lugar. No hacía ni dos horas, Constance había insinuado que la esencia del misterio seguía sin resolver. Al pensar en ello sintió remordimientos por haberse tomado quizá demasiado a la ligera las preocupaciones de Constance; la intuición de aquella mujer le había hecho ver algo que él, con su frío análisis, había pasado por alto.

El asesino iba descalzo en mitad de la tormenta y la temperatura había caído por debajo de los cuatro grados. Ese detalle, más que cualquier otro, lo inquietaba profundamente, pues implicaba que había perdido de vista un punto importante del caso, algo fundamental, tal como Constance había sugerido con insistencia. Y ahora, mientras intentaba descubrir el misterio de las pisadas, ni siquiera se le ocurría cuál podía ser la solución.

Empujado por una dolorosa desazón, se internó en la tormenta siguiendo unas borrosas huellas en la arena que no tardarían en desaparecer.

47

Al mirar hacia Main Street, Gavin vio brillar la casa en llamas. Algo así no podía estar ocurriendo. El fulgor del fuego le permitía ver los cuerpos tirados en la calle: gente que él conocía, amigos y vecinos. La puerta de otra de las casas estaba abierta... y tuvo la terrible impresión de que allí adentro también habría otro cuerpo.

Ese... demonio había arrasado el pueblo en cuestión de minutos y al parecer después había desaparecido, dejando tras de sí un auténtico caos. ¿Cómo podía haber pasado?

Oyó al jefe llamando por radio al Departamento de Policía de Lawrence para pedirles que enviasen un equipo de operaciones especiales. Su voz rayaba el histerismo.

—Un loco que anda suelto por aquí, ha causado innumerables daños y puedo ver al menos dos cuerpos desde donde me encuentro... Sí, señora, maldita sea, ¡he dicho dos cuerpos! Hay una casa en llamas... Mándennos todo lo que tengan, ¿me ha oído? ¡El arsenal al completo!

Gavin intentó mantener la calma. Tenía que pensar, pensar de verdad. Lo que estaba presenciando era increíble, el más espantoso de los horrores.

—¡Gavin!

Se volvió. El jefe lo estaba mirando. Tenía la cara roja y sudaba a pesar del frío.

—Los helicópteros tardarán más de una hora en despegar

de Lawrence. El primer equipo llegará por tierra... ¿Estás conmigo?

—Sí, claro, jefe.

—Tenemos que separarnos. Voy a llevarme el coche patrulla para esperarlos en el puente. Así podré guiarlos hasta el pueblo. Quiero que recorras Main Street e inspecciones las casas. Empieza por esa que tiene la puerta abierta.

—¿Sin refuerzos?

—¡El asesino se ha largado, por amor de Dios! Los bomberos y las ambulancias llegarán en diez minutos, los de operaciones especiales en veinte y los helicópteros en una hora. Vas a tener un montón de refuerzos. Limítate a hacer un reconocimiento, a ofrecer primeros auxilios a los que estén heridos y a acordonar la escena del crimen.

Gavin no estaba muy dotado para las discusiones. El muy cabrón del jefe, el muy cobarde, se iba al puente a esperar... Allí estaría a salvo, encerrado en su coche. Y a cambio le pedía a su sargento que se quedase con el culo al aire, que entrara en las casas a ciegas, él solito.

Abrió la boca para protestar pero se lo pensó dos veces: separarse tal vez fuera la mejor opción. Gavin entendió que tenía que hacer algo mucho más importante que ponerse a contar cadáveres, y para llevarlo a cabo necesitaba deshacerse del jefe.

—De acuerdo, jefe. Ahora mismo voy.

—Buen chico.

El jefe se volvió y echó a andar hacia la comisaría mientras Gavin empezaba a recorrer Main Street para llevar a cabo el inventario. Oyó las sirenas del Servicio de Búsqueda y Rescate: estaban pidiendo voluntarios. En cuestión de minutos se presentarían allí... y si él todavía estaba presente cuando llegasen, se esfumaría su oportunidad de descubrir qué había pasado, y todo quedaría en el aire.

Echó un vistazo hacia atrás y vio que el jefe había entrado en la comisaría. Se escabulló entre dos casas y se adentró en la oscuridad. Sacó la linterna y empezó a correr. Oldham estaba a unos ocho kilómetros, la distancia que solía correr cada mañana. Teniendo en cuenta que tendría que cruzar una desagradable zona de marisma y fangales en Crow Island, y que por fortuna la marea estaba baja, no tardaría mucho en llegar.

48

El jefe Mourdock acomodó su voluminoso cuerpo en el interior del coche patrulla y salió del garaje de la comisaría con las luces encendidas y la sirena aullando. Le daba la impresión de que la imagen del coche patrulla con la sirena puesta tranquilizaría a las personas que estaban en sus casas.

Lo que había visto lo había dejado desconcertado. Rose Buffum había hablado de un demonio, de un monstruo, pero desde luego eran tonterías. Tenía que tratarse de alguien del estilo de Jack el Destripador, un homicida lunático que había aparecido por Exmouth y se había largado después de arrasar con todo. Cosas como esa solían ocurrir en los lugares más inesperados. Se trataba tan solo de otra muestra de horror gratuito y casual.

Aun así, esos cuerpos descuartizados...

Al pensar en ellos sintió un terror frío y paralizante, tan poderoso que le faltaba el aire. Faltaban seis meses para su jubilación... ¿Tenía que pasarle esto ahora, después de los asesinatos de los Dunwoody?

Menuda putada. Llegó al puente, aparcó, cerró las puertas y se dispuso a esperar a que el equipo de operaciones especiales y todos los refuerzos posibles llegasen desde Lawrence. A esa hora de la noche, y en medio de una tormenta, las carreteras estarían vacías. No tardarían nada en llegar.

Pero ¿y si habían caído árboles? ¿Y si las carreteras estaban cortadas? ¿Y si el apagón los retrasaba?

El miedo se abría paso entre sus tripas como un afilado carámbano de hielo. Se animó a sí mismo diciéndose que lo único que tenía que hacer era esperar a que llegara el equipo de operaciones especiales y se quedara al cargo de la situación. Lo dejarían de lado, lo eximirían de tomar cualquier decisión, lo librarían de las responsabilidades. De ese modo, pasara lo que pasase, no sería culpa suya.

El puente Metacomet se extendía ante él. Las farolas de sodio que habitualmente lo iluminaban estaban apagadas. Se adentró en el puente, con la lluvia golpeando los cristales y los limpiaparabrisas moviéndose de un lado a otro. Llegó hasta la mitad, detuvo el coche dejando el motor en marcha y se aseguró de que las puertas estaban bloqueadas. Cuando sintió que estaba a salvo, cogió la radio y llamó a la central de Lawrence. Le aseguraron que todos los refuerzos que había pedido estaban en camino, todo el material que acumulaban en Lawrence desde los atentados del 11 de septiembre: un carro de asalto, una tanqueta, armamento pesado, granadas aturdidoras, gas lacrimógeno y dos ametralladoras M2 Browning de calibre 50. El convoy llegaría a Exmouth en menos de diez minutos.

Hasta entonces, se dijo Mourdock, no podía hacer nada.

Pero ahora se preguntaba si habría cometido un error enviando a Gavin solo al pueblo. No estaría nada bien que su ayudante fuese asesinado mientras él estaba allí sentado, mano sobre mano. Pero a Gavin no le pasaría nada: el asesino se había largado. Sin duda el asesino se había ido.

Madre de Dios, lo único que le interesaba era su jubilación, su pensión, un buen sofá y un pack de seis cervezas para ver un partido de béisbol.

Pero cuanto más pensaba en ello, más claro tenía que, fuera o no asesinado Gavin, él iba a quedar fatal, ahí sentado en el coche patrulla, a salvo, lejos del pueblo que había prometido proteger. La gente no pasaría por alto ese detalle...

De repente se le ocurrió una idea. Podía dar la vuelta, tomar Dune Road en dirección al océano para evitar el caos del centro del pueblo. Había un cruce al sur, no lejos del faro, donde podía esperar. Si apagaba los faros nadie podría verle, nadie podría reconocerle. Cuando oyese las sirenas y viese las luces aproximándose, regresaría a toda velocidad al pueblo como si hubiese estado allí todo el tiempo.

El miedo que le atenazaba el pecho fue remitiendo poco a poco. ¿Cobardía? No... Lo único que estaba haciendo era mirar por sus intereses. Después de todo, simplemente estaba siendo pragmático. También había que proteger ese sofá y el pack de cervezas.

Arrancó, cambió de sentido y recorrió el puente de vuelta. Pasado Main Street giró a la derecha y enfiló Dune Road. A su izquierda divisó el tenue resplandor de la casa en llamas. Después entrevió la luz del faro, parpadeando bajo la tormenta.

Dejó atrás el faro, llegó al cruce, maniobró hasta dejar el coche en la posición adecuada para volver al pueblo y apagó las luces aunque dejó el motor en marcha. Miró la hora en su reloj. El convoy llegaría en unos cinco minutos. Cinco minutos más y su calvario terminaría...

Un repentino golpe sacudió el coche. Lanzó un grito y, nervioso, inspeccionó la oscuridad.

Algo había impactado contra la puerta trasera del lado del conductor; seguramente una rama empujada por el viento. Mientras intentaba a tientas encender los faros se produjo otro fuerte impacto en la puerta trasera que convirtió el cristal de la ventanilla en una densa tela de araña.

Mourdock se olvidó de los faros. Su respiración se hizo más rápida y pesada. Extrajo la linterna de su cinturón y la encendió. Algo parecía arañar la ventanilla rota presionándola. Acabó colándose una mano, una mano sanguinolenta con unas horribles y puntiagudas garras de unos tres centímetros de largo.

Mourdock chilló. Soltó la linterna e intentó hacerse con su pistola.

Una segunda mano, musculosa y pálida, atravesó la ventanilla y terminó de arrancarla. Apareció entonces una horrible cabeza sin pelo, cubierta de sangre y vísceras, mientras uno de los brazos palpaba la puerta con un curioso gesto infantil.

—¡Nooooo!

Al final el jefe agarró su Glock, apuntó y disparó salvajemente, pero la puerta ya estaba abierta y el maníaco se había colado en el asiento trasero. Oh, Dios, era un monstruo, un horroroso monstruo desnudo y macilento con cara de pitbull y una enorme hilera de dientes afilados que se proyectaban hacia delante, con lengua rosa y ojos marrones que titilaban con malicia homicida.

Sin dejar de disparar, Mourdock buscó a tientas la palanca de cambio intentando arrancar el coche... Pero justo en ese momento sintió que una mano le aplastaba la cara y unas zarpas rodeaban sus mejillas apretando con fuerza.

—¡Ahhmmmm! —Mourdock sintió la hedionda mano apretada contra su nariz y su boca, con las uñas clavándose en su carne, e intentó gritar y apartarse. Dio una agónica sacudida y su voz surgió de su garganta junto a un chorro de sangre al tiempo que su carne se separaba de su cráneo. Oyó entonces un jadeo ronco tan cercano que se preguntó de dónde saldría, hasta que entendió que salía de su propio interior.

El agente Pendergast había perdido el rastro del asesino justo al sur del pueblo, pero tenía la sensación de que si seguía esa dirección en línea recta llegaría a Crow Island. Mientras recorría la carretera que cruzaba la marisma hacia la playa vio un coche de policía: era el coche patrulla del jefe. Las luces de la sirena estaban apagadas pero el motor estaba en marcha. Bajo la lluvia racheada detectó movimiento.

De repente, una figura saltó sobre el capó, después se arrastró como un cangrejo hasta la rejilla frontal justo en el momento en que un destello de luz brillante iluminaba el vehículo. Al instante, la oscuridad se impuso otra vez. Sin embargo, durante esos segundos Pendergast había visto algo extravagante y raro, algo que no encajaba con nada de lo que hubiera visto, con nada que resultase explicable: un hombre alto, huesudo y demacrado, completamente desnudo, cubierto por innumerables cortes y cicatrices, con cabeza calva, cara de perro y un largo y curvado rabo rematado con una bola de pelo.

Y acto seguido había desaparecido.

Pendergast sacó su Les Baer y corrió hacia el coche patrulla. Vio a la criatura alejándose a la velocidad de un perro a la fuga, hasta que salió de la carretera con un quiebro para adentrarse en la reserva natural en dirección a Crow Island.

Pendergast centró su atención en el coche patrulla. El parabrisas estaba opaco, tintado de sangre por el interior. La puerta de atrás, sin embargo, estaba abierta, con la ventanilla hecha pedazos. Agarró el marco y se inclinó hacia el interior. La luz de su linterna iluminó al jefe Mourdock. Estaba despatarrado en el asiento delantero. Era obvio: estaba muerto.

Pendergast se apartó del coche y echó a correr hacia el punto en el que aquella criatura sobrenatural se había apartado de la carretera. Con la pistola a punto, siguió el rastro por la arena hasta llegar a la valla que limitaba la reserva natural, que sin duda la criatura había saltado. En el otro lado, el rastro proseguía trazando una perfecta línea recta. Pendergast se detuvo el tiempo suficiente para visualizar mentalmente el mapa de la zona, dándose cuenta al instante de que aquella línea finalizaba en Oldham.

Y Constance estaba en Oldham.

Empezó a correr, consciente de que aquella criatura era el doble de rápida que él.

49

Constance se movió con cautela a través del laberinto de túneles. A pesar de ser hediondos y estar sucios y cubiertos de hongos y humedad, diría que aquellos túneles no estaban abandonados. Todo lo contrario: alguien los había retocado con cemento y había colocado vigas de madera en diferentes puntos. Algunos de los soportes eran tan recientes que la madera de pino todavía rezumaba resina. Si bien la entrada parecía descuidada adrede, esos túneles subterráneos sin duda eran transitados con frecuencia.

Pero ¿para qué? ¿Y quién los utilizaba? A Constance se le ocurrieron algunas ideas al respecto.

Su objetivo al entrar allí había sido seguir el sonido del llanto de niño, pero lo que había conseguido era perderse en aquellos sinuosos pasadizos. La forma de los túneles y las corrientes de aire que los recorrían distorsionaban el sonido, pues lo amplificaba en algunas zonas y prácticamente lo eliminaba en otras. Al enfocar las paredes con la linterna, Constance vio, a veces grabados en las manchas de humedad y otras veces escritos con tiza o pintados, símbolos que se parecían a las inscripciones Tybane: símbolos de brujería que había visto en el *Pseudomonarchia daemonum*, si bien de una naturaleza más compleja y sofisticada. Así pues, lo que hasta ese momento había sido una mera suposición ahora se convertía en convicción absoluta: aquellos túneles, comprendió, debían de ser usados para alguna clase de culto, no por parte de wiccanas sino de brujas de verdad, practicantes de magia negra.

Se detuvo y no pudo evitar reparar en la cruel ironía del asunto. Los rumores y las leyendas, descartadas por casi todo el mundo, tenían una base real: las brujas se habían marchado de Salem durante los juicios, habían establecido una colonia en la marisma y después se habían trasladado allí, a Oldham, cuando entendieron que no estaban a salvo en la marisma. La entrada a esos túneles estaba debajo de una especie de iglesia, ¿qué mejor manera de ocultar sus rituales del domingo?

Los residentes de Oldham, Constance lo sabía, se habían mudado a Dill Town hacía setenta y cinco años, y muchos se habían instalado incluso en Exmouth, donde sin duda todavía residían, y llevaban una vida aparentemente normal, a pesar de que acudían a ese lugar para llevar a cabo sus oscuros rituales. Constance se preguntó cuántos de los habitantes del pueblo con los que se había cruzado desde que llegó formarían parte de ese secreto círculo de brujas.

Se detuvo entonces para analizar sus propias emociones. Más que miedo sentía algo parecido a la curiosidad. Esos oscuros túneles, que en cualquier persona más o menos normal provocarían ansiedad, no eran muy distintos de algunos de los pasajes que corrían bajo la vieja mansión de Riverside Drive; si no fuera, claro está, por el insoportable hedor y los perturbadores símbolos que cubrían las paredes.

Escuchó con atención. De nuevo podía oír el llanto, apenas un leve eco distorsionado de un modo extraño por los giros y los ángulos de los túneles. Caminó despacio hacia el sonido. Poco a poco fue haciéndose más intenso, incluso pudo escuchar entonces una segunda voz: ronca, entrecortada, pero de algún modo también maternal.

El túnel trazaba un brusco giro y pasaba bajo un arco de escasa altura. Constance fue a parar a un largo corredor, ancho y de techo alto, que transmitía cierta sensación ceremonial. Las paredes habían sido enlucidas y estaban cubiertas de símbolos demoníacos: cada centímetro cuadrado estaba grabado al detalle con la precisión de un maníaco, con símbolos que Constance no había visto antes, ni en el *Daemonum* ni en ningún otro de los muchos libros de culto que había consultado. El olor a podredumbre y a heces y a carne supurante era allí incluso más nauseabundo. A lo largo de las paredes había pequeños depósitos de piedra llenos de aceite con una pequeña mecha flotando en el centro. Sin duda, se utilizaban en alguna clase de rito. Pero ¿de qué religión se trataba? Un muro de piedra ponía fin al corredor.

Oyó el grito de un niño, mucho más fuerte y más cercano. Se volvió hacia el sonido, sorprendida. Salía de alguna parte a su espalda, más allá del arco que daba paso al largo corredor. Se acercó despacio al arco y alumbró con su linterna el pasillo que se extendía más allá. Era corto y finalizaba en una celda de piedra con barrotes de hierro oxidados, cerrada con un brillante candado de latón. Dentro de la celda se amontonaban lo que parecía a simple vista harapos o mantas asquerosas con un puñado de pelo enmarañado en lo alto. Cuando se acercó un poco más, empujada por una aterradora fascinación, Constance comprobó que se trataba de seres humanos: una mujer bastante mayor y una chica. ¿Madre e hija? El modo en que estaban acurrucadas en aquella fría celda daba a entender que sí. Ambas la miraron, hablaron entre ellas en susurros y levantaron las manos para protegerse de la luz, con los ojos desorbitados de puro terror. Tenían la cara tan sucia que Constance no fue capaz de hacerse una idea de sus rasgos o de discernir siquiera de qué color era su piel.

Bajó la luz y se aproximó.

—¿Quiénes sois?

No respondieron. Eran dos miradas silenciosas.

Constance agarró el candado y lo sacudió.

—¿Dónde está la llave?

La pregunta, en lugar de provocar una respuesta, hizo que la chica empezase a llorar y a gemir; después estiró una mano por entre los barrotes. Constance dio un paso adelante para cogerla, pero el asco le hizo dudar durante un segundo. Con un chillido, la chica la agarró con todas sus fuerzas por la muñeca, como si fuese su única esperanza de vida, y empezó a balbucear. Constance no comprendía ese lenguaje, y poco después se dio cuenta de que la chica en realidad no estaba hablando..., solo producía sonidos semihumanos.

La mujer mayor permaneció inquietantemente en silencio y pasiva, con gesto inexpresivo.

—No puedo liberaros hasta que sueltes mi mano —dijo Constance.

Cuando Constance tiró de su brazo, la chica se puso a hacer frenéticos aspavientos. Enfocó la linterna hacia diferentes rincones, tanto del suelo como del techo y las paredes, con el fin de encontrar la llave. Nada. Por lo visto, la llave la guardaban los captores.

Constance se volvió de nuevo hacia la celda, donde la chica seguía murmurando y gimiendo.

—Deja de hacer ruido —dijo—. Intento ayudar.

Pero los sollozos no cesaron. Al parecer la madre sí entendía sus palabras, porque puso una mano sobre la chica, tranquilizándola, y consiguió que callase.

—¿Quiénes sois? —le preguntó Constance a la madre. Habló muy despacio, vocalizando—. ¿Por qué estáis aquí?

Desde la oscuridad que se extendía a su espalda, una voz dijo:

—Yo puedo responder a esa pregunta.

50

Bradley Gavin estaba plantado bajo el arco. El corazón le latía con fuerza en el pecho. Estaba absolutamente anonadado por el hecho de haber encontrado a Constance en el lugar más inesperado. Llevaba puesto un vestido anticuado, pesado y largo; tenía el pelo húmedo y el vestido empapado. Tuvo que hacer un gran esfuerzo para contener su asombro y centrar sus pensamientos con el fin de proyectar calma y control. A medida que el factor sorpresa se fue aplacando, empezó a sentir... ¿qué? Tal vez el destino había jugado un papel especialmente destacado en este encuentro. Tal vez el universo había creado aquella oportunidad. Ahora estaba en sus manos la posibilidad de sacarle el máximo rendimiento.

Dio un paso hacia ella.

—Señorita Greene... Constance... ¿Qué estás haciendo aquí?

—Podría preguntarte lo mismo —dijo ella en voz baja—. ¿Qué es este lugar? ¿Y quiénes son estas mujeres? —Llevaba una linterna en una mano y un estilete de lo más amenazador en la otra. A Gavin le impresionó su frialdad, incluso le resultó inspiradora.

—Buenas preguntas. —Gavin hizo un gesto extendiendo la mano—. Pero este no es el lugar más adecuado para una explicación. ¿Puedo enseñarte algo?

Le ofreció el brazo pero ella no lo tomó. Impertérrito, se dio la vuelta y echó a andar por el largo pasadizo central, hacia el final. Era consciente de que Constance lo seguía, lo que le provocó un ardiente hormigueo en el pecho. Se detuvo en la pared del fondo, empujó hacia dentro tres ladrillos sueltos y la puerta secreta se deslizó hasta abrirse por completo. Recorrió la estancia con un encendedor en la mano, prendiendo las velas de cuatro candelabros.

Entonces se volvió con una sonrisa hacia Constance.

Ella no salió corriendo. No se puso histérica ni se dejó llevar por la ira. Simplemente observó.

A pesar de haber estado allí centenares de veces, Gavin sabía que el lugar era impresionante. En el centro estaba el altar, un antiguo bloque de granito del siglo XI, oculto bajo una tela transparente que colgaba del techo. Construido en Francia, había sido transportado hasta Inglaterra y después había cruzado el océano escondido, y lo habían llevado de un lugar a otro hasta acabar allí. A los lados podían verse grabados románicos de demonios, pulidos por los mil años de uso. En un lateral había una mesa maravillosamente tallada, de la mitad del tamaño del altar. Encima había una gran copa de plata sobre un trapo de lino, así como lancetas, escarificadores y otros instrumentos para llevar a cabo sangrías.

La luz de las velas iluminaba los frescos de aquella cripta de forma pentagonal. De nuevo demonios, gárgolas, uróboros, macacos, hombres y mujeres, todos retozando juntos como si conformasen una especie de paraíso del pecado; una escena propia de un cuadro de El Bosco. Gruesos tapices colgaban de las paredes: escenas bucólicas, con flores y unicornios, sin duda también de época románica. Y en las columnas que sostenían el techo abovedado podían leerse elaborados símbolos alquímicos. Directamente del techo colgaban docenas de figuras talladas en huesos y envueltas en bramante con formas de animales, pájaros y bestias. Incluso en aquella quietud parecían moverse sin descanso, balanceándose y girando sobre sí mismas como si estuviesen vivas, proyectando sombras rasantes gracias a la luz indirecta de las velas. Viejos bancos, también pulidos por el uso, se extendían formando apretadas filas a lo largo de las paredes pentagonales de la estancia. Y el suelo estaba cubierto por varias capas de gruesas alfombras persas; algunas de ellas de más de trescientos años de antigüedad.

Gavin observó a Constance con mucha atención. Tal como esperaba, estaba tranquila, como si lo estuviese grabando todo con aquellos intensos ojos violeta, sin mostrar histeria ni perturbación. Tuvo la profunda sensación de que lo que estaba ocurriendo allí, en cierto sentido, había sido escrito. Era una mujer extraordinaria.

Gavin sonrió.

—Bienvenida.

—¿Bienvenida a qué? —preguntó ella sin alterarse.

—Antes de hablar sobre esa cuestión, ¿puedo preguntarte cómo has llegado hasta aquí?

No hubo respuesta.

—Déjame especular, entonces. Estás aquí porque has supuesto que las brujas en realidad no habían desaparecido sino que se habían trasladado. Y viniste para investigar. ¿Me equivoco?

Ella no movió un músculo. Resultaba de lo más complicado leer la expresión de su rostro, más allá de sus intensos ojos, asombrosamente serenos.

—Y ahora has llegado hasta esto. —Extendió los brazos—. Debe de resultarte muy confuso.

Constance no dijo nada.

—¿Por dónde empiezo? —Dejó escapar una risotada nerviosa. Esa mujer le hacía sentirse como si hubiese vuelto a la adolescencia—. No sé cómo lo has logrado, a decir verdad, pero que hayas llegado hasta aquí es... una señal. Sin lugar a dudas es una señal.

—¿Una señal de qué?

Gavin observó su hermoso aunque inexpresivo rostro. Supo que aquella mujer era incluso más perspicaz de lo que le había parecido. Mejor así.

—Esta, Constance, es nuestra cámara para el culto.

—Nuestra cámara...

—Sí. Nuestra cámara. Y este es nuestro altar.

—¿Puedo preguntar de qué religión se trata?

—Claro que sí. Practicamos la religión más vieja sobre la faz de la tierra. La religión original. Como sin duda habrás supuesto, practicamos la brujería. —Observó su cara con detenimiento, pero ni aun así pudo interpretar la expresión que cruzó su rostro durante un segundo—. Brujería auténtica. Nuestro culto se remonta veinte mil años en el tiempo.

—¿Y esas mujeres que tienes encerradas como animales?

—Nada de animales. En absoluto. Por favor, dame la oportunidad de explicarme antes de que juzgues. Constance, estoy seguro de que te habrás dado cuenta de que el hecho de que hayas llegado aquí, y que yo haya llegado al mismo tiempo que tú, no es un simple accidente. Tampoco fue un accidente que Carole no consiguiera envenenarte con su té chai. Es una mujer celosa... Pero ese es otro asunto.

Constance no dijo nada.

—Desde el primer momento entendí que eras una de esas personas excepcionales de las que me hablaste en el hotel. ¿Recuerdas esa conversación?

—Perfectamente.

—Supe entonces que tú podías ser uno de nosotros. No hemos incorporado ningún miembro nuevo en nuestra familia desde hace doscientos años. Se necesita ser una persona muy especial para entender lo que nosotros hacemos. Y tú eres una de esas personas. En tu interior hay algo que se rebela, un anhelo de libertad. Veo en ti el deseo de vivir según tus propias reglas.

—Así es.

Gavin estaba sorprendido de lo fácil que estaba resultando, lo natural que era todo.

—Y también hay oscuridad en ti.

—¿Oscuridad?

Estaba resultando más que alentador.

—Sí, pero una oscuridad de signo positivo. La oscuridad que trae la luz.

—¿Quién eres?

—Soy un brujo. Mis padres lo eran, también mis abuelos y media docena de generaciones de mi familia en Exmouth, y antes lo fueron aquí, en Oldham, y en la colonia de Nuevo Salem, en la marisma, y en las islas Británicas, y así hasta perdernos en la bruma de los tiempos. Me inicié en esta tradición de un modo tan natural como los cristianos se inician en su fe. Nuestras prácticas pueden resultar un tanto llamativas para alguien ajeno a ellas, al igual que una misa cristiana para alguien que no sepa nada de esa religión. Y debo añadir que no tenemos nada en contra de la cristiandad. Nuestro lema es vive y deja vivir. No somos gente cruel. Nosotros, sin ir más lejos, jamás habríamos participado en el horrible asesinato masivo de las mujeres y los niños que iban en aquel barco. Eso lo llevaron a cabo personas que se denominaban a sí mismas cristianas.

Gavin guardó silencio y la miró con curiosidad intentando adentrarse en su mente.

—Fíjate en la belleza de esta cámara, las antigüedades que hay aquí, el sentido de historia y de propósito. Los corredores que llevan hasta aquí, lo sé, pueden resultar repulsivos, por la sangre y el mal olor y todo lo demás. Pero como puedes ver, Constance, nuestra ceremonia del Sabbat está libre de cualquier eufemismo. Implica sangre auténtica y carne auténtica en un sacrificio auténtico. Y debería añadir... sensualidad auténtica.

La cara de Constance le impedía entrever sus pensamientos.

Alargó el brazo para tomarla de la mano y ella accedió. Su mano estaba fría y un tanto pegajosa, pero la tomó de todos modos.

—No quiero obligarte a que creas en esto. Pero déjame que te hable un poco de nuestra historia y nuestros orígenes. Estoy convencido de que ya conoces buena parte del argumento como castigo por buscar su libertad, Lucifer y sus seguidores fueron expulsados del cielo. Pero no cayeron en el infierno. Acabaron aquí, en la tierra, por eso nosotros somos los *Maleficarum*, sus descendientes espirituales. Lucifer, el ángel rebelde, nos da la libertad para ser y hacer aquello que deseamos.

—Y lo que tú deseas es convertirme a esta creencia.

Gavin se echó a reír, sonrojándose contra su voluntad.

—No has acabado aquí, esta noche entre todas las noches, por casualidad. Tú y yo hemos sido guiados por fuerzas superiores a nosotros; fuerzas que, para nuestro propio riesgo, ignoramos.

—¿Qué clase de fuerzas?

—Esta misma noche, a primera hora, creemos que dos miembros de nuestra comunidad llevaron a cabo un extraño sacrificio de extrema importancia. Sin embargo, por lo visto no ha salido como estaba planeado.

—¿De qué clase de sacrificio estás hablando?

—Adoramos a Lucifer, pero engendramos a un demonio mortal como foco de nuestra adoración. Es parte demonio y parte hombre. Su nombre es Morax y ha estado viviendo aquí, en estos túneles, desde hace muchos años. Es un símbolo, una vía espiritual, un... medio para ayudarnos a comunicarnos con el mundo invisible. Pero ahora tenemos un problema. Tu amigo Pendergast descubrió y profanó nuestro antiguo asentamiento llevándose de allí importantes utensilios. Eso supuso una conmoción para el Daemonium, para nuestro protector. Además, Carole me dijo que creías que la colonia de las brujas no había desaparecido, como todo el mundo suponía, sino que se había trasladado hacia el sur. Aquí, para ser más exactos. Como resultado, nuestra comunidad se ve envuelta en la peor crisis desde 1692. El secreto es nuestra única vía de supervivencia. Siempre hemos apoyado la creencia de que las brujas, las auténticas brujas que se fueron de Salem, habían muerto hacía siglos. Pero con todo lo ocurrido en Exmouth recientemente, los asesinatos y la atención que han generado, nuestro círculo está en peligro de ser descubierto. Peor aún, el uso blasfemo de las inscripciones Tybane por parte de los Dunwoody con la intención de encubrir su terrible historia sin duda ha enfurecido al Daemonium. Eso nos obligó a hacer algo que solo en contadas ocasiones se ha realizado en el pasado: sacrificar a nuestro demonio vivo para apaciguar a los poderes de la oscuridad. La última ocasión en la que tuvimos que sacrificar a nuestro demonio fue durante el huracán de 1938. Como resultado, evitamos nuestra extinción. Y ayer mismo los líderes de nuestro círculo decidieron que teníamos que sacrificar a Morax con el fin de lograr la intercesión de Lucifer para mantener nuestro culto en secreto. Se suponía que tendría lugar a primera hora de esta tarde, la primera noche de luna llena.

—¿Y las cosas no han ido como habíais planeado?

—Todavía no. El demonio escapó antes de que el ritual fuese completado. En cualquier caso, tiene que ser sacrificado. Por eso estoy aquí, para acabar el trabajo que mis hermanos no lograron realizar. Morax en este momento está en Exmouth, libre por primera vez en su vida, satisfaciendo su sed de sangre. Pero volverá aquí cuando se sienta saciado. Es el único hogar que conoce. Y cuando lo haga, estaré preparado.

—¿Y después de que lo sacrifiques? ¿Qué pasará?

—Lucifer actúa de modos misteriosos. Nos protegerá, pero no sé cómo lo hará. Y más adelante engendraremos a otro demonio de la misma línea genética. —Señaló con la barbilla hacia el arco que llevaba hasta la celda donde estaban las mujeres—. Esas dos, madre e hija, son de hecho las procreadoras. Ellas poseen el gen, que llegó a nosotros con los balleneros que vinieron del Pacífico Sur en el siglo XVIII, cuando una familia de remotos isleños se unió a nuestra comunidad. Entre esos isleños era común un defecto físico: algunos de ellos nacían con rabo. Eran rabos auténticos, Constance, no restos o vestigios; se trataba de apéndices con vértebras, una extensión del coxis. Cuando mis ancestros se dieron cuenta de que esas mujeres daban a luz a semejantes criaturas... En fin, puedes imaginar su emoción. Se trataba de Morax, renacido. Morax en carne y hueso, tal como había sido descrito y retratado en los textos antiguos. Era un regalo que nos hacía Lucifer. De inmediato se convirtió en un elemento central de nuestra ceremonia de culto. Y sigue siéndolo, y sus descendientes han llegado hasta nuestros días. —Señaló de nuevo hacia el arco—. La madre engendró al Morax actual. La hija engendrará al siguiente.

—Todo esto resulta de lo más ilustrativo —dijo Constance.

La miró sonriendo.

—Se trata de una filosofía poderosa, Constance, y no puede comprenderse de golpe. Tienes que vivirla y respirarla, como hemos venido haciendo desde hace milenios. No molestamos a nadie. Una vez al mes ungimos el altar con la sangre de Morax, a quien sangramos de forma regular. La sangre auténtica es importante en nuestro ritual. De otro modo, nos limitaríamos a vivir vidas normales, como cualquiera. Rezamos, solicitamos ayuda y nos comunicamos con el Daemonium invisible. Después de todo, nuestro registro de demonios y diablos es equivalente al de los santos cristianos. Pero nosotros no removemos calderos con ojos de tritón ni clavamos alfileres en muñecos. La nuestra es una filosofía libertaria. Y debo añadir que en nuestro grupo los hombres y las mujeres son absolutamente iguales.

—Y quieres que yo me una a vosotros.

—Sí. Pero es más que eso. Carole Hinterwasser y Mark Lillie, nuestros anteriores líderes, han muerto a manos del demonio, lo que me sitúa como líder de la comunidad. Necesito una pareja. Quiero que seas mi pareja.

Gavin seguía sin poder leer la expresión en el rostro de Constance. Dio un paso hacia ella.

—Siento en ti no solo una profunda capacidad de comprensión, sino también una ardiente sensualidad, un ardor blanco... controlado de un modo maravilloso.

Constance le sostuvo la mirada. No se movió, ni dejó entrever sus pensamientos. Él nunca había conocido a un ser humano con semejante dominio de sí mismo. Ese detalle reforzó su sensación de que estaba destinada a unirse a él.

Se inclinó hacia delante.

—El placer sensual es la esencia de nuestra religión. Así es como celebramos el regalo de la vida, a través de nuestro físico, nuestra carne, nuestra sangre y nuestros órganos de placer. Así es como Lucifer nos pide que le adoremos: celebrando los placeres sensuales del cuerpo.

—En otras palabras —dijo Constance—, adoráis carnalmente.

—Nosotros lo llamamos «discurso sexual».

—¿En público?

—Al igual que cualquier ritual de adoración, los celebramos juntos. Celebrar el discurso sexual frente a los demás incrementa la excitación, el placer. Nosotros cumplimos con los ritos del Sabbat aquí, en esta estancia, en este altar.

—¿Copuláis en el altar, delante de todos?

—Hablando en plata, sí. Dos personas seleccionadas, que no están casadas, que no han yacido juntas previamente, disfrutan por primera vez de ese nuevo placer sexual en el altar, ungido con la sangre de Morax. Puedo asegurarte que será una experiencia sexual como no la has tenido en toda tu vida.

—¿Como ninguna? —preguntó Constance.

—Para mí sería un honor iniciarte en la fe.

—¿Ahora mismo?

—No lo había planeado de ese modo. Normalmente se lleva a cabo delante del grupo. Pero nos hallamos en una situación de emergencia, y las fuerzas han provocado que tú y yo nos encontrásemos aquí, esta noche. Así que... Sí. El acto es obligatorio para cualquiera que quiera unirse a nuestra comunidad.

—¿Y si yo no lo deseo?

A Gavin le sorprendió la respuesta. Constance había seguido su explicación con tanta atención, se mostraba tan comprensiva respecto a lo que le decía...

—¿Para qué especular? Vas a unirte a nosotros, lo sé.

—¿Yo?

Gavin sintió una punzada de preocupación, casi de pánico. Se preguntó qué debía decir para sellar lo inevitable.

—¿Por qué no querrías unirte a nosotros? Eres perfecta. Tú eres todo lo que hemos estado buscando. No tengo ninguna duda de que serás una gran lideresa.

—¿Y si no me uno?

—Por favor, Constance, piensa en mi propuesta con calma, porque esta es tu primera, última y única oportunidad. Sé que por tu sangre corre ese salvaje anhelo de libertad. Juntos desataremos esa libertad, y será hermoso.

—Hermoso.

La palabra, cargada de sarcasmo, quedó como flotando en el aire. Gavin empezó a notar una demoledora sensación de decepción que se mezclaba poco a poco con rabia. Después de todo lo que había compartido con ella, después de las muchas señales de compatibilidad que había captado, era posible que ella se negase, echando por tierra todas sus esperanzas. Gavin la agarró por el antebrazo. No podía permitirle que saliese de allí. Sería el fin de todo.

—Constance, piénsatelo bien.

Sin embargo, en aquel momento vio con total claridad que el aparente interés de Constance no significaba aprobación. Su calma no había sido una muestra de aceptación. Sus preguntas solo pretendían conseguir información que después podría usar contra él.

—Oh, Constance, Constance, por favor no hagas eso.

Silencio. Muy bien, si era eso lo que quería. Gavin sabía que aquella mujer podía ser la amiga más fiel pero también el más peligroso oponente. Se sentía engañado. Una de las cosas que le habían enseñado de pequeño era que tenía que ser siempre el que golpease primero, y que tenía que hacerlo rápido, antes de que el oponente entendiese que iban a pelear.

Así que golpeó primero. Se lanzó sobre Constance, le arrebató el estilete de la mano, le pasó un brazo alrededor del cuello y le colocó el cañón de la pistola junto a la oreja. La empujó contra la pared más cercana y sin soltarla le colocó las esposas.

Todo acabó antes de haber empezado siquiera. La había pillado totalmente por sorpresa. La soltó entonces y dio un paso atrás, apuntándola con el arma.

—No tiene por qué ser así —dijo.

La miró a los ojos y lo que vio en ellos le llegó al alma.

—Siento tener que hacerlo así, pero necesito una respuesta ahora.

Silencio. Ella lo atravesó con aquella siniestra mirada suya.

Gavin agitó el arma.

—El momento de la verdad.

A modo de respuesta, Constance se arrodilló y con las manos esposadas agarró el estilete que él había dejado caer al suelo. Le mostró la cuchilla.

Sorprendido, Gavin reculó un par de pasos con cuidado, preguntándose si ella sabría lanzarlo. Recordó entonces que tenía las muñecas ligadas y que en esa tesitura podía hacer más bien poco con el cuchillo.

—¿Qué vas a hacer exactamente con eso? —le preguntó.

Alzó las manos y se llevó la punta del cuchillo a la garganta, cerca de la yugular.

—Voy a privarte de la satisfacción de violarme y matarme.

Mientras hablaba presionaba la punta contra la piel. Tras una mínima resistencia, la cuchilla penetró en la carne y brotó un hilo de sangre.

Gavin sintió una descarga eléctrica en su cuerpo. No podía negar que sentía admiración por ella. Era una mujer espléndida. Qué lástima, habría sido una magnífica compañera. La emoción le revolvió las entrañas. Pero también entendió que ella nunca se uniría al grupo. Su excitación se entremezclaba con una terrible sensación de fracaso.

«Mierda.» Le había ofrecido a aquella mujer la oportunidad de su vida y ella la había rechazado.

Observó cómo presionaba el cuchillo un poco más. No era un farol: Constance prefería suicidarse a someterse a él. Iba a acabar con su vida. Su consternación por no poder unirse a ella dio paso a otro tipo de excitación.

—Adelante —le dijo Gavin conteniendo el aliento.

Constance se armó de valor. Apretó un poco más. Gavin estaba paralizado. Nunca en su vida había presenciado algo tan erótico. Al verla aflojar la presión del cuchillo en su blanco y delicado cuello, al ver la sangre color rubí caer por su pálida piel, sintió un intenso estremecimiento que se extendió por todo su cuerpo.

Y entonces la expresión de su mirada cambió sutilmente. Constance se detuvo.

—No pares —dijo él con voz ronca. La sangre palpitaba con impaciencia en sus oídos—. Vamos. Hazlo ya.

Constance retiró el cuchillo. La sangre corría libre por su cuello, pero se trataba tan solo de un corte superficial.

Gavin se sintió desilusionado y molesto, por eso alzó la pistola.

—Estaba convencido de que tendrías arrestos —le dijo—. Me equivoqué.

Constance lo había estado mirando fijamente, pero en ese momento apartó la vista. Tras un repentino instante de aterradora lucidez, se dio la vuelta justo a tiempo de comprender que ella lo había distraído y que la distracción era fatal: una criatura con cara de perro y gesto fiero saltó hacia él. Gavin sintió cómo una mano de afiladas garras se apoderaba de su brazo aferrándolo.

51

Esa era la segunda ocasión que Juan Rivera visitaba Exmouth, pero al observar lo que siempre había sido una pintoresca calle del pueblo, vio algo que recordaba más bien al *Infierno* de Dante. El equipo de operaciones especiales que él lideraba había descendido de sus vehículos para acercarse a pie. Su primer cometido consistía en asegurar la zona para que los paramédicos pudiesen retirar los cadáveres y a los heridos. Detrás de ellos se estaba instalando un puesto de mando provisional. Las radios atronaban, las sirenas funcionaban y los reflectores iluminaban. Había dos tanquetas armadas con ametralladoras de calibre 50, preparadas para actuar si el asesino o los asesinos volvían a presentarse.

Pero daba la impresión de que los asesinos se habían marchado. El pueblo estaba en silencio; sumido en un silencio mortal. Desde donde se encontraba, Rivera podía ver dos cuerpos tendidos en medio de la calle. Al atisbar en la oscuridad tuvo la impresión de ver al menos otro cuerpo más, igualmente reconocible a pesar de la distancia. La veloz tormenta que se había levantado por el noreste ya pasaba: los chaparrones eran menos frecuentes y el viento amainaba. Las farolas de la calle estaban apagadas y las casas estaban a oscuras debido al apagón. La escena estaba iluminada, sin embargo, por los restos del incendio que había consumido una casa en mitad de la calle y emitía un resplandor estridente sobre aquel lugar de pesadilla.

El horror con el que se había encontrado en Dune Road el primer equipo de reconocimiento —el cuerpo destripado del jefe de policía dentro de su coche patrulla— lo había perturbado profundamente. Las noticias que habían ido recibiendo mientras estaban de camino habían sido fragmentarias: locos avistamientos de monstruos, demonios, anarquía y asesinatos en masa. El sargento, Gavin era su nombre, estaba desaparecido y no respondía por radio en ninguna de las frecuencias de la policía. Rivera se preguntó si él también habría muerto.

¿Qué demonios había pasado allí? Rivera tragó saliva con dificultad intentando centrar sus pensamientos. Dispondría de tiempo de sobra para hacer suposiciones. Lo que ahora tenían que hacer, y rápido, era asegurar el perímetro, proporcionar primeros auxilios y evacuar a las víctimas.

Cogió la radio, dio las órdenes y el equipo de operaciones especiales empezó a desplazarse por Main Street en formación, al trote. Al ponerse en marcha, los efectos de la matanza resultaron más evidentes. Los miembros de uno de los equipos de operaciones especiales empezaron a rezar entre susurros que se oían por la radio, hasta que Rivera los hizo callar. Pudo escuchar también otros comentarios, especulaciones mascullladas, maldiciones apenas audibles. «¿Qué demonios ha pasado?», se preguntó. «¿Terroristas? ¿Drogadictos? ¿Ajuste de cuentas entre bandas?»

Rivera empezó a sentirse un tanto extraño; aquel escenario era de lo más irreal. Lo notaba también en la incertidumbre que mostraban sus hombres al moverse, como si de algún modo admitiesen que tenían miedo. No se trataba de violencia urbana; tampoco era un escenario bélico. Era más bien como... Sí, como una película de terror.

Intentó sacudirse de encima la sensación de inseguridad y hacerse cargo con firmeza de la situación. Haciendo acopio de fuerzas, transmitió las órdenes y envió a dos equipos de hombres, a derecha e izquierda, para que asegurasen la calle principal y las adyacentes. El primer cadáver que encontraron estaba horriblemente mutilado, como si una bestia salvaje hubiese acabado con él.

La radio empezó a chisporrotear con los informes.

—¡Hay una víctima en el exterior del número 11 de Main Street!

—¡Dos víctimas en el hotel!

En un principio, las llamadas eran esporádicas, pero la frecuencia de emergencias no tardó en convertirse en un lío de voces que se superponían.

Como si pretendiese atajar el caos, Rivera observó con atención a los miembros de su equipo, asegurándose de que estaban actuando según el protocolo. Se trataba de una situación grave, muy grave, y todo tenía que ser revisado varias veces. Con relativa eficiencia, dadas las circunstancias, sus hombres establecieron el perímetro, aseguraron la zona y después llamaron a las ambulancias. No se oyeron sirenas. En cuestión de minutos, los paramédicos llegaron, se hicieron cargo de las numerosas víctimas, llevaron a cabo una selección y cuando fue necesario ofrecieron primeros auxilios.

Rivera se dio cuenta de que muy pocos necesitaban primeros auxilios.

Entonces llegó el momento de despejar las casas. Había unas veinte en la calle principal. Tres tenían la puerta abierta, rota. En ellas encontraron más cuerpos. También dos o tres mascotas muertas.

En el resto hallaron personas vivas: familias enteras encerradas en sótanos u ocultas en el desván o incluso en armarios, tan aterrorizadas que apenas podían moverse o hablar. Y cuando lo hacían, comentaban que habían entrevisto una criatura: un demonio con rabo y cara de perro. Sus hombres tomaron nota de la información sacudiendo la cabeza con incredulidad. Debido a la tormenta, la oscuridad, el apagón, nadie parecía haber visto nada con claridad; o como mínimo, nadie que hubiese sobrevivido.

En los intensos combates en Irak, Rivera había experimentado el terror que generaba caos colectivo, pues los acontecimientos transcurrían a tal velocidad y de forma tan enrevesada que al final nadie sabía decir qué había sucedido en realidad. Al parecer, allí se daba el mismo caso. Los supervivientes no decían nada que resultase útil o creíble siquiera, a pesar de que sus declaraciones eran consistentes en determinados aspectos. Si fuese posible encontrar a alguien que hubiese visto bien al asesino...

Como si se tratase de una señal, Rivera oyó un grito. De detrás de una de las casas salió dando bandazos un hombre. No parecía estar ebrio exactamente, aunque tampoco sobrio. Tenía los ojos muy abiertos y gritaba moviendo las manos. Vio a Rivera y echó a correr hacia él con los brazos abiertos. Antes de que pudiera reaccionar, el tipo lo abrazó presa del pánico, como un náufrago que se agarra a su salvador.

—¡Gracias a Dios, gracias a Dios! —gritó—. Es el final de los tiempos. ¡Han soltado a los demonios del infierno! —A pesar de los esfuerzos de Rivera, acabó tirándolo al suelo en su desesperación.

Dos miembros del equipo de Rivera acudieron en su ayuda y le libraron del hombre. Pero este no dejó de gritar.

Rivera se puso en pie, se inclinó sobre el hombre e intentó hablarle con calma.

—¿Cómo se llama?

La respuesta fue otra explosión de gritos.

—¿Y eso qué importa? —chilló inconsolable—. El mundo se acaba. ¡Nadie va a tener nombre!

Rivera se le acercó y le agarró el mentón con la mano.

—Estoy aquí para ayudarle. Soy el teniente Rivera. ¿Cómo se llama usted?

El hombre empezó a calmarse. Miró a Rivera con los ojos desorbitados y el sudor corriéndole por la cara.

—No es el fin del mundo —siguió diciendo Rivera con calma—. Quiero que me atienda. ¿Me escucha? Asienta si me ha entendido.

El hombre lo miró y al final asintió.

—Su nombre, por favor.

Un gruñido.

—Boyle.

—Señor Boyle, ¿está usted herido?

El hombre negó con la cabeza.

—¿Qué es lo que ha visto?

Empezó a temblar.

—Demasiado.

—Cuénteme.

—Un... demonio.

Rivera tragó saliva.

—¿Podría, por favor, describir al atacante?

—Eso... bajaba por la calle... Corría... Y hacía ruido. Decía todo el rato lo mismo... Algo así como «son, son...». Era espantoso, gigantesco, de unos dos metros de altura. Tenía hocico de perro. Y dientes podridos. Iba desnudo. Una piel amarilla horrible. Y apestaba. Olía como la mierda.

—¿Desnudo? ¿Con este tiempo?

—Sí. Y... tenía rabo.

—¿Rabo? —Qué decepción. Aquel hombre iba a resultar tan poco útil como los otros.

—Un rabo horrible, no como un rabo de verdad; se le enredaba por detrás como si fuera una serpiente. Y sus manos eran enormes, capaces de partir por la mitad un cuerpo como si fuese... —Lo sacudió un violento temblor—. Oh, Dios... ¡Oh, Dios!

Rivera negó con la cabeza y se puso en pie.

—Llevad a este hombre a la ambulancia. Ha perdido el juicio.

52

La pistola de Gavin salió volando cuando la criatura lo agarró por la muñeca; atrajo a Gavin hacia él con un gruñido, torciéndole el brazo con fuerza. Los tendones crujieron. Gavin hizo una mueca de dolor pero no gritó; tenía la mirada perdida, como en estado de shock.

Constance permaneció inmóvil. «Así que este es Morax, el demonio», pensó con sorprendente indiferencia. Pero era humano, o al menos en parte. Un hombre alto con una cara terroríficamente deformada: morro prognato, con unos dientes salidos que empujaban los labios, y una frente inclinada con una cresta en forma de flecha que le crecía como a un Mohawk en lo alto de su protuberante cráneo. Su piel era cetrina y mostraba manchas de suciedad; tenía muchas pústulas y costras y un centenar de pequeñas cicatrices. Sus ojos eran de un tono marrón oscuro anaranjado. Su cuerpo parecía viscoso. Estaba calvo e iba desnudo. Y su hedor copaba todos los rincones de la perfumada sala del altar. Pero el rabo, el rabo, fue lo que a Constance más le llamó la atención. No era el típico rabo de animal sino más bien como una larga soga de carne rosada y flácida, rematada por un matojo de pelos ásperos. El rabo no tenía vida, colgaba por detrás como un miembro inerte.

Aquel ser tenía agarrada la muñeca de Gavin con su enorme mano, parecida a una garra de oso, con dedos alargados de los que sobresalían uñas marrones. Aquella cosa miró a Gavin con las pupilas contraídas por el odio. Los dos se quedaron quietos; formaban un cuadro grotesco.

Entonces la criatura hizo un ruido, un rabioso siseo, que rompió el hechizo del momento.

Gavin, doblado a causa del dolor, habló con una destacable presencia de ánimo:

—Está bien, Morax. Todo va a ir bien. Ahora estás en casa. Suéltame, por favor.

Morax repitió el siseo gutural. Sonó algo así como «shunnng» o «sohnnn», pero Constance no pudo descifrarlo.

—Me estás haciendo daño —dijo Gavin—. Por favor, suéltame.

A modo de respuesta, Morax retorció un poco más su muñeca. Se produjo un agudo sonido de rotura. El sargento jadeó, pero para sorpresa de Constance, mantuvo la compostura.

Aunque no hubiese escuchado lo que Gavin le había contado, resultaba evidente que ellos dos mantenían desde hacía mucho tiempo una relación conflictiva; una relación que al parecer estaba a punto de llegar a su fin, de un modo u otro.

Estaban tan concentrados que Constance pensó que era una buena oportunidad para escapar, aunque tendría que hacerlo con mucha destreza. El acceso por el que había llegado a la cámara, sin embargo, ahora estaba bloqueado por los dos antagonistas. Tendría que escapar adentrándose más en los túneles.

Dio un paso atrás y después otro, sin apartar la vista de la confrontación.

—Morax —dijo Gavin—. Ahora soy el líder del círculo de brujas, lo que significa que somos socios, en cierta medida. Ha sido un error lo que te han estado haciendo a lo largo de estos años y…

Con un repentino rugido, la criatura tiró de la mano de Gavin y la retorció como si se tratase de un muslo de pollo. La sangre brotó de la muñeca destrozada. Gavin chilló y se tambaleó hacia atrás intentando frenéticamente detener la hemorragia, con los ojos desorbitados de puro terror. El demonio volvió a rugir.

Constance siguió caminando con calma, despacio, junto al muro trasero de la estancia. Gavin y Morax estaban tan concentrados en su lucha que se habían olvidado por completo de ella. Fuera como fuese lo que iba a sucederle a Gavin, no sería nada bueno, y ella no tenía intención de quedarse a mirar. La criatura estaba hinchada como un sapo debido a su odio incandescente.

—Por favor —dijo Gavin con la voz rota—. Te respetamos, eres muy importante para nosotros... Lamento mucho, mucho lo que ha ocurrido. Todo será diferente a partir de ahora. Yo seré quien lleve el control. —Tendió su mano buena en un gesto de súplica.

Morax, enrabietado por su discurso, rugió de forma incoherente y le agarró la otra muñeca para retorcérsela con fuerza. En esta ocasión Gavin se vino abajo, dejó escapar un estridente chillido y cayó de rodillas. Eso fue lo último que Constance vio de él justo antes de doblar la esquina y adentrarse en la oscuridad del corredor central y de los profundos túneles que se extendían más allá.

53

Pendergast se detuvo en el borde de una de las dunas bajas de arena y miró hacia las ruinas de Oldham, que se desplegaban en una hondonada rodeada de maleza en la que crecían unos pocos pinos deformes. La tormenta remitía, la lluvia había cesado temporalmente y el viento ya no soplaba con tanta fuerza. Aun así, el mar seguía batiendo la playa con ferocidad. La luna llena asomaba de vez en cuando, proyectando una débil penumbra sobre las ruinas, los muros medio abatidos, los dispersos huecos dejados por los sótanos, y haciendo destellar los fragmentos de porcelana y de cristal desperdigados sobre la arena húmeda.

El rastro que había dejado la criatura había desaparecido casi por completo, pero todavía quedaban restos de sangre en la arena y guijarros que Pendergast podía seguir; unos cuantos los había dejado la criatura, y los más pequeños sin duda eran de Constance, lo presentía.

Por la posición que ocupaban los agujeros dejados por los sótanos, Pendergast fue capaz de determinar por dónde había transcurrido la antigua calle principal. En el extremo más alejado vio un maltrecho muro de ladrillos junto a unos cimientos de considerable tamaño formados por bloques de granito: obviamente, las ruinas de la iglesia de Oldham. Avanzó hasta el fondo del sótano de la iglesia, un profundo sótano construido con bloques tallados donde podían verse restos de ladrillos, tablones de madera, basura y, en la parte de atrás, una lona de barco medio podrida.

Saltó al interior del sótano derruido y barrió con la luz de la linterna lo que tenía alrededor. No tardó en centrar su atención en una plancha de hierro que había quedado al descubierto en uno de los extremos, cerca de la lona. Se acercó, se acuclilló y examinó las bisagras. Una inspección de cerca reveló que habían sido usadas... con asiduidad. Alzó la plancha con cuidado, sin hacer ruido, y enfocó la linterna hacia el interior. Una estrecha escalinata de piedra descendía hasta un húmedo túnel que se adentraba en la oscuridad.

Aseguró la linterna, se deslizó hacia dentro y cerró la plancha de hierro. Apagó la linterna y descendió por las escaleras centrando su atención en aquello que podía oír. Los sonidos exteriores eran ya poco menos que un susurro, pero del interior no llegaba ningún ruido, pero sí un creciente hedor a muerte y a descomposición, mezclado con cierto aroma a cera quemada.

Sacó su Les Baer y escuchó una vez más. Todavía no se oía nada.

Volvió a encender la linterna, examinó las escaleras y descubrió signos evidentes de movimiento reciente: arena, la humedad propia de la tormenta y una huella parcial pero clara de un pie descalzo. De nuevo sintió una profunda inquietud; era una prueba incontrovertible de hasta qué punto había pasado por alto pruebas clave. De todos modos, aunque las hubiese tenido en cuenta, no habría encontrado una explicación al por qué de la repentina irrupción de un monstruoso asesino de pies descalzos en Exmouth, o al por qué había escogido ese momento para desatar su ferocidad en el pueblo.

El profundo temor por la seguridad de Constance luchaba en su interior contra la voluntad de ser prudente mientras descendía por las escaleras y avanzaba por el túnel moviéndose con el sigilo de un felino. Había muchos grabados en las paredes, tanto antiguos como recientes, todos mezclados: pictogramas, figuras demoníacas, símbolos y extrañas frases en latín.

Entonces lo oyó: un murmullo animal, sibilante, de naturaleza semihumana. Se quedó quieto escuchando. El sonido llegaba distorsionado a causa de la red de túneles. También oyó una voz, irreconocible, suplicante, excesivamente difusa para entender las palabras o reconocer el sexo del que las pronunciaba.

Un rugido bestial resonó en los túneles. Otro rugido llegó hasta sus oídos, y a modo de respuesta, una voz comedida, de nuevo suplicante, primero suave y después cada vez más fuerte, hasta acabar convirtiéndose en un horrible grito distorsionado.

Pendergast echó a correr. Cuando llegó a una bifurcación, tomó el túnel de la derecha en dirección al lugar del que parecía provenir el sonido. Pero se topó con otra bifurcación y se vio obligado a elegir de nuevo, y acabó en un callejón sin salida. Volvió sobre sus pasos cuando oyó otro horrible chillido. Esta vez lo tuvo claro: se trataba de una voz masculina, pero expresaba tantísimo terror que era imposible reconocer a su dueño.

Pero ¿dónde estaba Constance?

Giró por otro pasadizo y el haz de luz de la linterna iluminó lo que parecía ser un charco de sangre. Alzó la luz y enfocó dos cadáveres, tumbados de espaldas, con los miembros extendidos y los ojos como platos. Reconoció a dos habitantes de Exmouth: uno era el pescador que había llevado a Constance a la comisaría; al otro lo había visto una tarde en el bar del hotel. Ambos habían sido destripados del modo más horroroso y brutal imaginable. Unas pisadas sanguinolentas se alejaban de aquel caos. Pendergast examinó la escena con su linterna. Lo que allí había ocurrido era simple y llanamente espantoso.

Y de repente, como para enmascarar aquel horror, de los túneles brotaron unos sonidos que hablaban de tortura y dolor.

Constance Greene se abrió camino palpando con ambas manos las pegajosas paredes del túnel. Había dejado atrás cualquier indicio de luz y ahora la rodeaba una profunda oscuridad. Todavía tenía las manos esposadas y llevaba el estilete guardado en uno de los pliegues de su vestido. Seguía oyendo el eco de los agónicos gritos fruto de la tortura. Constance había oído y visto muchas cosas desagradables en su vida, pero nada tan repugnante como lo que acababa de presenciar.

Los sonidos iban debilitándose poco a poco a medida que Gavin se aproximaba a la muerte. Constance se concentró en el principal problema que tenía que afrontar: escapar de ese agujero infernal y de la espantosa criatura que lo habitaba. A pesar de que el sentido común apuntaba lo contrario, tenía la esperanza de que existía una segunda salida en el otro extremo de los túneles. De no ser así, tal vez podría encontrar un lugar en el que esconderse y esperar hasta que se le presentase la oportunidad de salir de allí.

A medida que se adentraba más y más en aquel laberinto subterráneo, el hedor disminuía, reemplazado por el olor a humedad y moho. El problema era que estaba desorientada debido a la oscuridad de aquella parte de los túneles y no tenía muy claro cómo volver sobre sus pasos. Pero la oscuridad no la asustaba; estaba acostumbrada a ella y en cierto modo se sentía incluso cómoda. Confiaba en su habilidad para fundirse con la oscuridad, mimetizarse con las paredes. Además, al cabo de un rato, la desorientación se transformó en confianza..., como si en esta ocasión se le estuviera permitido.

Y entonces, tras un último alarido de angustia, se hizo el silencio a su espalda. El demonio había acabado con Gavin, lo había matado.

54

Él alzó sus manos. Estaban rojas y húmedas. Se las lamió. Sabían como los barrotes de su jaula. Bajó la vista. La cabeza de uno de los Malos yacía allí invertida, con la lengua colgando y los ojos abiertos.

Olfateó el aire, que estaba plagado de extraños olores. La chica había huido.

Tomó su dedo gordo del pie y fijó la cabeza en el ojo. Miraba hacia algo lejano. Muy lejano.

¿Dónde estaba la chica?

Olfateó de nuevo. Quería echarla de allí. Ese era su hogar. Era su territorio. No el de ella. Se había librado de las caras odiosas. No volverían. Ese lugar ahora era suyo.

Dejó atrás el altar y apagó la vela con los dedos. Estaba oscuro. La oscuridad era su amiga. A los otros los convertía en estúpidos y temerosos.

La chica se había adentrado en los Callejones sin Salida.

Él ya no tenía cadenas. El extraño había aparecido de repente, advirtiéndole de los Asesinos que iban a venir para matarlo, y entonces rompió la cerradura. Ahora era libre. Podía ir a cualquier parte, incluso Arriba. Pero fue Arriba... y no era como le habían prometido. Le habían mentido. Lo que había soñado toda su vida era mentira. Como todo lo que le habían dicho. El Sol, lo llamaban. Todo el daño que le habían causado, el Cuchillo Sangrador y todo lo demás; le dijeron que lo hacían para cuando un día lo llevasen al Sol, el fuego cálido del cielo. La oscuridad desaparecería, reinaría la luz.

Al pensar en eso, al pensar en el dolor, al pensar en las mentiras, al pensar en la fría negrura que había encontrado en el Arriba, igual que allí, la rabia volvía a surgir. Más fuerte que nunca.

Fue hacia los Callejones sin Salida. En busca de la mujer.

55

Desde que era niña, Constance había estado acostumbrada a la oscuridad. A pesar de la desorientación, se desplazaba teniendo claro un objetivo.

Las paredes estaban húmedas y resbaladizas. En ocasiones, sus dedos se topaban con arañas o ciempiés que al instante huían asustados cuando los rozaba. Pudo oír también a las ratas desplazándose casi sin hacer ruido, pero chillando y echando a correr cuando notaban su presencia. El aire olía cada vez más a humedad, cieno y podredumbre, pero permanecía inmóvil. El oxígeno disminuía. Al parecer, no había salida en esa dirección.

Palpando la pared, Constance llegó a una esquina. Se detuvo y escuchó. El único sonido que pudo oír fue el sordo retumbar de las olas, la vibración que transmitía el propio suelo, y el goteo del agua apenas audible. El resto era silencio.

Dobló la esquina buscando dónde apoyar los pies en el suelo húmedo y palpando la pared con las manos. Rozó otro insecto, un ciempiés, que descendió por su manga retorciéndose frenéticamente contra su piel. Se detuvo y sacudió el brazo con cuidado. Volvió a barajar la posibilidad de encontrar un sitio en el que esconderse pero la descartó y la dejó como último recurso. El demonio Morax sin duda conocía esos túneles mucho mejor que ella. Con tan solo un estilete y las manos esposadas, tenía pocas esperanzas de acabar con él. Después de lo que le había hecho a Gavin, a juzgar por lo que había visto y oído, solo podía esperar que la criatura hiciera con ella lo mismo.

No había escapatoria posible en esa dirección. Tendría que pasar por delante de Morax y salir por donde había entrado.

A. X. L. Pendergast rodeó los dos cuerpos destripados. Dio media vuelta y echó a correr por un túnel lateral en dirección a los gritos, a pesar de que habían desaparecido con una rapidez muy poco esperanzadora. Enseguida llegó a otra bifurcación. Se detuvo para escuchar con atención, pero dado el silencio imperante no fue capaz de determinar la dirección de la que habían provenido los gritos.

La extensión de los túneles lo sorprendió. Parecían haber sido construidos durante un largo período de tiempo, tal vez incluso siglos, pues el estilo cambiaba de una sección a otra, lo que hablaba de un trabajo de muchos años. Le recordaban las catacumbas que había visitado en una ocasión en Roma: un lugar de culto secreto. Pero en esos túneles había algo más, como atestiguaban los extraños símbolos en las paredes, el olor a actividad y otros hedores bastante más desagradables.

Examinó el suelo y tomó el túnel de la izquierda, pues le pareció el más transitado. También estaba lleno de bifurcaciones, pero se mantuvo en el camino más frecuentado. Tras unos minutos, el túnel describía un ángulo muy marcado y Pendergast se encontró ante unos barrotes que bloqueaban el paso. Al otro lado de los barrotes había una puerta de metal abierta de par en par. El olor que llegaba del fondo era tan intenso que daba a entender que aquel lugar había estado habitado durante mucho tiempo y carecía no solo de cualquier clase de higiene sino también de lavabos.

Examinó con la luz de la linterna el interior de la tosca celda y se percató de que tenía unos veinticinco metros de largo, con una zona para dormir que consistía en un montón de paja sucia, un agujero para evacuar que rebosaba y una mesa rota. Había un collar de acero, tachonado de puntas afiladas, atado a una correa de eslabones metálicos. Colgaba de una de las paredes de piedra. Se acuclilló y estudió las marcas que había dejado en el suelo húmedo y arenoso quien había estado encerrado. Las pisadas de pies descalzos coincidían con las que había encontrado en Exmouth. Ahí era donde había estado recluido el asesino, seguramente durante un largo período de tiempo.

Se levantó y al iluminar con la linterna vio el candado que en algún momento había cerrado esa puerta, que ahora yacía en el suelo. Lo que en principio pretendía ser una rápida inspección acaparó por completo su atención. Agarró el candado y lo analizó durante un minuto. Sacó del bolsillo su lupa portátil y estudió el mecanismo. Se trataba de un candando Abloy casi nuevo, recubierto de acero y con un cilindro de cierre superior, invulnerable a los golpes. Un candado de lo más resistente que incluso habría puesto a prueba las habilidades del propio Pendergast. Sin embargo, advirtió que había sido colocado de un modo sutil, inteligente y cicatero con la intención de que pareciese que estaba cerrado cuando no lo estaba.

Algo en la singularidad de ese método de interferir le resultó pavorosamente familiar.

Tras completar su inspección, entró en la celda y caminó hasta el fondo, pisando basuras, viejas carcasas de pollo, trozos de piel podrida y de huesos rotos. Grasientas cucarachas huían del rayo de luz de su linterna. Junto al muro del fondo había grilletes, esposas y cadenas tiradas por el suelo, abiertas. Se trataba de artilugios modernos, de gama alta y reciente manufactura. Cada grillete y cada esposa disponía de su propia cerradura. Pendergast, una vez más, examinó esos artefactos de uno en uno. Sus pálidas facciones adquirieron el color del mármol.

Los carceleros habían tomado muchas medidas, y caras, para mantener encerrado a su prisionero. Aun así, la última vez que se aproximaron a la celda desconocían que los grilletes y las esposas habían sido manipulados; no sabían que la criatura podía liberarse en cualquier momento y atacarles.

Sin duda, los carceleros eran los dos cadáveres que había encontrado en el primero de los pasadizos.

Al examinar la última de las cerraduras, sus manos, habitualmente impasibles, empezaron a temblar, y dejó caer la cadena. Le fallaron las rodillas y cayó al suelo presa de la incredulidad.

Un ruido llegó a sus oídos. Tras unos segundos paralizado, reaccionó y se puso en pie. Constance todavía se encontraba en algún punto de ese laberinto de túneles, y sin duda se veía amenazada por un peligro mucho mayor del que él había pensado.

Obligándose a concentrarse en lo que tenía entre manos, echó a correr por los fríos y húmedos pasadizos de nuevo por el túnel principal, sin importarle ahora el ruido que pudiera hacer. Tras unos cuantos giros y vueltas, llegó a un ancho pasaje que finalizaba en una amplia estancia pentagonal decorada de un modo muy recargado, iluminada con velas y presidida por un altar. Se detuvo mirando a un lado y a otro con sus ojos plateados. Sobre el altar había una viscosa masa de carne y huesos. Era una masa tan informe que a Pendergast le llevó un rato darse cuenta de que aquello había sido un cuerpo humano. Uno de los músculos todavía se movía espasmódicamente; una reacción neurológica. Aquel hombre había muerto recientemente. Pero ¿dónde estaba el asesino que había sido capaz de consumar semejante tarea de desmembramiento y muerte?

Giró sobre sí mismo, con la Les Baer en la mano, apuntando con la linterna los rincones más oscuros mientras se encaminaba hacia el altar. Pero antes de que la luz alcanzase al último de los recovecos, el ser que había visto atacar antes a Mourdock, desnudo, amarillo y bestial, se materializó con un salto. Pendergast apuntó con la pistola y disparó, pero aquella cosa se encogió y dio una curiosa voltereta que evitó la bala al tiempo que golpeaba a Pendergast con un pie provocando que la pistola saliese volando. Pendergast se volvió para absorber el impacto y propinó un puñetazo al abdomen de la criatura, que le golpeó con el rabo en la cara al pasar por su lado. Pendergast rodó por el suelo, luego se acuclilló y de la funda que llevaba en la pantorrilla sacó un cuchillo de lucha Fairbairn-Sykes modificado. Sin embargo, la bestia aprovechó aquel movimiento para acercarse y abalanzarse hacia él con un rugido. Cayeron al suelo. La criatura quedó encima. Pendergast quiso clavarle el cuchillo, pero la bestia lo agarró por la hoja con una de sus enormes manos y chorreando sangre intentó arrebatárselo. Pendergast se vio obligado a soltar la linterna y a centrar toda su atención en el combate olvidándose de momento de cualquier otra preocupación. Intentó abrirse paso con la cuchilla entre los dedos de la bestia. La linterna rodó hasta topar con la pared, todavía encendida. Mientras luchaban por el cuchillo, el pestilente demonio abrió sus fauces y con sus negros dientes medio rotos alcanzó la punta de la oreja de Pendergast y mordió hasta romper el cartílago. Ese movimiento libró a Pendergast del peso de la bestia durante unos segundos, lo que le permitió propinarle un contundente rodillazo en el pecho que sonó a costillas rotas. Con un gruñido el demonio arrancó el cuchillo de las manos de Pendergast, cercenándose varios de sus propios dedos al hacerlo. Después bajó la cabeza e intentó empujar a Pendergast hacia la pared. Sin embargo, Pendergast logró escabullirse hacia un lado con la habilidad de un experto torero y el demonio se estampó contra la pared de piedra al tiempo que Pendergast giraba sobre sí mismo a su espalda y se alejaba de un salto.

De inmediato, el agente intentó localizar la pistola. Estaba lejos del demonio, pero el cuchillo estaba más cerca, justo a su derecha. Se lanzó hacia el demonio que, en lugar de intentar detenerlo como él había supuesto, se apresuró a aplastar la linterna con uno de sus enormes pies. Se impuso la más absoluta negrura.

Con el cuchillo otra vez en sus manos, Pendergast rodó un par de veces por el suelo y se levantó, pero su contrincante había anticipado su movimiento y le esperaba. Retorciéndose, Pendergast logró clavarle el cuchillo con fuerza. El demonio aulló de dolor y le arrancó el cuchillo de la mano mientras reculaba. Pendergast aprovechó ese respiro para salir disparado hacia el corredor más cercano y adentrarse en el todavía más oscuro laberinto de túneles que se extendía más allá. Tanteando frenéticamente topó al fin con la pared de piedra y empezó a desplazarse a todo correr, con mayor rapidez que prudencia, sintiendo la humedad del muro que llevaba hacia delante sin tener la menor idea de adónde se dirigía.

Lo único que sabía con certeza era que había sido doblegado y que si sus temores eran ciertos, aquella criatura era ahora la menor de sus preocupaciones.

56

Respondía a lo que indicaba el manual. Al observar la escena, a Rivera le dio la impresión de que todo estaba dispuesto como en los ejercicios sobre desastres y actos terroristas que había practicado en Lawrence y Boston. El pueblo al completo se había convertido en un escenario de crimen, con tanquetas asegurando los puntos de entrada y salida, los paramédicos agrupados alrededor de los cuerpos inmóviles, las ambulancias desplazándose de un lugar a otro, los miembros de los equipos especiales patrullando, interrogando a los testigos, y todos alerta por si acaso el asesino volvía a presentarse. Era el retrato fiel de una actividad intencionada. Una multitud cada vez más alterada de periodistas y furgonetas estaba retenida en la entrada del puente Metacomet y habría que permitirle el acceso pronto o perdería la paciencia. El espacio aéreo había quedado temporalmente restringido pero los helicópteros de la televisión sobrevolaban las marismas y trazaban círculos alrededor del área restringida, listos para entrar en acción en cuanto despejaran la zona.

Las reconfortantes tareas rutinarias ayudaban a Rivera a liberar un poco de tensión, por no hablar de la ansiedad que entrañaba aquella extraña situación. A pesar de todo, estaban muy lejos de entender qué había ocurrido, o de identificar al asesino, o de conocer sus motivos. Teniendo en cuenta lo que habían declarado los testigos, se trataba de un monstruo, una criatura humanoide, desnuda, sucia, con hocico y rabo, que se movía con la rapidez de un lobo y era capaz de desmembrar a sus víctimas con sus enormes garras.

De acuerdo.

Pero lo curioso era que habían encontrado incontables huellas de un pie desnudo de la talla 50 por todo el pueblo y también dentro de las casas que habían sido asaltadas, y muchas de esas huellas estaban manchadas de sangre. Un asesino. No una pandilla de trastornados, no la consecuencia de disturbios, no una banda de enloquecidos terroristas. Un único asesino parecía ser el responsable del caos. Respecto a la descripción de los testigos, Rivera había achacado parte de sus palabras a la histeria y el terror. Es decir, un asesino sin duda disfrazado, un tipo grande y fuera de sí, había recorrido el pueblo. Pero ¿de quién se trataba? ¿Por qué lo había hecho? ¿De dónde había salido? ¿Y adónde había huido?... Esos eran los misterios que había que resolver.

«Un único asesino.» A Rivera se le pusieron los nervios de punta.

Había aparecido un elemento crucial: un oficial con muy buen ojo se había fijado en la cámara de seguridad que había frente a una tienda de ropa. El asesino tenía que haber pasado por allí varias veces. La cámara grababa sin descanso, las veinticuatro horas del día, incluso con poca luz. Es más, se había conectado a una batería independiente durante el apagón. El equipo de Rivera había entrado en la tienda y se había hecho con la grabación digital. Ahora estaban procesando las imágenes en el centro de mando móvil. Las imágenes eran demasiado oscuras debido a la falta de luz ambiental, pero las estaban mejorando y se suponía que estarían listas... Rivera miró su reloj... Ya.

Hasta que vio las imágenes, Rivera se había negado a especular sobre cómo una única persona, descalza cuando menos, podía haber generado toda aquella muerte y destrucción. Se trataba de algo totalmente ajeno a su experiencia, por eso tenía que reservarse las valoraciones... hasta haber visto las imágenes con sus propios ojos.

Agarró la radio.

—¿Estás ahí, Gil?

—Sí, señor.

—¿Están listas las imágenes?

—Mmm, bueno, en cierto sentido, sí. Pero tengo que decirle...

—No me digas nada. Quiero verlas sin prejuicios.

—De acuerdo, señor.

El tono de voz de Gil no expresaba su habitual altivez. Rivera cortó la comunicación y se dirigió al centro de mando: un contenedor colocado encima del remolque de un tráiler. Ascendió los escalones y entró para descubrir que reinaba un silencio extraño. No hacía falta tener un sexto sentido para darse cuenta de que el nivel de tensión en aquel espacio estaba en el punto máximo.

—¿Qué tenéis? —preguntó.

Se intercambiaron unas cuantas miradas de soslayo. Gil, el operador de video, señaló con el mentón hacia la pantalla.

—Esta es la grabación de la cámara de la tienda. Está oscura, pero toda la información digital está ahí. Cubre una zona limitada frente a la tienda, la acera y parte de la calle. Capta al... al sospechoso yendo y viniendo por la calle. La hora se indica en la esquina inferior derecha. El primer segmento empieza a las 21:23, y el siguiente a las 22:04.

—Veamos el primer segmento.

Gil dudó.

—De acuerdo.

Rivera cruzó los brazos y fijó la mirada en el monitor. En un principio, no había nada que ver, más allá de la panorámica de la acera vacía, el borde del escaparate de la tienda y la calzada. El pueblo estaba sumido en un apagón y las farolas no funcionaban, sin embargo la cámara había registrado una imagen granulada y rojiza que resultaba sorprendentemente clara. De repente, se apreció movimiento y una figura cruzó la pantalla del monitor. Duró menos de un segundo, pero fue suficiente.

—¿Qué cojones...? —soltó Rivera. Silencio—. Un tipo con máscara y disfraz.

Nadie añadió nada hasta que Gil, con un hilo de voz, dijo:
—Lo he estado examinando fotograma a fotograma.
Rivera observó con atención cuando reprodujeron las imágenes, en esta ocasión a un fotograma por segundo. El sospechoso, si es que se le podía definir así, volvió a aparecer caminando a grandes zancadas calle abajo hacia el centro del pueblo.
—¡Páralo! —bramó Rivera.
Gil congeló la imagen.
—No me lo creo. Retrocede un fotograma. —El operador obedeció—. No me creo eso ni en broma. ¿Puedes ampliar la cara?
Amplió la cara.
Rivera parpadeó y se acercó a la pantalla.
—Eso no es una máscara.
—No —dijo Gil.
Nadie comentó nada más.
Rivera se humedeció los labios.
—Continúa.
Siguió observando la grabación a cámara lenta cada vez más anonadado e incrédulo. Tenía mucho que ver con lo que habían declarado los testigos: un monstruo deforme con rabo. No, se dijo, no era un monstruo: era un ser humano, un hombre inexplicablemente deformado. El enfoque era en diagonal, desde arriba, lo que acentuaba su aspecto perruno, con hocico dentado. Pero en lugar de nariz de perro tenía una nariz humana, aplastada como la de un boxeador. La cara de aquel ser estaba cubierta de sangre y suciedad, que la lluvia iba limpiando poco a poco. Su expresión transmitía odio, tenía los ojos entrecerrados y la boca abierta mostrando una lengua hinchada y rosa de la que colgaba un hilo de baba. Caminaba con un objetivo tan preciso que Rivera sintió un escalofrío. No había descontrol en sus movimientos, no había arbitrariedad: era una bestia con un objetivo. Y ahí estaban esos gigantescos pies desnudos con uñas de diez centímetros cuyo rastro habían encontrado por todas partes.
Gil se aclaró la garganta.

—Pasaré al siguiente segmento. Aparece él después de la masacre…

Rivera se irguió.

—No necesito ver nada más. Quiero perros. Perros de presa. El hijo de puta se fue hacia la marisma y nosotros vamos a seguirlo.

—¿Teniente?

Rivera se volvió a tiempo para ver la oscura y llamativa cara de un desconocido, que había estado declarando en un rincón ante uno de los hombres de Rivera. Dio un paso adelante.

—¿Quién es usted? —preguntó Rivera.

—Paul Silas. Vivo en las afueras de Dill Town. No he podido evitar oír lo que ha dicho. Si quiere adentrarse en la marisma, será mejor que le acompañe alguien que la conozca, o nunca más saldrá de allí.

Rivera miró al hombre. Transmitía una apacible sensación de confianza en sí mismo.

—¿Me está diciendo que conoce usted la marisma?

—Un poco. Nadie la conoce por completo.

—¿Ha visto lo que aparecía en la pantalla?

—Así es.

—¿Y aun así desea ayudarnos?

Silas echó una mirada hacia el exterior del centro de mando, hacia la oscuridad del pueblo. Después se volvió hacia Rivera.

—Claro que sí.

57

Sumida en una oscuridad absoluta, Constance oyó los sonidos propios de una pelea. A pesar de escuchar con toda su atención, no lograba determinar con quién estaba luchando el demonio, pero tenía que tratarse de alguien tenaz y enérgico. Sin embargo, a medida que progresaba la lucha, como el demonio rugía de un modo que sonaba a triunfo, Constance comprendió que su rival estaba perdiendo; y cuando cesaron los sonidos y se impuso de nuevo el silencio, solo pudo escuchar los fuertes resoplidos del demonio. El otro había muerto, era evidente, lo cual no le sorprendía.

Constance analizó la situación. Había pasado buena parte de sus primeros años de vida en un sótano oscuro no muy distinto a ese, y había poseído un oído y un olfato finísimos, así como una visión muy adaptable a la oscuridad. Sabía cómo moverse sin hacer ruido. Sus sentidos, mucho más embotados de lo que esperaba debido a la vida corriente, despertaron de algún modo en medio de aquella oscuridad y de la inminente amenaza que suponían los túneles. No podía ver totalmente a oscuras, pero podía oír.

La criatura estaba resoplando otra vez, fuerte, como un perro husmeando el aire con el hocico para captar un olor... Su olor. Pero el aire no se movía, en ausencia de movimiento; esa era su ventaja.

Con extremo cuidado, se alejó de donde provenía el sonido

palpando con una mano la pared y avanzando el pie despacio para no hacer ruido. La pared del túnel trazó varios giros y Constance no tardó en encontrarse en un punto sin salida que la obligó a volver sobre sus pasos. En otro punto tuvo que sortear un montón de huesos que crujieron levemente cuando los pisó.

Tenía la sensación de que se había adentrado en un laberinto subterráneo de túneles que se cruzaban formando recovecos y callejones sin salida. De nuevo, el aire se quedó inmóvil, provocando una atmósfera de estancamiento y desuso. En el suelo había un montón de basuras y los muros estaban plagados de ciempiés, arañas y otros bichos. Daba la impresión de que esos túneles estaban abandonados desde hacía mucho tiempo, así que tal vez la criatura estuviese menos familiarizada con ellos. Tenía que conseguir dejarla atrás como fuera y salir de allí a toda prisa.

Oyó más resoplidos y la esforzada respiración, y se le ocurrió pensar que tal vez el demonio estaba herido. También tenía cada vez más claro que iría a por ella.

Empezó a moverse de nuevo sin saber hacia dónde, pues su único objetivo era alejarse de la criatura, pero en cuanto dio un paso, el sonido del monstruo cesó. Avanzó por un tramo del largo túnel, y se quedó helada: podía oír sus movimientos y sus jadeos delante de ella, avanzando en su dirección. Se apretó contra la pared y permaneció inmóvil aguantando la respiración. El sonido se acercaba, acompañado de aquel insufrible hedor que ya le resultaba incluso familiar. El hedor la envolvió... Unos pies se arrastraban por el suelo cubierto de arena... Y entonces pasó de largo, hacia uno de los túneles que se cruzaban.

Constance soltó el aire de los pulmones. Al parecer, el demonio no disponía de un sentido del olfato tan desarrollado como ella había temido. ¿O acaso había pasado de largo de forma deliberada? En cualquier caso, ahí estaba la oportunidad que estaba esperando. Si se dirigía en la dirección opuesta a la que había tomado el demonio, cabía la posibilidad de salir de allí. Como mínimo, se alejaría de él. Echó a andar hacia delante, más rápido ahora... Y entonces notó que una mano, una mano fría, caía sobre su rostro y le tapaba la boca.

58

Rivera estaba de pie junto al coche patrulla del jefe Mourdock observando cómo el adiestrador hacía trabajar a los perros. Aquel hombre había llegado allí en un tiempo récord, acompañado de dos poderosos sabuesos rojos que, según le aseguró, estaban especialmente entrenados para trabajar en zonas pantanosas. Rivera esperaba que así fuese; incluso desde donde se encontraba, podía ver que la marea estaba a punto de subir.

El enigmático Paul Silas, alto y silencioso, se quedó a un lado. Rivera se preguntó si habría elegido la opción adecuada aceptando su ayuda. Desde luego, ese tipo tenía pinta de haber sido militar. Cuando volvió a mirar hacia la marisma por encima de los juncos de mar, que el viento sacudía con violencia, bajo los restos de niebla que había dejado la tormenta, se dijo que no tenía ningunas ganas de aventurarse en aquel infierno sin un guía.

Mientras esperaba a que el adiestrador diese el pistoletazo de salida, Rivera reconstruyó mentalmente la escena. El asesino, tras sembrar el caos en el pueblo, había matado al jefe Mourdock en Dune Road y después había desparecido en dirección sur. Los perros aullaron con fuerza cuando encontraron el rastro que partía del coche patrulla y empezaron a seguirlo adentrándose en la marisma.

Silas salió tras los perros y Rivera se apresuró a ponerse a su altura. Rivera llevaba una linterna de mano, Silas una frontal. Les precedían cinco miembros del equipo de operaciones especiales armados hasta los dientes y un oficial con un potente foco que proyectaba un brillante haz de luz hasta cien metros más allá.

El adiestrador de perros era un hombre corpulento con barba roja y llevaba una gorra de los Red Sox bajo la capucha de su impermeable. Se llamaba Mike Kenney y parecía saber muy bien qué tenía entre manos. Los perros también daban la impresión de estar muy concentrados. Kenney los llevaba atados con unas correas largas que sujetaba con fuerza. Los perros seguían el rastro sin vacilar, avanzando con firmeza y tirando de Kenney.

Rivera seguía los pasos del equipo de operaciones especiales. Silas caminaba a su lado. Tenía un GPS resistente al agua que, por lo que le habían prometido, les mostraría exactamente dónde se encontraban.

—¿Alguna idea de hacia dónde se fue? —le preguntó Rivera a Silas.

—Al parecer está trazando una línea recta a través de la marisma. Lo que lo conduciría a Crow Island.

—¿Y qué hay allí?

—Nada más que pinos, dunas, algunas ruinas y una playa. En su mayoría forma parte de la reserva natural.

—Entonces, ¿es lo que está más allá lo que debe interesarme? —Estaba consultando el GPS, pero no se veía capacitado para trasladar el mapa amarillo y verde que aparecía en la pantallita al territorio salvaje que los rodeaba. Kenney y los perros habían desaparecido entre un mar de juncos, seguidos por los del equipo de operaciones especiales, pero podía oír a los perros aullando. A medida que avanzaban, los aullidos parecían aumentar de volumen.

—Bien —dijo Silas—, si ha seguido esa línea, habrá llegado al canal Stackyard.

—¿Qué es eso?

—Es el canal principal de la marea hacia la marisma. Allí la marea tiene mucha fuerza. Ahora está entrando y ha alcanzado tres cuartos del nivel máximo, que es cuando tiene los picos más altos; estará subiendo a unos cinco o seis nudos.

—¿Podremos vadearlo?

Silas soltó un bufido.

—Cuando está así es imposible cruzarlo, ni siquiera nadando.

—Entonces ¿se detendrá? ¿Dará la vuelta?

—Si el asesino llegó ahí una hora o dos antes, por decir algo, la marea estaría mucho más baja y quizá la cruzó a nado. Nosotros necesitaremos un bote.

Rivera maldijo por no haber pensado en ello antes. Sacó su radio y llamó al centro de mando.

—Barber, quiero que metas las dos zódiacs en el agua, lo antes posible. Envíalas al canal Stackyard. Lo encontrarás en el mapa de campo.

Describió lo que quería y usando su GPS envió al centro de mando un correo electrónico indicando exactamente dónde serían necesarios los botes. Como mínimo, el equipo había traído las dos zódiacs. Podían llevarlas a cualquier lugar del pueblo en cuestión de minutos y, gracias a sus potentes motores y a que tenían la marea a su favor, Rivera calculó que tardarían menos de diez minutos en llegar al punto de encuentro.

—El canal está ahí delante —dijo Silas.

Poco después, Rivera y sus hombres llegaron a la orilla del canal. Miró más allá de los quince metros de corriente negra, poderosa y veloz, en cuya superficie se dibujaban remolinos. El viento soplaba con fuerza por encima del agua azotando la enea y trayendo consigo ráfagas de lluvia torrencial. La luz del foco iluminaba la otra orilla, donde podía apreciarse el rastro en el barro.

—Da la impresión de que lo cruzó a nado —dijo Silas.

—No va a ser fácil atracar el bote en ese terraplén.

Silas asintió.

—¿Tiene alguna idea de por qué se fue por ahí? Diría que sabe adónde se dirige.

Silas negó con la cabeza.

Rivera hizo un gesto hacia el canal.

—¿Hay más canales como este?

—Hay un montón de juncos y un par de fangales antes de llegar hasta un lugar medianamente seco.

Kenney estaba peleándose con los perros intentando apartarlos de la orilla. Los sabuesos parecían haber enloquecido de frustración, dado que no les permitían lanzarse al agua. Kenney, que hasta ese momento les había hablado con un tono de voz bajo y tranquilo, empezó a perder la calma.

Rivera siguió a lo suyo.

—Dos lanchas zódiac están de camino.

—Espero, por nuestro bien, que lleguen pronto —repuso el adiestrador—. Nunca había visto a los perros tan excitados.

Los animales, que no dejaban de aullar con desesperación, tiraban de sus correas. Kenney se dirigió a ellos con firmeza. La marea se abría camino, profunda y poderosa, entre las dos orillas; pobre del perro o humano que quedara atrapado en ella.

Sonó la radio de Rivera.

—Estamos a menos de un kilómetro del punto de encuentro —dijo alguien al otro lado. Rivera miró corriente arriba y al cabo de unos segundos fue capaz de ver, a través de la lluvia, una luz blanca, flanqueada por una verde y una roja.

—Kenney —dijo—, tú y los perros iréis en el primer bote. Nosotros montaremos en el otro.

—De acuerdo.

—Ten cuidado. La cosa se puede poner un poco peliaguda.

La primera zódiac entró en el haz de luz del foco. El piloto la llevó más allá de donde se encontraban, viró a la derecha para colocarse contra la corriente y se acercó a la orilla con lentitud, con el motor ligeramente alzado y agitando el agua.

—¡Primero los perros! —gritó Rivera.

El bote se movió en paralelo a la orilla deslizándose muy cerca. Los perros, tirando enloquecidos de la correa, no parecían saber muy bien qué hacer. Kenney tiró de la correa con fuerza y ordenó:

—¡Saltad! ¡Saltad al bote!

Durante unos segundos, dio la impresión de que ambos perros iban a saltar a la vez a los botes, pero en el último momento uno de ellos reculó. Con un grito, Kenney y el otro perro cayeron al agua.

—¡Salvavidas! —chilló Rivera—. ¡Lanzadle un salvavidas!

Bajo la intensa luz del foco, Rivera distinguió la pálida cara de Kenney arrastrada por la corriente. A escasa distancia, el sabueso rojo pateaba con furia, sin orden ni concierto, con los ojos muy abiertos, aterrorizado. El perro, arrastrando su correa, estaba atrapado en un remolino, con la lengua fuera, mientras Kenney intentaba nadar hacia él. Los gemidos del perro se convirtieron en un insufrible chillido cuando el piloto de la zódiac aceleró el motor y se dirigió hacia Kenney. El otro perro estaba en el bote, ladrando frenéticamente y mirando hacia el agua como si fuese a saltar en cualquier momento. En cuestión de segundos, la zódiac llegó hasta Kenney y le lanzaron un salvavidas. Kenney se lo colocó bajo los brazos y tiraron de él, después el piloto y su compañero lo agarraron y lo subieron a la lancha.

—¡Salvad al perro! —gritó.

El piloto viró con el objetivo de superar los remolinos de espuma blanca. Pero el perro se hundió en el agua antes de que lo alcanzaran; lo último que Rivera vio de él fueron las orejas y la lengua, como una centella bajo la luz del foco. Finalmente, las dos patas delanteras desaparecieron bajo la agitada corriente gris.

Rivera lanzó un grito de desesperación y tuvo que frenar el impulso de saltar al agua en busca del perro. La lancha trazó varios círculos, pero el perro no volvió a aparecer.

Rivera habló por radio.

—Llévalos al otro lado —ordenó al piloto—. Tenemos que seguir, aunque solo dispongamos de un perro.

—Sí, señor.

—Acercad la otra lancha.

La segunda zódiac, que había permanecido demasiado lejos para poder ayudar, se aproximó entonces y colocándose contra la corriente llegó hasta la orilla. Los hombres saltaron a bordo, Rivera en último lugar, y se dispusieron a cruzar el canal. Instantes después, alcanzaron el fangal de la otra orilla, muy cerca de la primera zódiac, y no tardaron en verse en tierra.

—¡Mi perro! —gritaba Kenney—. ¡Tenemos que volver y buscar a mi perro!

Rivera lo agarró del brazo y lo sacudió.

—Tu perro está muerto. Tenemos que seguir adelante.

El hombre, con la gorra y el resto de la ropa chorreando, lo miró como si no entendiera nada. No estaba en condiciones de continuar. Rivera se volvió hacia uno de sus hombres.

—Está bien, acompaña al señor Kenney de vuelta al centro de mando. Nosotros nos llevaremos al perro.

—¡No, no! —protestó Kenney—. ¡Solo yo puedo guiar a los perros!

—¡Llevaos a Kenney! —Rivera agarró la correa—. Vámonos.

Se adentraron entre los juncos de mar. Rivera dejó atrás a Kenney, que protestaba amargamente. Silas, silencioso y rápido, se mantenía a su lado. El perro que quedaba había detectado el rastro y avanzaba aullando, tirando con fuerza como si quisiera comerse la tierra que husmeaba.

—Da la impresión de que va hacia el sur de Crow Island —dijo Silas.

—Sí, pero ¿qué demonios hay allí? —preguntó Rivera.

—Bueno, si seguimos en esta dirección, acabaremos en las ruinas de Oldham.

—¿Oldham?

—Un antiguo pueblo de pescadores que fue arrasado por el huracán de los años treinta. No queda nada allí, excepto los agujeros de los sótanos y...

—¿Y qué?

Silas dejó escapar un resoplido burlón.

—Eso depende de si cree usted en leyendas o no.

59

Constance opuso resistencia momentáneamente, tan solo hasta que sintió un cálido aliento junto a la oreja y el susurro de una palabra:

—Aloysius.

Constance se relajó y él la soltó.

—Hay que salir de aquí —le musitó al oído—. No tenemos nada que hacer contra ese asesino en su propio terreno.

—Estoy de acuerdo —dijo ella, sintiéndose incómoda a pesar del intenso peligro que presidía el momento—. Sin embargo, estoy perdida.

—Por desgracia, yo también.

La afirmación sorprendió a Constance.

—¿Estás perdido?

—Digamos que estoy... desubicado. ¿Sabes dónde está el asesino?

—Ha pasado por aquí hace un momento. Tal vez pueda oírlo. Espera un segundo. —Se calló. En el límite de lo audible, captó los levísimos sonidos de la criatura, que se movía jadeando. Debía de estar herida. Los sonidos aparecían y desaparecían según por dónde los buscaba—. ¿Puedes oír eso? —le preguntó.

—Me temo que no. Tu oído es mucho más fino que el mío.

Volvieron a callar para escuchar con atención. Los sonidos llegaban distorsionados por los túneles, y al final se esfumaron. Constance esperó, pero no reaparecieron.

—Al parecer se ha alejado de nosotros.

—Como me temía.

Constance no le preguntó qué era exactamente lo que temía. Era el tipo de pregunta que él se negaba siempre a responder. Entonces Pendergast habló, susurrándole una vez más al oído.

—Tienes más experiencia en túneles oscuros que yo. ¿Alguna idea de cómo salir?

De sus palabras, Constance infirió que debido a los muchos años que había pasado recorriendo los túneles y los sótanos del 891 de Riverside Drive, la posibilidad de escapar recaía sobre sus hombros.

—Una, quizá. ¿Has oído hablar de John Pledge de Exeter, Inglaterra?

—No. Resúmelo.

—Pledge era un entusiasta de los laberintos hechos con setos. Se le ocurrió una forma de salir incluso del laberinto más complicado, al alcance de cualquiera. Se empieza por una dirección arbitraria manteniendo una mano en la pared de la derecha, y se cuentan los giros. Después de cuatro giros, si se trata de ángulos rectos, se deja de apoyar la mano en la pared y se continúa en la dirección original hasta otra pared...

Constance sintió que Pendergast le ponía un dedo en los labios.

—Tú dame la mano y guíanos. —Le dio la mano y murmuró sorprendido—: Tienes las manos esposadas.

—Sí. Y las tuyas están húmedas. ¿Es sangre?

—No es nada. Levanta las manos, por favor.

Constance notó cómo trabajaba con las esposas. Abrió una y luego la otra.

—¿Estás herido? —le preguntó.

—Repito: no es nada —dijo con tono cortante—. No vuelvas a mencionarlo. —Después de unos segundos, volvió a hablar—: Disculpa mi tono. Constance..., tú tenías razón y yo estaba equivocado. Las cosas, aquí en Exmouth, estaban transcurriendo a dos niveles: unas a un nivel mucho más profundo de maldad que las otras. Esto no se parece a ninguno de los casos de asesinatos en serie en los que he trabajado. Simplemente, no fui capaz de entenderlo.

—No importa —respondió ella, sintiendo de nuevo la sensación de incomodidad.

Él dudó, como si tuviese la intención de decir algo más, pero en lugar de eso indicó que era ella la que tenía que guiar a ambos.

Constance echó a andar por el corredor palpando la pared con una mano y agarrando la mano de Pendergast con la otra, adelantando un pie tras otro poco a poco. Los túneles estaban en silencio, los sonidos del demonio habían desaparecido. Constance avanzó siguiendo el método Pledge, contando los giros; facilitó su tarea el hecho de que todas las esquinas fueran ángulos rectos.

Pendergast se detuvo.

—Aquí el aire es más fresco —dijo—. Está menos cargado.

—Yo también me he dado cuenta.

—Escucha de nuevo, haz el favor —le susurró.

Ella intentó captar cualquier sonido más allá de la vibración que provocaba el oleaje y el agua que goteaba.

—Nada.

—Me lo temía. Ahora estoy seguro: está agazapado, esperando. El lugar lógico para hacerlo es en la entrada de estos túneles. Así pues, esto es lo que vamos a hacer: yo iré delante. Él atacará. Cuando lo haga, yo me ocuparé de él mientras tú sigues adelante. Montaré una acción de retaguardia.

—Sabes muy bien que no voy a abandonarte.

—Si no lo haces, ambos pereceremos. Por favor, haz lo que te he dicho.

—Tengo mi cuchillo.

—Dámelo. —Constance extrajo el arma de entre los pliegues del vestido y se la pasó—. Prométemelo: nos dejarás atrás y echarás a correr.

—De acuerdo —mintió.

Entonces, justo cuando ella se disponía a avanzar, él vaciló.

—¿Qué pasa? —preguntó Constance.

—Maldita sea, es muy embarazoso decirte esto, pero tengo que hacerlo.

Constance sintió cómo se le aceleraba el pulso.

—Tienes que prepararte para una confrontación, Constance.

—Estoy lista.

Se produjo una breve pausa.

—No. No me refiero a esta confrontación. Me refiero a otra.

—No te entiendo.

—Si algo me ocurriese... no des nada por supuesto.

—¿A qué te refieres?

Pendergast se detuvo en plena oscuridad.

—Alguien ha estado aquí. Alguien que, me temo que solo yo, solo nosotros, conocemos.

También en plena oscuridad, Constance sintió un escalofrío.

—¿De quién se trata? —preguntó, aunque por el tono de voz de él, ya se había hecho una idea de qué quería decir. De repente el frío se convirtió en calor.

—Descubrí que los grilletes y los candados de la puerta de la celda de la criatura habían sido manipulados. De un modo muy astuto. ¿Por qué? Eso demuestra una lógica muy perversa... Y estoy seguro de que sé lo que significa.

—¿Tiene algo que ver con lo que vimos en las dunas?

Pendergast no quiso responder a la pregunta.

—Sí, pero no hay tiempo para explicaciones. Por favor, escúchame. Confío plenamente en Proctor. Si algo me sucediese, ponte en sus manos. Él será para ti todo lo que yo he sido: tu guardián y tu protector. Y repito: no importa lo que suceda, no importa lo que parezca, no des nada por supuesto.

—Pero Aloysius... —empezó a decir, pero se calló al instante cuando notó de nuevo el dedo de él sobre sus labios.

Pendergast apretó entonces la mano de Constance, dándole a entender que tenían que seguir avanzando por el túnel.

60

Prosiguieron con su tortuosa ruta, giro tras giro. No pasó mucho tiempo hasta que Constance notó que el aire era más frío y parecía moverse ligeramente: debían de encontrarse ya muy cerca de la entrada. Era un aire más frío, sí, pero hediondo: el nauseabundo hedor de la bestia.

Pendergast, advirtió Constance, había llegado a la misma conclusión, pues se detuvo y usando tan solos las manos la colocó detrás de él. Se desplazaron a partir de ese momento en absoluto silencio. Se encontraban en un túnel largo y recto que según Constance conducía al mundo exterior. Al poco, con un gesto indicó a Pendergast que se detuviera otra vez para escuchar con atención.

Captó el sonido de una respiración dificultosa. La bestia, sin lugar a dudas, intentaba controlarse, pero no podía evitar que su respiración sonara un tanto sibilante. Estaba frente a ellos, un poco más adelante. Se lo indicó a Pendergast con una leve presión en la mano. Pendergast correspondió a la presión para darle a entender que había entendido el mensaje. Soltó su mano y trazando las letras en la palma, escribió con dolorosa lentitud:

TRES Y CORRO
TÚ SIGUE
ME COMPROMETO
CORRE

Ella le apretó la mano a modo de confirmación. Él se la sostuvo, le dio una, dos y tres palmaditas y salió disparado, tan rápido y silencioso como un murciélago en una cueva. Ella echó a correr, a ciegas, con los brazos extendidos hacia delante.

Un repentino rugido partió el aire justo frente a ella, seguido del sonido de un cuchillo penetrando en la carne, el sonido que haría un carnicero, y después el ruido sordo de los golpes de una lucha desesperada. Ella continuó corriendo y estaba a punto de detenerse cuando oyó a Pendergast gritar:

—¡Sigue, estoy justo detrás de ti!

Aceleraron en la oscuridad, todavía a ciegas. Segundos después, Constance oyó cómo la criatura reemprendía la búsqueda lanzando unos agudos chillidos. Daba la impresión de que Pendergast le había asestado un terrible golpe, pero no cabía duda de que todavía no estaba abatida.

Entonces Constance atisbó un destello de luz pocos metros más adelante, y las escaleras de piedra se materializaron. Se detuvo y vio que Pendergast corría tras ella.

—¡Sigue! —gritó de nuevo.

Pasó a su lado, ascendió por las escaleras y abrió la plancha de hierro embistiendo con el hombro. Se detuvo y tiró de Constance hacia arriba. Cerró con fuerza la puerta de metal, la sacó de aquel sótano y se adentraron en las ruinas de Oldham. Mientras corrían hacia la playa, Constance oyó que el demonio atravesaba la puerta de hierro con un impío chillido.

Habían pasado las dunas y llegado a la playa cuando el demonio los alcanzó. Pendergast se volvió hacia él con el cuchillo advirtiendo a Constance que siguiese corriendo. Pero en lugar de correr ella también se detuvo, y al darse la vuelta vio a Pendergast y al demonio enzarzarse en una violenta lucha, abrazados de un modo aterrador: Pendergast con el cuchillo alzado, Morax, con un par de dedos menos, intentando desarmarlo. La tenue luz del amanecer iluminaba la horrible escena. La tormenta había cesado, pero el oleaje seguía siendo impetuoso: grandes crestas de agua se alzaban formando una cortina de espuma que iba a estrellarse contra la playa. Las gotas de agua de mar flotaban en el aire.

Constance simplemente miraba, incapaz en ese momento de reaccionar. Vio con terror que Pendergast había sido herido de mala manera. Tenía la pechera desgarrada y en un lado de la cara un tajo que sangraba. El demonio se revolvía una y otra vez. Los dos intentaban dominar al otro, pero el enorme demonio se impuso y al final le arrebató el estilete y lo lanzó al mar. Luego se abalanzó sobre Pendergast con uno de sus viscosos brazos por delante. Pendergast logró evitar el golpe pero perdió el equilibrio, debilitado por las heridas. El demonio le lanzó un zarpazo despiadado con una de sus gigantescas garras y despedazó sus ropas que quedaron reducidas a un amasijo sanguinolento.

Pendergast reculó y los dos volvieron a enzarzarse. La pelea les estaba llevando hacia una zona cubierta de agua. Pendergast se adentró allí, casi como si de una estrategia deliberada se tratase, buscando algún tipo de ventaja. Pero la estrategia le salió mal: con un temible golpetazo, Morax noqueó a Pendergast, que cayó de bruces al agua. Mientras intentaba recuperar el equilibrio, el demonio se colocó a su espalda y alzó una de sus imponentes manos, dispuesto a asestarle el golpe mortal.

Constance perdió la cabeza. Sumida en un silencioso arrebato de furia, corrió sobre la húmeda arena hasta la zona cubierta y se lanzó sobre la espalda del demonio, agarró su cabeza con los dedos y le clavó los dientes en el cuello. Un gomoso y nauseabundo sabor de carne llenó su boca. La criatura, sorprendida por la ferocidad del ataque, lanzó un grito y se apartó de Pendergast dando vueltas y vueltas, arañándola y arrancándole la ropa intentando liberarse. Pero Constance permaneció colgada de su cuello con tenacidad, agarrada con fuerza de su frente irregular. Con un giro de cabeza desgarró un pedazo de carne y lo escupió. Acto seguido volvió a morder. Su intención era alcanzar la arteria carótida. El demonio, rugiendo de dolor, se tambaleó hasta llegar a la zona donde rompían las olas. Una cresta verdosa se alzó y cayó sobre ellos. Al instante estaban los dos sepultados bajo el agua helada y turbulenta. De la impresión, Constance soltó al demonio y salió despedida. Incapaz de nadar, se revolvió frenéticamente bajo la espuma hasta que sintió la arena bajo sus pies y comprendió que una de las olas estaba arrastrándola hasta la playa. Se agarró a la arena cuando la ola empezó a retirarse, intentando evitar así que la resaca la remolcase de nuevo mar adentro. Sentía cómo la arena corría ya bajo su cuerpo cuando unos fuertes brazos tiraron de ella hasta ponerla en pie. Ahí estaba Pendergast, mirándola, con una mueca de horror en el rostro. Le llevó unos segundos darse cuenta del por qué: debido al pánico, no se había percatado de que todavía tenía entre los dientes un pedazo de carne de la bestia.

Entretanto, Morax luchaba contra el oleaje, dirigiéndose hacia ellos con el rostro distorsionado por el dolor y la furia. Pendergast corrió para colocarse entre el monstruo y Constance y, una vez más, se enzarzaron en una pelea a golpetazo limpio. Con gran esfuerzo, Pendergast empujó al demonio hacia las olas, y no tardaron en ser engullidos por el rompiente de una ola gigantesca.

Otra de aquellas bravías olas hizo que Constance perdiese pie de nuevo. Clavó los dedos en la arena para evitar que la resaca la succionara, y esta vez logró permanecer donde estaba. Momentáneamente a salvo, fue arrastrándose por la playa hasta alejarse del agua.

El sol empezaba a despuntar por el sangriento horizonte vertiendo una débil luz en su rostro. Parpadeó varias veces, aturdida. Lo único que podía ver eran unas enormes olas color carmesí acercándose, una tras otra, hasta romper con un rugido en la playa, para luego retirarse con un largo y sombrío bramido. Y allí estaba ahora el demonio, de pie frente a las olas. De repente había dejado de luchar y miraba hacia el sol naciente maravillado, esbozando una media sonrisa. Alargó la mano como si quisiera tocar el sol y lo señaló con el dedo, mientras el agua se arremolinaba entre sus piernas y se enrojecía con la sangre de sus arterias.

¿Dónde estaba Pendergast?

¡Dónde estaba Pendergast!

Constance se puso en pie y gritó:

—¡Aloysius! ¡Aloysius!

Se irguió un poco más para intentar ver algo en la cegadora superficie anaranjada del mar. Y entonces lo vio: su pálido rostro subía y bajaba al otro lado de la rompiente. Apenas movía los brazos.

—¡Aloysius!

Dio unos cuantos pasos vacilantes hacia el agua. Pendergast intentaba nadar, pero saltaba a la vista que no tenía fuerzas: estaba gravemente herido y las corrientes lo estaban alejando con rapidez de la orilla.

—¡Aloysius!

Procedente de algún lugar indeterminado, Constance oyó el aullido de un perro.

Morax se derrumbó en el sangriento oleaje.

Constance se lanzó al agua, braceando hacia donde se encontraba Pendergast a pesar de su incapacidad para nadar. Aquel pesado vestido hecho jirones le impedía avanzar.

—¡Deténganla! —gritó una voz a su espalda.

De repente, había gente en ambos lados. Un hombre corpulento la agarró por los hombros. Otro por la cintura. Intentó liberarse, pero tiraron de ella para sacarla del agua.

—¡Déjenme! —chilló.

—Usted no puede hacer nada —replicó una voz de hombre.

Intentó zafarse gritando y revolviéndose como una criatura salvaje.

—¿Es que no lo ven? ¡Está demasiado débil para nadar!

—Ya lo vemos. Hemos avisado a uno de los botes de rescate.

Siguió luchando, pero eran demasiados.

—¡Se está ahogando! ¡Por amor de Dios, sálvenle!

—¡Nadie puede adentrarse en el agua con ese oleaje! —dijo la misma voz masculina.

—¡Cobardes!

Intentó salir corriendo hacia el agua, pero se presentaron más hombres, y a pesar de sus fieros esfuerzos, lograron apartarla de las olas y llevársela a las dunas. Aparecieron cuatro hombres más con uniforme militar. Entre todos consiguieron sujetarla a pesar de sus golpes, escupitajos y patadas.

—¡Os mataré! ¡Soltadme!

—¡Jesús, menuda gata salvaje! ¡No puedo creer que necesitemos media docena de nuestros hombres para dominarla...!

—No tenemos tiempo para esto. Traed el botiquín.

La tumbaron en la arena. Se vio inmovilizada, bocabajo, esposada. Sintió el pinchazo de una fría aguja en el glúteo... Y entonces todo se fue alejando y volviéndose extraño.

Epílogo

Noviembre

Con calma, Proctor abrió las dos puertas que daban a la biblioteca para permitir que la señora Trask pasara con una bandeja de plata con el servicio de té.

La estancia estaba a media luz, iluminada tan solo por el fuego que se consumía en la chimenea. Enfrente, sentada en un sillón orejero, Proctor pudo ver una figura inmóvil, indistinguible bajo aquella tenue luz. La señora Trask se acercó al sillón y dejó la bandeja en una mesita que había al lado.

—Pensé que le apetecería una taza de té, señorita Greene —dijo solícita.

—No, gracias, señora Trask —respondió Constance en voz baja.

—Es su té favorito. Jazmín, de primera calidad. También le he traído unas magdalenas. Las he horneado esta misma tarde. Sé lo mucho que le gustan.

—No tengo hambre —respondió—. Gracias por molestarse.

—Bueno, voy a dejarlas aquí por si acaso cambia de opinión.

La señora Trask sonrió de un modo maternal, se dio la vuelta y se dispuso a salir de la biblioteca. Cuando llegó a la altura de Proctor, la sonrisa se había esfumado, convertida de nuevo en un gesto de preocupación.

—Solo voy a estar fuera unos días —le dijo casi en un susurro—. Mi hermana saldrá del hospital y se irá a su casa la semana que viene. ¿Está seguro de que estarán bien?

Proctor asintió, y la vio encaminarse a la cocina antes de volver a dirigir su mirada hacia la figura que estaba sentada en el sillón orejero.

Habían pasado más de dos semanas desde el regreso de Constance a la mansión del 891 de Riverside Drive. Había vuelto taciturna y silenciosa, sin el agente Pendergast, y sin dar explicación alguna sobre lo ocurrido. A Proctor le llevó tiempo, paciencia y un gran esfuerzo arrancarle a Constance las palabras imprescindibles para entender qué había pasado. Aun así, incluso ahora, dos semanas después, la historia le seguía pareciendo incomprensible, y no tenía muy claro qué había sucedido realmente. Lo que sí estaba claro, sin embargo, era que aquella mansión, sin la presencia de Pendergast, había cambiado; había cambiado por completo. Como también había cambiado Constance.

Nada más llegar de Exmouth, Constance se había encerrado durante días en su habitación y comía casi contra su voluntad. Cuando salió, parecía otra persona: flaca y espectral. Proctor siempre había tenido claro que era una persona fría y reservada, contenida en extremo. Sin embargo, en los días siguientes se había mostrado a ratos apática o repentinamente incansable, empujada por una energía que no parecía tener fin y que la llevaba a recorrer los pasillos y las habitaciones como si estuviese buscando algo. Se olvidó por completo de los pasatiempos a los que antes había dedicado tantas horas: nada de investigar sobre los ancestros de la familia Pendergast, nada de estudios sobre antigüedades, nada de leer ni de tocar el clavicémbalo. Tras varias visitas del teniente D'Agosta, la capitana Laura Hayward y Margo Green, se negó a ver a nadie más. Parecía estar en guardia, a la expectativa; a Proctor no se le ocurría una mejor manera de definirlo. Las únicas veces en las que dejó entrever a la persona que había sido fueron las contadas ocasiones en las que sonó el teléfono, o cuando Proctor llegó con las cartas del apartado de correos. «Ella siempre esperando una palabra de Pendergast, siempre», pensaba Proctor. Pero no llegó ninguna.

Proctor se había impuesto la misión de reunir toda la información posible sobre la desaparición de su patrón. Habían estado buscando su cuerpo durante cinco días. Dado que el desaparecido era un agente federal, habían llevado a cabo un esfuerzo excepcional. Los patrulleros de los guardacostas habían buscado en las aguas de Exmouth. Los oficiales locales y la Guardia Nacional habían peinado la línea de costa desde la frontera con New Hampshire hasta Cape Ann en busca de cualquier rastro de Pendergast, aunque se tratase de un simple pedazo de ropa. Los buceadores habían examinado con minuciosidad las rocas donde las corrientes podrían haber arrastrado el cuerpo y habían rastreado el lecho marino con el sónar. Pero no encontraron nada. El caso seguía oficialmente abierto pero al final quedó inactivo. A pesar de que no había pruebas de ninguna clase, la conclusión oficiosa fue que Pendergast, herido de gravedad en la lucha con aquella criatura, tratando de sobreponerse a las corrientes de la marea, debilitado por el oleaje y sumergido en una agua a diez grados centígrados, había sido arrastrado mar adentro y había muerto ahogado.

Despacio, Proctor se acercó a Constance y se sentó a su lado. Ella lo miró un instante mientras se sentaba, ofreciéndole una leve sonrisa. Después volvió a centrar la mirada en el fuego. La luz parpadeante vertía oscuras sombras sobre sus ojos de color violeta y su corto cabello oscuro.

Desde su regreso, Proctor se había impuesto la misión de cuidar de ella, pues sabía que justo eso era lo que su patrón querría. Su aflicción había despertado un inesperado sentimiento de protección por parte de Proctor, lo que no dejaba de resultar irónico, dado que en circunstancias normales Constance habría sido la última persona en buscar la protección de nadie. Sin embargo, y aunque no había dicho una sola palabra al respecto, Constance parecía sentirse a gusto con sus atenciones.

Una vez más, Proctor decidió intentar sacarla de su ensimismamiento, ayudarla a liberarse, al menos un rato, del círculo vicioso que formaban la culpa y el sentimiento de pérdida que parecía haberla poseído.

—¿Constance? —dijo con tono amable.

—¿Sí? —respondió ella con la mirada clavada en el fuego.

—Me estaba preguntando si te importaría contarme otra vez la última parte de la historia. Ya sé que has hablado de ello antes, pero sigo sin entender del todo lo que ocurrió, lo que realmente ocurrió, en la pelea con esa... criatura llamada Morax. Quién era y cómo fue capaz de... de vencer al señor Pendergast.

Durante un buen rato, Constance permaneció en silencio. Y entonces se removió en el sillón y, sin dejar de mirar el fuego, empezó a hablar.

—Ya te comenté lo de la anomalía genética, el rabo, que hacía que Morax tuviera el aspecto que tenía. También te conté que las brujas de Exmouth, en esencia, realzaron esa anomalía a lo largo de generaciones reproduciendo a los que la tenían como si fueran una raza de perros. Las brujas estaban obsesionadas con su gran parecido a las imágenes de Morax de los viejos grimorios y de los catálogos demoníacos. Esos seres con rabo eran tratados como infrahumanos, los mantenían encerrados en condiciones denigrantes. Eran usados, de manera abusiva, como víctimas principales de sus rituales satánicos. Por ese motivo, en cuanto Morax se vio libre, las principales víctimas de su rabia homicida fueron los miembros del círculo de brujas. El resto fueron personas inocentes, gente con la que se cruzó.

—Pero... —Proctor buscó las palabras adecuadas—. ¿Cómo pudo esa cosa vencer al señor Pendergast?

Ella miró por encima del servicio de té un segundo antes de volver a centrar la mirada en el fuego.

—No venció a Aloysius. La criatura murió.

—Pero el señor Pendergast...

—... no está muerto.

Acabó la frase con rudeza, pero por primera vez dejó entrever cierto grado de incertidumbre en su voz. Por otra parte,

Proctor advirtió que la cautela que había mostrado desde su llegada también había desaparecido.

Proctor tomó aliento. Una vez más, intentó abstraerla de sus pensamientos.

—Pero ¿cómo logró esa cosa matar a tantas personas?

—El trato que había recibido lo convirtió en una bestia psicopática. Una única cosa la había mantenido bajo control, además de las cadenas y los grilletes, claro. Se trataba de una promesa que al parecer le habían hecho una y otra vez: que un día le llevarían a la superficie para que viese el sol, para que pudiese sentir su luz y su calor. Por lo visto, se había obsesionado con eso. Cuando escapó del laberinto de túneles subterráneos y se encontró con la oscuridad de una noche sin luna, pensó que lo habían engañado. Y su rabia estalló. —Se detuvo—. Logró ver cumplido su deseo, pero… justo antes de morir.

—Pues fue para bien.

Entonces ella se irguió en el sillón.

—Proctor, hablando de subterráneos… He decidido bajar.

El abrupto anuncio pilló a Proctor desprevenido.

—¿Quieres decir… ahí abajo, donde vivías? —Ella no dijo nada. —¿Por qué?

—Para… aprender a aceptar lo inevitable.

—¿Y por qué no lo haces aquí, con nosotros? No puedes volver ahí abajo.

Constance se dio la vuelta y lo miró con tal intensidad que Proctor se quedó sin palabras. Entendió que era imposible hacerla cambiar de opinión. Al menos eso implicaba que al fin aceptaba que Pendergast ya no regresaría. Tal vez eso suponía un progreso… de alguna clase.

Constance se levantó del sillón.

—Escribiré una nota para la señora Trask diciéndole qué ropa y qué otras cosas necesitaré para que las deje en el montacargas. Comeré una vez al día, al mediodía. Que deje un plato tapado en el montacargas.

Proctor también se puso en pie. La agarró del brazo.

—Constance, tienes que escucharme…

Ella le miró la mano, y luego le miró a la cara con una expresión que provocó que le soltase el brazo en el acto.

—Gracias, Proctor, por respetar mis deseos.

Se puso de puntillas y volvió a sorprenderlo dándole un ligero beso en la mejilla. Después se volvió, y desplazándose casi como una sonámbula se dirigió al extremo de la biblioteca, donde estaba oculto el montacargas tras una falsa estantería. Abrió la puerta del montacargas, se metió dentro, cerró la puerta y… desapareció.

Proctor siguió mirando hacia allí durante un buen rato. Era una locura. Sacudió la cabeza y se alejó. De nuevo, la ausencia de Pendergast pendía sobre la mansión como una sombra alargada; y sobre él. Se sentía como si le hubiese fallado a Constance. Necesitaba tiempo en soledad para reflexionar. Salió de la biblioteca, enfiló el pasillo y abrió una puerta que llevaba a un corredor alfombrado. Subió por las retorcidas escaleras que conducían a los antiguos cuartos del servicio. Llegó a la tercera planta y recorrió otro pasillo hasta dar con la puerta del pequeño apartamento donde estaban sus habitaciones. La abrió, entró y cerró tras él.

Tendría que haberse opuesto al plan de Constance con más energía. Sin Pendergast en casa, él era el responsable de Constance. Pero sabía que nada de lo que hubiese podido decirle la habría hecho cambiar de opinión. Hacía ya tiempo que había entendido que si bien era capaz de lidiar con casi cualquier cosa, no tenía la menor posibilidad a la hora de oponerse a ella. Además, debía ocuparse de otro asunto de la familia: más complicado incluso que tratar con Constance sería hablar con Tristram, el hijo de Pendergast, que estaba en el extranjero, en una escuela de Suiza, y no tenía ni la más remota idea de la desaparición de su padre. Así que no le quedaba más remedio que confiar en que, con el paso del tiempo, Constance afrontaría la realidad, aceptaría lo ocurrido… y volverían a vivir juntos…

De repente, una mano enguantada lo rodeó por la espalda y le apretó con enorme fuerza la caja torácica.

A pesar de pillarle por sorpresa, Proctor reaccionó instintivamente agachándose con rapidez, intentando sorprender también al intruso con la guardia baja. Pero el agresor se anticipó a la reacción y la frustró. Acto seguido, Proctor sintió el pinchazo de una aguja que se clavó hasta el fondo en su cuello. Se quedó paralizado.

—Te aconsejo que no te muevas —dijo una voz extraña y sedosa que Proctor, con profundo desagrado, reconoció.

No se movió. Era asombroso que aquel hombre, de hecho cualquier hombre, hubiese llegado hasta él. ¿Cómo era posible? Había estado demasiado preocupado, distraído. Jamás se perdonaría. Sobre todo teniendo en cuenta de quién se trataba, pues sabía que aquel hombre era el mayor enemigo de Pendergast. Por lo visto, había regresado de entre los muertos.

—Usted está mucho más versado que yo en las artes del combate físico —dijo aquella voz suave—. Por eso me he tomado la libertad de adelantarme a los acontecimientos. Lo que está sintiendo en el cuello en este momento es una aguja. Todavía no he apretado el émbolo. La jeringa contiene una dosis de pentotal sódico; una dosis más que considerable. Se lo preguntaré una vez, solo una vez. Relaje el cuerpo para darme a entender que lo ha entendido. Tenga en cuenta que el modo en que reaccione a partir de este momento determinará si la dosis será simplemente anestésica o... letal.

Proctor consideró sus opciones. Relajó sus miembros.

—Excelente —dijo la voz—. Su nombre es Proctor, si no recuerdo mal.

Proctor permaneció en silencio. Existía una posibilidad de revertir la situación; siempre había una oportunidad. Solo tenía que pensar.

—He estado vigilando la mansión familiar durante un tiempo. El hombre de la casa se ha ido... para siempre, por lo que parece. Esto está más triste que una tumba. Podrían llevar todos ustedes crespones negros.

La mente de Proctor funcionaba a toda velocidad imaginando diferentes escenarios. Tenía que escoger uno y actuar. Necesitaba tiempo, un poco más de tiempo, unos segundos al menos...

—¿No está de humor para charlar? Me parece bien. Tengo muchas e importantes cosas que hacer, así que esta es mi propuesta: Buenas noches.

Al sentir cómo descendía el émbolo de la jeringa, Proctor comprendió que su tiempo se había acabado... Aunque, para gran sorpresa suya, se equivocaba.

El papel utilizado para la impresión de este libro
ha sido fabricado a partir de madera
procedente de bosques y plantaciones
gestionados con los más altos estándares ambientales,
lo que garantiza una explotación de los recursos
sostenible con el medio ambiente
y beneficiosa para las personas.
Por este motivo, Greenpeace acredita que
este libro cumple los requisitos ambientales y sociales
necesarios para ser considerado
un libro «amigo de los bosques».
El proyecto «Libros amigos de los bosques» promueve
la conservación y el uso sostenible de los bosques,
en especial de los Bosques Primarios,
los últimos bosques vírgenes del planeta.

Papel certificado por el Forest Stewardship Council®